MW00980842

Claudia Winter

Die Wolkenfischerin

Roman

GOLDMANN

Originalausgabe

Sollte diese Publikation Links auf Webseiten Dritter enthalten,
so übernehmen wir für deren Inhalte keine Haftung,
da wir uns diese nicht zu eigen machen, sondern lediglich auf
deren Stand zum Zeitpunkt der Erstveröffentlichung verweisen.

Dieses Buch ist auch als E-Book erhältlich.

Verlagsgruppe Random House FSC® N001967

2. Auflage
Originalausgabe Februar 2018
Copyright © 2018
by Wilhelm Goldmann Verlag, München,
in der Verlagsgruppe Random House GmbH,
Neumarkter Str. 28, 81673 München
Umschlaggestaltung: UNO Werbeagentur, München
Umschlagmotiv: gettyimages, LatitudeStock – TTL; gettyimages, Ezra Bailey;
plainpicture/Elektrons 08 und FinePic®, München
Redaktion: Angela Troni
CN · Herstellung: kw
Satz: Uhl + Massopust, Aalen
Druck und Bindung: GGP Media GmbH, Pößneck
Printed in Germany
ISBN: 978-3-442-48573-4
www.goldmann-verlag.de

Besuchen Sie den Goldmann Verlag im Netz

Der Regen fällt nur auf die Dummen
und das in dicken Tropfen.

Bretonisches Sprichwort

Prolog

FRANKREICH IM JULI 1998

Ihr erstes Leben hatte fünfzehn Jahre und achtundzwanzig Tage gedauert. Natürlich erinnerte sie sich nicht daran, wie und wo es begonnen hatte, aber Maman erzählte den Leuten immer gern, wie froh die Schwester im Krankenhaus gewesen sei, sie endlich loszuwerden, weil sie so hässlich war und pausenlos geschrien hatte. Gestorben war sie wesentlich leiser, auch wenn sie nicht mehr genau sagen konnte, wie. Sie wusste nur, dass es an einem regnerischen Februarnachmittag passiert war, auf einem Felsen, der sich unter ihren Fingern anfühlte wie die bucklige Schale einer Auster.

Gwenaelle löste den Blick von den vorbeiziehenden Wolkenschäfchen und der Landschaft, die immer mehr Bäume und Häuser hatte, je näher sie Paris kamen. Die Salzwiesen, das Heidekraut, der Ginster – alles, was sich wegducken konnte vor dem ewigen Wind, war dort geblieben, wo es hingehörte: ans Ende der Welt, das die Bretonen *Finistère* nennen.

Eingeklemmt zwischen Koffern und nach Schweiß riechenden Körpern, musterte Gwenaelle ihre Mitreisenden. Drei Frauen, ein Mann und ein Kind in einem viel zu engen Zugabteil. Auf eine seltsame Art waren ihr alle fremd, obwohl sie zwei von ihnen aus ihrem ersten Leben kannte – als sie noch nicht gewusst hatte, wie es war, wenn man von außen zornig und von innen leer war.

Das Mädchen auf dem Sitz gegenüber war sieben Jahre alt, auch wenn es jünger aussah mit seinem Mausgesicht, das sich neuerdings ständig hinter den drahtigen Locken versteckte. Die vernarbten Knie passten nicht recht zu den feinen Spitzensöckchen und den Lackschuhen, die einmal Gwenaelle gehört hatten, bevor diese beschloss, dass ihr offene Schnürsenkel besser gefielen als Riemchen.

Maelys hingegen war schon immer unkompliziert gewesen, *leichter zu handhaben*, wie Maman gerne betonte. Ganz im Gegensatz zu Gwenaelle, die sämtliche Protestwörter dazubekommen hatte, die eigentlich Maelys gehört hätten.

Trotzig baumelte Gwenaelle mit den Füßen. Die Schuhbänder peitschten den Boden des Abteils, aber ihre Mutter bemerkte es nicht einmal. Kerzengerade klebte sie an dem samtblauen Sitz, die Nägel in ihre Handtasche gekrallt, die Augen geschlossen. Ein Muster aus Tageslicht und Tunnelschatten huschte über ihr Gesicht, das sogar müde aussah, wenn sie wach war.

Gwenaelle begann vor sich hinzusummen und fing sich vom Gangplatz den Blick einer alten Frau ein, die mit einer Leselupe ein Buch las. Sie sah nicht aus, als würde sie Kinder mögen, was sich bestätigte, als Maelys nieste und der Ärmel ihrer Schuluniformjacke für den Rotzfaden am Kinn herhalten musste. Die Leselupenfrau schnalzte missbilligend, und Gwenaelle wackelte pflichtbewusst mit dem erhobenen Zeigefinger, was ihre Schwester zum Lachen brachte. Ein helles, trillerndes Geräusch, das ein wenig wie der Lockruf eines Sandpfeifers klang.

Maelys war so leicht zum Lachen zu bringen. Eine Grimasse, eine herausgestreckte Zunge. Ein alberner Smiley, mit dem Finger auf die schmutzige Scheibe eines Abteilfensters gemalt. Es war unmöglich, sich nicht von ihrem Gelächter anstecken zu lassen, das so arglos aus ihr herauskam wie das, was jetzt auf dem viel zu langen Uniformärmel trocknete.

Gwenaelle entschlüpfte ein Kichern, und nun traf er sie doch, der tadelnde Blick aus Mamans braunen Augen. Der Busen unter der schief geknöpften Bluse hob sich für die unvermeidliche Rüge, aber die Blechstimme aus dem Lautsprecher war schneller als der verkniffene Mund.

»Mesdames et messieurs, dans quelques minutes nous arrive-rons à la Gare Montparnasse, Paris.«

Maman erhob sich und richtete ein *»Merci«* an den freundlichen Mann, der rasch die Zeitung beiseitegelegt hatte, um ihre Tasche von der Gepäckablage zu hieven. Mit einer Geste gab sie Maelys zu verstehen, dass ihre Reise hier endete.

Sie standen hintereinander in dem schmalen Gang, als der TGV aus Morlaix in den Bahnhof von Montparnasse einfuhr. Gwenaelle sprang als Erste auf den Bahnsteig und zog ihren Rollkoffer hinter sich her wie eine bockende Ziege. Sie erstarrte, überwältigt von der Hitze und dem Lärm in der riesigen Bahnhofshalle, von den vielen Menschen, die hin und her liefen. Ein abenteuerliches Duftgemisch aus Abgasen und verbrannter Schokolade stieg ihr in die Nase, während die Tür in ihrem Rücken die anderen Passagiere ausspie.

Wie selbstverständlich eilten sie in dieselbe Richtung davon, als ob sie alle zur selben Party eingeladen waren, bei einem Gastgeber, den man besser nicht warten ließ. Für einen kurzen Augenblick jedoch stockte der Strom auf dem Bahnsteig, als brächen Wellen an einem Riff. Es dauerte nicht länger als einen Wimpernschlag, dann teilte sich die Menschenmenge und umspülte den dunklen Fels in der Brandung.

Gwenaelle kniff die Augen zusammen. Das Riff entpuppte sich als schwarz gekleidete Frauengestalt, überraschend klein und zart für die Kraft, mit der sie sich nun einen Weg in ihre Richtung bahnte. Sie spürte, wie sich Maelys schwitzige Hand in ihre schob, und erinnerte sich daran, dass sie atmen musste.

»Yvonne!«, rief der Fels und winkte. Die laute, befehlsgewohnte Stimme eines Kapitäns auf hoher See.

Gwenaelles Herz klopfte schneller.

»Valérie.« Maman hob verhalten die Hand. Sie hatte es noch nie gemocht, wenn sie in der Öffentlichkeit auffiel.

Die Frau blieb stehen, ihr bunt gemusterter Hermès-Schal flatterte im Wind. Ein Lächeln huschte über ihr Gesicht, sie beugte sich nach vorne und breitete die Arme aus. Gwenaelle spürte, wie Maelys' Hand ihr entglitt, und wollte nachfassen, griff jedoch ins Leere.

Maelys rannte los, die Lackschühchen klapperten über den Bahnsteig. Und noch während ihre Schwester in die Arme der Tante flog, die sie eigentlich nur aus Erzählungen kannte, traf er Gwenaelle – der Blick aus meerwasserblauen Augen, die sie von der ersten Sekunde an durchschauten, als wäre ihre Haut aus Glas.

Eins

CLAIRE

Das Schönste am Sommer waren die Wolken, wenn sie aussahen wie Zuckerwatte, von klebrigen Kinderfingern an den Himmel gepappt. Kam außerdem ein milder Spätnachmittagswind hinzu, der nach Sonnencreme roch und Lounge-Musik von der Strandbar herübertrug, stand dem perfekten Einstieg ins Wochenende nichts, rein gar nichts im Weg.

Claire lächelte und setzte ihre Sonnenbrille auf. Seufzend lehnte sie sich in der Klappliege zurück, nahm das Kunstmagazin aus der Tasche und vergrub die Zehen im Sand. Satte vierunddreißig Grad hatten sie vorhin im Radio gemeldet. Es war zweifellos eine brillante Idee gewesen, nach Redaktionsschluss zum Weißensee zu fahren, obwohl halb Berlin offensichtlich denselben Einfall hatte. Aber mit geschlossenen Augen, ein bisschen Fantasie und wenn sie das Gekläffe und Kindergeschrei ausblendete, konnte sie sich an diesem Ort problemlos in den Urlaub träu…

»Claire! Wo bleibst du denn? Komm ins Wasser, es ist herrlich!«

Gut, sie brauchte mehr als nur ein bisschen Fantasie. Claire hielt die Zeitschrift ein wenig höher, auch wenn sie wusste, dass Sasha derartige Signale grundsätzlich ignorierte.

»Du kannst dich nicht verstecken, Mademoiselle Durant. Ich sehe deinen käsigen Alabasterkörper noch immer!«

Sie vermied einen allzu genauen Blick auf das schaukelnde

Holzfloß und das viele Wasser drum herum und konzentrierte sich auf die Gestalt, die auf der Badeinsel auf und ab hüpfte. Dünn und biegsam, wie Sasha war, *la fille sans balcon et derrière – das Mädchen ohne Busen und Hintern*, wie Claire sie insgeheim nannte, wirkte sie wie eine ausgelassene Sechzehnjährige. Claire schmunzelte und wedelte mit dem Magazin, als verscheuche sie ein hübsches, aber lästiges Insekt.

Sie liebte diesen See mit der lilienförmigen Fontäne in der Mitte und den Booten, die träge darum herum dümpelten. Allerdings war es eine Liebe, wie sie ein Kunstkenner verspürt, wenn er ein Gemälde betrachtet: aus respektvollem Abstand und ohne das Bedürfnis, es berühren zu müssen, um es zu verstehen. Davon abgesehen wurde ihr bereits beim Anblick des schwankenden Floßes übel.

Sasha schien aufgegeben zu haben. Von ihr war mit einem Mal weit und breit nichts mehr zu entdecken, und da Claire davon ausging, dass die kleine Wasserratte sicher nicht ertrunken war, kehrte sie zu dem Artikel zurück, der bereits in der Redaktion ihre Aufmerksamkeit erregt hatte.

Vom Dachbodenfund bis zur Semesterabschlussarbeit – Galeristen stellen neue Weichen in der Pariser Kunstszene und präsentieren die Werke unentdeckter Talente.

Sie seufzte. Wenn *Genusto* doch nur ein wenig breiter aufgestellt wäre. Davon abgesehen, dass sie schon ewig nicht mehr in Paris war – wie gern würde sie sich diese Ausstellung ansehen und darüber berichten. In jüngerer Vergangenheit gab es in London und in New York ähnliche Veranstaltungen, bei denen sich Künstler wie Jefferson Newthorne oder Angela Winston einen Namen in der internationalen Kunstszene gemacht hatten. Wenn die Kunstmetropole Paris gleichzog, konnte dies der Beginn von etwas Großem sein, das über kurz oder lang auch Berlin erreichen würde.

Ihr Puls erhöhte sich, wenn sie nur darüber nachdachte. Die Entdeckung neuer französischer Talente – bei einem solchen Ereignis dufte sie keinesfalls fehlen. Doch da *Genusto* sich hauptsächlich mit Themen rund ums Essen befasste und die Rubrik *Kultur und Lebensart* nur lächerliche drei Doppelseiten in dem Food-Magazin einnahm, durfte sie kaum darauf hoffen, dass Hellwig ihr eine Dienstreise im Namen der Kunst finanzierte.

Natürlich konnte sie Urlaub einreichen und das Ganze zu ihrem Privatvergnügen machen, aber Presseausweis hin oder her: Ohne persönliche Einladung würde sie nicht mal in die Nähe des Grand Palais gelangen, wo die große Eröffnungsgala stattfand. Vielleicht sollte sie ihren Chef doch …

»Ich wusste gar nicht, dass du wasserscheu bist«, ertönte eine fröhliche Stimme über ihr, die ein paar eiskalte Wassertröpfchen mitbrachte, welche sich auf Claires Schenkeln und der Zeitschrift verteilten.

Claire verbiss sich ein spontanes Quieken. Eine *grande dame* kreischte nicht. In keiner Lebenslage. Schon gar nicht, wenn zwei leidlich gut aussehende junge Männer nebenan lagen und frech herübergrinsten. Also lupfte Claire bewusst gemächlich die Sonnenbrille.

»Ich bin nicht wasserscheu«, sagte sie gedehnt und bohrte den Blick in Sashas Bauch, der mehr wie der eines Kindes als der einer Frau aussah. »Aber du hast da was kleben. Etwas ziemlich … Ekliges, wenn du mich fragst.«

»Was? Wo?«

»Ouuu! Es krabbelt.«

»Claire! Das ist nicht witzig.«

»Doch, *chérie*, ist es.«

Kichernd packte Claire die Zeitschrift ein. Es war Zeit für den angenehmen Teil des Tages. Sie würde am Montag mit dem

Chef über die Ausstellung in Paris sprechen und über einige andere Dinge, die ihr im Kopf herumspukten.

»Nun hör schon auf, dich zu drehen wie ein verrückter Kreisel. War bloß Spaß«, sagte sie milde, woraufhin Sasha schnaubend neben ihr in den Sand plumpste.

»Das war kein Spaß. Ich hab Angst vor Krabbelviechern.«

Die Versuchung, Sasha ein blondes, tropfendes Löckchen aus der Stirn zu streichen, war groß. Aber sosehr sie die Kleine mochte und sosehr es ihr gefiel, mit ihr ein paar unbeschwerte Stunden fernab der Redaktion zu verbringen, in erster Linie war Sasha ihre Praktikantin, auch wenn sie den Anstellungsvertrag bei *Genusto* so gut wie in der Tasche hatte.

»In was für eine Klemmmühle bin ich denn da schon wieder geraten? Nun schmoll nicht, *ma petite*.« Claire zwinkerte und senkte die Stimme. »Erklären wir lieber den *garçons* da drüben, wie die Franzosen hübschen Frauen Komplimente machen. Ich wette, ich bringe die Jungs dazu, uns zu einem Cocktail einzuladen.«

»Die Wette gilt. Du hast zehn Minuten.« Sasha hob eine Braue, ihr schmaler Mund zuckte. »Und es heißt Zwickmühle, Mademoiselle, nicht Klemmmühle.«

Am frühen Abend schob Claire ihr Fahrrad durch den efeubewachsenen Torbogen zum Hinterhaus der Ratiborstraße 15. Sie war schon ein paar hundert Meter vorher abgestiegen, denn der Gehweg war brüchig und mit Schlaglöchern übersät. Unter normalen Umständen stellte das Kreuzberger Pflaster keine große Herausforderung für ihre Fahrkünste dar, doch nach zwei Caipirinhas fühlte sie sich nicht mehr so sicher auf Iah. So hatte sie ihren Drahtesel einst getauft, weil er trotz Kettenschmiere und gutem Zureden nicht aufhören wollte zu quietschen. Aber wie das eben so ist mit Dingen, denen man einen Namen gibt:

Claire liebte Iah heiß und innig, und das alte Klapprad dankte ihr die geflüsterten Koseworte, indem es sie seit Jahren unverdrossen durch die Hauptstadt trug.

Sie bugsierte Iah in den Fahrradschuppen zu seinen namenlosen Kollegen, tätschelte den Sattel und nahm die Einkaufstüten aus dem Korb.

Es war immer dasselbe Gefühl, das sie überfiel, wenn sie nach Hause kam: eine Mischung aus Nostalgie, angesichts der balkonlosen Fassade, die im Gegensatz zum schmucken Vorderhaus dringend einen Anstrich benötigte, und Staunen über die Topfpflanzenidylle des Hinterhofs mit den Sitzgelegenheiten aus umgedrehten Obstkisten. Kinder hatten mit Kreide ein Hüpfkästchenspiel auf das Pflaster gemalt, und als Claire in das Halbdunkel des Hausflurs schlüpfte, war sie außer Atem und lächelte vergnügt, obwohl beim letzten Sprung der Henkel ihrer Obsttüte gerissen war.

Im dritten Stock drückte sie zweimal kurz und einmal lang auf den blank geriebenen Messingknopf neben dem Klingelschild und wartete, bis sich die vertrauten Pantoffelschritte näherten. Jemand hustete.

»Wer ist da?«

»Frau Kaiser, ich bin's. Claire Durant von oben. Ich bringe Ihnen etwas Obst.« Sie fischte einen Apfel aus der Tüte und hielt ihn vor den Türspion. »Sieht der nicht lecker aus? Na ja, eine kleine Druckstelle hat er wohl abbekommen, weil mir vorhin beim *la marelle* ein klitzekleines Malheur ...«

Die Kette rasselte, die Tür öffnete sich.

»Sie brauchen nicht so zu schreien, Fräulein Durant. Ich bin alt, aber nicht taub.«

»Natürlich Madame. Entschuldigen Sie bitte.«

Frau Kaiser war so klein, dass sogar Claire auf sie hinabschauen konnte. Rein körperlich, versteht sich, denn die pensionierte Oberschullehrerin gehörte nicht zu den Menschen, auf die man herabsah. Dazu war sie viel zu furchteinflößend.

»Das ist jetzt schon das dritte Mal in zwei Wochen, dass Sie mir was vorbeibringen«, sagte sie vorwurfsvoll und beäugte die zerrissene Tüte über den Rand ihrer Hornbrille hinweg.

»Nun ja, Sie sind erkältet. Deshalb dachte ich mir, es schadet nicht, wenn Sie ein paar Vitamine bekommen.«

»Dachten Sie das.«

»*Bien sûr*, Madame.« Claire lächelte gewinnend. »Aber wenn Sie die Äpfel nicht wollen, nehme ich sie gerne wieder …«

»Nu stellen Sie sich mal nicht so an, junge Dame«, schnarrte Frau Kaiser und öffnete die Tür so weit, dass Claire einen Blick auf den verschlissenen Perserteppich im Flur erhaschte. Sogar bis hierhin stapelten sich Bücher auf dem Boden. »Kommen Sie schon rein, für eine Tasse Tee werden Sie ja wohl Zeit haben.«

Claire wusste nie, ob sie die Luft anhalten oder gierig einatmen sollte, wenn sie diese Wohnung betrat, die mehr mit einem Antiquariat gemein hatte als manch alteingesessene Buchhandlung. Die Raumaufteilung entsprach der ihrer eigenen Wohnung im Stockwerk darüber, neben Küche und Bad gab es zwei winzige Zimmer am Ende des schlauchförmigen Flurs. Die meisten Berliner Hinterhäuser waren früher so konzipiert worden, damit die Arbeiterfamilien Wand an Wand mit den Bürgerlichen im Vorderhaus leben konnten.

Fasziniert strich Claire über die Buchrücken in dem deckenhohen Regal, wie kleine Füße marschierten ihre Fingerkuppen über raues Leder und goldgeprägte Titel. Anders als ihre roch diese Wohnung nach Staub und vergilbtem Papier – und ein bisschen nach saurer Kohlsuppe. Frau Kaiser nahm ihr die Obsttüte ab und ging voraus in die Küche, wo sie jeden Apfel einzeln begutachtete, ehe sie sie mit den roten Backen nach vorne in eine Blechschale legte. Auf dem Herd pfiff ein Flötenkessel, daneben standen zwei Tassen bereit, als hätte Frau Kaiser mit einem Gast gerechnet.

»Wie trinkt ihr Franzosen euren Tee?«, fragte sie über die Schulter und hob den Kessel von der Platte.

»In Pariser Teesalons trinkt man ihn üblicherweise mit etwas Zitrone, aber machen Sie sich bitte keine Umstände. Ein Löffelchen Zucker genügt vollkommen.«

»Paris, hm?« Frau Kaiser schob mit dem Ellenbogen ein paar Bücher beiseite, stellte die Tontassen ab und setzte sich Claire gegenüber an den Tisch. »Wo genau kommen Sie her?«

Die schilfgrünen Augen hinter den dicken Brillengläsern schauten Claire so intensiv an, dass sie mit einem Mal auf der Hut war.

»Sie kennen Paris?«, entgegnete sie und spielte mit dem Teebeutelschild. Wie erwartet eine gute, teure Marke, obwohl die alte Frau nur von einer kleinen Witwenrente lebte.

»Ob ich Paris kenne, fragt sie.« Frau Kaiser lachte. Ein heiseres, keuchendes Lachen, das ein wenig wie das Bellen eines winzigen Hundes klang. »Ich war schon so oft dort, dass ich manchmal denke, ich kenne die Stadt besser als Kreuzberg. Das will was heißen, immerhin lebe ich hier, seit meine arme Mutter im Schlafzimmer nach der Geburtszange geschrien hat.« Sie erhob sich umständlich und watschelte in ihren Pantoffeln aus der Küche, um kurz darauf mit einigen Büchern zurückzukommen. »Ich hatte die besten Stadtführer, die man auf dem Trödel kaufen kann. Hemingway, Süskind, Camus, Simone de Beauvoir … Suchen Sie sich eins aus, die meisten Geschichten spielen in Paris.«

Claire blätterte in einem Buch mit dem schweren, griffigen Einband und war sonderbar gerührt. »Mein Vater hat Hemingway immer gern gelesen, aber diesen Roman kenne ich nicht.«

»Behalten Sie ihn. Gibt eh niemanden, dem ich das Buch vermachen kann.«

»Das kann ich nicht annehmen, Frau Kaiser.«

»Beleidigen Sie mich nicht, sonst muss ich Sie bitten, ihre hübschen Schneewittchenäpfel wieder mitzunehmen.«

Claire nickte langsam. »In Ordnung. Vielen Dank dafür.«

Sie tranken den Tee, und es war durchaus kein unangenehmes Schweigen, das unter der Hängelampe schwebte, bis Frau Kaiser erneut das Wort ergriff.

»Wissen Sie, Sie sehen gar nicht aus wie eine typische Pariserin.«

Beinahe hätte Claire sich verschluckt. Mit Sicherheit wäre sie auch rot geworden, hätte sie nicht gewusst, dass die Bemerkung vollkommen ins Blaue zielte. Zum Glück schien die alte Dame keine Antwort von ihr zu erwarten. Sie spazierte gerade mit einem abwesenden Lächeln durch ihr eigenes literarisches Montmartre, weshalb Claire die Gelegenheit nutzte und rasch ihren Tee austrank.

»Ich muss leider gehen, Madame. Mein Kater wartet auf mich, und wenn ich ihn nicht gleich füttere, wird mich das teuer zu stehen kommen. Beim nächsten Mal bringe ich Ihnen Erdbeeren mit, wenn Sie möchten.«

Frau Kaiser nickte verträumt, drehte den Kopf und sah zum Fenster hinaus, als hätte jemand die Basilika Sacré-Cœur in den Hinterhof versetzt – oder gleich den Eiffelturm.

Claire war schon fast an der Haustür angelangt, als die heisere Stimme aus der Küche ihr verdeutlichte, dass ihre Nachbarin durchaus noch mit den Gedanken in dieser buchseitenstaubigen Wohnung weilte.

»Auch wenn ich finde, dass Sie für Hüpfkästchenspiele schon ein bisschen zu alt sind, Sie sind ein gutes Kind, Fräulein Durant. Ihre Eltern müssen sehr stolz auf Sie sein.«

Für einen winzigen Moment schloss Claire die Augen. »Vielen Dank für das Buch, Frau Kaiser«, antwortete sie und hoffte inbrünstig, dass es fröhlich geklungen hatte.

Claire rannte die Stufen nach oben, genau fünfundzwanzig waren es, und tastete wenig später nach dem Lichtschalter neben dem Garderobenhaken. Etwas Weiches strich ihr um die Beine, kurz darauf brannte ein scharfer Schmerz in ihrer Wade, den sie eigentlich hätte kommen sehen müssen. Sie fluchte leise, weil ihr das Buch entglitten und auf die Dielen gepoltert war. Wie ein pfeilschneller Schatten flüchtete der Angreifer durch den Flur und verschwand durch die angelehnte Küchentür.

»Du brauchst dich gar nicht zu verstecken, Sarkozy! Ich weiß, dass du das warst«, rief sie ihm hinterher, teils verärgert, teils belustigt.

Dieser Kater war eine Primadonna, das wusste vor allem die bedauernswerte Nachbarschaft, die er regelmäßig zusammenschrie, wenn seine Mitbewohnerin mal wieder später von der Arbeit kam. Dass er sich neuerdings für einen schwarzen Panther hielt, machte das Zusammenleben mit ihm nicht leichter. Kopfschüttelnd hängte Claire die Badetasche an die Garderobe, schlüpfte aus den Slingpumps und bückte sich nach dem Buch. Mit Bedauern erkannte sie, dass der Buchrücken beim Sturz gebrochen war. Um Sarkozy eins auszuwischen, ließ sie die Einkaufstüte liegen und schlenderte an der Küche vorbei ins Schlafzimmer.

Eine Weile stand sie unschlüssig vor dem ungemachten Bett, dann gab sie sich einen Ruck und öffnete den Spiegelschrank, der sie mit dem Geruch von Secondhand-Klamotten und, etwas unterschwelliger, dem ihres eigenen Parfums empfing. Die Kleiderstange trug schwer an ihrer Last und bog sich wie der Rücken einer alten Stute.

Automatisch strich sie über den Kragen der dunkelblauen Fleecejacke, die sie ganz rechts einsortiert hatte, bei den Kleidungsstücken, die sie selten oder nie trug. Immer wieder misslang es ihr, der Versuchung zu widerstehen, und jedes Mal, wenn ihre Fingerspitzen Jans Trainingsjacke berührten, fragte sie sich, wieso sie das verwaschene Teil nicht längst in den Altkleidercontainer geworfen hatte. Er würde es sowieso nicht abholen.

Claire musste sich auf die Zehenspitzen stellen, um das Hutablagefach zu erreichen. Während in der Küche ein lang gezogenes Maunzen davon kündete, dass Sarkozy mit seiner Katzengeduld am Ende war, schob sie das Buch unter die Schuhe, die in bunten Schachteln auf besondere Gelegenheiten warteten, die nie kamen.

Etwas klirrte, wahrscheinlich die gelb gepunktete *Café-au-lait*-Schale vom Morgen, die zweite, die in diesem Monat zu Bruch ging. Claire schloss den Schrank und spürte den leisen Anflug eines schlechten Gewissens, das in ihrer Brust kratzte und flatterte wie ein eingesperrter Vogel. Wie hätte sie ihrer alten Nachbarin denn nur erklären sollen, dass dieses Buch – oder vielmehr das, was sie damit verband – zu einem Leben gehörte, an das sie sich nicht erinnern wollte?

Noch nicht.

Vielleicht nie.

GWENAELLE

Valérie Aubert lebte allein, hatte keine Kinder, und ihre Lieblingsfarbe war Schwarz. Zu dieser Erkenntnis kam Gwenaelle an ihrem vierten Tag in Paris, das sie zu diesem Zeitpunkt nur durch das Fenster einer fremden Wohnung gesehen hatte.

Dabei war Schwarz eigentlich gar keine Farbe, wie ihr Kunstlehrer einmal behauptet hatte. Gwenaelle wusste es jetzt besser. Es hatte Nuancen, ein physikalisches Gewicht und sogar eine eigene Sprache. Es konnte blau glänzen wie die Rabenfeder an Valéries Hut oder seidig braun wie der Goldschnallengürtel, der aussah, als würde er jeden Moment an den Hüften ihrer Tante herunterrutschen. Schwarz konnte laut sein wie Absatzschuhe auf Küchenfliesen oder leise wie das Geräusch, das entstand, wenn Valérie ihren Rock glatt strich. Es vermochte Gefühle hervorzurufen, sogar bei Maman, die stirnrunzelnd Valéries Strumpfnaht betrachtete, die sich an die schlanken Waden ihrer Schwester schmiegte. Vor allem aber brachte es alle anderen Farben zum Strahlen. Einen roten Mund, ein nachlässig um die Schultern geworfenes türkisgrünes Tuch, eine bunte Glasbrosche, die im Sonnenlicht funkelte. All das war das Geheimnis von Valéries Schwarz – und es machte sie unwiderstehlich.

Ob es ihrer Tante auffiel, dass Gwenaelle sie praktisch observierte, ließ sich nicht mit Bestimmtheit sagen. Vielleicht ignorierte Valérie verstohlene Blicke aus Gewohnheit oder war zu höflich für eine ungeduldige Bemerkung. Sie schien ein Mensch zu sein, der sehr vieles ignorierte. Etwa das selbstvergessene Grunzen von Maelys, wenn sie wie ein Äffchen auf dem Teppich hockte und einen Malblock nach dem anderen mit den Wasserfarben vollklekste, die Valérie ihr geschenkt hatte. Ebenso Gwenaelles mürrisches Kopfschütteln, wenn sie die Himbeertörtchen aus der Patisserie um die Ecke probieren sollte, für die sie in ihrem ersten Leben vermutlich gemordet hätte. Das unentwegte Plärren des Fernsehers, wenn Maman sich eine Kochsendung nach der anderen ansah, den Blick auf die gelb gestrichene Wand dahinter gerichtet.

Es war Gwenaelle unheimlich, mit anzusehen, was mit Maman geschah. Schon vor Paris war sie nur noch ein Schatten jener Frau gewesen, die einmal ihre Mutter war: fröhlich, geduldig und stets um ein liebevolles Wort reicher als alle anderen. Zuerst war ihr Gesicht grau geworden und danach die Haare, die sie seit jenem furchtbaren Tag nie wieder offen getragen hatte. Irgendwie hatte Maman trotzdem funktioniert, obwohl ihre Haltung etwas von Patapouf dem Stoffhasen hatte, der zu Hause auf Maelys' Bett saß und auf ihre Rückkehr wartete. Erst als sie sich mit krummem Rücken in die Umarmung ihrer Schwester sinken ließ, hatte Maman zum ersten Mal geweint. Seitdem schien es ihr unmöglich, aufrecht zu stehen.

Und Valérie? Valérie wartete. Geduldig und beharrlich, seit nunmehr sechsundneunzig Stunden. Nur zum Einkaufen verließ sie die Wohnung oder um die *Le Monde* vom Zeitungskiosk zu holen. Zum Mittagessen machte sie Salat, und am Abend kochte sie dreigängige Menüs, in denen ihre Gäste lustlos herumstocherten. Ihr rot geschminkter Mund stand fast nie still, sie plauderte über das herrliche Sommerwetter oder eine Ausstellung in irgendeiner Galerie, deren Namen Gwenaelle sofort wieder vergaß. Sie putzte, bügelte und räumte die Schulbücher auf, die Gwenaelle wütend in die Ecke geworfen hatte, trällerte Chansons im Radio mit und machte Unsinn mit Maelys, der sie als Einzige mit ihren kindischen Grimassen ein Lächeln entlockte.

Dann saß sie wieder stundenlang in dem Ohrensessel neben dem kalten Ofen, barfuß, ein Buch auf den angewinkelten Knien. Oft starrte sie nur aus dem Fenster, das Kinn in die Hände gestützt, wie eine Patientin, die im Wartezimmer eines Arztes ausharrt, bis sie an der Reihe ist.

Insgeheim bewunderte Gwenaelle sie für ihre Ausdauer, zumal sie ihren eigenen trotzigen Willen in ihrer Tante wiedererkannte, aber eines konnte selbst eine Valérie Aubert trotz der heimlich im Badezimmer gerauchten Zigaretten nicht mehr lange ignorieren: Die Dachgeschosswohnung in der Rue Martel 1 war viel zu eng für vier Personen. Vor allem, wenn drei davon nicht dazu zu bewegen waren, auch nur einen Fuß vor die Tür zu setzen. Allein deshalb kamen Gwenaelle die zäh dahinfließenden Pariser Hochsommertage endlos lang vor, doch sie waren nichts gegen die Nächte, in denen sie nach Hause zurückkehrte.

Sie fuhr stets abrupt und mit weit aufgerissenen Augen aus ihren Träumen auf, auf der Brust einen Stein, der sich keinen Millimeter bewegen ließ. Dann faltete sie sich wie ein Klappmesser zusammen und atmete durch den Mund, weil ihr Herz wehtat und ihr von dem stechenden Lavendelgeruch der Bettwäsche übel war.

Wenn Maelys spürte, dass sie wach war, krabbelte sie zu ihr auf das viel zu schmale Sofa und kuschelte sich in ihre Armbeuge. Mit ihren Puppenhänden umschloss sie Gwenaelles Gesicht und pustete ihr gegen die Stirn, als hätte sie dort einen Kratzer, der schnell heilen sollte. Ein Trost, der nach Orangenshampoo und süßlichem Kinderschweiß roch und so lange hielt, bis Maelys in ihren Armen eingeschlummert war und Gwenaelle mit der Nacht allein ließ. Den Atemzügen von ihrer Schwester und Maman lauschend, die sich im Schlaf hin und her wälzte, versuchte sie sich an den guten, den glücklichen Erinnerungen von zu Hause, um dann doch nur mit schlechtem Gewissen an Luik oder Nicolas zu denken. Ihren lieben, sanften Freund Nicolas.

Sie hatte ihm versprochen, den Sommer über in der Fischhalle zu helfen, beim Entladen der Kutter, beim Kistenschleppen. Dass die Jungs sie überhaupt gefragt hatten, war etwas Besonderes, weil sie am Hafen eigentlich keine Mädchen gebrauchen konnten. Das war, bevor Maman ihr eröffnet hatte, dass sie die Ferien bei Tante Valérie in Paris verbringen würden.

Gwenaelle hatte nicht erwartet, dass allein die nächtlichen

Geräusche der Stadt einen so viel stärkeren Sog auf sie ausüben würden als die verwaschenen Erinnerungen aus Sand, Schlick und Felsen. Zu Hause fühlte sich auf einmal weit weg an, und es war so still dort, während hier sogar die Nacht einen Herzschlag hatte. Auf der Straße knatterten Motorroller vorbei, Musik und Stimmengewirr flatterten bis weit nach Mitternacht durch das geöffnete Fenster herein. Sie stellte sich vor, wie die Leute unten vor dem Bistro saßen, sommerelegant gekleidete Pariser mit entspannten Gesichtern und weinschweren Zungen – die letzten Gäste, die sich kaum daran störten, dass der *patron* bereits die unbesetzten Tische und Stühle auf dem Bürgersteig zusammenklappte.

Die Standuhr im Wohnzimmer tickte überlaut, das Silberpendel schimmerte im Mondlicht. Valérie kehrte stets pünktlich zehn Minuten nach zwei von ihren nächtlichen Ausflügen zurück, über die keiner je ein Wort verlor. Vielleicht war Gwenaelle die Einzige, die davon wusste. Normalerweise drehte sie sich zur Wand um, sobald sie das Türschloss klicken hörte, das Klappern, wenn Valérie den Schlüssel in die Glasschale legte, und das Tapsen ihrer nackten Sohlen, ehe sich die Schlafzimmertür hinter ihr schloss.

Heute blieb Gwenaelle, wo sie war, das Gesicht dem erleuchteten Flur zugewandt. Valérie hielt inne, die Absatzschuhe in der Hand – ein krummer Scherenschnitt im Türrahmen. Obwohl ihr Flüstern verloren ging wie eine Handvoll Glitter, den man in die Luft wirft, konnte Gwenaelle die Worte ihrer Tante fühlen. Sie waren freundlich und kratzten ein bisschen, als ob eine raue Spülhand ihr Gesicht streichelte.

Neugierig beobachtete sie, wie Valérie einen Gegenstand aus dem Regal im Flur zog und auf die Türschwelle legte, ehe sie lautlos verschwand, geschmeidig wie eine schwarze Katze. Gwenaelle zählte. Bei achtundachtzig erlosch der Lichtstreifen unter der Schlafzimmertür. Erst bei hundertzwanzig schlüpfte sie unter der Bettdecke hervor, schnappte sich das Buch und huschte zurück aufs Sofa. Um im Mondlicht den Titel lesen zu können, musste sie den schweren Band hoch über den Kopf halten.

Spaziergang durch Paris. Ein Reiseführer.

Sie ließ das Buch auf die Brust sinken und starrte zur Zimmerdecke empor, ihre Armmuskeln kribbelten, und ihr Herz klopfte lauter als normal. Von unten drangen das Klackern von Frauenabsätzen und Gelächter herauf, Glas zersprang auf dem Asphalt. Irgendwo heulte ein Motor auf, ein Hund bellte.

Das war also Paris. Die Stadt der Blau- und Lilatöne, der Kunst und der Mode. Und der Liebe.

Gwenaelle schauderte, als ein Gefühl der Zuversicht in ihr aufstieg, obwohl es eigentlich keinen Anlass dafür gab. Doch aus irgendeinem Grund wusste sie plötzlich, dass es bald schon keine Nächte mehr geben würde, in denen sie im Traum ertrank.

Alles würde gut werden.

Zwei

CLAIRE

Die Drehtür, die aus der Sommerhitze in das kühle Innere des Verlagshauses Hebbel + Foch führte, war seit Wochen defekt, weshalb Claire den Seiteneingang nahm. Weil sie ewig mit dem verrosteten Fahrradschloss von Iah gekämpft hatte, musste sie rennen, um die akademische Viertelstunde einzuhalten, innerhalb der Hellwig eine Verspätung seiner Mitarbeiter tolerierte. Eigentlich hätte sie sofort die Treppe ansteuern müssen, trotzdem ging sie zielstrebig zum Empfangspult, hinter dem sie die blonde Dauerwelle von Frau Rose erspähte.

»*Bon jour*, Barbara«, rief sie fröhlich. »Ich hoffe, du hattest ein schönes Wochenende.«

Die Empfangssekretärin hatte ein teigiges Gesicht mit schlechter Haut und missmutige Augen, die selten wohlwollend auf ihre Mitmenschen gerichtet waren. Claire lächelte breiter und beugte sich über das Pult. Barbara trug ein zuckriges Parfum mit einer seifigen Note, die typisch für ein preisgünstiges Drogeriemarktprodukt war.

»Du hast heute eine sehr hübsche Bluse an, *ma chère*.«

»Und du hast wohl mal wieder verschlafen, meine Liebe«, sagte Frau Rose mit unbewegter Miene. Nur der faltige Mund zuckte verräterisch.

Claire mochte solche Menschen, die sie *verres d'eau* – Wassergläser nannte. Außen hart, innen flüssig und durchschaubar, was es leicht machte, sie für sich zu gewinnen.

»Du hast recht«. Claire schielte auf die Katzenbrosche, die an Frau Roses Blusenausschnitt steckte. »Sarkozy hat mich die halbe Nacht wach gehalten, und ich habe es mal wieder nicht übers Herz gebracht, ihn aus dem Bett zu werfen.«

Barbaras Gesichtszüge wurden sofort weich. »Das kenne ich«, seufzte sie und setzte den Kopfhörer ab. »Aber so lieb dein Kater ist, du darfst ihm nicht alles durchgehen lassen.«

Claire dachte an ihre zerbrochenen Lieblingsschalen und den daumenlangen Kratzer an ihrer Wade, weshalb sie im Hochsommer eine Hose trug. *Lieb* war nicht unbedingt die Vokabel, die ihr zu Sarkozy einfiel.

»Vielleicht kannst du mir ja mal einen Rat geben, was das angeht. So von Fachfrau zu ahnungsloser Anfängerin.«

»Natürlich, meine Gute.« Barbara lächelte geschmeichelt.

Hab ich dich, dachte Claire und wandte sich nach einem geflüsterten »*Merci*, hab einen schönen Tag, *ma chère*« endlich der Wendeltreppe in die oberen Etagen zu.

Sie hatte den ersten Stock kaum erreicht, als hinter ihr eine affektierte Stimme erklang.

»So von Fachfrau zu Anfängerin …«, deklamierte Sasha, rollte mit den Augen und hüpfte an ihr vorbei, obwohl sie eine Druckerpapierkiste trug, die ziemlich schwer aussah.

Dieses verrückte Mädchen hüpfte ständig, selbst in Situationen, in denen andere Menschen gar nicht auf die Idee kämen – geschweige denn, dass sie es könnten.

»Du hast gelauscht. Das ist kein gutes Benehmen.«

»Und du hast dich eingeschleimt. Das ist viel schlimmer.«

»Ich habe mich nicht einge…« Claire verzog das Gesicht. »Was soll das überhaupt sein, dieses fürchterliche Wort?«

»Du bist der ollen Schreckschraube in den Hintern gekrochen. Hast dich lieb Kind gemacht, angebiedert, eingeschmeichelt … Suchs dir aus, es gibt viele Ausdrücke dafür.«

»Sasha, du hast keine Ahnung. Ich war bloß nett zu ihr, und dafür ist sie nett zu mir.«

»Ah.« Sasha spitzte ihren rosafarbenen Mund. »Vermutlich wieder so ein Franzosen-Dings.«

»Nein, das nennt sich Charme«, antwortete Claire trocken. »Ein bisschen mehr davon täte deinem Deutschen-Dings ganz gut.«

»*Touché, mademoiselle.*« Sasha stellte die Kiste ab und hielt ihr mit einem frechen Grinsen die Glastür auf, auf der in geschwungenen Lettern *Genusto – Ressort Essen & Lebensart* prangte.

Wie immer bemühte sich Claire, nicht auf die leere Stelle zu schauen, wo noch im letzten Jahr der Name ihrer Lieblingskollegin geklebt hatte. Obwohl sie nur kurz befreundet gewesen waren, vermisste sie Hanna noch immer, die mittlerweile glücklich verheiratet in Italien lebte. Zwar spielte Claire ständig mit dem Gedanken, ihre Freundin zu besuchen, aber bisher war jeder Versuch gescheitert, weil sie entweder keinen Urlaub bekam oder sich niemand fand, der sich um ihren durchgeknallten Stubentiger kümmerte.

»Was ist, Mademoiselle Durant? Hoppelahopp, wie du immer so schön sagst, rein mit deinem unvergleichlichen Pariser Charme. Den können wir heute gut gebrauchen, der Chef hat hohen Besuch. Ich sag dir, diese Vorstandsmitglieder sehen irgendwie alle gleich aus. Reich, selbstzufrieden und wichtig. Zwei Keksschachteln haben sie schon verputzt und Kaffee trinken sie wie ausgedörrte Kamele auf 'ner Wüstenwander…«

»Der Vorstand ist hier?« Claire spürte, wie sich jede Faser ihres Körpers anspannte, während sie nebeneinander durch den Flur gingen, Claire mit klappernden Absätzen, Sasha mit quietschenden Turnschuhen. »Weißt du, warum?«

»Ich würde sagen, zum Kaffeetrinken.« Sasha schnalzte abschätzig und bog zum Lagerraum ab.

Claire hatte eigentlich nicht vor der Glasfront des Besprechungsraums stehen bleiben wollen, aber die Jalousie war heruntergelassen – ein untrügliches Zeichen dafür, dass dort etwas Wichtiges vor sich ging. Stimmengemurmel drang heraus, hier und da untermalt von Frauengelächter. Sogar Zigarettenqualm roch sie, dabei hatte der Chef das Rauchen im gesamten Gebäude strikt untersagt. Zögernd trat sie näher an die Scheibe heran. Wenn sie sich bückte, konnte sie zwischen den Lamellen der Jalousie hindurchspähen.

Sebastian Hellwig schlenderte am Kopfende des Konferenztisches hin und her, die Hände in den Taschen der Leinenhose vergraben, den Blick auf seine Zuhörer gerichtet. Drei Männer, eine Frau. Sie war nicht mehr jung, aber attraktiv, obwohl sie zu stark geschminkt war. Im Gegensatz zu den Herren, deren Anzugärmel förmlich auf der Tischplatte klebten, wippte sie mit übereinandergeschlagenen Beinen auf dem Schwingstuhl und strich sich fortwährend den rot gefärbten Bob aus der Stirn, während sie Hellwig unter schweren Wimpern hervor musterte. Sie sah aus wie eine Hyäne, die ihr Mittagessen begutachtete, und so sehr Claire gegen das spontane Gefühl ankämpfte – sie mochte diese Frau nicht.

Hellwig kam zum Ende. Ein Lächeln huschte über sein kantiges Gesicht, als die Frau ihm applaudierte und die Männer pflichtbewusst einstimmten. Er setzte die Brille ab und nahm Platz, nicht am Kopfende, wo er sonst immer saß, sondern an der Längsseite des Konferenztisches.

»Gehört Herumspionieren auch zum berühmten französischen Charme, oder hab ich da was verwechselt?«, wisperte jemand Claire ins Ohr.

»*Mon Dieu*, Sasha! Hab ich dir nicht gesagt, du sollst dich nicht immer anschleichen wie ein Fredchen auf Mäusejagd?«, schimpfte Claire und versuchte, nicht rot zu werden.

»Frettchen.« Sasha kniff die Augen zusammen.

»*Pardon?*«

»Das Tier heißt Frettchen«, wiederholte Sasha, blickte zum Konferenzraum hinüber und hob eine Braue. »Mir scheint allerdings, hier ist wer anders auf der Pirsch.«

»Wie wäre es, wenn du zur Abwechslung mal deine Arbeit erledigst?« Claire pikste in den Katalogpacken in Sashas Armen, die aussahen, als würden sie unter dem Gewicht jeden Moment auseinanderknicken wie trockene Äste. »Geh die Post verteilen und spaziere nicht auf meinen Nerven herum.«

»Zu Befehl, *Madame général.*« Sasha feixte und legte der verblüfften Claire die Kataloge in den Arm.

»Was soll das denn jetzt?«

»Das ist deine Post.« Ihre Praktikantin drehte sich um und flüchtete in die Belegschaftsküche, nicht ohne ein schadenfrohes »Damit wären wir quitt« auf dem Flur zurückzulassen.

Zunächst war Claire versucht, ihr die passende Antwort hinterherzurufen, doch sie überlegte es sich anders und steuerte ihr Büro an. Davon abgesehen, dass sie grundsätzlich und niemals die Contenance verlor – das war etwas für stille Abende mit Sarkozy und einer Flasche Crémant –, stand ihr nicht der Sinn danach, Sasha gegenüber die Vorgesetzte zu mimen. Wo das Mädchen recht hatte, da hatte es recht. Sie hatte spioniert, obwohl sie es nur ungern zugab.

GWENAELLE

Valérie Auberts Geduldsfaden riss an einem Montagmorgen, zehn Tage, nachdem sie in Paris angekommen waren. Gwenaelle hatte den Knall kommen sehen, schon als ihre Tante die Brauen zusammenzog und ausholte. Die Tasse donnerte auf die Küchenanrichte, wo Valérie im Stehen frühstückte, meist ein

Stück Baguette vom Vortag, das sie in ihren *café crème* stippte. Trotzdem fuhr Gwenaelle zusammen, als hätte ihre Tante einen Colt gezückt und damit ein Loch in die Decke geschossen. Ein sehr großes Loch.

»*Bon sang*, Yvonne«, sagte Valérie schmallippig und ihre Augen funkelten angriffslustig.

Sie ist sogar schön, wenn sie wütend ist, dachte Gwenaelle und sah zu Maman hinüber, die wie eine Wachsfigur auf dem Stuhl saß, lieblos hingegossen von wem auch immer und dann vergessen. Maman hob den Kopf und blinzelte. Valérie hatte die Hände in die Hüften gestemmt, ihr linker Schuh und die Hutfeder wippten im Takt. Sie wirkte wie eine ulkige Zeichentrickfigur und Gwenaelle hätte wahrscheinlich gelacht, wenn ihre Tante nicht so bitterernst geschaut hätte.

»Armel ist tot. Das ist furchtbar, wirklich furchtbar. Aber er wird nicht wieder lebendig, wenn du mit ihm stirbst. Also reiß dich gefälligst zusammen und kümmere dich um deine Töchter.« Valéries Worte durchschnitten die Luft wie ein Peitschenhieb.

Gwenaelles Brust zog sich zusammen. *Tot.* Es war das erste Mal, dass jemand dieses Wort in den Mund nahm, seit …

Maelys, die nichts von Valéries Ausbruch bemerkt hatte, riss ein Blatt aus dem Malblock und murmelte vor sich hin. Obwohl es Gwenaelle nicht sonderlich interessierte, was ihre kleine Schwester da malte, eines war nicht zu übersehen: Sie geizte nicht mit Farbe, die mittlerweile auch Valéries cremefarbenen Teppich zierte.

Tot.

Noch während Maelys auf allen vieren zu der Mappe krabbelte, in der sie gleich sorgsam ihr neues Werk verstauen würde, empfand Gwenaelle plötzlich das heftige Verlangen, taub zu sein. Wie ihre Schwester.

Valérie stand so dicht vor Maman, dass sich ihre Knie fast berührten, und streckte die Hand aus. »Versuch es doch wenigstens.«

Sie hatte schlanke, gepflegte Finger mit weißen Halbmonden an den Nagelspitzen. Unwillkürlich verbarg Gwenaelle ihre eigenen abgeknabberten Nägel hinter dem Rücken, während Mamans Blick im Raum umherirrte. Er verhedderte sich in Maelys' dunkelbraunen Locken, die ihren Kindernacken noch zarter aussehen ließen, als er ohnehin schon war. Sie saß noch immer auf dem Boden, nestelte an der Bildermappe herum, wobei sie grunzte und schmatzte, wie eins der Ferkel von Monsieur Gourriérec, wenn es nach Futter suchte. Drei Versuche brauchte sie, bis es ihr gelang, das rote Band, das die Mappe zusammenhielt, zu einer Schleife zu binden. Das war typisch für Maelys. Alles musste stets aufgeräumt und an seinem Platz sein.

Mamans Brust wölbte sich, auf Valéries Arm gestützt torkelte sie auf die Füße und suchte mit den Augen nach Gwenaelle, die instinktiv die Arme verschränkte. Gleich würde sie kommen, die Ermahnung, sie solle die Nase besser in die Schulbücher stecken, die unangetastet in der Wohnung verteilt lagen. Monatelang dieselbe Leier, weinerlich und anklagend, weil ihre Leistungen nicht mehr dem entsprachen, was ihre Lehrer von der Klassenbesten erwarteten.

Das konnte Maman getrost vergessen. Gwenaelle wollte nicht lernen. Nicht mehr. Sie wusste längst genug über das Leben und über das Sterben – besonders über das Sterben. Außerdem gab es niemanden mehr, dessen Gesicht vor Stolz leuchtete, wenn sie gute Noten mit nach Hause brachte. Wozu also die Mühe?

Wider Erwarten sagte Maman nichts, sondern wandte sich an Valérie. »Ich glaube, etwas frische Luft wäre eine gute Idee.«

Gwenaelle sah überrascht auf, weil Maman so normal geklungen hatte. Ihre Mutter nickte Valérie zu und ging ins Bad, steif und schwerfällig, wie jemand, der tagelang im Bett gelegen hatte.

Valérie lehnte jetzt an der Spüle, die Beine elegant gekreuzt. Die marokkanische Holzperlenkette baumelte vor ihrem Bauch, während sie an dem erkalteten *café crème* nippte und Maelys bei dem gut gemeinten Versuch beobachtete, mit dem Spüllappen einen handtellergroßen blauen Farbklecks aus dem Teppich zu schrubben.

»Manchmal kann uns eine gut platzierte Ohrfeige tatsächlich ins Leben zurückholen«, sagte sie an Gwenaelle gewandt und musterte anschließend mit einer gewissen Abscheu den Inhalt ihrer Tasse. »Notfalls tut es aber auch ein Schluck kalter Kaffee mit Bodensatz.«

Mit der Metro fuhren sie in das berühmte Quartier Latin, das völlig anders war als in Valéries Reiseführer beschrieben. Natürlich hatte Gwenaelle ihn gelesen. Zweimal, im Mondlicht oder in der Morgendämmerung, die gegen vier Uhr ein lilafarbenes Seidentuch über die Dächer des 10. Arrondissements breitete.

Zunächst war sie misstrauisch gewesen. Welcher junge Mensch las schon freiwillig einen Reiseführer, noch dazu über eine Stadt, die er sich nicht ausgesucht hatte? Letztendlich war es der Autor selbst, der Verständnis für Gwenaelles Vorbehalte zeigte und sie mit lustigen Geschichten und Bleistiftzeichnungen durch ein Paris führte, das sie neugierig machte. Umso enttäuschter war sie, als ihre Tante sie bei ihrem ersten Ausflug ausgerechnet in die Moschee an der Place du Puits-de-l'Ermite führte.

Hier spürte sie nichts von dem authentischen Pariser Straßenflair, von dem der Autor in dem Buch schwärmte. Weder gab es ausgefallene Klamottenläden noch waren sie auf dem kurzen Weg von der Metrostation hierher an irgendeinem Wein- oder

Käseladen vorbeigekommen. Keine Männer mit Schirmmützen und Baguettes unter dem Arm, keine berühmte Schauspielerin, die ihr Hündchen Gassi führte. Kein buntes Markttreiben unter roten Markisen ließ ihr Herz höher schlagen, keine Geigen- oder Akkordeonmusik wehte durch die Gassen, und nirgendwo hielt ein verliebtes Pärchen an einem Bistrotisch Händchen.

Gwenaelle beschlich das Gefühl, dass Valérie sie absichtlich durch all die unscheinbaren Häuserlücken hierher geschleust hatte, aus Rücksicht auf Maman oder Maelys, die manchmal Angst bekam, wenn sich zu viele Menschen an einem Ort zusammendrängten – oder warum auch immer. Jedenfalls fühlte sie sich betrogen. Erst schenkte Valérie ihr dieses Buch, und nun hockten sie in einem langweiligen, schattigen Innenhof mit lauter leeren Mosaiktischen und spielten Tausendundeine Nacht.

Valérie legte den Kopf in den Nacken und ließ eine schnurgerade Rauchfahne in das Blätterdach der Bäume aufsteigen. Feigenbäume, hatte sie Gwenaelle erklärt, die es gar nicht wissen wollte.

»Was ist mit deiner Schwester?«, fragte Valérie einen besonders ausladenden Baum, der es ihr offenbar nicht übel nahm, dass sie ihn mit ihren Gitanes einräucherte.

»Was soll mit ihr sein?«, brummte Gwenaelle. »Sie ist taub.«

»Aber stumm ist sie nicht, oder? Ich erinnere mich an eine nervtötende Vierjährige, die unentwegt geschnattert und wild gestikuliert hat.« Valérie wies mit dem Kinn zum Brunnen hinüber, wo Maelys einige Blütenblätter schwimmen ließ, die sie aus den Rosenstöcken am Gittertor gerupft hatte. »Das da ist ein stummer Fisch, kein gehörloses Kind.«

Gwenaelle ließ sich nicht anmerken, dass sie überrascht war, weil Valérie Maelys noch so gut in Erinnerung hatte. Sogar sie selbst, die wesentlich älter war, erinnerte sich nur dunkel an die wenigen, meist kurzen Besuche ihrer Tante. Maman hatte einmal erzählt, Valérie sei sehr jung gewesen, als sie die Bretagne verließ, um einen reichen Pariser Playboy zu heiraten, der sie wie befürchtet sitzengelassen hatte.

Gwenaelle bezweifelte mittlerweile, dass diese Geschichte stimmte. Valérie sah nicht aus wie sitzengelassen, auch wenn sie keinerlei Vorstellung davon besaß, wie eine solche Frau auszusehen hatte. Statt zu antworten, rührte Gwenaelle zwischen den Minzeblättern herum, die wie Algen in ihrem Tee schwammen. Die Flüssigkeit war ganz trüb, weil sie versehentlich zu viel Honig hineingetan hatte, dabei war ihr Mund schon klebrig genug von den süßen *pâtisseries*, die angebissen auf ihrem Teller lagen.

Von Maman war keine Hilfe zu erhoffen. Sie war schon vor einer Viertelstunde mit ihrem Schminktäschchen auf die Toilette verschwunden und bisher nicht zurückgekommen.

Leider schien Valérie immer noch auf eine Reaktion zu warten. Sie war hartnäckig, vor allem wenn es um Dinge ging, über die normale Erwachsene nicht mit Kindern redeten. Aber Gwenaelle wusste ja, dass Valérie alles andere als eine normale Erwachsene war. Schon wie sie dasaß in ihrem Hosenanzug, die riesige Sonnenbrille auf der Nase und die Handgelenke voller klimpernder Armreife. Sie benahm sich wie ein Filmstar, der in einem Palais wohnte, nicht in einer Dachgeschosswohnung über einem billigen Bistro in einem ebenso billigen Viertel. Trotzdem ertappte Gwenaelle sich bei dem Gedanken, dass sie gern ein bisschen wie Valérie wäre.

»Sie hat eben irgendwann aufgehört zu reden«, antwortete Gwenaelle unwillig und zuckte mit den Schultern.

Maelys hatte inzwischen die Lackschuhe und Söckchen ausgezogen, war auf den Brunnenrand geklettert und planschte vergnügt mit den Füßen im Wasser. Das war bestimmt verboten, aber wen kümmerte das schon. Gwenaelle war es leid, ständig den Babysitter zu spielen.

»Hat sie damit aufgehört, bevor oder nachdem euer Vater gestorben ist?«

Sie starrte ihre Tante an und wusste nicht, ob sie entsetzt, wütend oder einfach nur erstaunt sein sollte. Valérie sprach über das Sterben, als plauderte sie über das Wetter. Dabei wirkte sie nicht im Geringsten beschämt oder verkrampft, nur interessiert.

Vor dem Sturm oder nach dem Regen?

»Ist doch egal«, murmelte Gwenaelle und schob den Teller beiseite.

»Du solltest das aufessen, es ist gut für die Seele.«

»Woher willst du wissen, was gut für meine Seele ist? Du kennst mich ja kaum.«

»*Savoir-vivre, petite Gwen.*« Valérie beugte sich vor. »Ich lade dich ein, du isst, so lautet die Pariser Regel, dafür muss ich dich nicht kennen. Ein bisschen Zucker hat noch niemandem geschadet, außer du stopfst dir das Zeug täglich rein. Dann geht es auf die Hüften.« Sie tippte sich seitlich an den Bauch, wo außer der Wölbung ihres Hüftknochens nicht viel zu sehen war.

»Ich heiße Gwen-a-elle, nicht Gwen«, murrte Gwenaelle und verschränkte die Arme vor der Brust. Sie tat das ziemlich oft in letzter Zeit, das wusste sie. »Außerdem weiß ich gar nicht, was wir hier sollen. Ich dachte, du zeigst uns Paris. Das hier ist…« Gwenaelle machte eine abschätzige Geste, die nicht nur den Innenhof des Moschee-Cafés, sondern gleich die ganze Stadt einschloss.

Valérie lächelte geheimnisvoll und legte einen Finger auf die roten Lippen, denn Maman kehrte gerade zurück.

»Oh, das hier *ist* Paris«, flüsterte sie. »Das und noch viel mehr, *ma belle*. Je mehr du davon siehst, desto mehr wird es mit dir machen.«

CLAIRE

In ihrem Büro angekommen, legte Claire den Postpacken auf den Schreibtisch, auf dem noch allerhand unerledigte Arbeit von gestern lag. So war es eigentlich immer. Seit Hanna nicht mehr da war, kam sie kaum hinterher, obwohl Sasha mittlerweile ganz passable Artikel schrieb.

Während der Rechner hochfuhr, begann sie die Post vorzusortieren. Die Tageszeitungen nach links, die Verlagsprogramme, Reisekataloge und Einrichtungsmagazine nach rechts. In die Mitte die Portfolios der PR-Agenturen und die diversen Einladungen zu Presseterminen. Eine Tabakmanufaktur veranstaltete einen Tag der offenen Tür, die Eisfabrik lud zu einer Street-Art-Tour ein, und der Winzer aus dem Rheingau, den sie letzte Woche telefonisch interviewt hatte, schickte endlich seinen Hausprospekt.

Claire öffnete das E-Mail-Postfach und stöhnte. Fast einhundertfünfzig neue Nachrichten. Der arme Sarkozy – das sah nach einem langen Arbeitstag aus. Bedauernd dachte sie an das Kunstmagazin in ihrer Handtasche und nahm das erste Kuvert vom Stapel mit den Broschüren. Es half nichts, irgendwo musste sie schließlich anfangen. Sie würde sich einfach von rechts nach links vorarbeiten.

Simone vom Reisebüro am Wittenbergplatz schickte ihr einen Sonderkatalog mit kulinarischen Reiseangeboten, denen Claire stets besondere Aufmerksamkeit widmete. Das Team von Simone war klein und bestand laut Sasha aus einem Haufen Spinner, aber das war in Claires Augen das Kapital dieses Veranstalters. Ein bisschen unkonventionell, ein bisschen experimentierfreudig und dazu… Sie hielt inne, als ihr Blick auf das Cover fiel.

Ein Weidenkorb mit Austern stand auf einem Felsen, in der Ferne erhob sich eine zerklüftete Steilküste. Darüber durchtrennte ein Flugzeug mit weißem Schweif den makellosen Himmel.

Sie las den Titel und atmete aus. Ihre Finger schienen auf einmal an dem Katalog zu kleben, ihr Körper versteifte sich. Trotz aller Konzentration brachte sie es nicht fertig, darin zu blättern. Nur am Rande nahm sie wahr, wie jemand die Tür öffnete.

»Falls du dich mit einem Kaffee lieb Kind machen willst, vergiss es. Ich bin nicht bestechlich«, murmelte Claire, ohne aufzusehen.

Die Felsen wirkten fast schwarz auf dem Bild, nass von den Wellen, die der Atlantik gegen die Klippen warf. Es war eine gelungene Aufnahme, die nach Salzwasser roch und nach Muscheln schmeckte. Fast glaubte sie, ein paar Gischttröpfchen auf dem Handrücken zu spüren, wenn sie nur lange genug hinsah. Claire zögerte, dann beugte sie sich nach rechts und warf die Broschüre in den Papierkorb. Der Bastbehälter fiel um, aber das unangenehme Prickeln in ihren Fingerspitzen hörte sofort auf.

»Natürlich sind Sie nicht bestechlich, Mademoiselle Durant. Alles andere würde mich schwer enttäuschen«, sagte eine belustigte Stimme, die nicht wie Sashas klang. Dazu war sie zu tief. Und zu männlich.

Claire richtete sich mit klopfendem Herzen auf. Sebastian Hellwig stand mit zwei Tassen in der Hand vor ihrem Schreibtisch.

»Nehmen Sie den Kaffee trotzdem, wenn ich Ihnen sage, dass ich sozusagen mein Leben riskiert habe, um ihn zu ergattern? Frau Senge ist beängstigend selbstbewusst für eine Praktikantin.«

Er hatte ein sehr nettes Lächeln, auch wenn sie ihrem Chef insgesamt eher gemischte Gefühle entgegenbrachte, weil er zu jenen Menschen gehörte, die alles andere waren als ein *verre d'eau*. Um ehrlich zu sein, gab es niemanden in der Redaktion, den sie weniger einschätzen konnte als ihn.

»In diesem Fall werde ich kaum meinen Job riskieren und ablehnen, *n'est-ce pas?*«, antwortete sie forsch und legte den Kopf schief. Immerhin wusste sie, dass er ihren französischen Akzent mochte.

»Ich war mir nicht sicher, wie Sie ihn trinken.« Er stellte die Tassen ab, nestelte in den Jackettaschen und legte ein paar Zuckerpäckchen auf den Tisch. »Deshalb habe ich die *ménage* gleich mitgebracht. So nennt man das doch in Frankreich, oder?«

Seine Bewegungen wirkten immer etwas steif und unbeholfen, weshalb sie rasch ein aufmunterndes Lächeln aufsetzte. »Das ist sehr aufmerksam von Ihnen.«

Hellwig sah schweigend zu, wie Claire drei der quadratischen Päckchen aufriss und den Zucker in den Kaffee rieseln ließ. Sie rührte um und nippte vorsichtig, da sie wusste, dass Sashas Kaffee nur für Menschen mit robustem Magen geeignet war. Es kostete sie unglaubliche Überwindung, sich nicht zu schütteln. Sasha hatte sich heute mit der Kaffeepulverdosis selbst übertroffen, woran der hohe Besuch im Konferenzraum sicher nicht unschuldig war.

»Er schmeckt wunderbar.«

»Wirklich?« Hellwig runzelte die Stirn. »Ich finde ihn grauenhaft, aber ich bin kein großer Kaffeeexperte.«

Claire überlegte und nickte schließlich ergeben.

»Sie haben recht Er ist grauenhaft.«

»Nun denn, solange Frau Senge besser schreibt, als sie Kaffee kocht, soll es mir egal sein. Schließlich bilden wir hier keine

Baristas aus.« Hellwig trat an ihre Seite und musterte neugierig den überquellenden Schreibtisch. »Das wirkt ziemlich ambitioniert. Wollen Sie das alles etwa noch in diesem Jahr abarbeiten?«

Claire machte eine wegwerfende Handbewegung. »Es wirkt schlimmer, als es ist, Chef. Das meiste davon ist Info-Material. Wir wollen schließlich eine besonders schöne Novemberausgabe machen.«

»Und das hier haben Sie als unbrauchbar eingestuft, nehme ich an?« Zu ihrem maßlosen Entsetzen bückte er sich, um den Papierkorb aufzustellen, und fischte dabei den Katalog heraus, den sie vorhin weggeworfen hatte.

»Das ist bloß …« Claire suchte nach Worten, während Hellwig gedankenverloren über das Cover strich.

Umstandslos setzte er sich auf den Besucherstuhl und blätterte in dem Katalog. »*Savoir-vivre* in der Bretagne«, las er vor, und es war nicht zu überhören, dass ihm gefiel, was er sah. »Das müsste genau Ihr Thema sein, Mademoiselle Durant. Sie sind doch Französin.«

Claire lachte, ein wenig zu laut und zu schrill, und fand ihre Reaktion selbst maßlos überzogen. *Mon Dieu,* es war schließlich nur eine Reisebroschüre mit ein paar Bildern!

»Ouuu, ich bin Pariserin, Monsieur Hellwig, und man sagt über uns, dass wir nicht zum Rest Frankreichs gehören«, versuchte sie zu scherzen. »Davon abgesehen gehört die Bretagne sicher nicht zu den bevorzugten Urlaubszielen unserer Leser.«

»Warum denn nicht?«

»Sie ist eben nicht die Haute Provence oder die Côte d'Azur.« Claire zuckte mit den Schultern. »Das Wetter beispielsweise ist … *terrible.* Es ist wechselhaft, kalt und windig. Der bretonische Regen … Ach, fragen Sie lieber nicht. Man traut sich sogar im Sommer kaum ohne Jacke vor die Tür.«

»Das schreckt mich jetzt nicht sonderlich«, sagte Hellwig, und seine Augen leuchteten auf. »Im Gegenteil, ich mag das raue Klima am Atlantik. Sehr sogar.«

»Sie vielleicht nicht. Aber unsere Klientel ist vorwiegend weiblich und möchte sich im Urlaub bekochen, bedienen und umsorgen lassen. Schöne Hotels und gute Restaurants gibt es in der Gegend kaum, und wenn, sind sie maßlos überteuert.«

»Und weiter?« Hellwig ließ die Broschüre sinken und musterte Claire interessiert.

Allmählich wurde sie nervös. Sein Blick war ebenso unergründlich wie die Farbe seiner rauchgrauen Augen, und jedes Mal befürchtete sie, er könnte sie von innen lesen. Was natürlich Blödsinn war. Ihr Chef wusste genau das von ihr, was er wissen sollte, dafür hatte sie von Anfang an gesorgt.

»Die Gezeiten«, erwiderte sie hastig. »Die Ebbe in der Bretagne ist sozusagen eine Fundamentalebbe, die sich über Kilometer hinzieht. Nichts von wegen entspanntem Sonnenbaden am Strand und einer gelegentlichen Abkühlung in den Wellen, *o non!*« Claire schürzte die Lippen. »Das Meer versteckt sich irgendwo am Horizont, während im Sand nichts als stinkende Algen zurückbleiben und einem ständig Krebse über die Füße krabbeln.«

Hellwig schmunzelte. »Verstehe.«

»Abgesehen davon sind die Bretonen ... die Franzosen nennen sie nicht umsonst die Schotten Frankreichs.« Claire wedelte mit der Hand, als hätte sie sich verbrannt. »Wortkarge, griesgrämige Menschen und alles andere als höflich, schon gar nicht touristenfreundlich. Manche weigern sich sogar, Französisch zu sprechen, von Englisch ganz zu schweigen.«

»Ich dachte, Letzteres behauptet man gemeinhin von allen Franzosen?« Nun war es nicht mehr zu übersehen, ihr Chef amüsierte sich königlich über sie.

»Was für ein Unsinn.« Claire schob das Kinn nach vorne und holte Luft. »Außerdem gibt es da bloß Fisch. Fisch, Fisch und noch mal Fisch. Fleisch können die Bretonen nicht, außer Sie bevorzugen Schuhsohlen auf dem Teller. Wer gibt sich schon mit einer derart grätigen Auswahl an kulinarischen Möglichkeiten zufrie…?«

Hellwig lachte auf und hob die Hand. »Ich hab's kapiert, Mademoiselle Durant. Also keine *Genusto*-Sonderausgabe über die Bretagne.«

»Genau.« Erleichtert lehnte sie sich zurück und schlug die Beine übereinander. »Aber wir könnten über eine Paris-Ausgabe sprechen«, wagte sie einen kühnen Vorstoß.

Leider blätterte Hellwig immer noch in diesem verflixten Katalog herum.

»Roscoff, St. Malo, Moguériec«, las er vor. »Da scheint man aber doch jede Menge Ruhe zu bekommen, wie es auf den Bildern aussieht. Allein der Name klingt hübsch. Moguériec.« Er klang fast ein wenig sehnsüchtig.

»Moguériec!« Claire spie das Wort förmlich aus, und es fiel ihr schwer, das Zittern zu verbergen, das unkontrolliert durch ihren Körper lief. Ebenso die Sehnsucht, die noch viel mehr in ihr in Aufruhr brachte. »Wenn Sie mit Ruhe Langeweile meinen, dann bestimmt. Kulturell gesehen ist die Bretagne irgendwo im vorletzten Jahrhundert stehen geblieben… Was man von Paris nicht behaupten kann.« Mit fahrigen Fingern angelte sie das Kunstmagazin aus der Tasche und legte es auf den Tisch, die Bildseite Hellwig zugewandt. »Demnächst gibt es im Grand Palais eine wundervolle, sehr ungewöhnliche Ausstellung, über die ich liebend gerne im Kulturteil berichten würde, und…«

»Haben Sie etwas dagegen, wenn ich den hier mitnehme?«, unterbrach er sie und wedelte mit dem Prospekt. Das Kunstmagazin dagegen würdigte er keines Blickes.

Claire atmete aus, in dem Gefühl, ihre Chance verpasst zu haben. »Natürlich können Sie ihn haben«, sagte sie leichthin und hoffte, er hörte ihr die Enttäuschung nicht an. *Au revoir,* Grand Palais. Es wäre zu schön gewesen.

Hellwig schaute auf seine Armbanduhr und erhob sich. »Eigentlich bin ich aus einem bestimmten Grund hier.«

Wieder dieser Blick, der ihr Magenflattern verursachte.

»Ach, Sie wollten gar keinen Kaffee mit mir trinken? Wie schade.« Immerhin gelang es ihr, jenen koketten Ton anzuschlagen, mit dem sie ihr Gegenüber meist mühelos für sich einnahm. Sofern es männlich war. Und nicht Sebastian Hellwig hieß.

Wie erwartet verzog ihr Chef keine Miene. »Der Kaffee war bloß ein Vorwand. Ich wollte Sie für morgen Abend zum Essen einladen. Vorausgesetzt, Sie haben nicht schon andere Pläne.«

Claire riss die Augen auf. »*Pardon?*«

Schlug Hellwig ihr soeben allen Ernstes vor, mit ihm auszugehen? Nicht, dass sie ihn unattraktiv fand, obwohl unterkühlte, nordische Männer eigentlich nicht ihr Fall waren, aber *zut alors* – verflixt noch mal... Er war ihr Chef!

»Ich möchte bloß zwei Fliegen mit einer Klappe schlagen.«

»Sie wollen Fliegen schlagen?« Claire blinzelte verwirrt.

Hellwig schmunzelte. »Das sagt man so, wenn man mehrere Dinge gleichzeitig erledigen möchte. In meinem Fall bedeutet das, ich würde gerne mit Ihnen etwas Geschäftliches besprechen und dabei die Gelegenheit ergreifen, mit einer Expertin ein französisches Lokal in Zehlendorf zu testen... für eine sehr anspruchsvolle Lady, die ich demnächst dorthin ausführen möchte.«

Das erleichterte »*Ah d'accord* – *Ach so*« entschlüpfte ihr, ehe sie ihre Zunge zügeln konnte.

Hellwig hob eine Braue, wodurch seine rechte Gesichtshälfte

in Schieflage geriet, als hätte man bei einem Puzzle versehentlich ein paar Teile verschoben. Nein, er war ganz sicher nicht ihr Typ. Selbst wenn, ist er immer noch mein Chef, dachte Claire, verwirrt, weil sie tatsächlich ein *Selbst wenn* in Betracht gezogen hatte.

»Heißt das, Sie sind einverstanden? Sie täten mir einen großen Gefallen.«

»Natürlich gehe ich sehr gerne mit Ihnen essen.« Hoffentlich merkte er ihr die Verlegenheit nicht an. Ein Rendezvous mit Hellwig. Auf welch dumme Ideen sie doch manchmal kam. »Ich bin zwar schon verabredet, aber das kann ich verschieben«, log sie nonchalant und hob das Kinn. »Geschäftliches geht natürlich vor.«

Ein Ausdruck glitt über sein Gesicht, den Claire nur schwer zu deuten wusste. »Ganz Ihrer Meinung, Mademoiselle Durant. Da ich vorher noch einen Termin in Charlottenburg habe, ist es hoffentlich in Ordnung für Sie, wenn wir uns morgen direkt im *Rive Gauche* in der Königstraße treffen? Ich habe für zwanzig Uhr einen Tisch reserviert.«

»Ich werde da sein.«

Mit klopfendem Herzen und leerem Blick sah Claire auf die Glastür, die sich längst hinter ihrem Chef geschlossen hatte, nachdem er ihr zum Abschied ein knappes »Bis morgen« und seine unangetastete Kaffeetasse hinterlassen hatte.

Was genau irritierte sie so sehr an diesem Mann? Verunsicherte er sie, weil er ihr Vorgesetzter war? Oder steckte doch mehr hinter ihrem flüchtigen Gefühl, dass der smarte Geschäftsmann mit dem sorgfältig gekämmten Seitenscheitel und den ebenso präzisen Bügelfalten in der Leinenhose irgendwie nicht echt wirkte?

Allein der Gedanke verursachte ihr ein unangenehmes Bauchkribbeln, weshalb sie fast dankbar war, als Sasha draußen im

Gang stehen blieb und zu ihr herüberwinkte. Claire zog die Stirn in Falten, bis die Haut an den Schläfen spannte. Sasha sah sich verstohlen um, grinste frech und drückte einen lipglossfettigen Kussmund auf die Scheibe, ehe sie mitsamt dem Kaffeetablett das Weite suchte. Kopfschüttelnd erhob Claire sich aus dem Bürostuhl und ging zum Fenstersims, wo sie den kalt gewordenen Kaffee mit einem winzigen Gefühl der Genugtuung in Sashas Topfpflanze kippte.

Drei

GWENAELLE

Sie hätte nicht gedacht, dass Valérie recht behalten würde. Paris machte tatsächlich etwas mit ihr, auch wenn Gwenaelle dieses Etwas nur schwer in Worte fassen konnte. Zuerst waren es nur Kleinigkeiten, weshalb ihr die Veränderung selbst kaum auffiel.

Sie fing an Kaffee zu trinken und aß ihr Frühstück im Stehen, wie Valérie an die Küchenarbeitsplatte gelehnt, die Beine gekreuzt. Es störte sie nicht länger, dass ihre Tante sie Gwen nannte, stattdessen plauderte sie mit den Erwachsenen belanglos über das Wetter, ohne dabei ständig das Gesicht zu verziehen, als ob sie Magenschmerzen hätte. Sie fand Gefallen am Einkaufen und entschied sich in der winzigen Boutique auf der Rue Martel für eine Sommerhose aus einem seidig glänzenden schwarzen Stoff, der sich angenehm kühl an den Beinen anfühlte. Als Valérie ihr dazu einen hellbraunen Gürtel und die hübschen Keilsandalen aus dem Schuhschrank im Schlafzimmer schenkte, blieben sogar ihre heiß geliebten Sneakers vergessen unter dem Sofa liegen.

Während Maman sie immer öfter erstaunt musterte, verlor Valérie kein Wort über den Sinneswandel ihrer Nichte. Nur ab und an schenkte sie ihr ein versonnenes Lächeln, welches Gwenaelle sagte, dass ihrer Tante gefiel, was sie sah.

Zu ihrem Leidwesen ging Maman nach wie vor nur äußerst widerwillig vor die Tür. Wenn sie sich mal aufraffte, schaffte sie es höchstens bis ins nächste Bistro oder zum *salon de thé* an der Ecke. Viel lieber hockte sie zu Hause und sah Maelys dabei zu, wie sie dem zweiten Malkasten und damit Valéries beigefarbenem Teppich den Garaus machte.

Es war unerträglich. Denn Gwenaelle, die den *Spaziergang durch Paris* inzwischen fast auswendig kannte, brannte vor Ungeduld, endlich die Welt jenseits der engen Dachgeschosswohnung zu erkunden.

An einem wolkenlosen Augustmorgen beschloss Gwenaelle, die Dinge selbst in die Hand zu nehmen. Bei Sonnenaufgang zog sie sich an, schlich zu Mamans Koffer und holte das Schminktäschchen heraus. Es brauchte etliche Feuchttücher, bis die Wimperntusche dort war, wo sie hingehörte, und ihre Augen aufhörten zu tränen. Dann bürstete sie ihr Haar, bis es glatt und schwer wie flüssiges Kupfer auf ihre Schultern fiel, und entschied sich nach einem Blick in Mamans Taschenspiegel gegen den roten Lippenstift, weil er ihr Gesicht blass und fremd machte. Sie schlüpfte in Valéries Keilsandalen und schloss gewissenhaft die schmalen Lederbänder, die sich an ihre Fesseln schmiegten, als hätten sie schon immer dorthin gehört. Kurz nach sechs Uhr setzte sie sich mit zusammengepresstem Mund und geschlossenen Knien auf das Sofa, den Reiseführer fest an die Brust gedrückt, und wartete.

Um acht Uhr verließ Valérie in einem taillierten Blazer das Schlafzimmer, ihren türkisfarbenen Lieblingsschal um den Hals geschlungen. Sie blieb im Halbdunkel des Flurs stehen, die Klinke noch in der Hand. Gwenaelle spürte ihren Herzschlag sogar durch den Buchdeckel.

»Willst du noch lange hier rumsitzen?«, raunte Valérie und wies mit dem Kinn zur Haustür, als kämen sie zu spät zu einem wichtigen Termin.

Gwenaelle sprang so eilig auf, dass sie fast über Maelys gestolpert wäre, die auf der Campingmatte auf dem Boden schlief. Geistesgegenwärtig schlug sie einen Haken, schlüpfte an Valérie vorbei und lief die Treppe hinunter, darauf bedacht, dass ihre Tante das triumphierende Lächeln auf ihrem Gesicht nicht bemerkte.

Valéries Morgenrunde begann stets mit einem *café crème* in der *boulangerie* bei Monsieur Poupart. Der Bäcker war ein großer, dünner Mann mit Hängebacken, der ihrer Tante *trois bises – drei Küsschen* auf die Wangen drückte, ehe er sie galant am Arm zu dem Bistrotisch führte, der täglich von acht bis neun Uhr für »*chère madame*« reserviert war.

»Was gibt es denn da zu grinsen?«, sagte Valérie zu Gwenaelle, als Monsieur Poupart den schlaksigen Körper beflissen hinter die Verkaufstheke bewegte, um einen Kaffee für sie und einen *café au lait* für *petite mademoiselle* zuzubereiten.

»Der redet komisch.«

»Tut er das?« Valérie schlug die Zeitung auf, die ebenfalls jeden Morgen auf sie wartete. »Er ist höflich und ausgesprochen charmant, daran kann ich nichts Komisches finden.«

»In Moguériec redet keiner so.«

»Dann wirst du dich wohl oder übel an diesen Umgangston gewöhnen müssen. Du bist in Paris, hier darf sich sogar ein junges Mädchen wie eine Dame fühlen.« Mit einem Schmunzeln schob sie Gwenaelles Ellbogen vom Tisch und bohrte ihr den Finger in den krummen Rücken. »Vorausgesetzt, sie benimmt sich auch so.«

Gwenaelle sollte im Laufe der Zeit noch einige Lektionen in puncto Pariser Umgangsformen erhalten, denn nicht nur der Bäcker behandelte Valérie wie eine *grande dame*. Monsieur Rifoud von der *charcuterie*, der glatzköpfige Pierre vom Gemüsestand und Madame Fougasse mit dem Oberlippenbart, die an der Place Conconnière Käse verkaufte, begegneten ihrer Tante mit ausgesprochener Höflichkeit.

Hinzu kam, dass Valérie jeden in diesem Viertel zu kennen schien und wenn dem einmal nicht so war, dann störte sie sich nicht weiter daran. Unverdrossen und reichlich wahllos grüßte sie wartende Taxifahrer, den Zeitungsjungen, eine adrette Politesse, die man in Paris wegen ihrer bordeauxfarbenen Uniformen *aubergines* nannte. Sogar dem Obdachlosen, der barfuß neben dem Eingang eines Delikatessengeschäfts kauerte, rief sie ein lautes »*Bonjour!*« zu, ohne sich um die pikierten Blicke der Touristen zu kümmern.

Zeit schien für Valérie keine Bedeutung zu haben, jedenfalls gehörte sie nicht zu den Menschen, die es ständig eilig hatten. Wenn sie gegen Mittag ihre Einkäufe beendeten, setzten sie sich nebeneinander auf eine Bank am Ufer der Seine, aßen Croissants und sahen den Ausflugsbooten zu, die träge auf dem dunkelgrünen Wasser schipperten. Manchmal ließen sie den Einkaufskorb bei Monsieur Poupart stehen, um noch auf den Flohmarkt zu gehen. Staunend hörte Gwenaelle zu, wie Valérie an den Ständen mit vergilbten Postkarten, Aschenbechern und alten Baumwollröcken um Schmuck, Hüte oder Halstücher feilschte. Jedes Mal brachte sie einen anderen Händler dazu, sich entrüstet die Haare zu raufen, und ließ mit einem zufriedenen Lächeln einen neuen glitzernden Gegenstand in ihre Handtasche gleiten.

Ein andermal gingen sie in den Parc du Luxembourg, wo eine riesige Plastiknase aus dem Teich ragte, und fütterten die Enten mit dem Baguette, das eigentlich für das *dîner* vorgesehen war. Sie stiegen die unzähligen Treppen auf den Montmartre hinauf, um Paris durch ein Fernrohr zu betrachten, aus dem Valérie mit einem Trick die eingeworfene Münze wieder herausdrehte – und Gwenaelle dafür ein Eis kaufte.

Doch nicht alles wendete sich in diesen Tagen zum Guten für Gwenaelle. Sie schlief kaum, weil sie nach wie vor unter Albträumen litt, und weigerte sich standhaft, in ihre Schulbücher zu sehen, was immer öfter Streit zwischen ihr und Maman provozierte.

Die Missstimmung in der Rue Martel gipfelte an einem regnerischen Spätnachmittag, als die beiden Ausflügler in aufgeräumter Stimmung aus der Rue Montaigne zurückkehrten, jener Luxusmeile, die bekannt für ihre vielen Parfümerien ist. Valérie hatte Gwenaelle erklärt, dass jede Pariserin nur ein bestimmtes Parfum trug und es oft Jahre dauere, bis eine Frau den einen unverwechselbaren Duft fand.

Schweigend betrachtete Maman die unzähligen rosafarbenen Glasfläschchen, die Gwenaelle stolz auf dem Esstisch verteilte. Siebzehn Proben desselben Parfums hatten sie in mehreren Geschäften abgestaubt und nun besaß Gwenaelle ihr erstes eigenes Parfum *pour rien* – für umsonst, denn sie hatten keinen Cent dafür ausgegeben. Obwohl ihr von dem süßen Duft nach Himbeerbonbons und Zuckerwatte schon ein bisschen schwindelig war, schraubte sie eines der Fläschchen für Maman auf.

»Das ist *Émilie* von Fragonard. Das mag ich richtig gern.«

Maman schaute nicht einmal hin. Stattdessen seufzte sie, die Augen fest auf Gwenaelles Mittelscheitel gerichtet. Es war ein tiefer, sehr langer Seufzer.

Gwenaelle ließ den Arm sinken. Sie hatte nicht erwartet, dass Maman sich mit ihr freute, aber gehofft hatte sie es irgendwie doch.

»Wenn das so weitergeht, wird sie noch genau wie du«, sagte Maman zu ihrer Schwester, und ihre Stimme war ein einziger Vorwurf, der in Gwenaelles Ohren wehtat. Dabei hatte Maman nicht mal sonderlich laut gesprochen.

»*Oh là là*, das wird spannend.«

Sollte Valérie sich von Mamans Worten getroffen fühlen, ließ sie es sich nicht anmerken. Wieso auch, dachte Gwenaelle, zweifellos war Valérie Aubert perfekt, so wie sie war.

Ihre Tante öffnete den Kühlschrank, entnahm dem Fach in der Tür eine angebrochene Weinflasche und holte ein langstieliges Glas aus dem Oberschrank. Als wäre ihr soeben ein Gedanke gekommen, verharrte sie mitten in der Bewegung.

»Möchtest du ein Glas Sancerre, Gwen?«, fragte sie mit lauerndem Unterton, weil sie wohl ahnte, dass ihre Nichte noch nie Alkohol getrunken hatte.

Maman wurde kreideweiß vor Wut, als Gwenaelle die Hand nach dem Glas ausstreckte, das nur zu einem enttäuschenden Drittel gefüllt war. Sie roch das leichte Aroma von Grapefruit, säuerlich, samtig.

»Genau das meine ich! Du setzt dem Kind lauter Flausen in den Kopf. Parfum, Absatzschuhe, Alkohol … Stell den Wein sofort auf den Tisch zurück, *mademoiselle*!«

Gwenaelle verschluckte sich und hustete. Statt der Aufforderung nachzukommen, hielt sie das beschlagene Glas so fest, dass sie befürchtete, es werde jeden Moment in ihrer Hand zerspringen.

»Deine Tochter ist fünfzehn, also bereits seit einer ganzen Weile kein Kind mehr«, erwiderte Valérie ruhig. »Vor allem aber ist sie Französin, da sollte sie allmählich einen Sauternes von einem Sancerre unterscheiden können. Falls du dich erinnerst, waren wir schon seit deinem zwölften Geburtstag dazu imstande, Yvonne.«

»Und was kommt danach?«, schoss Maman zurück, ohne auf den Scherz einzugehen. »Soll sie heimlich im Badezimmer rauchen? Oder willst du ihr beibringen, wie eine alleinstehende Frau in der Großstadt ihren Lebensunterhalt bestreitet? Soll sie am Ende auch einen aufgeblasenen Salonlöwen heiraten, damit sie sich später auf den Unterhaltszahlungen ausruhen kann?«

Valérie lächelte nur und ließ den Wein in ihrem Glas kreisen. »Und weiter?«

Maman schnappte nach Luft. Gwenaelles Rücken versteifte sich so sehr, dass ihr die Muskeln wehtaten. Sie ahnte, was jetzt kam.

»Armel wollte, dass etwas aus ihr wird. Tausendmal hat er es gesagt, jeden verdammten Tag. Dieses Kind… sein ganzer Stolz war sie. Nun sieh dir an, wie sie all das wegwirft, wofür er sich auf dem elenden Kahn abgerackert hat!«

Gwenaelle wurde abwechselnd heiß und kalt. Nervös schielte sie zu Maelys hinüber, die im Schneidersitz auf dem Teppich saß und den Oberkörper vor und zurück wiegte, als müsse sie sich beruhigen. Im Takt mit dem Pinsel, der blaue Wellen auf das Blatt malte, krächzte sie leise vor sich hin, ein Lied ohne Melodie, wie es ein Vogeljunges singt, das nie einem Artgenossen begegnet ist. Nur mit Mühe gelang es Gwenaelle, das zitternde Weinglas abzustellen. Verzweiflung, Machtlosigkeit und die altbekannte furchtbare Traurigkeit zogen ihr das Herz zusammen, bis es zu einem Klumpen wurde.

»Hör auf.« Sie stellte sich die Wörter wie Fäuste vor, die sie Maman ins Gesicht schleuderte. »Hör endlich auf und lass mich in Ruhe!«

»Dein Vater würde sich für dich schämen.« Maman keuchte, ihre Wangen waren voller roter Flecke, die sie immer bekam, wenn sie sich aufregte.

»Es ist mir egal, was Papa machen würde. Er ist fort, und was immer du versuchst, ich werde nicht zurück in die Schule gehen. Lebe damit oder lass es.«

Die Bewegung kam jäh und völlig unerwartet, und Gwenaelle wäre keinesfalls geistesgegenwärtig genug gewesen, ihr auszuweichen. Valérie jedoch reagierte umso schneller. Fest packte sie die erhobene Hand, mit der Maman soeben zuschlagen wollte. Die misstönenden Laute auf dem Teppich verstummten.

»Es reicht, Yvonne. Du hast gehört, worum Gwen dich gebeten hat. Wenn dir etwas an der Beziehung zu deiner Tochter liegt, dann solltest du dich jetzt beruhigen.«

»Ich soll mich beruhigen?« Mit verzerrtem Gesicht befreite Maman sich aus Valéries Griff. »Du hast leicht reden. Du weißt nicht, was es bedeutet, neu anfangen zu müssen, wenn man das Ende noch gar nicht begriffen hat.«

»O Yvonne.« Valérie trank einen großen Schluck Wein. »Ich wünschte, du hättest recht mit dem, was du da sagst.«

»Das verstehst du nicht. Armel war nicht irgendjemand in Moguériec. Er war … beliebt. Mehr als das. Wenn wir zurückkehren, werden sie wieder jeden verdammten Tag mit ihren scheinheiligen Trauermienen und Essenskörben vor unserer Tür stehen. Ob wir etwas brauchen, ob sie irgendwas für uns tun können, ob wir zurechtkommen. Denkst du tatsächlich, die Leute wollen die Wahrheit wissen? O nein.« Maman lachte bitter. »Sie wollen nicht die Frau trösten, die den geliebten Mann verloren hat, oder die Kinder, die ihren Vater vermissen. Sie kommen, um sich zu vergewissern, ob Armels Frau diese Tragödie so wegsteckt, wie sie es von der Witwe eines Gewerkschaftsführers erwarten. Aufrecht, durch nichts zu erschüttern. Es ist widerwärtig, allein wegen Maelys, nach allem, was sie in dieser Nacht erleben musste. Wenn nicht wenigstens Gwenaelle dort weitermacht, wo sie unter Armels Obhut aufgehört hat, werden die Leute …«

»Reden?«, unterbrach Valérie sie gelassen. »Natürlich reden sie, das Tratschen liegt in ihrer Natur. Davon abgesehen, was schert es dich, was ein paar Fischersfrauen darüber denken, wie du mit dem Tod deines Mannes umgehst? Oder deine Töchter?«

»Ich gehe sowieso nicht zurück«, warf Gwenaelle mit klopfendem Herzen ein.

»Red keinen Unsinn.« Maman funkelte sie böse an.

Gwenaelle ballte die Fäuste hinter dem Rücken und holte tief Luft. »Ich meine es ernst«, presste sie hervor.

»Ach.« Maman schnaubte. »Und wo bitte willst du hin? Du kannst wohl kaum bei deiner Tante in Paris bleiben. Die hat nämlich andere Sorgen, als sich um *mademoiselle* Ich-bin-gegen-alles zu kümmern.«

Gwenaelle sah Valérie hilfesuchend an, doch deren Miene blieb ausdruckslos. Bis auf die Augen, in denen sie etwas las, das sie nicht darin lesen wollte: Mitleid.

»Ich. Gehe. Nicht. Zurück«, wiederholte sie tonlos und spürte, wie ihr Tränen über die Wangen liefen. Dabei wollte sie doch gar nicht weinen.

Valéries Brust hob sich und entließ einen langen Seufzer. »Du musst ja noch nicht gleich nach Hause, Gwen«, sagte sie und strich ihr eine Haarsträhne aus der erhitzten Stirn. »Die Schulferien sind noch nicht zu Ende.«

Gwenaelle blinzelte. Am liebsten hätte sie sich an Valéries Hals geworfen und sie angefleht, bleiben zu dürfen. Für immer. Sie wollte nicht zurück zu all den Erinnerungen an Papa, an das Leben, das mit ihm so viel bunter gewesen war. Doch ihre Lippen zitterten zu sehr, und das, was da aus ihrer Kehle aufstieg, waren keine Worte, sondern hässliche Schluchzer. Auf dem Absatz machte sie kehrt und stürmte an der erschrockenen Maelys vorbei ins Badezimmer.

Zu diesem Zeitpunkt ahnte Valérie noch nicht, wie sehr sie die wilde Entschlossenheit unterschätzte, die in Gwenaelles Brust schwelte. Sie wusste auch nicht, wie sehr sie sich in Bezug auf ihren letzten Satz irrte. Die Ferien sollten nämlich schon sehr bald zu Ende sein.

Wiederholt sah Claire auf ihre Armbanduhr, ehe sie sich zurücklehnte und aus dem Fenster schaute, wo die grüne Waldidylle Zehlendorfs an ihr vorbeiglitt. Ganz bewusst hatte sie sich für den Bus entschieden, zum einen weil ihr Portemonnaie die ständigen Taxifahrten nicht verkraftete und zum anderen weil sie die Gelegenheit nutzen wollte, vor dem Termin mit Hellwig eine alte Freundin zu besuchen. Eigentlich hatte sie ihr schon letzten Monat am Telefon versprochen vorbeizukommen, weil sich laut Marguerite die Post bei ihr stapelte und sie diese kaum noch vor *madame* und *monsieur* verstecken könne.

Claire lächelte in sich hinein. Steuerkram, ihre Gehaltsabrechnungen und vielleicht ein paar Werbesendungen, viel mehr als ein paar Umschläge mochten es kaum sein. Die gute alte Marguerite neigte zur Übertreibung, zumal in den letzten Jahren keine Herrschaften in der schmucken Diplomatenvilla gewohnt hatten, die sich ernsthaft für den Briefkasten ihrer Haushälterin interessiert hätten.

Von der Haltestelle Jänickestraße aus musste Claire rund zweihundert Meter zu Fuß gehen, auf einem tadellos gepflasterten Bürgersteig, an gestrichenen Zäunen und verschnörkelten Eisengittern entlang, die blühende Rosengärten und Einfamilienhäuser beschützten. Die Nummer sechsundvierzig war eines der beeindruckendsten Häuser in der Straße, eine zweistöckige Gründerzeitvilla mit Säulengang und Buntglasfenstern. Am Fahnenmast war die französische Flagge gehisst.

Claire ging am Haupttor vorbei und bog am Ende der Hecke in einen schmalen Fahrradweg ab, der parallel zum Pool zur Rückseite des Hauses führte. Die Tür neben dem Geräteschuppen war, dank Marguerites Nachlässigkeit, wie immer unverschlossen. Claire öffnete den Riegel, balancierte auf den Waschbetonplatten an den Bohnenbeeten vorbei und stand kurz darauf an der Hintertür, die in die Küche führte und – natürlich – ebenfalls offen stand.

»Irgendwann werden sie dich entweder ausrauben oder entführen, dann ist das Gejammer groß«, sagte Claire auf Französisch zu dem ausladenden Hinterteil mit der weißen Schürzenschleife. Offenbar waren mal wieder Herrschaften hier eingezogen, die Wert auf die standesgemäße Arbeitskleidung ihrer Angestellten legten.

»Huch!« Die alte Haushälterin fuhr mit weit aufgerissenen Augen und einer Kuchenform in den Topfhandschuhen zu ihr herum. Vor lauter Schreck sprach sie Deutsch. »Gottchen, Kind! Beinahe hätte ich die gute *tarte au citron* fallen gelassen. Musst du mich denn so erschrecken?«

Claire grinste frech. »Du solltest das Gartentürchen abschließen, sonst geht das irgendwann mal schief, *ma chère*. Dieses *Gottchen, Kind* klingt übrigens richtig niedlich aus deinem Mund.« Sie trat näher und schnupperte verzückt.

»Vergiss es, du unmögliche Person. Das ist das Dessert für die Herrschaften, und du wirst schön die Finger davon lassen«, fauchte Marguerite, ihrer Muttersprache wieder mächtig.

»Ouuu, Marguerite, nun sei doch nicht so. Deine Herrschaften essen die Torte doch sowieso nicht auf.«

Claire setzte sich an den Holztisch, faltete artig die Hände auf der Spitzentischdecke und musterte Marguerites gestärkte Servierschürze. Sie sah darin aus wie eine Dienstmagd aus dem letzten Jahrhundert und passte nahezu perfekt in die blaue Küche im französischen Landhausstil.

Ihre Freundin seufzte ergeben, schloss die Ofentür und holte ein Messer aus der Schublade. Einen kurzen Moment später reichte sie Claire einen Teller. Die Tarte roch köstlich nach karamellisierter Butter und Zitronen.

»Pass auf, sie ist noch heiß«, sagte Marguerite schmallippig und stützte die Hände in die Lenden wie eine Schwangere.

»Sind sie nett zu dir?«, fragte Claire kauend und deutete mit der Kuchengabel zur Stuckdecke.

»Sie arbeiten für die französische Botschaft. Es ist ihr Beruf, nett zu sein.« Marguerite schürzte den Mund. »Aber sie haben keine Kinder und sind so gut wie nie zu Hause. Na ja, sie sind eben nicht die Guillaumes.«

»Das sagst du jedes Mal.« Claire lächelte wehmütig. »Hast du mal wieder was von ihnen gehört? Wie geht es den Kleinen?«

Marguerite lachte. »Sie schreiben Weihnachtskarten und schicken mir Blumen zum Geburtstag. Camille studiert Zahnmedizin in Paris, Pierre-Adrien macht gerade das *baccalauréat* am *lycée*.«

»Wie die Zeit vergeht …«, sagte Claire versonnen und dachte an Camilles glockenhelles Kinderlachen und Pierre-Adriens ständig aufgeschlagene Knie. Es waren schöne und bewegende Jahre gewesen, die sie als Kindermädchen hier in der Villa verbracht hatte.

Marguerite legte einige Briefe auf den Tisch und verfolgte schweigend, wie Claire die Umschläge durchsah. Wie vermutet handelte es sich um die letzten Gehaltsabrechnungen, ein Schreiben von Finanzamt und eines von der Sozialversicherung. Die Wurfsendungen trug sie ungelesen zum Mülleimer, ehe sie sich über den Rest des Kuchens hermachte, auch wenn sie später beim *dîner* mit Hellwig auf einen schlichten Salat würde zurückgreifen müssen. Aber wann bekam sie schon mal eine hausgemachte Tarte nach original französischem Rezept?

»Wie lange soll das noch so weitergehen, Mädchen?«, fragte Marguerite unvermittelt und wies mit dem Kinn auf die fein säuberlich gestapelten Briefe.

»Was meinst du?« Claire legte die Gabel auf den Teller, wobei es lauter klirrte als beabsichtigt. Sorgsam vermied sie den Blick in die mütterlichen Augen, die allzu prüfend schauen konnten.

Die alte Haushälterin brummte und klopfte mit den Fingerknöcheln auf die Tischplatte. Eine Marotte von ihr, mit der sie ihren Unmut äußerte und die jeden in diesem Haus strammstehen ließ, egal ob er einen Titel trug oder der Gärtner war.

»Tu nicht so scheinheilig. Seit fast zehn Jahren lässt du dir die Post hierherschicken. Welchen Sinn soll das haben? Du hast doch eine Wohnung in Kreuzberg.«

»Das ist kompliziert, Marguerite, und ich fürchte, du würdest es nicht verstehen«, antwortete sie vorsichtig.

»Willst du damit sagen, du hältst mich für dumm?«

»Natürlich nicht! Es ist nur …«, Claire rang mit den Worten. »Es hat etwas mit dem Magazin zu tun, für das ich arbeite. Die Leute dort, also meine Kollegen und mein Chef, sie denken, ich wäre …« Sie atmete aus. »Eine Zehlendorfer Adresse macht sich eben besser auf meinen Referenzen.«

Auf meinem geschönten Lebenslauf, um genau zu sein.

Claire hob die Mundwinkel, während die alte Französin sie argwöhnisch musterte. Ouuu, Marguerite konnte furchterregend sein, wenn sie wollte.

»Du glaubst also, deine Kollegen halten dich für was Besseres, wenn du in einem reichen Viertel wohnst?«

»Nein, es ist nur …« Claire begann mit der Gabel herumzuspielen. »Ja, irgendwie schon.«

Marguerites Brauen schossen in die Höhe. »Das ist ein Witz, oder? Du machst Scherze mit mir. Als ob du das nötig hättest. Schließlich kommst du aus einer guten Pariser Familie, da brauchst du dich wohl kaum hinter einer feudalen Diplomatenadresse zu verstecken.«

Claire fing an auf ihrem Sitz herumzurutschen. Wenn Marguerite wüsste, dass die Sache mit ihrem ersten Wohnsitz nur die Spitze des Eisbergs war...

»Irgendwann werde ich es dir erklären«, sagte sie rasch, steckte die Post in die Handtasche und erhob sich. »Danke, dass du das hier für mich machst.« Eilig umrundete sie den Tisch und drückte der älteren Frau einen Kuss auf die Wange. Ihre Haut roch nach Salzbutter und Zucker, was eine diffuse Erinnerung in Claire weckte. Für einen kurzen Moment war sie versucht, die Arme um den großen, weichen Körper zu schlingen. »Ich komme dich ab jetzt öfter besuchen. Indianerehrenwort.«

»Dann hoffe ich bloß, es dauert nicht mehr so lange wie beim letzten Mal!«, rief Marguerite ihr hinterher. »Vielleicht gehe ich bald zurück nach Toulon. Meine Tochter hat ihr zweites Baby bekommen und ich...«

Claire blieb stehen und drehte sich um. »Ach, Marguerite«, sagte sie leise. »Wir wissen doch beide, dass du es nicht über dich bringen wirst, dieses Haus zu verlassen. Du lebst schon dein halbes Leben hier und du liebst es, auch wenn du dich ständig an neue Menschen gewöhnen musst... oder sie sich an dich. Davon abgesehen...« Sie zwinkerte und warf Marguerite eine Kusshand zu. »Wer backt mir dann eine *tarte au citron*, wenn ich Heimweh nach *la belle France* habe?«

GWENAELLE

Bevor Gwenaelle die Augen aufschlug, wusste sie, dass irgendetwas an diesem Morgen nicht so war wie sonst. Jemand atmete dicht vor ihrem Gesicht und ein feuchtwarmer Hauch, der nach Zahnpasta roch, kitzelte sie an der Schläfe.

»Maelys?«, murmelte sie und bemerkte, dass sie noch immer den Klumpen im Magen hatte, von dem sie gehofft hatte, sie würde ihn im Schlaf verdauen.

Aber er war noch da und erinnerte sie mit seinem drücken-den Gewicht an den gestrigen Streit mit Maman. Stöhnend ver-grub sie den Kopf in der Armbeuge, woraufhin eine kleine, kalte Spinnenhand unter ihre Bettdecke kroch. Gwenaelle knurrte, hob den Finger und bewegte ihn wie ein Metronom hin und her.

»Lass das.« Sie schob das Händchen beiseite, das unverdros-sen weiter an ihrem Nachthemd herumgrabbelte.

Ein unwilliger Laut ertönte, etwas ziepte an ihrer Kopfhaut. Genervt fuhr sie in die Höhe und stieß fast mit der Nase gegen die Stirn ihrer Schwester.

»Hör auf, mich an den Haaren zu ziehen. Du weißt, ich hasse das«, schimpfte sie in Gebärdensprache, ließ die Hände jedoch verblüfft sinken. »Was hast *du* denn vor?«

Ihre kleine Schwester war vollständig angezogen. Sogar die schwarzen Lackschuhe trug sie und die Schuluniformjacke, die seit ihrer Ankunft in Paris unangetastet an Valéries Gardero-benleiste hing.

Maelys zog eine Grimasse und schüttelte den Kopf. Gwe-naelle verdrehte die Augen und deutete zur Standuhr. Es war sieben Uhr morgens. Maelys spitzte die Lippen und verneinte ein zweites Mal, stumm und mit fliegenden Locken. Gwenaelle fand es manchmal anstrengend, mit ihr zu kommunizieren, seit Maelys beschlossen hatte, sowohl die Gebärden als auch die Lautsprache einzustellen, mit deren Hilfe andere Leute verste-hen konnten, was sie sagte.

»Ich verstehe nicht, was du möchtest«, flüsterte sie mit einem Seitenblick auf Maman, die tief und fest zu schlafen schien, und drehte beide Handflächen nach oben.

Ihre Schwester machte auf dem Absatz kehrt, stob davon wie ein kleiner Vogel und kam kurz darauf mit ihrem Farbkasten und dem Zeichenblock ins Wohnzimmer zurück. Flink trennte sie einen bemalten Bogen Papier heraus, unter dem der graue Kartonboden zum Vorschein kam. Maelys legte das Bild auf die Bettdecke, öffnete den Metallkasten und tippte auf die Näpfe. Es handelte sich eindeutig um einen fast aufgebrauchten Farbkasten. Gwenaelles Blick glitt zu dem Blatt Papier.

Es dauerte eine Weile, bis sich das verwaschene Aquamarinblau und die kantigen Ocker- und Brauntöne zu etwas zusammenfügten, das Sinn für sie ergab. Umso heftiger traf sie die Erkenntnis, als sie das vertraute Steinhaus mit dem windschiefen Dach erkannte, das auf der Anhöhe stand wie ein Wächter über den Dünen.

Verwirrt sah Gwenaelle auf. Vielleicht lag es am dämmrigen Morgenlicht, aber ihre Schwester wirkte plötzlich nicht mehr wie eine Siebenjährige. Reglos und steif harrte Maelys vor dem Sofa aus, umfasste entschlossen den Griff des blau gepunkteten Kinderkoffers.

»Was ist denn los?«, erklang eine belegte Stimme von der Wandseite.

Gwenaelles Muskeln verhärteten sich, impulsiv zog sie die Knie an und umschlang sie mit den Armen. Maman saß aufrecht auf dem Klappbett, der Träger ihres Nachthemds war heruntergerutscht und entblößte eine verletzliche zartweiße Brust. Beschämt drehte Gwenaelle den Kopf weg.

Maelys stand noch immer wie eine kleine Statue mitten im Raum. Maman schob den Spagettiträger zurück und eilte barfuß zu ihr.

»Was machst du denn da?«, fragte sie milde und ging auf dem Teppich in die Hocke.

Gwenaelle verspürte einen winzigen Stich. Mit ihr sprach Maman nie so, und selbst wenn sie es einmal getan haben sollte, konnte sie sich beim besten Willen nicht daran erinnern.

Maelys zeigte die Zahnlücke zwischen ihren Schneidezähnen. In einer fließenden Bewegung schwenkte ihr Finger von Mamans geöffnetem Koffer zum Gang, wo die Staubkörner im Sonnenlicht flimmerten, das in einer schmalen Bahn durch das Flurfenster hineinfiel. Eine Aufforderung, die keiner Worte bedurfte. Ihre Schwester wollte nach Hause.

»Wir fahren noch nicht zurück, *ma jolie*. Wir machen doch Ferien in Paris. Es wäre deiner Tante gegenüber sehr unhöflich, früher abzureisen.«

Maelys Brauen schoben sich zu einem zornigen Balken zusammen. Sie ignorierte die ausgestreckte Hand und wies erneut zur Tür. Maman erhob sich. Stumm sah sie auf den Lockenkopf ihrer Jüngsten hinab.

»Ich werde nicht mitgehen«, sagte Gwenaelle in die Stille und wunderte sich über sich selbst. Obwohl sie vor Aufregung fast zersprang, klang sie ruhig und entschlossen. Komme, was wolle, sie würde in Paris bei Valérie bleiben, und sei es nur für die restlichen vier Ferienwochen.

Ihre Mutter schwieg betroffen. Vielleicht hätte sie Gwenaelle leidgetan, wäre sie in jenem Moment zu etwas anderem imstande gewesen als dazu, sich mit aller Macht der mütterlichen Befehlsgewalt zu widersetzen.

Irgendetwas geschah in diesem Moment, das Gwenaelle nicht greifen konnte. Etwas in Mamans Gesicht veränderte sich, in ihren Augen, die nun aufleuchteten, als hätte sie eine Erkenntnis. Doch dann seufzte sie, und es war wieder einer dieser langen, kraftlosen Stoßseufzer, die mittlerweile zu ihr gehörten wie die nachlässig geknöpften Blusenleisten.

»Ich spreche mit Valérie«, murmelte sie, wandte sich ihrem Koffer zu und begann ihre Sachen zu packen.

Es war kein sonderlich langes Gespräch, das die beiden Schwestern unter vier Augen beim Frühstückskaffee in der Küche führten, während Gwenaelle ebenso reglos auf dem Sofa kauerte wie Maelys auf dem Punktekoffer, mit dem sie sich zentimeterweise in den Flur gerollt hatte.

Als ihre Mutter ins Wohnzimmer kam, um ihr Gepäck und die alte braune Strickjacke zu holen, an der seit einiger Zeit der Kragenknopf fehlte, lehnte Valérie im Türrahmen, eine Zigarette in der Hand. Es brauchte nicht viel mehr als einen Blick in ihre lächelnden Augen und die winzige Kinnbewegung, mit der ihre Tante ein Nicken andeutete. Da begriff Gwenaelle, dass sie gewonnen hatte.

Noch am selben Nachmittag fuhren sie zum Bahnhof, vier Menschen mit einem schwarzen Lederkoffer und einem blau gepunkteten Kinder-Trolley. Maman ließ Maelys' Hand kein einziges Mal los, weder in der überfüllten Metro, wo sie sich im Stehen an die Haltestangen klammerten, noch auf dem von Pfützen übersäten Fußgängerweg zum Bahnhofsgebäude. Selbst am Bahnsteig, als sie auf den Zug warteten, unruhig und schuldbewusst, weil sie den Abschied schnell hinter sich bringen wollten, durfte Maelys nicht von Mamans Seite weichen.

Seltsamerweise schien es jedoch nicht ihre Mutter zu sein, die Maelys zu beschützen versuchte. Vielmehr war ihre kleine Schwester diejenige, die Mamans Schritte lenkte und es zuließ, dass deren nervösen Finger immerzu an ihrer Schuluniformjacke oder ihren Locken herumzupften. Als ob die Siebenjährige ahnte, dass sie das Einzige war, was ihrer Mutter blieb, wenn sie erst in den Zug gestiegen waren.

Ein merkwürdiges Gefühl rumorte in Gwenaelles Brust, eine zornige Mischung aus Eifersucht und Gewissensbissen. War sie egoistisch, weil sie den Kopf abwandte und die Tauben beobachtete, die unter den Wartebänken nach Krümeln suchten? War sie eine schlechte Tochter, weil sie sich auf Valéries Rabenfeder konzentrierte, die wie ein lebendiges Wesen auf ihrem Hut herumhüpfte, während ihre Tante mit geschürzten Lippen die Anzeigentafel studierte? Weil sie in Paris bleiben wollte, statt Mutter und Schwester zu Hause beizustehen?

Unauffällig schob Gwenaelle sich näher an Valérie heran und spielte sogar mit dem Gedanken, die zartgliedrige, beringte Hand zu ergreifen, traute sich dann aber doch nicht.

»Wir sind am richtigen Bahnsteig. Der TGV nach Morlaix müsste gleich einfahren«, sagte Valérie zu Maman, die noch immer Maelys' Unterarm gegen ihre Rippen presste, als ob ihre Tochter sich sonst in Luft auflösen könnte.

Valérie musterte die beiden schweigend, ehe sie vor Maelys in die Hocke ging und ihr eine Münze auf dem Handteller entgegenhielt.

»Sei ein Schatz und hol deiner Maman einen *petit café*«, sagte sie langsam und deutlich, damit ihre Nichte von ihren Lippen ablesen konnte.

Unsicher sah die Kleine zu Maman auf, die nur zögernd nickte und ihre Hand anstarrte, als müsste sie ihr befehlen loszulassen. Schließlich gab sie ihre Jüngste frei, die lossauste wie ein Matchboxauto, das man allzu oft hintereinander aufgezogen hat.

Auch wenn der Kiosk kaum zwanzig Meter entfernt war, ließ Gwenaelle die dunkelblaue Schuluniform nicht aus den Augen, die sich wieselflink durch die Leiber der Wartenden schob. Vor dem Stand angekommen, stellte Maelys sich auf die Zehenspitzen und legte das Zweieurostück auf die Verkaufstheke.

»Deine jüngste Tochter ist ein wundervolles kleines Wesen. Sie wird gut auf dich aufpassen, Yvonne«, sagte Valérie in ihrem Rücken und Gwenaelle spitzte die Ohren, während sie ihre Schwester beobachtete, die der Verkäuferin durch einen Fingerzeig auf die Wandtafel zu verstehen gab, was sie bestellen wollte.

Leider ging Mamans Entgegnung im Geräusch des einfahrenden Zuges unter. Gwenaelle zuckte zusammen, als sie eine Berührung an der Schulter spürte.

»Deine Mutter möchte sich von dir verabschieden.«

Ehe sie protestieren konnte, versetzte Valérie ihr einen sanften, aber unmissverständlichen Stoß in den Rücken. Steif und mit zusammengekniffenen Augen stolperte sie in Mamans Umarmung, die nach Rosenblüten roch und so lange dauerte, bis sie einmal ein- und wieder ausgeatmet hatte.

»*Au revoir*«, murmelte Gwenaelle. Es klang wie ein Abschied für immer, nicht wie einer, der nur ein paar Wochen währen sollte.

Maman strich ihr übers Haar, klemmte ihr die Ponysträhnen hinter die Ohren (wie sie das hasste!) und setzte zu einer Antwort an. Doch da kam Maelys zurück, schnaufend und mit leuchtenden Augen. Sie hatte die Hälfte des Kaffees auf dem Rückweg verschüttet, dennoch geschah das Unmögliche: Ein Lächeln wischte die Traurigkeit aus Mamans Gesicht, und es sah beinahe wieder wie früher aus.

Tatsächlich war Gwenaelle auf einmal erleichtert. Die Entscheidung für Paris fühlte sich richtig an, auch wenn nun das enttäuschte Gesicht ihres besten Freundes Nicolas vor ihr aufblitzte. Er würde selbst sehen müssen, wie er mit Alexandre und dessen nervtötender Clique klarkam, die ihm in letzter Zeit ziemlich zugesetzt hatte. Vielleicht war es gar nicht so übel, wenn er zur Abwechslung auch mal die Fäuste ballte.

Maelys, die offenbar erst jetzt begriff, dass Gwenaelle nicht mit in den Zug steigen würde, begann zu weinen. Auch das tat sie wie ein Vogelkind, den Schnabel weit offen und mit einem hohen Laut, der nicht recht zu einem Menschen passte.

Gwenaelle bückte sich und umschloss das Kindergesicht mit beiden Händen, die weichen Backen waren heiß und nass. Still wartete sie, bis das Schluchzen verebbt war und ihr Atem im

Gleichklang floss. Dann pustete sie zärtlich gegen die erhitzte Stirn ihrer Schwester.

»Ich komme bald nach Hause«, sagte sie und wiederholte das eine wichtige Wort Buchstabe für Buchstabe mit dem Fingeralphabet, damit Maelys es ganz bestimmt verstand.

Bald.

Die Kleine schniefte, wischte sich mit dem Uniformärmel über die Nase und versuchte ein tapferes Lächeln. Mit gesenktem Kopf und winzigen Trippelschritten folgte sie Maman, die bereits im Gang stand und sie ungeduldig herbeiwinkte.

Dann ging alles unwahrscheinlich schnell. Ein schriller Pfiff wehte durch die Bahnhofshalle, die Tauben flatterten auf, die Zugtüren schlossen sich mit dem typischen Sauggeräusch. Maelys drückte das Näschen ans Abteilfenster und die Handflächen gegen die Scheiben. Gwenaelle bemerkte erst, dass sie Valéries Hand ergriffen hatte, als diese den Druck ihrer Finger erwiderte.

Eine Mischung aus Erleichterung, Traurigkeit und Vorfreude wallte in ihr auf. Sie war jetzt frei. Bestimmt würde sie das kreisrunde Gesicht mit dem traurigen Mund rasch vergessen, das ihre Schwester mit Spucke auf die Scheibe malte, kurz bevor der Zug anfuhr. Als ob Maelys ahnte, dass das gedankenlos versprochene *bald* noch sehr lange dauern würde.

Vier

CLAIRE

Als Claire die französische Brasserie betrat, war die heisere Stimme von Jacques Brel das Erste, was sie in der Geräuschkulisse aus dezentem Geschirrklappern und Gläserklirren wahrnahm. Von außen wirkte das *Rive Gauche* derart unscheinbar, dass sie sogar versehentlich daran vorbeigegangen war. Gott sei Dank hatte ein hilfsbereiter Jogger sie zu dem Backsteingebäude zurückgeschickt, das sie komplett umrunden musste, bis sie den Eingang fand.

Summa summarum hatte Claire der kleine Extraspaziergang zehn Minuten gekostet und kam auf die von ihr geplante Viertelstunde Verspätung obendrauf, weshalb sie zunächst beinahe ein schlechtes Gewissen hatte. Beinahe, denn der Zweiertisch, zu dem der Kellner sie führte, war unbesetzt.

Irritiert schaute sie im Raum umher und dann auf ihre Armbanduhr. Ob sie sich in der Zeit vertan hatte? Aber nein, sie war sich sicher, Hellwig hatte zwanzig Uhr gesagt.

»Möschten Madame die Wartezeit mit einem Aperitif übärbrückän?«, fragte der Kellner, und sein Akzent klang alles andere als echt.

Claire hob die Brauen. Der Abend fing ja gut an. Der junge Mann wippte auf den Fußballen und zückte fahrig seinen Block, so als ob er zum ersten Mal einen Gast bediente. Ergeben lächelte sie in das übereifrige Jungengesicht mit der unreinen Haut.

»Ein Aperitif ist eine wunderbare Idee«, sagte sie freundlich und schlug die Beine übereinander. »Was würden Sie mir denn empfehlen?«

»Empfehlen?« Er schaute, als ob sie ihn nach seiner privaten Telefonnummer gefragt hätte, und für einen kurzen Moment spielte sie mit dem Gedanken, ihn ein bisschen zu necken. Sei es nur, um die leichte Verstimmung loszuwerden, die sie wegen Hellwig spürte.

Völlig untypisch für einen deutschen Mann, zu spät zu kommen, zumal das Sache der Frau war. Nicht, dass sie sich deswegen ärgerte. Nicht darüber. Vielmehr wurmte sie der leise Anflug von Respekt, den sie ihrem Chef gegenüber empfand.

»Ja also, wir hätten… Champagner?« Hilfesuchend spähte der Kellner zu seinem Kollegen am Ausschank hinüber.

Der Junge tat ihr leid, weshalb sie die bissige Bemerkung herunterschluckte und auf Deutsch antwortete, statt ihn mit Französisch vorzuführen. »Champagner klingt perfekt.«

Nur mühsam konzentrierte sie ihre Aufmerksamkeit auf den Kellner, der mit einem heilfrohen »Kommt sofort, Madame«, davoneilte.

Das Lokal war gut besucht, hauptsächlich von Paaren. Ständig kamen neue Gäste herein, die der Kellner entweder gleich wieder hinauskomplimentierte oder zum Warten an die Bar bat, bis ein Tisch frei wurde. Es kostete Claire unbändige Beherrschung, nicht ständig zur Eingangstür zu schielen, weshalb sie zunächst ihr Mobiltelefon aus der Handtasche fischte. Keine neue Nachricht, was sie kaum wunderte. Es war allgemein bekannt, dass Hellwig mit der modernen Kommunikationstechnik auf Kriegsfuß stand und sein Telefon nur in die Hand nahm, um Anrufe entgegenzunehmen. Wahrscheinlich wusste er nicht einmal, wie man eine SMS schrieb, dabei war er gar nicht so alt, höchstens vierzig, vielleicht sogar etwas jünger.

Claire stützte das Kinn in die Hände und zeichnete mit dem Finger den Weg der aufsteigenden Bläschen hinter dem Glas nach, das der unerfahrene Kellner vor ihr abgestellt hatte. Obwohl sie schon seit einigen Jahren bei *Genusto* arbeitete, wusste sie nicht viel von ihrem Chef, abgesehen davon, dass er es privat offenbar nicht so genau mit der Pünktlichkeit nahm. Sie grinste, weil sie diesen Zug tatsächlich sympathisch an ihm fand. Er machte ihn irgendwie … menschlicher. Außerdem war er ein Workaholic, fuhr einen Mercedes und wohnte im schicken Charlottenburg. Und die *anspruchsvolle Lady*, für die er dieses Restaurant testen wollte, war sicher nicht die einzige hochwohlgeborene Frau in seinem Junggesellenle …

»Champagner? Warum war mir von vornherein klar, dass Sie sich auch ohne mich blendend amüsieren würden?«, erklang eine belustigte Stimme, die zweifellos ihrer Verabredung gehörte.

Claire sah auf. Hellwig wirkte weder abgehetzt noch schien er ein schlechtes Gewissen zu haben. Er sah sogar ausgesprochen entspannt aus, als er sich setzte, die Krawatte lockerte und nach der Speisekarte griff. »Haben Sie sich schon etwas ausgesucht?«

Aus irgendeinem Grund ritt sie auf einmal der Teufel. »Das würde ich nicht tun«, sagte sie trocken.

Hellwig, der in der Karte geblättert hatte, hielt inne. Claire beugte sich nach vorne, bis sie fast mit der Nase den schwarzweiß gestreiften Schirm der Tischlampe berührte.

»Hören Sie, ich habe keine Ahnung, wer Sie sind. Aber der Stuhl, auf dem Sie sitzen, gehört meinem Freund. Meinem sehr eifersüchtigen Freund, der gerade nur mal kurz zur Toilette gegangen ist.«

»Zur Toilette.« Er musterte sie ausdruckslos.

Claire nickte ernst.

Hellwig seufzte und legte die Karte beiseite. »Nun, dann

werde ich mich wohl darum prügeln müssen.« In aller Seelenruhe krempelte er die Hemdsärmel auf. »Um den Stuhl, meine
ich.«

»Keine Chance, mein Freund ist Kampfsportler. Kung-Fu.«

»Sie unterschätzen mich. Ich kann sehr ausdauernd sein,
wenn ich einen Stuhl haben will.«

Einen Moment herrschte Stille am Tisch, in die der gute
Jacques ein rauchiges »*Ne me quitte pas – verlass mich nicht*«
flehte, das ein bisschen an der Stuckdecke kratzte.

Unvermittelt brach Claire in helles Gelächter aus. »Sie können ja richtig witzig sein.«

»Wieso auch nicht?« Er warf einen knappen Blick in die
Karte und schloss sie mit einem vernehmlichen Geräusch. »Ich
nehme eine Flasche stilles Mineralwasser. Die Wahl des Menüs
überlasse ich meiner reizenden Begleiterin«, sagte er zu dem
Kellner, den Claire erst jetzt registrierte.

»Ouuu, Sie sind aber mutig.«

»Ich habe das Privileg, mit einer waschechten Pariserin in
einer französischen Brasserie zu speisen. Da werde ich den Teufel tun und etwas bestellen, das sich nur so anhört, als wäre es
lecker. Außerdem interessiert es mich, wie Sie mich einschätzen. Geschmacklich gesehen.«

»Dann ist das also ein Test?«

Sie geriet leicht aus dem Konzept. Ihr sonst so steifer und
überkorrekter Chef zeigte heute Seiten, die sie niemals an ihm
vermutet hätte. Zumal er weder linkisch noch unsicher dabei
wirkte, wohingegen er im Büro kaum imstande war, die Mikro-
welle zu bedienen, in der er seine Fertigsuppen aufwärmte. Das
gefiel ihr. Sehr sogar.

»Zunächst einmal ist es eine Bestellung, mit der Sie den jungen Herrn hier erlösen sollten. Er hat sicher Wichtigeres zu tun,
als unseren Frotzeleien zu lauschen.«

»Sie haben es nicht anders gewollt.« Claire setzte die Art von Lächeln auf, die alles bedeuten konnte. Der Kellner hatte feine Schweißperlen auf der Stirn, weshalb sie besonders langsam sprach, als ob sie es ihm diktieren müsste. »Wir nehmen das Kürbissüppchen und die *foie gras*, gerne mit etwas Feigenkonfitüre. Danach einen kleinen Salat Nicoise und«, sie warf Hellwig einen prüfenden Blick zu, »das *entrecôte* für den Herrn.«

Der Kellner sah ihr Gegenüber fragend an, als ob er erst dessen Einverständnis einholen müsse.

»Klingt vielversprechend.« Hellwig nickte, woraufhin der Kellner mit einem steifen »*Merci, monsieur*« zur Theke flüchtete, wo er ratlos vor der Registrierkasse verharrte. Der arme Kerl war nicht zum Servieren geboren.

»Bedeutet das, ich habe den Test bestanden?«

»Vorläufig.«

Rums. Da war er wieder, der Chef mit dem Röntgenblick. Der reservierte Sebastian Hellwig, dem sie an manchen Tagen lieber aus dem Weg ging.

Er schenkte sich ein Glas Wasser ein, und Claire nutzte die Gelegenheit, einen kräftigen Schluck von dem Champagner zu trinken. Nicht nur das saure Prickeln in ihrem Mund sagte ihr, dass der lockere Teil des Abends vorbei war. Zumindest für sie.

»Also, Mademoiselle Durant«, er lehnte sich zurück, »wie lange arbeiten Sie nun schon bei *Genusto*?«

»Fast zehn Jahre.« *Genau genommen sind es neun Jahre, sechs Monate und fünf Tage.* Claire nippte erneut an dem Champagner, auf der Hut, wie jemand, der sich einer Steilklippe näherte.

»Sind Sie glücklich mit dem, was Sie tun?«

Claires Puls schnellte in die Höhe. »*Pardon?*«

»Macht Ihnen die Arbeit als Ressortchefin … Sie wissen schon … macht sie Ihnen Freude?«

Ressortchefin. Fast hätte sie aufgelacht, und das nicht nur, weil sie diesen Begriff in der Redaktion noch nie gehört hatte. Wieso auch, denn ihr Ressort umfasste drei lächerliche Doppelseiten.

»Ich mag Ihre Artikel«, fuhr Hellwig fort, der nichts von ihrer Irritation zu bemerken schien. »Ihre Reportagen sind gut recherchiert und äußerst amüsant zu lesen. Sie schaffen es sogar, derart interessant über eine Kochtopfmanufaktur zu schreiben, dass ich mir beinahe ein Set bestellt hätte.«

»Warum nur beinahe?«

Sein Mundwinkel zuckte. »Ich kann nicht kochen.«

»Verstehe.«

»Dafür erkenne ich sofort, wenn meine Mitarbeiter weit unter ihren Möglichkeiten bleiben. Sie sind nicht nur eine gute Journalistin, sondern polarisieren mit Ihrer Persönlichkeit. Gut möglich, dass es mit Ihrer Herkunft zu tun hat. Außerdem kommen Sie aus einem guten Stall, sind selbstbewusst, ohne arrogant zu wirken, und wickeln mit Ihrem französischen Charme jeden um den Finger, ohne Ihre Ziele aus den Augen zu verlieren. Das sind Führungsqualitäten.« Er beugte sich nach vorne, stützte die Ellenbogen auf den Tisch und verschränkte die Finger, wie ein Philosophieprofessor, der im Begriff stand, eine unerhörte These zur Diskussion zu stellen. »Nein, Mademoiselle Durant. Sie sind ganz und gar nicht glücklich an Ihrem Schreibtisch. Und ich fürchte, Sie gehen mir ein wie die bedauernswerte Orchidee auf Ihrer Fensterbank, wenn Sie diesen Job weitermachen.«

»Was genau wollen Sie mir damit sagen?« Eine furchtbare Ahnung stieg in Claire auf, die sich zur Gewissheit festigte, als sie in Hellwigs Augen schaute. Etwas Lauerndes lag darin, das vorher nicht da gewesen war.

»Ich habe eine schlechte Neuigkeit für Sie, Mademoiselle Durant, und eine gute.«

»Muss ich wählen, welche ich zuerst hören will?« Noch immer

klang ihre Stimme entspannt, obwohl sie vor Nervosität am liebsten in ihre Serviette gebissen hätte.

»Der Vorstand hat beschlossen, das Konzept von *Genusto* zu verschlanken. Die Abonnementenzahlen sind rückläufig, weshalb wir es mit einer stärkeren Ausrichtung auf das Kochhandwerk versuchen wollen. Sie wissen schon, Rezepte, Kochtipps vom Profi, der ganze Kram. Um es kurz und schmerzlos zu sagen: Wir werden das Ressort *Lebensart* Ende des Jahres einstampfen.«

Neun Jahre, sechs Monate und fünf Tage. Für nichts. Claire verfluchte sich beinahe selbst für die Lässigkeit, mit der sie erneut nach dem langstieligen Glas griff. Etwas brannte in ihrer Kehle, und es war nicht der Champagner.

»Das bedeutet, ich verliere meinen Job.«

»Es bedeutet, Sie verlieren diesen Job.«

Das Feuer in ihrem Hals verstärkte sich. »Wollen Sie mir stattdessen eine Stelle in der Testküche anbieten? Oder soll ich Werbeanzeigen tippen?«

»Ich möchte Sie für einen Posten bei einem neuen Lifestyle-Magazin vorschlagen, das im Januar mit einem nicht unerheblichen Budget an den Start gehen wird. Für den Chefredakteursposten, um genau zu sein.«

»Was?« Ihr Flüstern übertönte kaum das leise Gelächter des Pärchens am Nebentisch. Wie betäubt starrte sie in ihre Suppe – sie hatte ein ungesund aussehendes Orange – und fragte sich, wann der Kellner sie dort abgestellt hatte.

»Sie sind eine ungewöhnliche Frau. Das wusste ich bereits, als Sie vor zehn Jahren mit meiner Laptoptasche unter dem Arm in die Redaktion gestöckelt sind, als ob sie bei uns zu Hause wären. Der Vorstand war recht beeindruckt von Ihrem Lebenslauf und Ihren Referenzen, um es kurz zu machen. Sie haben in so vielen Galerien gearbeitet, dass Sie vermutlich selbst eine eröffnen könnten, dazu das Kunstgeschichtestudium. Es wäre ein

Jammer, wenn Sie Ihr Fachwissen weiterhin zugunsten alberner Küchenaccessoires die Spree hinunterspülten. Zukünftig sollen Sie über etwas schreiben, das Sie lieben. Kunst, Kultur, Reisen. Was immer Ihnen dazu einfällt, und ich bin mir sicher, das ist eine Menge.«

Hellwig schob sich ein Stück Baguette mit Gänsestopfleber in den Mund. Er kaute und ließ Claire dabei keine Sekunde aus den Augen.

»Verzeihen Sie mir das *Stöckeln*, aber es ist mir ein Rätsel, wie ihr Frauen in solchen Dingern laufen könnt.«

»Sie hatten den Laptop in der Walter-Bischoff-Galerie vergessen. Damals fand dort die Sonderborg-Ausstellung statt.« Claire griff nach ihrem Löffel und vergaß augenblicklich, was sie damit hatte tun wollen.

»Sonderborg, richtig. Sie haben mir die Tasche zurückgebracht. Gut für uns, dass sie so dreist waren, statt eines Finderlohns einen Job zu verlangen.«

»Ja, was für ein Glück.« Claire lächelte schwach.

»Wäre es nicht ausgerechnet mein Laptop gewesen, hätte ich Sie hochkant rausgeworfen.« Er deutete mit der Gabel auf ihren Teller. »Sie sollten sich mit Ihrer Einwilligung nicht zu viel Zeit lassen, die Suppe wird kalt.«

Endlich löste sich ihre Anspannung. Was blieb, war das freudige, erregte, fassungslose Herzklopfen, dem sie kaum hinterheratmen konnte. *Es hat sich also doch gelohnt.*

Lächelnd malte sie mit dem Löffel einen Kreis in die Luft. »Wissen Sie, eine alte Freundin von mir würde jetzt sagen: Solange es nur kalte Suppe ist und keine kalten Füße, ist die Welt in bester Ordnung.«

»Eine kluge Frau, Ihre Freundin. Dann hoffe ich mal, Sie haben keine kalten Füße.«

»Ich weiß gar nicht, was das ist, Chef.«

GWENAELLE

Gwenaelle lehnte sich so weit aus dem Fenster, dass sie fast das Gleichgewicht verlor, und saugte die Sommerhitze in die Lungen ein. Es war verrückt, aber die Dachgeschosswohnung in der Rue Martel kam ihr seit Mamans und Maelys' Abreise viel geräumiger vor. Rein und leer, als wäre alle Traurigkeit verdunstet. Valérie hatte die Rollläden hochgezogen und die Fenster geöffnet, nun presste die Abendsonne das Licht in alle Ecken und Winkel, als wolle sie die winzigen Räume mit Gewalt ausdehnen.

Seit Stunden wirbelte ihre Tante wie ein Derwisch durch die Zimmer. Mit geübten Handgriffen zog sie Betten ab, klappte Mamans Liege zusammen, trug die Wäsche hinaus und kehrte mit dem Staubsauger zurück. Gwenaelles linkische Bemühungen, ihr zu helfen, hatte sie mit einem kryptischen »Stell dich ans Fenster und atme, bis du dich leicht fühlst« abgewehrt. Gwenaelle war nichts anderes übrig geblieben, als der Aufforderung nachzukommen, die eher wie ein Befehl geklungen hatte. Zum Zeitvertreib zählte sie die roten Ziegelschornsteine auf den Dächern, während Valérie sich aufführte, als vertreibe sie ein Rudel Dämonen aus der Wohnung.

Nach Kamin Nummer neunundsechzig verlor Gwenaelle den Überblick, was jedoch nicht weiter schlimm war. Valérie hatte den Schrubber in die Ecke gestellt und zündete sich mit selbstzufriedener Miene eine Gitanes an. Was das Rauchen anging, schien sie die Heimlichtuerei nicht länger für notwendig zu erachten, was in Gwenaelle gemischte Gefühle hervorrief. Einerseits mochte sie den Zigarettenqualm nicht besonders und andererseits... Andererseits schmeichelte ihr Valéries Unbekümmertheit, weil sie bedeutete, dass ihre Tante sie nicht länger als Gast betrachtete.

»Hat es funktioniert?« Valérie formte ein O mit dem Mund, und ein blauer Rauchkringel stieg zur Küchenlampe empor. Als Gwenaelle nicht reagierte, weil sie mit der Frage nichts anfangen konnte, glitt Valéries Blick an ihr herunter. »Du solltest öfter Röcke tragen, *ma petite*. Deine Beine sind sehr hübsch.«

Gwenaelle, die es nicht gewohnt war, Komplimente zu bekommen, und auch nicht wusste, ob ihr das gefiel, sah sich verlegen in der Küche um. Zu ihrer Verwunderung entdeckte sie ihre Schulbücher in der Altpapierbox neben dem Kühlschrank. Valérie blies die Backen auf, und der nächste Rauchkringel verunglückte zu einer gekrümmten Figur, die einem Seepferdchen ähnelte.

»Tolle Beine sind allerdings nicht alles. Audrey Hepburn hat mal gesagt, die schönsten Mädchen sind diejenigen, die glücklich sind.« Sie setzte sich mit geradem Rücken auf die Kante des Küchenstuhls und demonstrierte Wachsamkeit. »Deshalb meine Frage: Hat dir das Atmen geholfen?«

Gwenaelle zuckte mit den Schultern. Krampfhaft dachte sie darüber nach, wie ihre Schulbücher in die Kiste gekommen waren, in der Valérie die ausgelesenen Zeitungen entsorgte. Hatte ihre Tante in ihrer Aufräumwut etwa versehentlich …?

»*La vie est belle, ma belle* – das Leben ist schön, meine Hübsche.« Valérie nahm einen weiteren Zug von ihrer Gitanes, »und du bist eindeutig zu jung, um dieser traurige Mehlkloß zu sein, der da vor mir steht.«

Wie ein Pistolenlauf schwenkte ihr Finger zur Zeitungsbox hinüber, also war ihr Gwenaelles Irritation wegen der Bücher nicht entgangen.

»Durchgeatmet hast du, jetzt kommt der Sprung ins kalte Wasser. Du willst also nicht lernen. Gut, werfen wir den unnützen Ballast weg.«

»Das wird Maman bestimmt nicht gefallen«, antwortete

Gwenaelle nervös und fragte sich, wieso ihr Magen sich zusammenkrampfte. Immerhin war sie selbst tagtäglich drauf und dran gewesen, die Lehrbücher aus dem Fenster zu werfen. Jetzt erhielt sie die Erlaubnis, und prompt war ihr bei dem Gedanken unwohl.

»Siehst du deine Mutter hier irgendwo?«

»Nein, aber ...«

»Dann ist doch alles gut.« Valérie klatschte dreimal in die Hände wie eine Zirkusdirektorin, die dem Publikum die Hauptattraktion ankündigte. »Lass uns direkt mit dem spaßigen Teil des Lebens anfangen. Zoo? Theater? Kino? Sollen wir dir ein neues Kleid oder Schuhe kaufen? Möchtest du vielleicht deine erste Zigarette rauchen?« Sie kniff die Augen zusammen. »Oder hast du das schon hinter dir?«

Schweigend betrachtete Gwenaelle die weiße Schachtel mit der hellblauen Schrift, die ihre Tante in ihre Richtung geschoben hatte. Allmählich beschlich sie das Gefühl, Valérie stellte sie auf die Probe.

»Ist es wahr, was Maman gesagt hat?«, entgegnete sie gereizt. »Ich meine, über dich und ... über die Art, wie du lebst? Warum arbeitest du nicht? Ruhst du dich wirklich auf dem Geld von deinem Exmann aus? Wenn ja, wieso hast du es dann nötig, in dieser Sardinenbüchse zu wohnen? Und wenn nicht, wieso tust du so, als wärst du eine feine Dame?«

Die Wörter und all die dazugehörigen Fragezeichen purzelten so schnell aus ihrem Mund, dass sie sich nicht mehr rechtzeitig auf die Lippen beißen konnte. Für den Bruchteil einer Sekunde weiteten sich Valéries Pupillen. Offensichtlich hatte Gwenaelle ihr Ziel getroffen. Mitten ins Herz. Doch ihre Tante fing sich auf eine Art, die typisch für sie war: indem sie einfach nicht auf die Fragen einging.

»Am besten fangen wir mit einem köstlichen Abendessen an,

das eine echte Pariserin natürlich selbst kocht. Das Genießen kommt nämlich gleich nach dem Atmen, wenn wir schon über die Grundlagen des Glücklichseins sprechen. Möchtest du vorweg eine Zwiebelsuppe oder lieber Salat?«

»Ich möchte Antworten.«

»Keine Sorge, die bekommst du. Nach dem Dessert.« Valérie lehnte sich zurück und schlug grazil die Beine übereinander. »Selbstverständlich nur im Tausch gegen deine Antwort auf meine Frage, *ma petite.*«

»Du hast nur eine einzige Frage?«, entgegnete Gwenaelle ironisch. »Welche sollte das sein?«

»Ich möchte wissen, warum du so verdammt wütend bist.«

Zu Gwenaelles Verdruss dauerte das Abendessen diesmal besonders lange, da Valérie das obligatorische Drei-Gänge-Menü um zwei Zwischengänge bereichert hatte. Mit voller Absicht, dessen war sich Gwenaelle sicher, die trotzig das Katz-und-Maus-Spiel mitspielte, mit dem ihre Tante offensichtlich Zeit schinden wollte.

Um zweiundzwanzig Uhr, ganze drei Stunden nach der *soupe à l'oignon*, legte Gwenaelle das Käsemesser beiseite und stützte sich mit den Ellenbogen auf den Tisch. Wenn sie eines in den letzten Monaten gelernt hatte, dann zu warten. Auf den nächsten Morgen, den darauffolgenden Tag. Auf die Antworten, die irgendwann kamen, wenn sie nur ausreichend Geduld besaß. Erwachsene waren nicht gut im Aushalten von Stille.

Doch wie so oft bewies Valérie, dass sie in keine Erwachsenenschablone passte. Sie hielt Gwenaelles durchdringendem Blick stand und sagte nichts, stattdessen trug sie das Geschirr zur Spüle und verschwand in ihrem Zimmer. Wenige Minuten später stand sie mit ihrem schwarzen Sommermantel und einem Regenschirm unter dem Arm an der Tür.

»Ich wäre dann so weit«, sagte sie zu Gwenaelle, die nur widerstrebend aufstand.

Was hat diese verrückte Frau vor?

»Nun mach schon, Kind. Wir kommen sonst zu spät«, befahl Valérie und tippte auf ihre Armbanduhr. Eine Geste, die keinen Zweifel daran ließ, dass Mamans Blut in ihren Adern floss. Ohne ein weiteres Wort drehte sie sich um und verließ die Wohnung.

In Windeseile schlüpfte Gwenaelle in ihre Schuhe und stolperte hinterher, mit offenen Schnallen und nur einem Arm im Anorakärmel.

»Wohin … gehen wir?«, schnaufte sie, als sie ihre Tante an der nächsten Straßenecke endlich eingeholt hatte.

Im Gegensatz zu den gemütlichen Einkaufsspaziergängen legte Valérie an diesem Abend ein Marschtempo vor, bei dem Gwenaelle nur mühsam mithalten konnte, weil sie das Laufen auf Absätzen nicht gewohnt war. Außerdem musste sie aufpassen wie ein Luchs, damit sie auf dem belebten Gehsteig nicht mit entgegenkommenden Passanten zusammenstieß oder gar einen Bistrostuhl oder Menüaufsteller umwarf. Valérie hingegen marschierte, ohne das Tempo zu drosseln, in geschickten Schlangenlinien zwischen den Fußgängern die Rue Martel hinab und über ihrem Rabenfederhut wackelte der schwarze Herrenschirm. Dabei regnete es gar nicht.

Gwenaelle verzog das Gesicht – nicht nur, weil sie Valéries Verhalten mehr als befremdlich fand. Das anfängliche Ziehen in ihren Waden hatte sich rasch zu einem schmerzhaften Muskelkrampf ausgeweitet.

Sie wollte gerade aufgeben und ihre Tante ziehen lassen, wohin auch immer der laue Pariser Wind sie und ihren albernen Schirm wehte, als Valérie nach der hell erleuchteten Fensterfront einer Galerie unvermittelt abbog und in einer Seitenstraße verschwand. Mit zusammengebissenen Zähnen beschleunigte Gwenaelle ihre Trippelschritte – und stieß beinahe mit Valérie zusammen, die in der engen Gasse stehen geblieben war und in ihrer Handtasche wühlte.

»*Saperlotte!* Erschreck mich doch nicht so«, fuhr sie Gwenaelle an, die ihre brennenden Waden massierte.

»Was heißt hier, erschreck mich nicht? Bin nicht ich das Kind, auf das du eigentlich aufpassen solltest und das du gerade fast verloren hättest? Mitten in Paris?«, konterte sie und sehnte sich nach ihren Turnschuhen zurück.

»Glaub mir, wenn es einen Menschen gibt, der in dieser wunderbaren Stadt sicher nicht verloren geht, dann du«, sagte Valérie zu ihrer Handtasche und schüttelte sie wie einen unartigen Hund.

Die lieblose Maßregelung zeigte Wirkung. Triumphierend reckte Valérie einen Schlüssel in die Höhe, mit dem sie die Tür zu ihrer Rechten aufschloss. Misstrauisch musterte Gwenaelle die graffitibeschmierte fensterlose Rauputzfassade. Es gab weder eine Klingel noch wies ein Schild darauf hin, was sich hinter der Metalltür befinden mochte, die nur einen Drehknauf besaß. Valérie war längst im Inneren des Gebäudes verschwunden.

»Zieh die Tür hinter dir zu!«, schallte es zu ihr heraus. »Die sind hier sehr eigen mit den Sicherheitsbestimmungen.«

Wer auch immer *die* waren. Gwenaelle schlüpfte durch den Spalt und tat wie befohlen, obwohl sie selbst über die kleine Detonation erschrak, die sie verursachte, als sie die Tür zuwarf.

Staunend legte sie den Kopf in den Nacken. Der Raum reichte über mehrere Stockwerke bis zu den Dachschrägen hinauf, wo ein blasser Kindermond durch die Glaskuppel schien. Statt Etagen gab es frei schwebende Böden, die durch Feuerleitern miteinander verbunden waren. An den Wänden hingen überwiegend Fotografien und abstrakte Farbklecksbilder, die sie ungewollt an Maelys erinnerten.

Gwenaelle atmete aus. Obwohl sie noch nie einen solchen Ort von innen gesehen hatte, zweifelte sie keine Sekunde daran, wo sie sich befand: in einer Galerie.

»Valérie?« Ihre Absätze hallten gespenstisch durch den menschenleeren Raum, als sie an der Wand entlangging und es schließlich noch einmal etwas lauter versuchte. »Tante Valérie, wo bist du?«

Irgendwo rumpelte es. Stirnrunzelnd wandte Gwenaelle sich in die Richtung, aus der das Geräusch gekommen war. Sie durchquerte den Saal und blieb mit offenem Mund stehen, als sie das riesige Frauenporträt in der Raummitte entdeckte, frei schwebend, an unsichtbaren Fäden befestigt. Die Frau darauf war so atemberaubend schön, dass Gwenaelle sich unwillkürlich über die Arme rieb und näher trat. Wimpernverhangener Blick, ein altmodischer, riesiger Federhut – die Schönheit kam ihr vage bekannt vor, doch sie entdeckte nur den Namen des Fotokünstlers auf der Rückseite. *George Hurrell, 1937.* Fasziniert hob sie die Hand, um die hohen Wangenknochen zu berühren.

»Fass bloß nichts an!«, erklang eine harsche Stimme.

Gwenaelle fuhr herum. Die patzige Erwiderung, die ihr soeben noch auf der Zunge gelegen hatte, vergaß sie jedoch sofort wieder. Vor ihr stand Valérie oder vielmehr eine Person, die ihrer Tante verblüffend ähnlich sah. Sie trug eine blaue Kittelschürze und schob einen Putzwagen vor sich her. Gwenaelle öffnete den Mund und schloss ihn wieder, ein paar Mal hintereinander.

»Du siehst aus wie ein Goldfisch, wenn du das machst.« Valérie nestelte das Gitanespäckchen aus der Schürzentasche und steckte sich eine Zigarette in den Mundwinkel, zündete sie aber nicht an. Stattdessen setzte sie sich watschelnd in Bewegung. Gwenaelle riss die Augen auf, als der Putzwagen an ihr vorbeirollte. Ihre Tante trug Gesundheitsschuhe. *Gesundheitsschuhe!*

»Wenn du damit fertig bist, dich zu wundern, wäre ich bereit, deine Fragen von heute Nachmittag zu beantworten. Obwohl ich glaube, ein paar davon haben sich gerade erledigt«, warf Valérie trocken über die Schulter zurück. »Wie du siehst, arbeite ich für mein Geld, was im Umkehrschluss bedeutet, dass ich mich keineswegs auf Unterhaltszahlungen ausruhe, die es im Übrigen gar nicht gibt. Zu meiner Wohnung kann ich dir nur sagen: Ich mag Sardinenbüchsen. Soll ich etwa für ein paar Quadratmeter mehr Stauraum auf meinen Kaffee bei Monsieur Poupart oder all die anderen hübschen Dinge verzichten, die ein gelebtes Leben von der Idee eines vermeintlich besseren Lebens unterscheiden?« Valérie lachte auf, als sei allein der Gedanke vollkommen absurd. »Und was die feine Dame angeht, *ma petite Gwen* … in einer Stadt wie Paris kann eine kluge Frau alles sein, was sie sein will, und zwar unabhängig davon, wer sie ist.«

Valéries Worte waren Ohrfeigen, die nicht nur auf den Wangen brannten. Gwenaelle wusste nicht, wie ihr geschah. Alles in ihrem Kopf drehte sich, schnell und immer schneller, bis die Gedanken und Bilder, die Fragezeichen und Ausrufezeichen wild durcheinanderpurzelten. Ihr Mund öffnete sich, und etwas drängte aus ihm heraus, das eigentlich niemals hätte herauskommen sollen – weil es so wahnsinnig wehtat.

»Du hast recht, ich bin wütend!«, rief sie Valérie hinterher, die jedoch keine Anstalten machte, stehen zu bleiben. Die Hände zu Fäusten geballt folgte Gwenaelle dem gelben Wägelchen. »Ich bin wütend, weil …« Ihr Herz prallte wie ein panisches Tier gegen den Käfig ihres Brustkorbs. »Weil nichts mehr einen Sinn ergibt, seit Papa …« Die Tränen ließen sich nicht mehr aufhalten. Sie schluckte mühsam, dann würgte sie das Wort heraus, das seit einem halben Jahr wie eine Glasmurmel in ihrer Kehle feststeckte. »Tot. Er ist tot.«

Der Putzwagen kam zum Stillstand. Valérie hob das Kinn und schloss die Augen, als lausche sie dem Echo eines entfernten Hilferufs. »Gut«, sagte sie dann leise und ging weiter, die Gummisohlen ihrer Schuhe quietschten auf dem Linoleum. »Damit können wir arbeiten.«

CLAIRE

»Du sollst... was?« Sashas Löffel verharrte ungläubig im Nirgendwo zwischen der Kaffeedose und dem Filtereinsatz der Maschine.

Claire lehnte sich gegen die Arbeitsplatte und bemerkte ein schmerzhaftes Ziehen in den Wangenmuskeln, während sie aus ihrem Kaffeebecher trank. Muskelkater. Kein Wunder, schließlich lief sie schon seit gestern Abend mit diesem leicht debilen Grinsen herum, das sie vorhin auf der Toilette ein bisschen an das einer verknallten Sechzehnjährigen erinnert hatte. Übernächtigt war sie außerdem, weil sie natürlich kein Auge zugetan hatte. Selbst bei Tageslicht betrachtet, kam ihr das alles wie ein Traum vor, aus dem sie noch nicht erwacht war. Sie würde Chefredakteurin werden. *Chefredakteurin!*

Sasha drehte sich schwungvoll um die eigene Achse, wobei sie das Kaffeepulver fein säuberlich in der Belegschaftsküche verteilte. Sie sah nicht einmal hin, stattdessen tippte der Kaffeeportionierer mahnend gegen Claires Brust.

»Bist du sicher, dass du nicht unter Drogen stehst? Ich meine, vielleicht hat der Hellwig dir gestern was ins Glas ge... Moment mal!« Sie riss die Augen auf. »Du bist doch hoffentlich heute früh in deinem eigenen Bett aufgewacht?«

Claire lachte auf. »Natürlich habe ich zu Hause geschlafen. Alleine, du kannst gerne meinen verrückten Kater fragen.«

»Wer weiß.« Ihre Praktikantin schielte zur Tür und senkte

die Stimme. »Bei dem gehe ich davon aus, dass er sich in aller Herrgottsfrühe davonstiehlt.«

»*Mon Dieu*, Sasha, mach mal 'nen Punkt. Das war kein Rendezvous, sondern ein Geschäftsessen.« *Ein ausgesprochen nettes Geschäftsessen.* Wieder zogen sich ihre Mundwinkel auseinander, sie konnten es nicht lassen.

Selten hatte sie so viel gelacht wie gestern Abend, und betrunken war sie auch gewesen, als Hellwig sie ins Taxi gesetzt hatte. Ziemlich betrunken sogar, so betrunken, dass sie … Hatte sie dem Chef tatsächlich das Du angeboten?

Sie stöhnte auf. Nie wieder würde sie Champagner bestellen, zumal Hellwig sich ausschließlich an sein Wasser gehalten hatte. Lustig war er trotzdem gewesen, was durchaus an ihrem Zustand gelegen haben könnte.

»Was für ein neues Magazin soll das denn genau sein?« Sasha schaufelte nun wieder Kaffeepulver in die Maschine. Sie tat das recht energisch und auf eine Art, die ein bisschen an einen Totengräber erinnerte, der eine Grube zuschüttet. Ein zweifellos hübscher Totengräber, mit roten Sneakers und einem erschreckend kurzen Filzrock.

»Es ist eine Lifestyle-Zeitschrift. Die Hauptthemen sind Kunst, Kultur und Lebensart. Unser Ressort bekommt zwanzig statt drei Doppelseiten.« Claire lächelte, sie konnte ihr Glück noch immer nicht fassen. »Hellwig hat nur eine einzige Bedingung daran geknüpft. Er wünscht sich lesernahe Artikel. Das Magazin soll Menschen einen Zugang zu kulturellen Themen verschaffen, die sich sonst nicht damit beschäftigen. Kultur und Kunst für jedermann, so etwas wie die Geschichte hinter dem Bild. Oder wie der Künstler privat ist, etwas Persönliches, das nicht mit hochgestochenen Fachtermini daherkommt.«

»Aha.« Sasha schaufelte unverdrossen weiter.

Claire zeigte auf den Filter, der sein Fassungsvermögen längst erreicht hatte. »Willst du uns alle umbringen oder nur testen, ob du einen Kaffee kochen kannst, der annähernd an die Wirkung von Kokain herankommt?«

Sasha verdrehte die Augen und klappte mit einem vernehmlichen Geräusch die Kaffeedose zu.

»Was hast du, *ma puce*?«, fragte Claire sanft.

Ihre Praktikantin kaute auf ihrer Unterlippe und zuckte schließlich die Achseln.

»Ich habe dir übrigens noch gar nicht von meiner Bedingung erzählt«, setzte Claire leise hinzu.

Sasha tippte sich an die Stirn. »Du hast eine Bedingung an den Jackpot geknüpft? Bist du bescheuert?«

»Ein bisschen vielleicht.« Claire grinste. »Ich habe Hellwig gesagt, dass ich den Job nicht ohne dich machen werde.«

»Ach!«, antwortete Sasha und verschränkte die Arme, doch als sie weitersprach, zitterte ihre Stimme. »Und woher willst du wissen, ob ich das überhaupt möchte?«

Claire fasste sie zärtlich an der Schulter. »Du dummes Huhn. Als ob ich ohne deinen Herzinfarktkaffee überleben könnte. Oder ohne die Hälfte von deiner Thunfischpizza. Ich brauche dich allein deshalb, damit ich nicht andauernd vergesse, wo ich mein Smartphone liegen gelassen habe.«

Schweigend musterte Sasha die Eckbank, auf der sich etliche leere Pizzakartons stapelten. Sie räusperte sich, und es klang stark danach, als hätte sie einen Frosch im Hals. Oder eine Katze, wie man in Frankreich sagt.

»Stimmt. Wenn ich es genauer betrachte, bist du ohne mich nicht überlebensfähig.«

Claire nickte ernst.

»Na gut. Dann will ich mal nicht so sein.« Sasha hob abwehrend die Hände. »Komm bloß nicht auf die Idee, mich umarmen zu wollen!«

»So was fiele mir im Traum nicht ein.« Belustigt beobachtete Claire, wie Sasha die Pizzakartons einsammelte. Sie räumte immer auf, wenn sie durcheinander war.

»Apropos Smartphone«, warf Sasha über die Schulter, »dein Telefon liegt im Kopierraum und hat den ganzen Morgen »*Sur le pont d'Avignon*« gedudelt. Du solltest nachsehen, welcher deiner zahllosen Verehrer Sehnsucht nach dir hat, bevor der Akku leer ist. Und wenn ich dir einen Tipp geben darf: Ändere den Klingelton, er ist gruselig.«

»Bin schon weg. Übermorgen ist übrigens die erste Programmkonferenz zum neuen Magazin. Der Vorstand kommt auch, da heißt es Profil zeigen, Frau Kollegin.« Claire machte das Siegeszeichen, als sie aus der Tür ging.

Ja, sie konnte durchaus sagen, die Dinge liefen wie… wie sagte man noch gleich? Wie angeschmiert? Sie rümpfte die Nase. Es gab deutsche Ausdrücke, mit denen sie sich vermutlich nie anfreunden würde.

Tatsächlich lag ihr Mobiltelefon im Kopierraum, obwohl sie sich nicht daran erinnerte, das Kämmerchen heute schon betreten zu haben. Kopfschüttelnd nahm sie das Gerät an sich und tippte noch auf dem Weg in ihr Büro das Passwort ein.

Zwölf entgangene Anrufe. Von einer ihr unbekannten Nummer. Claire stutzte, als sie die Vorwahl sah. Ihre körperliche Reaktion, die unmittelbar darauf folgte, schloss jedoch jeden Irrtum aus. Der oder die Anruferin besaß einen französischen Anschluss.

Sie legte das Telefon auf den Schreibtisch und sank in den Bürostuhl. Lautlos erlosch das Display, und plötzlich hatte sie das Gefühl, ein Tierchen läge vor ihr auf der Schreibtischunterlage. Eines, vor dem sie sich so sehr fürchtete, dass es ihr feuchte Handflächen und Herzrasen bescherte. Ihr Mund fühlte sich trocken an, weshalb sie aufstand und eine Wasserflasche aus dem Kasten neben der Tür holte. Sie trank im Gehen und umrundete den Tisch in einem weiten Bogen. Schließlich blieb sie vor dem Stuhl stehen, ihre Hand schnellte entschlossen nach vorne. Das Smartphone zitterte, als sie die unbekannte Nummer antippte.

Der Verbindungsaufbau dauerte ewig, das Tuten klang dumpf und war mit einem Rauschen unterlegt. Dann klickte es, und aus dem Lautsprecher tönte ein resolutes »*Hôpital bon secours, service de chirurgie orthopédique, infirmière Inès à l'appareil?*«, das den kompletten Raum schwanken ließ.

Krankenhaus? Schwester? Fast hätte Claire das Telefon fallengelassen, als ob es sie in den Finger gebissen hätte.

»*Bonjour, je suis…* Mein Name ist Durant…« *Zut alors*, ihr Französisch klang wie das einer deutschen Sprachschülerin im zweiten Jahr. Hilfesuchend schielte sie aus dem Fenster. Blau. Reines, makelloses Sommerblau und kein Wölkchen am Himmel. »Ich habe einen Anruf von dieser Nummer erhalten und dachte… Handelt es sich vielleicht um einen Irrtum?«, sprudelte es aus ihr heraus.

»Madame Durant, gut, dass Sie sich melden.« Die Schwester klang hörbar erleichtert.

Wie ein Korsett schnürte sich die ungute Ahnung um Claires Brustkorb. »Mademoiselle, nicht Madame«, korrigierte sie automatisch und bemerkte, dass sie viel zu flach atmete. »Worum geht es?«

»Eine Patientin hat bei der Einweisung nach einem Fahrradunfall Ihre Nummer als Kontakt angegeben. Sie liegt seit einigen Tagen auf unserer Station und …« Schwester Inès machte eine kleine Pause. »Leider darf ich Ihnen am Telefon keine Auskunft erteilen. Es gibt wohl einige Komplikationen, über die unser Cheforthopäde dringend mit einem Verwandten sprechen möchte. Persönlich. Wäre es möglich, dass Sie zu uns nach Lannion in die Klinik kommen?«

Claire schloss die Augen. Sie konnte nicht aufhören, an die Farbe Blau zu denken. Blau wie der Himmel über Berlin. Wie Sashas neue Turnschuhe und ihre Lieblingstasse, die Sarkozy vom Küchentisch gefegt hatte. Wie Jans alte Trainingsjacke im Schrank und seine wunderschönen Augen. Blau wie das Meer.

»Sind Sie noch dran?«, drang es unbeirrt aus dem Hörer.

Claire drückte die Finger noch etwas fester zusammen und hatte das Gefühl, ein nasses Stück Seife festhalten zu müssen. »Ja«, hauchte sie, »ich bin noch da.«

»Gut. Die Patientin sagt, sie sei Ihre Mutter.«

Fünf

GWENAELLE

Erst ein paar Tage später traute Gwenaelle sich, die Frage zu stellen, die sie beschäftigte, seit sie das Atelier Martel zum ersten Mal betreten hatte. Sie schielte zu Valérie hinüber, die vor der bodentiefen Frontscheibe kniete und schimpfend einigen Fingerspuren zu Leibe rückte, die eindeutig von einem Menschlein stammten, das unter einem Meter groß war.

»Weißt du, wer sie ist?« Gwenaelle schüttelte das Staubtuch aus und deutete beiläufig auf die Fotografie in der Raummitte.

Valérie wachte mit Argusaugen darüber, dass Gwenaelle die ihr übertragenen Arbeiten ordentlich erledigte, obwohl das allabendliche Staubwischen Zeitverschwendung war. Dank der Putzwut ihrer Tante hatte sich in diesem Raum gewiss schon lange kein Staubkorn mehr niedergelassen, und selbst wenn so ein kleiner Partikel auf den unerhörten Gedanken gekommen wäre, wäre er vermutlich sofort von dem blank gescheuerten Rahmen heruntergerutscht.

Bei der Vorstellung stahl sich ein Lächeln auf Gwenaelles Gesicht. Ihr kam in den Sinn, dass sie öfter lachte, seit sie ausgesprochen hatte, was ihr auf der Seele lag. Obwohl sie kein Wort mehr über das Gespräch verloren hatten, das vor wenigen Tagen in diesem Raum stattgefunden hatte, fühlte sich seitdem alles etwas leichter an. Vor allem, und das war die wichtigste Veränderung, schlief Gwenaelle endlich tief und traumlos durch.

»Wer soll wer sein?« Taumelnd kam Valérie auf die Füße,

stützte sich auf das gelbe Wägelchen und suchte in ihrer Kitteltasche nach den unvermeidlichen Gitanes. Der Rauchmelder wegen rauchte sie nie in der Galerie, doch die Zigarette im Mundwinkel schien sie zu entspannen.

Statt zu antworten, zeigte Gwenaelle mit dem Finger auf den schwebenden Rahmen. Die fremde Frau darin kam ihr inzwischen wie eine alte Freundin vor, obwohl die Freundin sie musterte, als sei sie ein lästiges Groupie.

Valérie saugte mit einem schmatzenden Geräusch an der Zigarette und blies eine Fahne aus Atemluft nach oben.

»Das ist Marlene.« Sie zog den Namen auseinander, als zerteilte sie ein Stück Apfeltarte mit unerhört viel Sahne darauf.

»Die Schauspielerin?«

»Oh, die Dietrich war viel mehr als das.« Valérie schnalzte anerkennend. »Sie war ein Star. Eine von den ganz Großen, die es bis nach Hollywood geschafft haben. Das ist damals nur wenigen europäischen Schauspielern gelungen, schon gar keinen Deutschen und erst recht keinen bürgerlichen Deutschen. Sie stammte aus Berlin, glaube ich.«

Berlin. Stumm betrachtete Gwenaelle die aus Licht und Schatten modellierten Züge, die ihr trotz aller Blasiertheit ein wenig traurig vorkamen. Über Deutschland wusste sie nicht viel, abgesehen von den unerfreulichen Dingen, die sie im Geschichtsunterricht gehört hatte, aber der Name der Hauptstadt hatte einen schönen Klang.

»Wie hat sie es geschafft, so berühmt zu werden?«

»Ich schätze, sie hatte die richtige Einstellung«, antwortete Valérie nüchtern und steckte die Zigarette mit dem lippenstiftverschmierten Filter in die Schachtel zurück.

Gwenaelle verdrehte die Augen. Es war anstrengend, wenn ihre Tante sie mit ihren halben Antworten andauernd dazu nötigte, sich ihren eigenen Teil zu denken.

»Und welche Einstellung war das?«, hakte sie nach und stützte sich ebenfalls auf den wackeligen Putzwagen.

Eine Weile betrachteten sie Schulter an Schulter die Fotografie, bis Valérie mit den Achseln zuckte.

»Marlene hatte ein Ziel vor Augen und hat alles darangesetzt, es zu erreichen. Irgendwo habe ich mal gelesen, dass sie sich für das perfekte Filmstargesicht sogar die Backenzähne ziehen ließ. Darüber hinaus war sie nicht nur ehrgeizig und fleißig, sondern auch sehr belesen.«

Irgendetwas an ihrer betonten Unbefangenheit versetzte Gwenaelle in Alarmbereitschaft, dennoch konnte sie nicht verhindern, dass ihr ein träumerisches »Ich wäre gern wie sie« entschlüpfte.

Valérie machte ein Gesicht wie ein Angler, dem soeben ein Fisch ins Netz gegangen war. Ein kleiner Fisch zwar, aber zweifellos ein Fisch.

»Was ist?«, fragte Gwenaelle trotzig und schämte sich, weil sie zugegeben hatte, dass sie in das plakatgroße Foto eines Filmstars verliebt war, der wahrscheinlich längst die Artischocken von unten zählte.

»Ich fürchte, das wird leider ein Traum für dich bleiben, *ma petite Gwen*«, sagte Valérie mit mitleidigem Unterton, der ebenso falsch klang, wie ihre bedauernde Miene aussah. »Du erinnerst dich? Im Gegensatz zu Marlene hast du dich für einen Weg entschieden, der nicht mit Schulbüchern gepflastert ist. Aber mach dir nichts daraus, mit Wischmopp und Staubtuch kannst du auch ein spaßiges Leben haben. Ich bin der lebende Beweis dafür.«

Lächelnd tätschelte sie Gwenaelles Backe und erinnerte ihre Nichte anschließend mit einem ruppigen Stoß in den Rücken daran, dass sie keinen Buckel machen sollte, egal was sie von Schulbildung hielt.

Noch in derselben Nacht bekam Gwenaelle Besuch von Papa. Dünn war er geworden, fast durchscheinend, und er trug den feinen blauen Anzug, mit dem er Maman jeden zweiten Freitagabend zu Madame Odile ins *Le Bâteau* ausgeführt hatte. Zu gern wäre sie ihm entgegengelaufen, um sich in seine Arme zu werfen, aber sie schlief ja, weshalb sie still wartete, bis er sich neben sie aufs Sofa setzte und ihre Hand nahm. Sie erschrak, denn obwohl er ein Geist war, waren seine Finger warm. Das bärtige Gesicht sah nicht mit dem gewohnten Schmunzeln auf sie herab, das sich immer wie ein Pflaster auf alles gelegt hatte, was ihr Kummer bereitete.

»Ich mache mir Sorgen um dich«, sagte er ernst.

Sie öffnete den Mund, doch offenbar war dieser Traum nicht als Zwiegespräch gedacht.

»Weißt du noch, was du mir versprochen hast?« Er schaute zum Fenster, wo sich bereits die zarte rosafarbene Morgendämmerung auf die Zuckerfadenwolken der Nacht legte. »Du hast mir versprochen, dass du eine Wolkenfischerin sein wirst. Meine kleine Wolkenfischerin, auf die ich einmal sehr stolz sein werde.«

Gwenaelle schluckte. Alles, was sie zustande brachte, war ein leises, langgezogenes Geräusch, das seinen Ursprung in ihrer Brust hatte.

Dann war er fort und ließ eine Erinnerung zurück, die wie ein aufgeschnürtes Geschenkpäckchen auf ihrer Bettdecke lag.

Sie öffnete die Augen und starrte an die Zimmerdecke. Lange. Als sie damit fertig war, schlüpfte sie unter dem Laken hervor und tapste barfuß in die Küche, ohne sich die Mühe zu machen, auf Zehenspitzen zu laufen.

Dreimal musste sie zur Zeitungsbox und wieder zurück ins Wohnzimmer gehen, bis sie alle Schulbücher und Hefte auf dem Sofa gestapelt hatte. Aus Valéries Sekretär holte sie einen linierten Block, Bleistift und Kugelschreiber, die sie nebeneinander auf den Teppich legte, wie Soldaten in einer Reihe. Das Lineal kam als Schützengraben darunter.

Dann marschierte sie ins Schlafzimmer, knipste das Licht an und baute sich mit geballten Fäusten vor dem Doppelbett auf, das den Raum fast vollständig ausfüllte. Es roch durchdringend nach Lavendel, und der Digitalwecker auf dem Nachttisch warf leuchtend rot die Ziffern 4:22 an die Wand.

»Gut, ich werde also lernen«, sagte sie laut und versuchte nicht irritiert zu sein, weil ihre Tante im Hochsommer unter einer Daunendecke schlief. »Ich gehe wieder in die Schule. Das wollt ihr doch alle.«

Der Deckenberg bewegte sich nicht.

Gwenaelle runzelte die Stirn, doch weil sie fürchtete, den Text zu vergessen, den sie in den letzten Minuten bestimmt ein dutzend Mal im Geiste wiederholt hatte, redete sie mutig weiter. »Außerdem will ich alles wissen, was du weißt, und noch mehr, damit ich rasch reich und berühmt werde. Du sollst mir beibringen, wie ich eine feine Dame werde und wie ich es anstelle, dass alle Leute nett zu mir sind und beiseitetreten, wenn ich die Straße entlanggehe.« Gwenaelle stockte. Der letzte Satz war besonders schwierig und musste mit Bedacht und gleichzeitig sehr bestimmt vorgebracht werden »Aber … ich bleibe bei dir … in Paris. Das ist meine einzige … Bedingung«, holperte es alles andere als bestimmt über ihre Lippen.

Die Stille in dem Zimmer wurde unerträglich. Gwenaelle wippte nervös auf den Ballen auf und ab.

»Tante Valérie? Hast du gehört, was ich gesagt habe?«

»Wenn nicht, müsste ich wohl ernsthaft über ein Hörgerät nachdenken«, antwortete es dumpf unter dem Federbett.

Gwenaelle atmete befreit auf. »Okay, dann ist es ja gut.«

»War das alles?«

»Ich denke schon.«

»Fein, dann tu mir den Gefallen und schalte das Licht aus, bevor du zurück ins Bett gehst.«

CLAIRE

»Sag jetzt nicht, du hast doch kalte Füße wegen des neuen Magazins bekommen.« Sebastian Hellwig nahm die Brille ab und musterte sie prüfend.

Claire schluckte und schüttelte den Kopf. Es war komisch, von ihm geduzt zu werden, zumal sie sich ohnehin wie eine Zehnjährige fühlte, die ihrem Lehrer einen Fehltritt beichten musste. Auch wenn sie unter normalen Umständen vielleicht über diesen Lehrer gelächelt hätte, der in der winzigen Rumpelkammer so deplatziert wirkte wie ein Bankdirektor in einem Kinderkaufladen. Sie war noch nie hier oben gewesen, und sein Hang zu sorgloser Unordnung überraschte sie. Überall standen Kartons herum, und die Deckenbalken hingen so tief, dass der hochgewachsene Hellwig sich bücken musste, um hinter den Schreibtisch zu gelangen.

Trotz der herrlichen Dachterrasse, die man nur von hier aus betreten konnte, verstand Claire bis heute nicht, weshalb er sein modernes, luftiges Büro den Kollegen vom Marketing überlassen hatte. Sie zwang sich, den Blick von den zahllosen Pflanztöpfen abzuwenden und den durchdringenden Pfefferminzgeruch zu ignorieren, der sie in der Nase juckte. Es stimmte also, dass der Chef seinen Tee selbst anbaute.

»Ich brauche bloß ein paar Tage Urlaub«, nahm sie den Faden wieder auf, verwirrt, weil sie die wenigen privaten Seiten so mochte, die Hellwig erst in den letzten Tagen gezeigt hatte. »Es handelt sich um eine dringende familiäre Angelegenheit.«

Ich habe keine Wahl. Ich habe keine Wahl. Ich habe keine…

Rund zwanzigmal hatte sie diesen Satz vor sich hingesagt, während sie die Stufen in den sechsten Stock hinaufgegangen war. Schwester Inès' harscher bretonischer Akzent hing immer noch in ihrem Gehörgang fest, zusammen mit der diffusen Angst, die ihr die Brust zusammenschnürte. Maman im Krankenhaus.

Hellwig lehnte sich in seinem Ledersessel zurück, stützte die Ellbogen auf die Armlehnen und drückte die gespreizten Finger beider Hände aneinander. »Das heißt, du musst nach Paris. Vermutlich sofort?«

»Wieso Paris?« Claire hob verständnislos den Kopf, erkannte den fatalen Fehler jedoch erst, als ihr die Worte längst über die Lippen gerutscht waren.

Sebastian Hellwig legte die Stirn in Falten. »Ich dachte, deine Familie lebt in Paris, also habe ich ange…«

»Natürlich!«, versicherte Claire eilig und brachte ein dümmliches Kichern zustande. »Ich muss nach Paris. Meine«, sie überlegte krampfhaft, »Cousine. Sie ist krank, also … sie hat … Ich sollte besser nicht darüber reden.« Ihr schwindelte beim Ausatmen, als hätte sie zehn Luftballons hintereinander aufgeblasen.

Hellwig sah sie nachdenklich an.

»Ich weiß, es ist ein denkbar ungünstiger Zeitpunkt«, haspelte Claire verzweifelt weiter. »An der Programmkonferenz am Freitag werde ich nicht teilnehmen können. Ich könnte verstehen, wenn Sie … du … wenn du lieber wen anders für den Job vorschlägst.«

Jetzt bloß nicht weinen. Nicht. Weinen. Claire schlug die Augen nieder und nestelte am Saum ihres Sommerkleides. Der Zeitpunkt war mehr als ungünstig. Es war sozusagen der dämlichste Zeitpunkt überhaupt. Sie stand auf der vorletzten Stufe der Karriereleiter und hatte sich soeben entschlossen, rückwärts zu klettern. Chefredakteursposten ade.

»Ich sehe da weiter kein Problem«, kam es gedehnt von gegenüber.

»Nicht?«

Hellwig schälte sich hinter seinem Schreibtisch hervor und gab ihr mit einem Handzeichen zu verstehen, dass sie ihm nach draußen folgen sollte.

Claire blinzelte überrascht, als sie die Dachterrasse betrat. Der Blick über die Stadt war atemberaubend. Doch sie klammerte sich nicht an das Eisengeländer, um die Aussicht auf den Fernsehturm oder auf die mintgrünen Dächer der St. Bonifatius Kirche zu genießen. Sie musste sich irgendwo festhalten. Ihr Herz prallte so hart gegen ihre Rippen, dass sie meinte, es müsse zerspringen wie ein Ei, das man in einem Schraubglas schüttelte.

Bon sang, reiß dich zusammen und heb das Kinn!, wisperte es streng in ihrem Hinterkopf, und sie straffte gehorsam den Rücken.

»Nun denn, Claire.« Hellwig hielt einen respektvollen Abstand zum Geländer ein. »Familie geht vor, mach dir also keine Gedanken um die alberne Konferenz. Ich hatte ohnehin vor, sie auf Ende des Monats zu verlegen, weil ich kurzfristig beschlossen habe, in den Urlaub zu fahren. Wir werden die Herrschaften vertrösten, wahrscheinlich kämpfen sie ohnehin noch mit den Nachwehen von Frau Senges Kaffee.«

Sie schielte zu ihm hinüber. Er war zurück zur Terrassentür gegangen, lehnte nun locker am Rahmen und kaute auf einem Minzestängel herum, den er aus einem Terrakottatopf gezupft hatte. Trüge er einen Cowboyhut, und wäre er nicht ihr Chef, hätte sie ihn wahrscheinlich sogar anziehend gefunden – trotz des pinkfarbenen Shirts. Unter den gegebenen Umständen wirkte er jedoch wie ein Schauspieler, der eine Rolle mimte, die ihm nicht auf den Leib geschrieben war. Oder ... Claires Haut begann zu kribbeln. Oder war es umgekehrt und der spießige Chefredakteur war bloß die Inszenierung?

Offensichtlich missverstand er ihren fragenden Blick.

»Akrophobie«, erklärte er. »Eigentlich verrückt, dass ich mir ausgerechnet das Dachgeschoss zum Arbeiten ausgesucht habe, aber ich dachte, vielleicht gewöhne ich mich mit der Zeit an die Höhe. Immerhin schaffe ich es schon, die Terrasse zu betreten. Hat mich eine Menge vertrockneter Topfpflanzen gekostet.« Er lächelte selbstironisch und fand übergangslos zu seinem geschäftsmäßigen Ton zurück. »Es trifft sich hervorragend, dass du ohnehin nach Paris musst, vorausgesetzt du findest etwas Zeit für einen kleinen beruflichen Ausflug neben deinen familiären Verpflichtungen.«

Claire hob die Hände, um zu verdeutlichen, dass sie nicht verstand, wovon er redete. Hellwig war jedoch längst im Innern seiner Dachkammer verschwunden. Neugierig reckte sie den Hals und verfolgte, wie er in dem Rollcontainer unter dem Schreibtisch wühlte. Im Geiste notierte sie sich die vollgestopften Schubladen und die goldenen Bonbonpapierchen, die er auf den Holzdielen verteilte. Sieh an. *Le chef*, Perfektionist und Gesundheitsfanatiker, hatte offenbar neben seiner Höhenangst und fehlendem Ordnungssinn auch eine Schwäche für Kalorienbomben aus Sahnekaramell.

Als er zurück auf die Terrasse trat, trug er ein zufriedenes Lächeln auf den Lippen und einen Umschlag in der Hand, den er ihr überreichte. Er enthielt einen Computerausdruck, der seltsam falsch in dem cremefarbenen Kuvert aus Büttenpapier aussah.

»In der Kürze der Zeit hat es leider nur für eine Mail gereicht, aber ich dachte mir, der Inhalt zählt. Die Originalnachricht habe ich dir bereits weitergeleitet.« Hellwigs Stimme schien von sehr weit herzukommen.

Claires Puls beschleunigte sich, das dünne Blatt zitterte in ihrer Hand. Ausdruck hin oder her, es handelte sich zweifellos um eine formelle persönliche Einladung zu einer Vernissage im Grand Palais in Paris. Ausgestellt auf Claire Durant, Redakteurin beim *Genusto*-Magazin, Berlin.

»Ich dachte, ich mache dir eine Freude damit.« Hellwig klang ein wenig atemlos, als sei er unsicher, ob ihm die Überraschung gelungen war. »Das ist doch die Ausstellung, über die du berichten wolltest, oder? Nicht dass ich mich vorgestern verhört habe. Dann können wir am Monatsende gleich mit einem hübschen Leitartikel für unser Projekt aufwarten, der den Vorstand sicher von deiner Eignung für den Posten überzeugt. *Die neue, junge Pariser Kunstszene.* Klingt gut, finde ich.« Er legte den Kopf schief. »Außerdem war ich so frei, dir einen Flug buchen zu lassen. Wenn du möchtest, schicke ich dir den Kollegen Berger aus der Fotoredaktion mit nach Paris, damit er ein paar schöne Bilder von der Veranstaltung schießt.«

»Nein! Ich meine… ja«, stammelte Claire mit trockenem Mund, aus dem der Satz seltsam bröselig klang. Sie war hin- und hergerissen zwischen maßloser Freude und blankem Entsetzen. »Das klingt sogar unheimlich gut! Und es ist alles so wahnsinnig… nett von Ihnen… äh dir.«

Ein unsichtbarer Finger bohrte sich wie ein Nagel in ihr Rückgrat. »*Flattere nicht herum wie ein geköpftes Huhn. Denk nach*«, flüsterte es aus dem Gedankenwollknäuel.

»*Du hast wie immer leicht reden*«, fauchte sie im Geiste zurück und schielte nervös auf das Datum der Einladung.

Die Vernissage fand am Freitagabend statt. Freitag früh hatte sie den Termin mit *docteur* Laroux im Krankenhaus von Lannion, das rund fünfhundert Kilometer von Paris entfernt lag. Den Kliniktermin zu verschieben, kam nicht infrage, zumal Schwester Inès ihr erklärt hatte, dass Laroux nächste Woche zu einer Tagung reiste. Aber wenn sie einen Mietwagen nahm...

Claire schloss die Augen. Fünfhundert Kilometer an einem Nachmittag. Das war zu schaffen. Zwar wusste sie nicht, was sie in der Klinik erwartete, doch so hatte sie zumindest einen guten Grund für eine rasche Abreise, wenn Maman wohlauf war. Einen verdammt guten Grund sogar.

»Gibt es irgendein Problem?« Hellwig sah sie wachsam an, und für einen winzigen Moment war sie wegen des mitfühlenden Tons tatsächlich versucht, ihm die Wahrheit zu sagen.

Dass sie nicht aus Paris stammte. Dass ihre Eltern nicht für die französische Regierung arbeiteten und besagte Cousine gar nicht existierte. Vor allem aber besaß sie keinen Abschluss in Kunstgeschichte, obwohl sie als Gasthörerin in nahezu jeder Vorlesung in der Berliner Universität der Künste gesessen hatte. Letzteres ein schwacher Trost, der ihr dennoch keinerlei Legitimation gab, auf einem Chefredakteursstuhl Platz zu nehmen.

»Ich mache die Fotos selbst«, murmelte sie stattdessen, und als Hellwig ihr mit einem Fingertippen ans Ohr signalisierte, dass er sie nicht verstanden hatte, hob sie die Stimme. »Ich brauche keinen Fotografen, das mache ich lieber alleine.«

Er nickte. »Damit bleibt mir nur, dir einen angenehmen Aufenthalt zu wünschen. Das Rückflugticket stornieren wir vorläufig, damit du dich in Ruhe um deine Familie kümmern kannst. Ich hoffe, es geht deiner Cousine bald besser.«

Cousine. Claire schluckte, weil seine Worte so warm und einfühlsam geklungen hatten. Er war wirklich ein netter Kerl.

»Danke für alles und... ich wünsche dir einen schönen Urlaub«, erwiderte sie und verdrängte ihre Gewissensbisse, weil sie ihn seit Jahren an der Nase herumführte. »Wohin geht es denn?«

Für einen winzigen Augenblick flackerte etwas in seinen Augen auf, etwas, das sie manchmal bei Sasha sah, wenn sie Dinge tat, von denen sie wusste, dass sie Claire missfallen würden. Er zeigte eine etwas schiefe, sehr weiße Zahnreihe und ging mit großen Schritten voraus zur Tür.

»Ich befürchte, die Antwort würde dich nur langweilen, Mademoiselle Durant, und da ich von meiner besten Mitarbeiterin nicht für eine Schlaftablette gehalten werden möchte…« Scherzhaft deutete er eine Verbeugung an und komplimentierte sie mit einem knappen »*Bon voyage!*« aus dem Rumpelkammerbüro, als sei ihm ihre Gegenwart auf einmal unangenehm.

Unter normalen Umständen hätte Hellwig sie mit dieser Bemerkung und seinem komischen Verhalten neugierig gemacht. Doch was war gerade schon normal? Im Moment hatte sie andere Sorgen, als darüber nachzudenken, was ihr Chef in seiner Freizeit trieb. Oder mit wem.

Gedankenverloren trottete Claire die Stufen hinunter, die Hand auf dem grün lackierten Handlauf des Geländers. Erst auf halber Treppe hielt sie inne und erlaubte sich ein zögerliches Lächeln. Auch wenn sie sich vor der Begegnung fürchtete, die ihr in Lannion bevorstand – in beruflicher Hinsicht war sie gerade noch mal davongekommen.

Claire hob den Kopf und atmete tief durch. Mit dem verbliebenen Problem würde sie sich auseinandersetzen, wenn sie vor dem Eingangsportal der Klinik stand. Keine Minute früher.

GWENAELLE

Es dauerte über zwei Wochen, bis in der Rue Martel 1 endlich die Antwort auf den Brief eintraf, den Valérie an Maman geschrieben hatte. Obwohl der dicke braune Umschlag an ihre

Tante adressiert war, fand Gwenaelle ihn verschlossen auf ihrem Platz am Esstisch, als sie zur Mittagszeit die Küche betrat.

Sie hatte es sich angewöhnt, vom Aufstehen bis Punkt zwölf Uhr über ihren Büchern zu sitzen, um den versäumten Stoff nachzuholen. Es überraschte sie selbst, wie schnell sie vorankam. Zwar war ihr das Lernen schon immer leicht gefallen, doch das langweilige Spiel, das sie mitgemacht hatte, weil die Erwachsenen es von ihr erwarteten, hatte sich auf wunderbare Weise in etwas verwandelt, von dem sie nicht mehr lassen konnte. Ob Mathematik, französische Geschichte und Literatur, ob Geografie oder Physik – konzentriert und wie selbstverständlich füllte Gwenaelle Seite um Seite ihrer Schulhefte mit Formeln, Jahreszahlen und physikalischen Gesetzen. Valérie blieb stets in Hörweite, saß im Lehnsessel oder im Schneidersitz neben ihr auf dem Teppich, las in einem Buch und nippte an ihrem unvermeidlichen *café crème*.

Diese Nähe war ungewohnt für Gwenaelle, zumal Maman weniger an ihren Studien, sondern einzig und allein an den Zensuren interessiert gewesen war. Valérie hingegen lauerte regelrecht darauf, dass Gwenaelles Kugelschreiber stockte, dass sie die Stirn runzelte oder fragend den Kopf hob. Dann griff sie nach dem *Grand Dictionnaire Larousse*, um darin nach Antworten zu blättern – und zeigte Gwenaelle eine Welt, die beflügelnder und bunter war als alles, was Maelys jemals auf unschuldiges Papier gekleckst hatte.

Im Gegensatz dazu war der Umschlag, der neben Gwenaelles Teller lag, alles andere als bunt. Oder beflügelnd. Das braune, verschlossene Kuvert verursachte ihr Kopfschmerzen und feuchte Hände. Am liebsten wäre sie zurück ins Wohnzimmer geflüchtet, um den Moment der Wahrheit noch ein wenig hinauszuzögern. Wie sagte man noch gleich? *Tout comme les roses la vérité porte des épines* – die Wahrheit und die Rosen tragen Dornen.

Was sollte sie tun, wenn Maman nicht mit einem Schulbesuch in Paris einverstanden war? Valérie hatte sich bewusst dagegen entschieden, die Angelegenheit am Telefon zu klären, weil sie ihrer Schwester Zeit zum Nachdenken lassen wollte. Maman hatte sehr lange nachgedacht, denn die Ferien waren inzwischen fast zu Ende.

Wie gelähmt betrachtete Gwenaelle die kugelschreiberblaue Handschrift, die energische Rillen in das Kuvert gedrückt hatte. Ihre Tante tischte unterdessen das Mittagessen auf, Tomatensalat mit Zwiebeln und Baguette, zum dritten Mal in dieser Woche, weil die überreifen Tomaten bei Monsieur Pierre zurzeit im Sonderangebot waren. Gerade eben hatte Gwenaelle sich noch ausgiebig mit der Französischen Revolution befasst und der rote, matschige Inhalt der Salatschüssel kam ihr erschreckend stimmig zum Thema vor.

»Vom Angaffen wird sich der Umschlag kaum öffnen«, sagte Valérie und setzte sich ihr gegenüber an den Tisch. »Du könntest es allerdings mit *Abrakadabra* versuchen, vielleicht klappt es ja.« Sie schüttelte ihre Serviette aus, faltete sie zu einem schmalen Rechteck und legte es wie eine Priesterstola über ihren Schoß.

Einige Minuten vergingen. Keine der beiden rührte die Schüssel an. Stattdessen betrachtete Valérie schweigend ihre Nichte, die wiederum das Kuvert anstarrte, dem das ganze Theater um seine Anwesenheit piepegal war.

»Könntest du ihn für mich aufmachen… bitte?«, krächzte Gwenaelle schließlich, aber Valérie schüttelte entschieden den Kopf.

»Nächste Woche wirst du sechzehn, Gwen. Du trägst Absatzschuhe und kurze Röcke, triffst Entscheidungen und kämpfst dafür. Das mag ein guter Anfang sein, aber langsam solltest du dich auch mit den Konsequenzen auseinandersetzen. Du willst dein Leben selbst in die Hände nehmen? Dann fang gleich mit diesem Umschlag an.«

Sie klaubte ein Stück Baguette aus dem Brotkorb und biss hinein, während Gwenaelle widerstrebend eine Ecke von dem Kuvert abriss und den Finger als Briefmesser benutzte. Ohne lange zu überlegen schüttete sie den Inhalt auf den Tisch.

Sie wusste nicht, ob sie froh oder enttäuscht sein sollte, weil sie keinen persönlichen Brief fand. Stattdessen lag ein Packen Fotos vor ihr, die Maman offensichtlich aus dem Familienalbum herausgetrennt hatte. Der Rest bestand aus offiziellen Dokumenten. Ihre Geburtsurkunde. Zwei neuere Passbilder, ihr Impfpass und das Sparbuch, auf das Papa jeden Monat etwas für sie eingezahlt hatte. Außerdem eine Vollmacht, die Valérie befugte, die Interessen ihrer Nichte zu vertreten. Auf Gwenaelles abgelaufenem Kinderpass klebte ein Zettel mit der Bitte, auf dem Amt einen neuen Ausweis zu beantragen.

Gwenaelles Augen füllten sich mit Tränen. Zumindest in formeller Hinsicht hatte Maman an alles gedacht.

Valérie las die kurze Nachricht und nickte kauend. »*Bon.* Ich würde sagen, deine Mutter hat dir die Antwort gegeben, die du dir gewünscht hast. Nun putz dir die Nase und schlüpf in deine hübschen Sandalen. Wir erledigen den Behördengang am besten gleich, damit wir dich bald in der Schule anmelden können. Außer du«, sie senkte die Stimme zu einem liebevollen Flüstern, »hast es dir anders überlegt und möchtest doch lieber nach Hause.«

Gwenaelle konnte nichts dagegen tun. Unaufhaltsam quollen ihr Tränen aus den Augen und tropften in den Blusenausschnitt. Das Heimweh war überwältigend, zog und drückte, quetschte ihr Innerstes wie einen porösen Teig, der einfach nicht das war, was er sein sollte. O ja, sie hatte Heimweh. Das Problem war nur, sie hatte auch das Gefühl, dass kein Heim mehr existierte, in das sie zurückkehren wollte. Es gab nur das verlorene Steinhaus auf den Dünen und das Meer, das gierige, gefräßige Meer, das den wertvollsten Menschen in ihrem Leben verschlungen hatte.

Valérie schob den Tomatensalat beiseite und fasste über den Tisch hinweg nach Gwenaelles Hand, die den Fotostapel umklammerte, als handele es sich um das letzte Stück Vergangenheit, das ihr geblieben war. Was für diesen Augenblick sogar stimmte.

»Du bist nicht allein, weißt du? Im Zweifelsfall gibt es da immer noch die alte Schachtel in der Rue Martel, die froh ist, dich zu haben«, sagte ihre Tante leise. »Und sei es nur, damit du irgendwann meinen Rollstuhl schiebst.«

Gwenaelle hob den Kopf. Vor lauter Überraschung über Valéries Zuneigungsbekundung vergaß sie das Weinen und bekam dafür einen Schluckauf.

»Ich … bin … in Paris zu Hause«, hickste sie und brach in hilfloses Gelächter aus, weil sie wie Monsieur Pouparts alter Renault mit den ewig defekten Zündkerzen klang.

Valéries Mundwinkel zuckte. »*Je sais, ma petite*. Ich weiß.«

Das Bürgermeisteramt des 10. Arrondissements befand sich nur wenige Gehminuten von Valéries Wohnung entfernt, und diesmal bewährte sich der große schwarze Herrenschirm, den ihre Tante andauernd mit sich herumschleppte.

Außer Atem und mit vom Regen aufgeweichten Schuhen betraten sie das lichtdurchflutete Atrium der Eingangshalle, wo Gwenaelle zunächst die prächtige Freitreppe bestaunte, die sich auf halber Höhe in einen linken und einen rechten Flügel aufteilte. Obwohl die Mittagszeit längst vorüber war, war es menschenleer im Foyer.

Valérie schüttelte den Schirm aus, zog eine Nummer aus dem Automaten, der neben einer der quaderförmigen Säulen stand, und studierte die Anzeigentafel mit den Abteilungen der Behörde. Dann nahm sie Gwenaelle an der Hand, die noch immer mit in den Nacken gelegtem Kopf das ornamentglasgeschmückte Oberlicht bewunderte, und führte ihre Nichte in den angeschlossenen Trakt des Passamtes.

Der junge Beamte, der in Zimmer 125 an einem furnierten Schreibtisch saß, hätte mit seiner Uniform viel besser in ein schickes Hotel gepasst. Sonst hatte der Mann jedoch nichts mit einem freundlichen Pagen gemeinsam. Er wirkte übernächtigt und schlecht gelaunt und sein verschnupftes »Was kann ich für Sie tun?« ging im ungehaltenen Knallen des Stempels unter, mit dem er einige Dokumente misshandelte. Die abgestandene Luft in dem Büro roch nach Kräutertee und Männerschweiß. Gwenaelle blieb verunsichert im Türrahmen stehen, wurde jedoch energisch zum Schreibtisch geschoben.

»*Bonjour*, Monsieur Thiolett«, trällerte Valérie fröhlich, die dem Türschild offenbar mehr Aufmerksamkeit geschenkt hatte als sie. »Was für ein schöner Tag, nicht wahr? Mein Name ist Aubert und ich habe Ihnen hier eine hübsche Mademoiselle mitgebracht, die gerne einen Personalausweis beantragen möchte.«

Mit befremdetem Blick sah der Beamte zum Fenster hinüber, wo dicke Regenschlieren die Scheibe erblinden ließen. Valérie lächelte liebenswürdig, Thiolett hustete und rang sich ein Zwei-Sekunden-Lächeln ab, ehe er seinen fiebrigen Blick in Gwenaelles Gesicht bohrte. Schniefend zog er ein Formular aus einer Plastikwanne und schob es zusammen mit einem Kugelschreiber über den Schreibtisch.

»Setzen und ausfüllen«, sagte er ausdruckslos.

Gwenaelle sank auf den einzigen Besucherstuhl und sah hilfesuchend zu Valérie, die Thiolett studierte wie eine Vogelforscherin einen besonders seltenen Piepmatz.

»Wenn Sie alle erforderlichen Dokumente dabeihaben, dauert es drei Wochen«, leierte der Beamte den Satz herunter, den er vermutlich hundertmal am Tag sagte.

»Wir würden den Ausweis lieber gleich mitnehmen«, flötete Valérie und beugte sich nach vorne. »Die Schule beginnt nächste Woche, und es wäre doch schade, wenn das Mädchen gleich zu Anfang den Unterricht verpassen würde.«

Der Beamte schüttelte den Kopf. »So sind die Vorschriften, Madame Auberge. Drei Wochen Bearbeitungszeit.«

Statt die falsche Anrede zu korrigieren, musterte Valérie den Teebecher und die zerknüllten Papiertaschentücher auf dem Schreibtisch. »Das verstehe ich. Wir brauchen den Ausweis trotzdem früher«, erwiderte sie freundlich.

»Drei Wo…«

»Sie sehen nicht gut aus, Monsieur«, unterbrach Valérie ihn sanft und mit einem Hauch mütterlicher Besorgnis in der Stimme. »Eigentlich gehören Sie ins Bett, mein Lieber.«

Gwenaelle hob verwundert den Kopf, und auch Thiolett starrte sichtlich verwirrt seine Hand an, die nun wie eine Löwenpranke in Valéries zartgliedrigen Fingern lag.

»Es ist nicht nett von Edouard, dass er seine Mitarbeiter trotz Fieber arbeiten lässt. Ich werde heute Abend ein ernstes Wort mit dieser schlimmen Person reden müssen.« Valérie schürzte missbilligend die Lippen, während Thiolett noch blasser wurde, als er ohnehin schon war.

Gwenaelle setzte ihre Unterschrift unter das Formular und verfolgte mit offenem Mund das groteske Gespräch. Aus welchem Hut auch immer Valérie diesen Edouard gezaubert hatte, er schien zweifellos jemand zu sein, der den drögen Beamten beeindruckte. Thiolett schluckte, sein Adamsapfel hüpfte unter der faltigen Haut am Hals. Sein Blick schnellte von Valéries Rabenhut zu dem ausgefüllten Bogen und weiter zu Valéries Madonnenlächeln.

»Sie gehören ins Bett, Monsieur. Etwas heiße Hühnersuppe und eine schnurrende Katze auf dem Schoß, dann wird es Ihnen bestimmt rasch besser gehen«, holte sie zum finalen Schlag aus. »Wie heißt sie denn? Oder ist es ein Er?«

»Florence«, murmelte Thiolett fassungslos. »Sie heißt Florence.«

»Was für ein reizender Name. *Magnifique!*«

Durch den Rücken mit den hängenden Schultern ging ein Ruck. Der Beamte richtete sich so unvermittelt auf, als hätte ein Puppenspieler an einem unsichtbaren Faden gerissen, der an Thioletts Uniformjacke angebracht war. Er angelte nach Gwenaelles Ausweisformular, murmelte etwas von »Mal sehen, was ich tun kann« und verschwand durch eine Seitentür ins Nebenzimmer, wo eine Schreibmaschine klapperte.

»Wer ist Edouard? Und woher weißt du, dass Thiolett eine Katze hat?«, flüsterte Gwenaelle. Es fiel ihr schwer, sich das Lachen zu verkneifen, seine verdatterte Miene war zu lustig gewesen.

»Die Frage bräuchtest du mir nicht zu stellen, wenn du der Architektur des Gebäudes oder der Inneneinrichtung dieses hässlichen Büros etwas weniger Aufmerksamkeit geschenkt hättest.« Valérie musterte sie aus schmalen Augen. »Auf der Anzeigentafel stand über jeder Behörde der zuständige Dienststellenleiter. Edouard Bertrand, Dienststelle Ausweise und Pässe. Demnach ist der gute Edouard Thioletts Vorgesetzter.«

Gwenaelle hob eine Braue. »Und weiter?«

»Thiolett ist alleinstehend. Kein Ehering, eine nachlässig gebundene Krawatte und Katzenhaare auf der Jacke. Seinen Schnupfen müsstest sogar du bemerkt haben.« Ihre Tante hob einen Finger und wackelte damit vor Gwenaelles Nase. »Wenn es etwas gibt, das ein einsamer, kranker Katzenliebhaber braucht, dann ist das ein bisschen weibliche Zuwendung. Wenn du zukünftig einen Menschen auf deine Seite ziehen möchtest, dann sieh ihn dir vorher genau an. Der entscheidende Hinweis findet sich immer an ihm selbst.«

Gwenaelle holte verblüfft Luft, doch ehe sie antworten konnte, kehrte Thiolett zurück. In der Hand hielt er ein pass-ähnliches Heftchen, auf dem *carte d'identité* stand. Ihr neuer Personalausweis.

»Das ist nur ein vorläufiges Dokument«, warnte Thiolett. »Der richtige Ausweis wird Ihnen per Post zugesandt. In drei Wochen. Wenn ich der jungen Mademoiselle noch einen Tipp geben dürfte«, wandte er sich sauertöpfisch an Gwenaelle, »schulen Sie Ihre Handschrift, sie ist mehr als unleserlich.«

»Sie sind ein Engel!«, quietschte Valérie wie ein Teenager, der soeben eine Autogrammkarte von seinem Idol ergattert hatte.

Der Beamte bemühte sich derweil sichtlich, seine Reserviert-heit aufrechtzuerhalten, doch Valéries unverhohlene Freude machte den Versuch unmöglich.

»Gern geschehen, Madame Adalbert«, nuschelte er mit einem geschmeichelten Backenbartzucken, das ihn fast sympathisch machte.

Dennoch geschah etwas Merkwürdiges, als er ihr den Aus-weis überreichte. Für den Bruchteil einer Sekunde gefror ihr Lä-cheln, als hätte sie etwas Unerhörtes darauf gelesen. Langsam drehte sie den Kopf zu Gwenaelle, die verständnislos die Hände hob. Anstatt zu antworten, steckte ihre Tante das Heftchen mit flinken Fingern in ihr Portemonnaie und wandte sich zum Ge-hen.

»Richten Sie Monsieur Bertrand meine Grüße aus, wenn Sie ihn heute Abend sehen«, rief Thiolett ihnen hinterher.

»Ich werde ihm sagen, wie fleißig und dienstbeflissen sein Personal ist, Monsieur Thiolett. Lassen Sie sich ruhig krankschreiben, ich kläre das mit Edouard«, gab Valérie liebenswürdig zurück und zog die Tür hinter sich zu.

Draußen rollte sie mit den Augen und begann zu kichern.

»Tante Valérie, manchmal machst du mir Angst«, sagte Gwenaelle trocken, erhielt jedoch nur ein Schulterzucken als Antwort. Sie musste sich beeilen, um mit Valérie mitzuhalten, die flott auf die Eingangshalle zustöckelte. »Warte!«, rief sie. »Willst du mir den Ausweis denn nicht geben?«

Ihre Tante bremste so unvermittelt, dass Gwenaelle beinahe in sie hineingelaufen wäre.

»Bist du sicher, dass du bereit dafür bist?«

»Was ist das denn für eine komische Frage?« Gwenaelle streckte die Handfläche aus und krümmte fordernd den Finger. »Gib ihn mir.«

Ein merkwürdig flaues Gefühl rumorte in ihrem Magen, als Valérie das Heftchen herauskramte und es ihr mit einem rätselhaften Lächeln überreichte.

Gwenaelle blinzelte. Sie drehte den Ausweis einmal herum, las erneut und schüttelte schließlich verwirrt den Kopf. »Aber da steht ja ein falscher Name drauf. Monsieur Thiolett hat einen Fehler gemacht. Ich heiße Gwenaelle Durant und nicht …«

»Weißt du, *ma petite*«, fuhr Valérie dazwischen und tätschelte ihr für Gwenaelles Geschmack ein klein wenig zu gönnerhaft den Rücken, »manchmal ist ein kranker, unaufmerksamer Beamte das Beste, was einem kleinen bretonischen Fischermädchen passieren kann, wenn es seinem Schicksal ein wenig auf die Sprünge helfen möchte.«

»Wieso sollte ich …?« Gwenaelle fehlten die Worte.

»Du willst doch einen Neuanfang in Paris?« Valéries Augen funkelten, als ob sie gleich gemeinsam zu einer Abenteuerkreuzfahrt nach Grönland aufbrächen. »Nicht irgendeinen, sondern einen Neuanfang, der dich zu einer echten Pariserin macht? Um vielleicht irgendwann eine berühmte, reiche Dame der besseren Gesellschaft zu sein?«

»Ja, schon. Aber …«

»Nun denn, ich finde, der Name Claire Durant klingt wie eine ganz wundervolle Eintrittskarte.«

Sechs

Das medizinische Zentrum Lannion lag etwas außerhalb der Stadt inmitten einer parkähnlichen Anlage, die mit den liebevoll angelegten Rosenrabatten und Spazierwegen eher an ein Feriendorf erinnerte. Claire steuerte den Mietwagen in eine Parklücke im Schatten eines ausladenden Kastanienbaums, stellte den Motor aus und musterte durch die Seitenscheibe das Hauptgebäude. Der Betonbau schaffte es mit seinem Siebziger-Jahre-Charme mühelos, ihre »Ist-doch-alles-gar-nicht-so-schlimm«-Haltung zunichtezumachen. Mit schmalen Augen und trockenem Mund zählte sie lautlos die Stockwerke. Es waren neun. In einem davon lag Maman.

Sie beugte sich nach vorne, bis sie mit der Stirn das Lenkrad berührte. Ihre Hände zitterten, davon abgesehen schienen sie vergessen zu haben, wie man eine Autotür öffnet. *Zut alors*, dabei war bis hierhin alles glatt gelaufen. Fast schon zu glatt.

Sasha hielt in der Redaktion die Stellung, und ihre Nachbarin Frau Kaiser hatte sich bereit erklärt, Sarkozy für die Dauer ihrer Abwesenheit in Pflege zu nehmen. Der Flieger war gestern Nachmittag pünktlich in Paris gelandet, bereits eine Stunde später hatte sie die Anschlussmaschine nach Lannion bestiegen. Trotz Hochsaison hatte sie vor Ort einen günstigen Mietwagen ergattert, natürlich einen Citroën, in der bretonischen Hauptstadt Rennes gebaut. Das Hotelzimmer im Zentrum von Lannion, wo sie genächtigt hatte, besaß WLAN und sogar eine Minibar, deren Inhalt ihr über die schlaflosen Stunden hinweghalf. Jenen Stunden, in denen sie darüber nachdachte, wieso der Kontakt zu ihrer Familie derart lose geworden war, dass es gerade mal für Geburtstags- und Weihnachtskarten reichte.

Dabei hatte Claire während ihrer ersten Jahre in Paris pflichtbewusst nach Hause geschrieben, jeden Monat einen Brief, manchmal auch eine hübsche Klappkarte mit Bildern vom Eiffelturm oder von Montmartre. Maman wiederum hatte sie sogar ein paar Mal in der Hauptstadt besucht, allein, ohne ihre kleine Schwester. Es waren kurze Wochenenden gewesen, an denen sie sich nicht viel zu sagen hatten, Claires vorsichtige Fragen nach Maelys beantwortete Maman ausweichend und mit verschlossenem Gesicht.

Maelys will nicht kommen. So und nicht anders lautete die Wahrheit hinter dem Schnupfen und all den anderen vorgeschobenen Gründen und Claire ahnte, warum ihre Schwester so reagierte: Sie hatte ihr ein Versprechen gegeben, das sie nicht eingelöst hatte. Besonders in Maelys' stummer Welt war ein Versprechen ein Versprechen, man brach es nicht. Es wäre an Claire gewesen, Wort zu halten, aber sie hatte es einfach nicht über sich gebracht, an den Ort zurückzukehren, an dem die Trauer um Papa auf sie wartete.

Die Tränen, die bei dieser Erinnerung ihre Augen zum Brennen gebracht hatten, hatte sie rasch fortgewischt und Gott sei Dank hatte der ersehnte Schlaf an dieser Stelle ein Einsehen mit ihr gehabt.

Nun hatte Claire zwar einen Kater und nichts im Magen, aber sie war hier – pflichtbewusst und überpünktlich wie eine Deutsche, während die Französin in ihr nach einem Aspirin schrie und am liebsten Reißaus genommen hätte.

Nun mach aus dieser Sache kein Bühnenstück, meldete sich die vertraute Stimme in ihrem Kopf zu Wort. *Was soll schon passieren, außer dass du ein bisschen höfliche Konversation be-*

treiben musst? Wenn du die Klinik verlässt, wirst du dich schüt-
teln wie ein Hund nach einem Schlechtwetterspaziergang, und
anschließend nach Paris verschwinden. C'est comme ça. Und
wehe, du besuchst deine alte Tante nicht, wenn du schon mal in
der Stadt bist.

Claire hielt den Kopf aus dem Fenster und atmete ein paar
Mal tief ein. Auch wenn Lannion nicht direkt am Meer lag,
roch sie das Salz in der kühlen Morgenluft. Beherzt zog sie den
Zündschlüssel ab und griff nach dem Türöffner.

Der junge Mann in Jeans und Streifenshirt, der ihr auf dem
gepflasterten Weg zum *entrée principal* entgegenkam, ließ im
Vorübergehen einen anerkennenden Pfiff bei ihr und ihrem
knielangen Kleid. Claire lächelte automatisch zurück. Tatsächlich hatte sie die harmlosen Anzüglichkeiten und unbekümmerten Komplimente vermisst, die zu den französischen Männern gehörten wie das Croissant zum *café au lait*. Fast dankbar
hob sie das Kinn und spürte, wie die Handtasche an ihrer Schulter zu schwingen begann. Dass sie aus einem unerfindlichen
Grund ausgerechnet jetzt an Sebastian Hellwig und sein amü-
siertes Lächeln denken musste, hatte sie bereits vergessen, kaum
dass sie durch die Schiebetür des Haupteingangs gegangen war.

Doktor Leroux war um die sechzig, hatte eine fliehende Stirn
und eine Narbe, die seine rechte Wange in zwei Teile spaltete.
Seit rund zehn Minuten gab Claire sich Mühe, den mit Fachtermini gespickten Ausführungen des Orthopäden zu folgen,
was ein Ding der Unmöglichkeit war. Je mehr sie versuchte, den
Mann nicht anzustarren, desto mehr starrte sie, weshalb ihr die
Stille zunächst nicht auffiel, die sich zwischen den eisblau gestrichenen Wänden ausgebreitet hatte.

Leroux seufzte. »Es war ein Motorradunfall. Frontal auf einen
Sanitätswagen der Armee, was mir wahrscheinlich das Leben ge-

rettet hat. Sie haben Glück, dass ich lange Hosen trage, die Narben an meinem Bein sind weitaus imponierender.«

Claire zuckte zusammen. »Verzeihen Sie, *monsieur le docteur*, ich wollte nicht ...«

»Nicht doch, Mademoiselle Durant«, der Arzt winkte ab. »Ich vergesse immer, wie irritierend meine Narbe für andere ist. Haben Sie noch Fragen dazu, oder möchten Sie jetzt über Ihre Mutter sprechen?«

»Keine Fragen«, antwortete Claire und erwiderte Leroux' ausdrucksloses Lächeln. Sie mochte den Mann, obwohl er ein Zyniker war. Vielleicht gerade deshalb.

»Gut, an welchem Punkt unserer Unterhaltung sind Sie gedanklich ausgestiegen?« Claire machte ein zerknirschtes Gesicht, woraufhin Leroux ergeben nickte. »Fangen wir noch mal von vorne an. Ihre Mutter hat sich bei einem Fahrradunfall eine Fraktur des linken Oberschenkelknochens zugezogen. An und für sich handelt es sich um keinen besonders komplizierten Bruch, die Operation war reine Routine. Die Komplikation ergibt sich bei der Patientin eher durch den Diabetes mellitus, der die Durchblutung stört und damit den Heilungsprozess erschwert. Hinzu kommt, dass Madame Durant nicht gerade mit Geduld gesegnet ist.« Leroux machte eine kurze Pause, in der er Claire bedeutungsschwer ansah.

Sie wusste genau, wovon er redete, würde jedoch den Teufel tun und ihn das spüren lassen.

»Was genau ist denn passiert?«, erwiderte sie bemüht sachlich.

»Ihre Mutter hat sich entgegen der strikten Anweisung des Pflegepersonals selbst entlassen, ist beim Ankleiden gestürzt und hat sich dadurch eine Wundinfektion zugezogen.«

»Das sieht ihr ähnlich«, rutschte es ihr nun doch heraus, woraufhin Leroux eine Braue hob.

»Die infizierte Wunde muss zwei Wochen lang intravenös antibiotisch behandelt werden, was schwierig ist, wenn sich die Patientin der verordneten Bettruhe widersetzt. Ich halte es dennoch für das Beste, wenn wir Ihre Frau Mutter in der Klinik behalten, optimaler Weise für drei Wochen.« Leroux bohrte seine blassblauen Augen in ihre. »Unter uns gesagt habe ich den Eindruck, dass ihr grundsätzlich ein wenig Ruhe guttäte. Ihre Blutwerte sind besorgniserregend, aber ich kann Madame schwerlich ans Bett binden lassen.«

Claire verschränkte beinahe reflexartig die Arme vor der Brust. Das hatte sie schon seit sehr langer Zeit nicht mehr getan, schoss es ihr durch den Kopf.

»Das klingt beunruhigend, *docteur* Leroux. Mir ist nur nicht klar, wie ich da helfen kann.« Sie lehnte sich zurück. »Meine Mutter und ich … wir haben ein eher schwieriges Verhältnis. Wenn sie nicht mal auf Ihre Fachmeinung oder die Anweisungen der Schwestern hört, bin ich sicher die Letzte, die etwas bei ihr ausrichten kann. Vielleicht sollten Sie Ihr Personal zu etwas mehr Nachdrücklichkeit auffordern.«

Claire wand sich unangenehm berührt auf ihrem Stuhl, während Leroux sie schweigend musterte. Es gefiel ihr nicht, was sie in seinem Blick las: eine unerwartete Mischung aus Verständnis und Mitleid, die dafür sorgte, dass sie sich schlecht fühlte. Dabei war nicht sie diejenige, die sich schlecht fühlen sollte. Die letzte Geburtstagskarte, die sie von Maman erhalten hatte, bestand aus drei Zeilen mit exakt demselben Wortlaut der drei Zeilen aus dem Jahr davor.

Der Arzt räusperte sich und trommelte mit seinem Kugelschreiber auf die Tischplatte, ein enervierendes Geräusch, das ihr wie ein Countdown vorkam.

»Glauben Sie mir, unsere Schwester Inès ist eine Meisterin der Nachdrücklichkeit. Ich kann Ihnen aus Erfahrung sagen, sie gibt erst auf, wenn ein Patient entweder ein Fall für die Psychiatrie oder sehr verzweifelt ist.« Der Kugelschreiber kam zum Stillstand. »Ihre Mutter scheint mir bei klarem Verstand zu sein.«

Er zog das Wort *Mutter* nur minimal in die Länge, aber es reichte aus, um Claire zu verdeutlichen, was er ihr eigentlich sagen wollte. Sie holte Luft für eine Entgegnung, doch die Worte wollten ihr nicht über die Lippen kommen. Er hatte ja recht. Sie war ihre Mutter.

»Was genau erwarten Sie von mir?«, fragte sie spröde.

Doktor Leroux' Miene wurde milde. »Ich erwarte gar nichts. Ich möchte lediglich eine stabile Patientin entlassen, das bin ich meinem Kodex und dem exzellenten Ruf dieser Klinik schuldig.« Er stand auf und umrundete den Schreibtisch. Seine Hand war trocken und kühl und hielt ihre ein wenig länger fest, als es zwischen zwei Fremden üblich war. »Sprechen Sie mit Ihrer Frau Mutter, Mademoiselle Durant«, sagte er in väterlichem Ton. »Sorgen Sie dafür, dass sie beruhigt genesen kann.«

»Ich will's versuchen. Danke für Ihre Zeit, *monsieur le docteur*.« Sie zog die Hand zurück und schaute nervös auf die serviertellergroße Funkuhr über dem Bücherregal.

Es war 10:20 Uhr. Exakt vierzig Minuten würde sie sich geben, um das zu tun, was man von ihr als Tochter erwartete. Keine Minute länger – was auch immer geschehen mochte.

Claire hielt den Blick starr auf den quadratischen Rücken von Schwester Inès gerichtet, einer gut gepolsterten Frau mit Hornbrille, die sie mit strammen Schritten durch den Flur der orthopädischen Station führte. Außer einer höflichen Begrüßung hatten sie kein Wort miteinander gewechselt, was auch nicht nötig war. Schwester Inès war zweifellos darüber im Bilde, was sie zu tun hatte, noch bevor sie Claire vor dem Arztzimmer in

Empfang nahm, wie eine Gefängniswärterin einen neuen Sträfling.

Claire zögerte für den Bruchteil einer Sekunde, ehe sie das Krankenzimmer betrat. Es war in demselben Blauton gestrichen wie Leroux' Büro, von den drei Betten war nur das am Fenster belegt. Es roch betäubend nach Rosen und Desinfektionsmittel. Claire begann unter den Armen zu schwitzen. So viele Jahre… Inzwischen war der Berg an Schuldgefühlen so groß geworden wie die Hemmschwelle, ihrer Mutter zu begegnen, wie eine Tochter ihrer Mutter eben begegnen sollte.

»Sie haben Besuch, Madame Durant«, trompetete Schwester Inès in den Raum.

Doktor Leroux hatte in Bezug auf ihre Nachdrücklichkeit nicht übertrieben. Die Art und Weise, wie die Schwester nun auf das Bett zuwatschelte, das Fenster aufriss und der Patientin das Kissen unter dem Nacken wegzog, um es aufzuschütteln, hatte nicht viel mit dem gemein, was Claire unter behutsamer Pflege verstand. Dennoch war sie dankbar für Schwester Inès' lärmende Präsenz, die von ihrer eigenen Befangenheit ablenkte.

Während die Schwester das Geschirrtablett vom Schwenktisch abräumte und ein paar welke Blätter aus dem beeindruckenden Rosenstrauß zupfte, wusste Claire weder, wie sie schauen, noch, welche Haltung sie einnehmen sollte. Mit ihren Händen konnte sie gleich gar nichts anfangen. Schlagartig war sie wieder fünfzehn Jahre alt, voller Schmerz, voller Trotz. Die Fünfzehnjährige blieb mit verschränkten Armen in Reichweite der Tür stehen, gewappnet für die erste Rüge.

»Kommen Sie ruhig näher, Mademoiselle, hier beißt keiner.« Mit einem Lächeln, das kaum Falten in ihre Mundwinkel drückte, stellte Inès den Besucherstuhl neben das Bett. »Wenn Sie etwas brauchen, finden Sie mich im Schwesternzimmer am Eingang der Station.«

Ohne eine Reaktion abzuwarten, schnappte sie sich das Tablett und eilte hinaus.

Maman machte es ihr leicht. Während Claire sich setzte und ihre Mutter verstohlen musterte, schaute diese zum Fenster hinaus, als fände auf der nackten Betonwand gegenüber ein faszinierendes Naturschauspiel statt. Sie hatte zugenommen, seit Claire sie zum letzten Mal gesehen hatte, aber die zusätzlichen Kilos standen ihr gut. Sie machten sie weicher, vor allem im Gesicht, obwohl es blass und von ungewaschenen Haarsträhnen umrahmt war. Ihr linkes Bein war bis zur Hüfte eingegipst und wirkte auf dem rosafarbenen Stützkissen wie ein fremdes Ding, das nicht zu ihrem Körper gehörte.

»Hat ja ziemlich lange gedauert, bis du aus Deutschland hergefunden hast«, sagte sie, die Augen noch immer auf das Betonpanorama des Gebäudes gerichtet, das für jeden Berliner Graffitikünstler ein Traum gewesen wäre. Sie schaffte es wirklich mühelos, jedes noch so zarte Gefühl der Zuneigung, das sich in Claire regte, sofort zunichtezumachen.

»Und du scheinst noch ziemlich lange hier in der Klinik bleiben zu wollen, wenn ich so höre, wie du dich aufführst«, gab sie zurück und verspürte eine leise Genugtuung, weil Mamans Lid zuckte, als hätte sie sich an einer Nadel gestochen.

Langsam drehte sie den Kopf. »Deine Haare sind lang geworden, Gwenaelle.«

»Danke der Nachfrage, es geht mir gut. Sehr gut sogar, ich werde demnächst Chefredakteurin«, brach es aus ihr heraus.

Maman knetete ihre Hände und wirkte kaum anwesend. »Ich muss nach Hause«, flüsterte sie.

Claire drückte den Daumennagel in ihre Handfläche, bis es wehtat. Sie musste aufhören, so verstockt zu sein, schließlich war sie kein Kind mehr. Vor allem musste sie endlich akzeptieren, dass Yvonne Durant sich nicht für sie interessierte.

»Der Arzt sagt, du musst noch mindestens zwei Wochen hierbleiben. Besser drei.«

Maman lachte trocken. »Das ist unmöglich. Ich werde gebraucht. Maelys ist ganz alleine.«

Claires Herz klopfte heftiger.

»Maelys ist erwachsen. Sie kann bestimmt selbst auf sich aufpassen«, erwiderte sie und ärgerte sich, weil ihre Stimme unsicher klang. Tatsächlich musste sie nachrechnen, wie alt ihre Schwester mittlerweile war. Sechsundzwanzig. Der kleine Vogel, der bis heute geschwiegen hatte, flatterte in ihrem Brustkorb umher. *Ich komme bald nach Hause. Bald.*

»O nein. Sie kann nicht alleine bleiben.« Maman schob das Kinn nach vorne. »Das ist unmöglich.«

Claire schloss die Augen. »Die Infektion muss intravenös mit Antibiotika behandelt werden. Du darfst das Bett nicht verlassen.«

»Unsinn. Das Antibiotikum kann ich auch in Tablettenform schlucken oder ich nehme diesen albernen Tropf einfach mit. Die Ärzte wollen doch nur ihre teuren Krankenhausbetten belegen, nichts weiter. Das Bein kann ich ebenso gut zu Hause ruhigstellen und *docteur* Mathieu macht Hausbesuche.«

»Maman, ich bitte dich.« Claire schielte zur Wanduhr hinüber. Noch fünfzehn Minuten bis zu ihrem persönlichen Limit, das in puncto Emotionen bereits deutlich überschritten war. *Mon Dieu,* wie sollte sie ihre Mutter nur dazu bewegen, vernünftig zu sein?

»Nein, Gwenaelle. Ich bitte *dich*.«

»Was?« Erschrocken blickte Claire auf Mamans Hand, die ihre nun fest umschloss. Sie hatte Sommersprossen auf dem Handrücken, und die Adern unter der Haut schimmerten wie dicke blaue Regenwürmer.

»Ich bleibe nur hier, wenn du mir versprichst, dich um Maelys zu kümmern.«

»Aber das kann ich nicht!« Claire holte Luft und ließ sie mit einem Pfeifton entweichen. »Ich meine, nicht jetzt … heute Abend … Ich muss heute Abend geschäftlich in Paris sein. Der Termin ist wichtig, den kann ich nicht verschieben.«

Maman ließ ihre Hand los. »Entweder du oder ich.«

»Wieso ausgerechnet ich? Es gibt bestimmt genügend Leute in Moguériec, die nach Maelys sehen können, wenn sie … Was ist mit Emil? Oder Madame Odile? Die sind doch sonst so versessen darauf, sich um alles und jeden zu kümmern.«

Maman schüttelte den Kopf. »Das ist nicht Sache unserer Freunde, sondern eine Familienangelegenheit. Und wir sind eine Familie, auch wenn du das in den letzten neunzehn Jahren offenbar vergessen hast.«

»Das ist nicht fair! Ich muss nach Paris, ich habe viele Jahre hart dafür gearbeitet, um …« Sie brach ab. Es war nur allzu offensichtlich, dass ihre Mutter vollkommen taub auf dem Ohr war. Was sie tief in ihrem Innern sogar verstand.

»Richtig, und wir haben dich viele Jahre in Ruhe gelassen. Jetzt brauchen wir dich. Deine Schwester braucht dich. Das tut sie schon sehr lange.«

»Sie hätte mich besuchen können«, gab Claire trotzig zurück, völlig aus dem Zusammenhang, obwohl ihr klar war, warum Maelys nie zu ihr nach Paris oder Berlin gekommen war. Warum sie irgendwann aufgehört hatte, ihre Briefe zu beantworten. Es war Claires Bringschuld, nicht die ihrer Schwester.

Bald.

Claire holte Luft. »Was ist mit Tante Valérie? Kann sie denn nicht …?«

»Deine Tante ist fast siebzig. Ich kann ihr die Betreuung von Maelys nicht zumuten, außerdem hat sie mit dir ihre Schuldigkeit getan.«

»Ach, aber mich kannst du einfach an einen Ort befehlen, an dem ich gar nicht sein will.«

Plötzlich bekam sie kaum noch Luft, der Vogel hüpfte in ihrer Brust umher, als habe er einen kreisenden Falken unter der Zimmerdecke entdeckt. Am liebsten wäre sie aufgesprungen und davongerannt. *Das Meer. Das Blau, überall, im Wasser, am Himmel. Der Wind in den Dünen, im Haar. Die lähmende Traurigkeit, der Stein auf ihrer Brust, der ihr das Atmen unmöglich machte. Papa. Als wäre es erst gestern gewesen.*

Als Maman nach einer stummen Pause erneut das Wort ergriff, klang sie sanft. »Es ist eine Bitte, kein Befehl, Gwenaelle. Und *dieser Ort* ist immerhin dein Zuhause.«

»Berlin ist mein Zuhause«, widersprach Claire schmallippig. »Oder Paris, such es dir aus.«

»Damit ist ja wohl alles gesagt.« Ihre Mutter richtete sich mühsam im Bett auf und verzog das Gesicht. Schmerzen. Claires Herz krampfte sich zusammen. »Ich wünsche dir viel Erfolg in Paris und mit deiner neuen Stelle. Wir haben zwar keinen Fernseher und auch nicht dieses neumodische Internet, aber Tante Valérie hält uns auf dem Laufenden. Dein Vater wäre stolz auf dich gewesen, und selbst wenn du es nicht glaubst, ich bin es auch.«

Verdammt.

»Maman, ich …«

»Es ist schon in Ordnung, *ma choute*. Ich werde morgen ein Taxi nehmen, obwohl ich ziemlich lange dafür im *Le Bâteau* spülen muss.«

Verdammt, verdammt, verdammt!

»Gut, ich fahre nach Moguériec. Ich sehe nach Maelys, und du rührst dich nicht vom Fleck, versprich mir das.« Es klang unwirsch, resigniert. Am liebsten hätte Claire die Worte umgehend zurückgenommen, doch es war zu spät.

Mit einem tiefen Seufzer sank Maman zurück in ihr Kissen und schloss die Augen.

»Ich verspreche es«, sagte sie schlicht.

Claire brachte es nicht über sich, sie zum Abschied auf die Wange zu küssen, auch wenn sie es gerne getan hätte. Stattdessen drückte sie Mamans Hand und erhob sich rasch.

Die Uhr zeigte zwei Minuten vor elf, als Claire das Krankenzimmer verließ und sich einbildete, ein kurzes Lächeln auf den rissigen Lippen ihrer Mutter wahrgenommen zu haben. Doch als sie sich an der Tür umdrehte, sah sie nur eine schlafende Frau, deren Gesicht ihr immer noch fremd war.

Auf dem Parkplatz lief sie ein paarmal vor ihrem Auto auf und ab, anschließend marschierte sie einmal darum herum, wobei sie die Hände erst rang und anschließend zu Fäusten ballte. Die befremdeten Blicke einiger Spaziergänger übersah sie geflissentlich. Sollten die Leute von ihr denken, was sie wollten.

»*Merde!*«, war das einzig passende Wort, das ihr einfiel, als sie an der Fahrerseite stehen blieb, die Pumps abstreifte und mit dem Fuß aufstampfte wie das ungezogene, bretonische Fischermädchen, das sie schon lange nicht mehr war. Mit einem grimmigen Schnauben zog sie ihr Mobiltelefon aus der Handtasche. Es gab nur eine einzige Person auf diesem Planeten, nein, im ganzen verflixten Sonnensystem, die ihr jetzt helfen konnte. Atemlos lauschte sie dem Wahlgeräusch und anschließend dem Freizeichenton, während sie betete, ihre Tante möge das Telefon nicht wieder versehentlich im Kühlschrank oder an einem anderen wunderlichen Ort vergessen haben.

»*Âllo, oui?*«, schallte es fröhlich aus dem Hörer.

Claire hätte am liebsten vor Erleichterung geweint, obwohl es immer wieder komisch war, die Stimme, die sie so oft im Kopf hörte, nun tatsächlich am Ohr zu haben. Sie atmete durch und schickte den aufgeregten Vogel zurück in seinen Contenance-Käfig.

»Tante Valérie, ich bin's. Du musst mir helfen.«

Zum ersten Mal sah sie das Meer, als sie kurz hinter der Kirche von Saint-Michel-en-Grève auf die Küstenstraße nach Morlaix abbog. Es war einer der Momente, den Claire am meisten gefürchtet hatte, doch die Beklemmung blieb aus, auf die sie sich auf der halbstündigen Fahrt von Lannion bis hierher eingestellt hatte. Sie hielt auf dem Parkplatz eines Strandbistros und las bei laufendem Motor die Stelltafel, auf der in Kreidebuchstaben *moules frites* und *fruits de mer* angeboten wurden. Ihr Magen knurrte. Außer einem halben Croissant hatte sie heute Morgen nichts gegessen, doch die vielen Menschen auf der Terrasse, die dem Wind mit hochgeschlagenen Parkakrägen trotzten, schreckten sie ab.

Das Meer hatte sich kilometerweit hinter den grünbraunen Ebbeteppich aus Schlick und Algen zurückgezogen, ein verlockender, silbrig glänzender Streifen am Horizont. Erst gegen Abend würde das Wasser den Sandstrand zurückerobern, auf dem jetzt Spaziergänger und Strandfischer herumwanderten.

Da war sie also. Zurückgekehrt nach Hause und doch ebenso fremd wie die Rucksacktouristin, die ihr Cidreglas festhielt, damit es nicht von einer Windbö vom Tisch gefegt wurde. Der Begleiter der Frau versuchte unterdessen, eine aufdringliche Mantelmöwe von seinem Teller fernzuhalten. Ein hoffnungsloses Unterfangen, wie Claire bereits wusste, bevor der Mann auf die glorreiche Idee kam, ihr ein Stück Baguette zu opfern. Während das Paar schimpfend vor dem kräftigen gelben Vogelschnabel ins Innere des Bistros flüchtete, griff sie schmunzelnd nach ihrem Smartphone.

Mit wenigen Klicks gelangte sie über ihr Passwort in das Redaktionspostfach und leitete die Vernissage-Einladung zusammen mit der Pressekarte an ihre Tante weiter. Mit viel Glück würden die Sicherheitskräfte das fehlende Lichtbild nicht vermissen, das zu einem regulären Presseausweis gehört – mit verdammt viel Glück und dem Schauspieltalent einer fast Siebzigjährigen, die den Herrschaften glaubhaft machen wollte, dass sie Reporterin des *Genusto*-Magazins war. Unwillkürlich kreuzte Claire den Mittelfinger über dem Zeigefinger, als das Telefon den Mailversand bestätigte.

»Mach bloß keinen Unsinn, Tante Valérie«, murmelte sie und dachte an die vergnügte Stimme am anderen Ende der Leitung, die ihr vor kaum einer Stunde diesen idiotischen Plan unterbreitet hatte.

Leider war Claire auf die Schnelle keine intelligentere und vor allem legale Lösung für die Klemmmühle eingefallen, in die sie da geraten war. Ihre Tante musste für sie die Ausstellung in Paris besuchen, damit Claire mit Valéries Fotomaterial und Notizen den Artikel schreiben konnte, ohne vor Ort gewesen zu sein. Ging allerdings etwas schief… Der Gedanke schnürte ihr die Kehle zu, weshalb sie das mutmaßliche Szenario weit von sich schob. Es würde schon gutgehen. Oder, wie ihre Tante zu sagen pflegte: »*Il y a que la vérité qui blesse* – nur die Wahrheit verletzt.«

Sie warf einen letzten Blick auf die mittlerweile fast leer gefegte Terrasse, die nun von einer kreischenden, hackenden Möwengarnison belagert war, und legte den Rückwärtsgang ein. Im Notfall tat es auch ein Müsliriegel von der Tankstelle. In den kommenden drei Wochen würde sie sich ohnehin an ein einfacheres Leben gewöhnen müssen, und je eher sie damit anfing, desto besser.

Monsieur Léon betrieb die Tankstelle am Ortseingang von Moguériec, seit sie ein Kind gewesen war. Auch wenn mittlerweile eine moderne Zapfanlage die Tanksäulen aus Blech ersetzte, erkannte sie das gelbe Holzhaus bereits von weitem. Amüsiert musterte Claire das Halte- und Parkverbotsschild neben der Tankstelleneinfahrt. Betrunkene Jugendliche hatten es nach dem Hafenfest dort in den Boden gerammt, woraufhin einige gesetzestreue Touristen am nächsten Tag ihre Karossen artig am Straßenrand parkten und ihr Benzin *à pied* – zu Fuß und mit einem Kanister holten. Was im gesamten Dorf für Erheiterung sorgte, machte Monsieur Léon in jenem Sommer vor über zwanzig Jahren zum Geschäft seines Lebens: Er ließ das Verbotsschild, wo es war, und erhöhte kurzerhand den Verkaufspreis der Kanister.

Heute schenkte dem verwitterten Schild niemand mehr Beachtung, vor den Zapfsäulen fädelten sich die Autos wie bunte Perlen an eine zweireihige Wartekette. Claire parkte neben dem Kassenhäuschen hinter einem Sportwagen und musterte verwundert die Corvette-Flügel auf dem roten Kofferraumdeckel, ehe sie mit weichen Knien ausstieg.

Die Kindheitserinnerungen waren übermächtig an diesem Ort, der nach Erde, geschmolzenem Gummi und Benzin roch. An der Luftdruckmesssäule am Seiteneingang hatten Nicolas, Luik und sie früher alte LKW-Reifenschläuche aufgepumpt, mit denen sie dann im Meer herumgeplanscht hatten.

Automatisch kramte sie ihr Handy hervor, während sie das Holzhaus ansteuerte. Keine Nachricht von Valérie. Ob sie ihre Tante noch mal anrufen sollte?

»*Oh là là, mademoiselle. Attention!*«

Der Mann, in den sie beinahe hineingelaufen wäre, wich ihr geschickt aus, doch der Inhalt seines Kaffeebechers konnte der unvermittelten Bewegung nicht folgen. Bestürzt sah Claire auf die braunen Spritzer auf ihrem Etuikleid und ging reflexartig in die Hocke, um ihr Mobiltelefon aufzuheben.

Ein Spinnennetz aus Rissen zog sich über das Display. Nicht auch noch das! Nervös tippte sie auf der Tastatur herum, doch das Gerät ließ sich nicht mehr anschalten.

»Es ist kaputt«, bemerkte er überflüssigerweise, schwer zu sagen, ob er das Telefon meinte oder das Kleid.

Sie richtete sich auf.

Er war nicht nur groß, sondern auch sehr gut aussehend, zumindest für ihren Geschmack. Sie hatte eine Schwäche für Männer, die in maßgeschneiderten Anzügen aussahen, als hätten sie sich gerade erst aus einem Blaumann geschält. Und für lange Wimpern. Dieser Mann hatte sehr lange, fast schon mädchenhafte Wimpern, und obwohl er sie mit seinen grünen Augen unverschämt intensiv anschaute, konnte sie nicht wegsehen. Irgendetwas an ihm kam ihr sonderbar vertraut vor.

»Machen Sie sich keine Gedanken, es ist nicht weiter schlimm«, log sie und versuchte sich an einem charmanten Lächeln. Es misslang ihr gründlich.

»Tut mir leid«, sagte er und streckte die Hand aus. »Darf ich mir das Handy mal ansehen?«

Sie beobachtete, wie er die Abdeckung öffnete, um behutsam Akku und Telefonchip zu entfernen. Seine Finger arbeiteten flink und routiniert, weshalb ihr der Gedanke mit dem Blaumann gar nicht mehr so abwegig erschien. Er war keinesfalls ein Bürohengst, auch wenn er so aussehen wollte. Wenige Augenblicke später hatte er das Gerät wieder zusammengebaut und reichte es ihr mit einem ernsten Nicken. »Versuchen Sie mal.«

Claire drückte die Betriebstaste und atmete auf. Zwar flackerte der Bildschirm beim Hochfahren, doch anscheinend funktionierte das Telefon noch.

»*Dieu merci* – Gott sei Dank«, murmelte sie und spürte, dass er sie immer noch musterte.

»Sie sind in Moguériec zu Besuch, oder?«

War sie das? Sie hatte keine Ahnung. Dabei hatte seine Frage eher wie eine Feststellung geklungen.

»Kennen wir uns irgendwoher?«, erwiderte sie unsicher und hielt den Atem an. Ihre Bemerkung war so typisch deutsch, dass sie die Worte am liebsten zurückgenommen hätte. Keine Pariserin würde sich eine solche Blöße vor einem derart hübschen Kerl geben. Sie war gewaltig aus der Übung.

Erwartungsgemäß beantwortete er die Frage nicht. Stattdessen zwinkerte er, nahm den Pappbecher von der Motorhaube der Corvette und wischte mit dem Anzugärmel über die rot glänzende Oberfläche. Dann ging er zielstrebig auf die Fahrertür zu. Geschmeidig glitt er auf den Sitz, kurz darauf ertönte ein Motorengeräusch, das sich wie ein Grizzly anhörte, den man aus seinem Winterschlaf gerissen hat.

»Das nächste Mal spielen Sie besser im Auto mit Ihrem Telefon herum, Mademoiselle«, rief er grinsend und setzte eine verspiegelte Sonnenbrille auf. »Wäre schade um das nächste hübsche Kleid.«

Skeptisch musterte sie den Becher, den er reichlich sorglos auf dem Beifahrersitz abgestellt hatte. Entweder besaß der Wagen keinen Getränkehalter oder der Mann war zu *sans gêne* – zu lässig, um ihn zu benutzen.

»Ouuu, Monsieur, ich hoffe, der Kaffeerest ist nicht mehr allzu heiß, damit Sie ihn rasch trinken können«, konterte sie spöttisch. »Wäre schade um die hübschen Ledersitze.«

»*Touché, ma princesse.* Wir sehen uns bestimmt wieder.«
Grüßend hob er den Becher und ließ den Motor aufheulen.

Claire vollzog kopfschüttelnd eine Hundertachtzig-Grad-Drehung und steuerte mit erhobenem Kinn das Gebäude an.

Touché, genau. *Die Prinzessin* würde den Teufel tun und sich noch einmal nach ihm umsehen.

Die schmale gepflasterte Zufahrtsstraße zu ihrem Elternhaus lag hinter einem Brombeerbusch, der während ihrer Abwesenheit zu einer beeindruckenden Hecke herangewachsen war. Claire war zunächst daran vorbeigefahren, hatte irritiert an den ersten Häusern von Moguériec gewendet und erst auf dem Rückweg hinter einem Artischockenfeld den halb zugewucherten Privatweg entdeckt. Sie wusste nicht, ob es sie belustigte oder erschreckte, weil sie anscheinend nicht mehr imstande war, nach Hause zu finden. Vorsichtig bog sie ab, wobei die Zweige eines riesigen Rhododendronbuschs die Flanke des Citroëns streiften, und fuhr im Schritttempo auf die Dünen zu.

Trotz des zuckrigen, viel zu fetten *kouign amman*, den sie in der Tankstelle gekauft und hastig heruntergeschlungen hatte, war ihr noch immer flau im Magen. Das und die wild wuchernden Sträucher machten ihr schmerzlich bewusst, dass neunzehn Jahre eine verdammt lange Zeit waren. Vielleicht fuhr sie deshalb nicht bis zum Hof, sondern stellte den Mietwagen ein paar hundert Meter vorher ab, dort wo die üppige Vegetation aus Rhododendren, Zwergpalmen und Ginster dem Dünengras und Strandhafer wich.

Sie schlug den Mantelkragen ihres Sommertrenchcoats hoch und stemmte sich mit dem Oberkörper gegen den Wind, der ihr das Kleid an den Leib presste und sich gebärdete, als wolle er sie mit aller Macht fernhalten. Was würde sie tun, wenn sich hier alles verändert hatte und sie nichts mehr wiedererkannte? Hatte sie überhaupt ein Recht darauf, die Dinge so vorfinden zu wollen wie damals, als sie beschlossen hatte, Moguériec zu verlassen?

Zaudernd drehte sie sich zu dem silbernen Citroën um. Ein

unsichtbarer Weg, der zu den alten Schmugglerpfaden entlang der Küste gehörte, führte von der Haltebucht aus zu den Klippen, den schwarzen Felsen. Früher hatte auf der Anhöhe das Turtelbänkchen gestanden, das so hieß, weil dort angeblich einige Mädchen aus dem Dorf ihre Jungfräulichkeit verloren hatten. Ob es immer noch da war?

Claire schloss die Augen, atmete Salzwasser, Schlick und Strandhafer. Die kühle Meeresbrise prickelte im Gesicht und ließ sie unter dem Trenchcoat frösteln. Hochsommer in der Bretagne, was sonst? Sie presste die Handtasche an die Rippen und marschierte weiter, angetrieben von den Schreien der Möwen. Auf einmal drehte sich die Zeit in rasender Geschwindigkeit rückwärts.

Das hübsche Steinhaus mit den blauen Fensterläden kauerte auf der Anhöhe wie ein Tier, das sehnsüchtig auf Besucher wartete. Rosa blühende Hortensienbüsche schmiegten sich an die windgeschützte Vorderseite, dahinter blinzelte das efeubewachsene Dach des Räucherschuppens hervor. Die Sandsteinmauer war neu, und der Garten kam ihr größer und üppiger vor, doch es war zweifellos der Ort, an dem sie aufgewachsen war. Selbst die alte Pferdetränke stand noch im Hof, auch wenn sie offensichtlich als Kinderplanschbecken ausgedient hatte und nun als Blumenkübel fungierte. Wer auch immer hier wirkte, er oder sie besaß ein geschickteres Händchen für Pflanzen, als Maman es jemals hatte.

Claire war ein wenig schwindelig, weshalb sie für einen Moment vor der Haustür innehielt. Sie war blau wie die Fensterläden, ein sanftes bretonisches Blau, typisch für die meisten Steinhäuser in der Gegend. Mit gemischten Gefühlen musterte Claire die Messingklingel, halb versteckt hinter einer wuchernden Kletterrose. *Durant* stand in Schreibschrift auf dem Plastikschild, geschwungen und mit verspielten Schnörkeln. Maman schrieb nur in Blockbuchstaben. Das war schon immer so gewesen.

Nervös berührte Claire den rostigen Klingelknopf, zog die Hand jedoch wieder zurück, weil ihr einfiel, dass niemand die Glocke hören würde. Die Tür öffnete sich trotzdem.

Die Frau war ungefähr in Sashas Alter, trug das dunkle Haar zu einem nachlässigen Knoten aufgesteckt und eine Latzhose, die viel zu groß für den zierlichen Körper war. Die Träger über dem flachen Busen waren verknotet, wahrscheinlich um den Brustlatz zu verkürzen, die Hosenbeine waren starr vor Schmutz, als habe die Frau in feuchter Erde gekniet. Sie war unfassbar hübsch, auf eine wilde, natürliche Art. Und sie hatte die porzellanblauen Augen ihrer Schwester.

»Hallo, Maelys«, sagte Claire lautlos, denn sie hätte ohnehin keinen Ton herausgebracht. Zur Sicherheit wiederholte sie die Worte mit den Fingern. »Ich war bei Maman. Es geht ihr gut, und sie … hat gesagt, du könntest mich hier vielleicht brauchen.« Nie hätte sie gedacht, dass man in Zeichensprache stottern kann.

Maelys antwortete nicht. Nichts in dem fein geschnittenen Gesicht zeugte von Wiedererkennen oder erweckte gar den Anschein von Freude. Reglos stand ihre Schwester da und starrte sie mit versteinerter Miene an, während Claire mit dem schmerzhaften Gefühl kämpfte, sie umarmen zu wollen, es aber nicht zu dürfen. Beinahe war sie froh, als Maelys den unangenehmen Moment beendete, indem sie sich jäh umdrehte und im Haus verschwand. Die Tür blieb offen, eine Einladung, die eigentlich keine war.

Hatte sie ernsthaft erwartet, Maelys würde ihr glückstrahlend in die Arme fallen? Natürlich nicht. Die Reaktion ihrer Schwester war absehbar gewesen, und Claire verstand sie nur allzu gut. Welcher Mensch besaß schon die Dreistigkeit, ein *Bald* ganze neunzehn Jahre dauern zu lassen?

Allerdings war Maelys nie nachtragend gewesen. Bestimmt brauchte sie nur etwas Geduld und Zeit und von Letztem hatte Claire gezwungenermaßen eine Menge. Zeit für Rechtfertigungen und Erklärungen, wenn Maelys erst einmal so weit war. Geduldig zu sein war ihre leichteste Übung, sie war schon immer besser im Warten gewesen, während ihre Schwester stets getobt hatte, wenn Maman das Dessert nicht rechtzeitig auftaute.

»Gut, Mademoiselle Ich-bin-dann-mal-beleidigt. Finden wir heraus, wer von uns beiden den längeren Atem hat«, sagte Claire leise und trat über die Schwelle.

Sieben

Es war verstörend. Claire träumte davon, in ihrem alten Kinderzimmer aufzuwachen. Dass es ihr Zimmer war, erkannte sie an dem knackigen Hintern, der sich genau auf Augenhöhe befand. Er gehörte dem lebensgroßen, längst vergilbten Robbie-Williams-Starschnitt, den sie neben weiteren Postern und Fotocollagen an die Wand gepinnt hatte, bis man die hässliche Blumentapete nicht mehr sah.

Damals hatte sie erst angefangen, die »Salut!« zu lesen, sehr zum Verdruss von Maman, die gar nichts von Jugendzeitschriften hielt. Sie erinnerte sich noch genau an die Ausgabe mit dem ersten Teil des Posters, das man wie ein Puzzle zusammenkleben musste. Es zeigte nur das halbe Gesicht mit dem rechten Auge, in das sie sich unsterblich verliebt hatte. *Robbie Williams.* Sie zog eine Grimasse, weil ihr zum ersten Mal bewusst wurde, wie sehr der Popstar ihrem Exfreund Jan glich. Ihr Männergeschmack war also schon früher reichlich ausbaufähig gewesen.

Seufzend wälzte Claire sich herum und starrte auf den Holzdielenboden mit dem bunten Flickenteppich. Ihre Pumps, die sie gestern dort liegengelassen hatte, schubsten sie endgültig aus dem Halbschlaf. Sie befand sich definitiv in ihrem Kinderzimmer, und je mehr sie in der nachtklammen Bettwäsche zu sich kam, desto erschlagener fühlte sie sich. Ihre Augen brannten von der ungewohnten Salzluft, und sie hatte einen Geschmack im Mund, als ob sich ein kleines Tier zum Sterben darin zurückgezogen hätte.

Der vergangene Abend ruckelte wie ein Superachtfilm durch ihre Erinnerung, unscharf und abgehackt wie Maelys' Bewegungen, mit denen sie Brot, Salzbutter und Camembert auf den Esstisch geknallt und ihre Schwester anschließend sich selbst überlassen hatte. Sie war nicht mehr zurückgekehrt, weshalb Claire nichts anderes übrig blieb, als alleine zu essen und sich dann auf eigene Faust auf die Suche nach einer Schlafstätte zu machen – die sie in ihrem ehemaligen Kinderzimmer offensichtlich gefunden hatte.

Schwerfällig stand sie auf, bemerkte en passant, dass sie noch das Kleid von gestern trug, und ging zum Fenster. Sie schob die Gardine beiseite, öffnete die beiden Flügel und lehnte sich hinaus.

Trotz des immerwährenden Windes war es warm, die Bucht lag wie ein Bettlaken aus Sand in der Morgensonne, vom Meer aufgeschüttelt, glatt gestrichen und verlassen. Wenn sie sich weiter vorbeugte, sah sie hinter den Schindeldächern Moguériecs am Ende der Mole den grünen Leuchtturm, der die Touristen immer wieder enttäuschte, weil er auf Prospektbildern viel imposanter wirkte, als er tatsächlich war. Die Fischerboote waren schon weit draußen und mit bloßem Auge kaum noch zu erkennen.

Was hatte Hellwig noch gleich gesagt? *Da scheint man aber doch jede Menge Ruhe zu bekommen.* Claire schnaubte und schloss das Fenster. Auf so viel Ruhe benötigte sie dringend einen Kaffee, schwarz und am besten so heiß, dass sie sich die Zunge daran verbrannte.

In der Küche empfingen sie eine gefüllte Thermoskanne und eine Tüte Croissants aus der *boulangerie*. Immerhin ein kleiner, wenn auch gesichtsloser Morgengruß, denn von ihrer Schwester war nichts zu entdecken. Immer noch nicht? Oder wieder? Ob Maelys einen Freund hatte?

Sie goss den Kaffee in einen hellblauen Emaillebecher mit angeschlagenem Rand und musterte, gegen die Arbeitsplatte gelehnt, den gehäkelten Lampenschirm, der sie gestern Abend schon irritiert hatte, obwohl er ein angenehm buttriges Licht verbreitete.

Claire nippte an dem Kaffee. Trotz des heimeligen Duftes nach frisch gebackenem Kuchen, der bis in den ersten Stock zog, war ihr das Haus unheimlich – auch wenn es sich um ihr Elternhaus handelte. Vielleicht gerade deshalb. Als Papa noch lebte, hatte allein seine Anwesenheit jeden Winkel mit menschlicher Wärme und Gelächter gefüllt und … Sie fuhr jäh zusammen, als sie ein Rumpeln im Flur hörte. Kurz darauf erschien ein Kopf im Küchenfenster.

Zut! Claire schrie auf, das schmale Gesicht mit den unnatürlich großen Augen hinter den dicken Brillengläsern tat es ihr gleich. Mit weit geöffneten Mündern starrten sie einander an, dann verschwand der Kerl mitsamt seines ordentlich gezogenen Scheitels aus ihrem Blickfeld, als ob er sich rasch geduckt hätte.

Es war ein Reflex. Claire packte den nächstbesten Gegenstand und stürzte in den Flur. Sie stolperte über ein paar Zeitungen und Briefe auf der Fußmatte, riss die Eingangstür auf und brüllte der schmächtigen Gestalt hinterher, die gerade eilig ein gelbes Fahrrad vom Hof schob: »*Arrête* – stehen bleiben!«

»*Oh là là, mademoiselle.* Immer schön ruhig mit den jungen Pferden«, ertönte eine belustigte Stimme neben ihr. »Du erschreckst den armen Pierre ja zu Tode.«

Claire erstarrte. Ausgerechnet der großspurige Corvette-Fahrer von der Tankstelle saß breitbeinig auf der Bank vor dem Haus und rauchte, als ob er hier zu Hause wäre.

»Sie!«, rief sie entrüstet.

»Was hast du damit vor?« Gelassen deutete er mit der Zigarette auf den Schneebesen in ihrer erhobenen Hand. »Willst du den einzigen Postboten von Moguériec damit in die ewigen Jagd-gründe rühren?« Er grinste, beugte sich vor und aschte in eine Topfgeranie. In *ihre* Topfgeranie, so gesehen. »Der gute Pierre mag ja ein bisschen langsam sein beim Briefaustragen, aber ich finde nicht, dass er ein solch grausames Ende verdient hat.«

Postbote? Claire spürte, wie ihre Wangen zu brennen begannen. Peinlich berührt schaute sie dem jungen Mann nach, der mittlerweile mit seinem Vehikel das Ende des Zufahrtswegs erreicht hatte, wo die rote Corvette parkte.

»Wieso schiebt er es denn und fährt nicht damit?«, murmelte sie und zupfte ungehalten an den Drahtschlaufen des Schneebesens herum. Das war leichter, als in die spottenden Augen dieses Angebers zu schauen oder ihn zu fragen, was er hier verloren hatte. Hatte er sie etwa verfolgt? Claire schluckte.

»Pierre kann nicht Fahrrad fahren. Gleichgewichtsstörung oder so, außerdem ... *il n'a pas toute sa tête.*« Bedeutsam tippte er sich an die Stirn.

»Er kann nicht ...«, Claire schnappte nach Luft. »Aber er ist der Fahrradpostbote!«

Der Corvette-Fahrer zuckte die Schultern. »In Moguériec gibt es nichts, was es nicht gibt, wie du eigentlich wissen müsstest. Oder ist es zu lange her?«

Claire machte schmale Augen. Wieso duzte der Kerl sie? Und was meinte er mit *lange her*? Sie kniff die Lider noch ein wenig fester zusammen. Heute trug er Jeans und ein T-Shirt mit dem Aufdruck einer amerikanischen Footballmannschaft. Eine diffuse Erinnerung schwappte an die Oberfläche ihres Bewusstseins wie ein Luftballon, den man unter Wasser aufgeblasen und dann losgelassen hatte.

»Sie ... du ...«, stammelte sie.

Aber sie stammelte sonst nie! Rasch schloss sie den Mund, weil sie nicht wie ein Fisch aussehen wollte.

»Wir machen Folgendes…« Lächelnd zog er ein Lederetui aus der Gesäßtasche und entnahm ihm eine Brille, die Claire unwillkürlich an Harry Potter erinnerte. Er legte den Kopf schief. »Bereit?«

Claire nickte verwirrt, woraufhin er sich das schwarze Gestell auf die Nase setzte. Sie hielt den Atem an.

Nein. Das war unmöglich. Er konnte nicht… Oder doch?

»*Bon*«, sagte er und blähte die Nasenflügel. »Was muss ich noch tun, um deinem Gedächtnis auf die Sprünge zu helfen? Möchtest du, dass ich dich küsse? Falls es dich beruhigt, ich habe mittlerweile mehr Übung darin.«

»Nicolas.« Ihre Stimme war ein Ausatmen, nicht mehr.

Er seufzte enttäuscht. »Schade. Also kein Kuss.«

»*Sapperlotte*, du bist es wirklich!«

Mit einem leisen Schrei flog sie neben ihn auf die Bank und schlang ihm die Arme um den Nacken. Der Duft eines herben Männerparfums stieg ihr in die Nase, sie drückte ihn an sich, bis er zu stöhnen anfing. Dann gab sie ihn frei und rammte ihm den Ellbogen in die Rippen. »Du Mistkerl! Wieso spielst du *au cache-cache* mit mir, anstatt dich gleich zu erkennen zu geben? Und was zum Teufel ist mit dir passiert? Du bist so…« Sie pfiff leise.

Er hatte nicht mehr das Geringste mit dem linkischen, schüchternen Jungen zu tun, der mal ihr bester Freund gewesen war. Dazu sah er einfach zu… gut aus.

»Weil es Spaß gemacht hat, dich ein bisschen hochzunehmen.« Er grinste sie an und strich sich mit den Fingern die Haare zurück, wobei ihr auffiel, dass er keinen Ehering trug. »Außerdem war es nicht allzu schwer zu erraten, wo ich dich finden würde, *ma crevette*. Es gibt da nicht allzu viele Möglichkeiten.«

Ma crevette – meine Garnele. Spätestens nach diesem Kose-

namen, mit dem er sie wegen ihrer roten Haare ständig auf-
gezogen hatte, bestand kein Zweifel mehr. Er war Nicolas. *Ihr*
Nicolas. In einer deutlich männlicheren, selbstbewussteren
Ausführung.

»Apropos *crevette*«, Nicolas sah sich suchend um, »wo ist die
kleine Verrückte? Stochert sie wieder im Watt herum und gestikuliert mit den Sandpfeifern?«

»Hey.« Claire runzelte die Stirn. »Red nicht so von ihr.«

»Entschuldige.« Er wirkte nicht im Mindesten reuevoll. »Ich
frage bloß, weil ich dachte, du hättest vielleicht Lust, mit mir
zum Lunch ins *Le Bateâu* zu fahren.«

Lunch. Sie hob eine Braue. Er klang, als ob er beim Sprechen
Kaugummi kauen würde.

»Da sind ziemlich viele Fragezeichen in deinen hübschen
Seegrasaugen, und beim Essen redet es sich besser. Außerdem
habe ich das passende Gefährt für die hübsche Pariser Lady dabei.« Er zwinkerte und deutete mit dem Kinn zu seinem Sportwagen.

Claire zögerte. Natürlich gab es eine Menge zu erzählen, und
der Gedanke, ins Dorf zu fahren, klang nach dem einsamen
Abend sehr verführerisch, selbst wenn sie sich ein wenig davor
fürchtete, all den Menschen zu begegnen, die sie von klein auf
kannten. Doch sie hatte Maman versprochen, auf Maelys auf-
zupassen – auch wenn ihre Schwester nicht so wirkte, als ob sie
es nötig hätte.

»Komm schon.« Nicolas erhob sich und streckte ihr die Hand
entgegen, als sei ein Nein vollkommen ausgeschlossen.

Er hatte immer noch zarte, langgliedrige Finger. Klavierspie-
lerhände hatte Maman sie genannt, aber er hatte lieber damit in
Büchern geblättert. Und ja, sie hatte Fragen. Tausende.

Claire stand ebenfalls auf, aber statt seine Hand zu ergreifen,
ging sie über den Hof bis an die Steinmauer und spähte über die

Dünen. Menschen kletterten in Gummistiefeln im Felsenmeer umher, das die Ebbe freigelegt hatte. Die meisten trugen Stöcke und Eimer, die Erfahreneren hatten Schaufeln und Kescher dabei. In ihren Fahrradanhängern transportierten sie kiloweise Muscheln und Krebse, die sie entweder den Restaurants anboten oder in der Fischhalle am Hafen verkauften. Die Gezeitenfischerei war in der Bretagne seit Jahrhunderten ein Volkssport, der genügsamen Einheimischen sogar ein Auskommen ermöglichte, und ein Vergnügen, das sich auch die Touristen nicht entgehen lassen wollten. Ob Maelys ebenfalls unter den Muschelsuchern war, konnte sie auf die Entfernung nicht ausmachen.

Claire seufzte. Sie sollte sich dringend bei Valérie nach der Vernissage von gestern Abend erkundigen, doch bestimmt saß ihre Tante gerade bei Monsieur Poupart in der *boulangerie* oder feilschte auf dem Trödel um eine nach Mottenpulver riechende Bluse. Unwillkürlich sah Claire an ihrem Kleid herab, auf dem noch immer die Kaffeeflecke von gestern prangten, und drehte sich nach Nicolas um, der abwartend an der Hauswand lehnte.

»Gut, fahren wir zum Mittagessen«, rief sie. »Aber zuerst holst du mir den Koffer aus meinem Auto, denn so werde ich mich ganz sicher nicht in dein schickes Gefährt setzen, Monsieur Le Galloudec.«

Samstags war Markttag in Moguériec. Da die einzige Zufahrtsstraße zum Hafen und zum *Le Bateâu* gesperrt war, parkte Nicolas in einer ruhigen Seitengasse vor der winzigen Papeterie, die es schon gegeben hatte, als Claire noch zur Schule ging. Während Nicolas ausstieg, blieb Claire erschüttert auf dem Beifahrersitz sitzen. Wie oft hatte sie sich die Nase an diesem Schaufenster platt gedrückt, das noch genauso dekoriert war wie vor fast zwanzig Jahren. Besonders die Etuis mit den teuren Montblanc-Füllfederhaltern brachten sie völlig aus der Fassung, weil sie sich früher so brennend gewünscht hatte, eines davon zu besitzen. Das hatte sie völlig vergessen.

»He, *crevette*«, sagte Nicolas und öffnete die Beifahrertür. »Alles okay?«

»*Bien sûr*, alles bestens.« Sie lächelte zerstreut in sein gebräuntes, brillenloses Gesicht, das keine Zahnlücke mehr vorzuweisen hatte. Es würde dauern, bis sie begriff, dass aus dem Jungen, den sie einst mit den Fäusten verteidigt hatte, ein Mann geworden war, der sicher nicht mehr befürchten musste, von ein paar halbwüchsigen *cretins* in einen Container mit Fischabfällen geworfen zu werden.

Claire ließ sich von ihm heraushelfen und störte sich nicht daran, dass er ihre Hand weiterhin festhielt, während sie sich Seite an Seite durch die Gänge zwischen den bunten Ständen und Buden schoben.

Der Wochenmarkt war gut besucht, von Einheimischen ebenso wie von Touristen. Vor den Käse- und Schinkentheken standen lange Schlangen, und etliche Menschen bildeten Trauben an den Grillständen und Crêpes-Buden, an denen man bretonische *galettes* mit Karamellbutter bekam. Immer wieder mischte sich der Duft von Backwerk und Gebratenem mit dem alles durchdringenden Geruch des Meeres, der von dort herüberwehte, wo Seelachse und Sardinen, Austern *creuses*, winzige *bigorneaux* und stattliche Krebse (die begehrten *tourteaux*, im Durchmesser lang wie ein Unterarm) feilgeboten wurden. Dazu all die Farben, die ihnen aus den Blumenkübeln, Obst- und Gemüsekisten ins Auge sprangen… Es war ein einziger Sinnesrausch, der dennoch mit einer gewissen Gemächlichkeit einherging. Marktleute wie Besucher fanden stets Zeit für einen Plausch und einen *café*, und die Frühaufsteher, gerade vom Fischen zurückgekehrt, tranken schon *cidre* aus Keramiktassen.

Man diskutierte über heimische Apfelsorten, die Artischocken-ernte oder irgendeinen Parlamentsbeschluss, fragte händerin-gend, wohin es mit Frankreich in Europa noch ginge, während man nebenbei den besten Preis für einen Beutel Tellmuscheln aushandelte.

Überwältigt schloss Claire die Augen, lauschte dem Stim-mengewirr in ihrer Muttersprache und überließ sich ganz und gar der Führung von Nicolas. Seine Nähe vermittelte ihr Sicher-heit, was sicher nicht nur an den trauten Kindheitserinnerun-gen, sondern auch an seinen breiten Schultern lag.

Sie wichen gerade den imposanten Zwiebelzöpfen an einer Markise aus – den berühmten rosa Zwiebeln aus der Kosa-renstadt Roscoff –, als plötzlich zwei große, schwielige Hände Claires Taille umfassten. Im nächsten Moment wurde sie in die Höhe gestemmt und stieß beinahe mit dem Kopf gegen ein handbemaltes Banner, welches das alljährliche Hafenfest an-kündigte.

»*Tiens, tiens* – sieh mal an. Du hast nicht zu viel verspro-chen, Nicolas, aber vergessen zu erwähnen, dass die *mademoi-selle* nicht nur hübscher, sondern auch schwerer geworden ist«, brummte es unter ihr.

Claire quietschte, aber der Versuch, sich aus den Armen des rothaarigen Riesen zu winden, misslang ihr gründlich. Hilflos strampelte sie mit den Füßen, woraufhin einige Touristen ver-wundert stehen blieben. Nur eine alte Bretonin schob sich kopf-schüttelnd in ihrem schwarzen Trachtenkleid an ihnen vorbei und rückte ihr Spitzenhäubchen gerade.

»Lass mich sofort runter, Luik!« Claire schnappte nach Luft, doch Luik lachte nur noch mehr.

Nicolas machte keine Anstalten, ihr zu helfen, sondern lehnte mit verschränkten Armen und einem distanzierten Lächeln an einer Crêpes-Bude.

»Parole?«, dröhnte es unbeeindruckt von unten.

»Verdammter Mistkerl?«, japste Claire und stand flugs wieder auf den Beinen, die nun beträchtlich wackelten.

»Eine gute Parole.« Luik strahlte, sein Gesicht war noch genauso rund und rot wie früher.

Claire stellte sich auf die Zehenspitzen und gab ihm einen Kuss auf die stoppelige Wange, die nach Motoröl und ein bisschen nach Fisch roch.

»Es tut mir leid, das sagen zu müssen, aber du hast dich kein bisschen verändert, außer...« Sie deutete auf seine Augenklappe. »Bist du unter die Piraten gegangen, Picollec, oder willst du damit Touristen erschrecken?«

Luik wirkte verlegen. »Ach, das ist bloß...«

»Sag ihr ruhig, dass du dich mit einem Kerl angelegt hast, der größer war als du«, spöttelte Nicolas.

»Er war nicht größer.« Luik schob die Unterlippe vor und zählte an den Fingern ab. »Die waren zu viert, und ich hab bloß die Lambigflasche zu spät kommen sehen. Außerdem waren sie gemein zu Emil. Zu Emil darf keiner gemein sein, *monsieur le chef.*«

»Chef?« Claire drehte sich überrascht zu Nicolas um, der Luik mit einem Ausdruck musterte, der ihr nicht recht gefiel. Er wirkte irgendwie gönnerhaft.

»*Ouiii.*« Luik nickte eifrig und klopfte Nicolas auf den Rücken, woraufhin dieser kaum merklich zusammenzuckte. »Er ist jetzt der Reeder, und Emil und ich, wir arbeiten für ihn. Aber fischen tun wir nur noch frühmorgens, weil wir am Spätnachmittag die Touristen rausfahren. Nicolas sagt, das bringt mehr Geld. Und es gibt Butterkuchen.«

»Du hast die Küstenfischereiflotte vom alten L'Amiral übernommen?« Claire hob eine Braue.

Solange sie denken konnte, hatte Nicolas betont, er würde

keinesfalls in die Fußstapfen seines Vaters treten, der immer der Überzeugung gewesen war, sein Sohn tauge ohnehin nicht für den Job. Dabei hatte Nicolas fast jede freie Minute in den Hafenhallen verbracht.

Luiks fleischiger Arm lag schwer wie ein Autoreifen auf ihrem Nacken. »Kommst du nächstes Wochenende aufs *festnoz*, Gwenaelle? Sie veranstalten auf dem Marktplatz einen Boule-Wettbewerb, und Emil und ich machen mit. Du musst uns anfeuern, das machst du doch, oder? Zur Belohnung tanze ich auch mit dir.«

Claire knuffte ihn freundschaftlich in den weichen Bauch. Es gefiel ihr, dass Luik sich benahm, als sei sie nie fort gewesen.

»Vielleicht mache ich ja auch mit und zeige euch schweren Jungs, wie man die Kugel wirft«, antwortete sie lachend.

Luik kratzte sich den Bart. »Aber du bist ein Mädchen. Boule ist kein Mädchenspiel. Außerdem müsstest du im Team antreten.« Er zählte wieder an den Fingern ab und hob zwei in die Höhe. »Zu zweit. Für eine *doublette.*«

»Na, ich finde schon jemanden, der Lust hat, euch verlieren zu sehen.« Sie drehte sich grinsend zu Nicolas um, der auf seinem Handy herumtippte. »Was meinst du, Nicolas? Wir könnten natürlich auch beim Schneckenweitspucken mitmachen, aber das fandest du immer ziemlich eklig, oder?«

»Klar«, murmelte er abwesend.

»Hast du gehört, Luik? Wärmt schon mal eure Kugeln an.«

»Abgemacht!« Kampfeslustig schlug er die Faust in die Handfläche. »Das erzähle ich nachher gleich dem alten Emil. Du musst uns unbedingt in der Fischhalle besuchen kommen. Er freut sich riesig darauf, dich zu sehen.«

»Weiß hier eigentlich inzwischen jeder, dass ich da bin?« Claire sah zu Nicolas hinüber, der sich jedoch zum Telefonieren abgewendet hatte.

»In Moguériec verbreiten sich Neuigkeiten schnell«, sagte Luik mit gewichtiger Miene, als sei er stolz auf den unseligen Dorftratsch, der Claire in allzu guter Erinnerung geblieben war. »Da reicht eine kleine Bemerkung in der *boulangerie* oder im Friseursalon …« Er schnippte mit den Fingern. »*Bof*, und schon wissen alle Bescheid. Vor allem wenn man es Marie-Jeanne erzählt, die …«

»Picollec, musst du nicht längst drüben am Pier sein?«, unterbrach Nicolas den Monolog, zu dem Luik soeben ansetzte.

Luik schüttelte den Kopf und vergrub die Hände in den Taschen seiner Cargohose. »*Non, monsieur le chef.* Die nächste Touristenfuhre geht erst mit der Flut um vier, und Emil macht unten schon mal das Boot fertig.«

»Dann solltest du ihm helfen«, erwiderte Nicolas freundlich, aber mit einem Unterton, der keine Widerrede akzeptierte und Claire leichtes Unbehagen bereitete.

Offensichtlich hatten sich hier doch einige Dinge grundlegend verändert, seit sie zu dritt die alten Schmugglerpfade in den Dünen unsicher gemacht hatten. Luik schien ein wenig in sich zusammenzusacken.

»Es ist schön, dich hier zu haben«, sagte er leise zu Claire und lupfte unbeholfen wie ein gerügter Schüler seine Baskenmütze. »Besuch uns doch mal bei den Hafenhallen, ja?« Nach einem Seitenblick auf Nicolas verschwand er im Gedränge.

Odile Guéguen führte das *Le Bâteau* bereits in der vierten Hoteliersgeneration, die seit hundert Jahren ausschließlich aus Frauen bestand. Wie ihre Großmutter und ihre Mutter war sie eine schwergewichtige Frau mit halber Brille und einer herrischen Stimme, die es mühelos mit dem Ton eines Marineadmirals aufnehmen konnte. Als Kind hatte Claire sich immer ein wenig vor ihr gefürchtet, ehe sie herausfand, dass sich hinter Madame Odiles strengem Blick ein butterweiches Herz versteckte. Und das schlug vor allem für die Hinterbliebenen ihres alten Schulfreundes Armel Durant.

Ein breites, ehrliches Lächeln erschien auf dem gealterten Gesicht der Hotelbesitzerin, als Nicolas und Claire auf den Schalter zuhielten, der gleichzeitig als Hotelrezeption und Restaurantempfang diente. Die antike Eichenholztheke war das einzige Möbelstück, das Claire wiedererkannte. Anscheinend war Madame Odile auf den britischen Shabby-Chic-Stil gekommen und schreckte demzufolge nicht vor geblümten Laura-Ashley-Tapeten, Rattansesseln und Patchwork-Kissen zurück.

»Gwen-a-elle Durant! Das wurde aber auch Zeit.«

Die Buschtrommeln in Moguériec funktionierten tatsächlich einwandfrei. Mit leisem Bedauern dachte Claire an Maelys' frostige Miene, während Madame Odile auf sie zueilte, um sie an ihre fliederparfümierte Chiffonbluse zu drücken, unter der besagtes Butterherz schlug. Anschließend wedelte eine beringte Puppenhand mahnend vor Nicolas' Gesicht auf und ab, und Claire nutzte die Gelegenheit, ihr Mobiltelefon zurück in die Handtasche gleiten zu lassen. Sie hatte auf dem Weg zum Hafenrestaurant mehrfach versucht, Valérie anzurufen, jedoch nur die Mailbox erreicht.

»Ich dachte schon, du schleppst sie zuerst zu dieser furchtbaren Marie-Jeanne«, sagte Madame Odile und wandte sich mit gefurchter Stirn an Claire. »Diese unmögliche Person bringt hier alles durcheinander, sag ich dir. Zuerst macht sie aus ihrem Salon ein Friseurcafé und wirbt mir sämtliche Gäste ab, und dann erschleicht sie sich mit ihrem Wackelpopo beim Bürgermeister eine Ausschanklizenz für Alkohol. Und Madame Odile? Die bleibt schön auf den Touristen sitzen, während das halbe Dorf auf Klappstühlen vor dem Schnippelsalon hockt und sich amüsiert. Dabei ist Marie-Jeanne nicht mal eine Einheimische, sondern von Roscoff hierhergezogen.«

»Das ist ja furchtbar.« Claire unterdrückte ein Grinsen. Madame Odile, die Klatsch-und-Tratsch-Institution von Moguériec, hatte also Konkurrenz bekommen. Allein das war ein Grund, diese Marie-Jeanne kennenzulernen.

»Du sagst es.« Madame Odile musterte sie von oben bis unten, und ihr Gesichtsausdruck wurde milde. »Bekommst du in Deutschland nichts zu essen, oder wieso siehst du aus wie ein Magermodel?«

Sie wartete die Antwort nicht ab, sondern ergriff Claire am Ellenbogen und führte sie zu einem Zweiertisch mit Blick auf den Hafen und den Leuchtturm. Ein paar Fischkutter und Ruderboote lagen auf sandigem Ebbegrund, die Paddel eingeklappt und zur Seite geneigt, als ob sie ein Nickerchen hielten. Der Wind schlug *Gwenn-ha-du*, die schwarz-weiß gestreifte Bretonenflagge, mit einem mahnenden Flappen gegen den Fahnenmast – damit niemand, der die Aussicht genoss, vergaß, in welchem Teil Frankreichs er sich befand.

Die Härchen auf ihren Armen richteten sich auf. Rasch nahm Claire gegenüber von Nicolas Platz und betrachtete die gerahmten Ölbilder an der Wandseite. Es waren sechs Stück, und jedes zeigte dieselbe unruhige Meer-Klippen-Landschaft in Schwarz und Erdtönen. Die Bilder waren nicht schlecht, wirkten jedoch vollkommen deplatziert in diesem freundlichen Raum, der eher an einen englischen Teesalon erinnerte. Während Nicolas für sie das Tagesgericht bestellte, versuchte sie, die Initialen des Künstlers zu entziffern.

»Jean-Luc Kerguéhennec«, erklärte Madame Odile, die ihrem Blick gefolgt war. »Die Bilder unseres ehemaligen Leuchtturmwärters sind nicht gerade einfallsreich, aber man sollte lokale Künstler unterstützen.« Bei dem Wort Künstler malte sie ironische Gänsefüßchen in die Luft. »Ich frage mich bloß, wann Jean-Luc endlich etwas anderes malt als immer nur Wasser, obwohl die Touristen ganz verrückt nach den Bildern sind. Aber mal im Ernst, was ist gegen einen Obstkorb oder eine Katze einzuwenden? Ich mag Katzen.«

»Also, ich finde die Bilder recht hübsch«, log Claire höflich und erwiderte das Lächeln in Nicolas' Blick.

Er musterte sie schon die ganze Zeit verstohlen, dachte wohl, sie bemerke nichts davon. Nicolas hatte schon immer schöne Augen gehabt, die ohne Brillengläser noch grüner wirkten als sonst. Sie lächelte, weil sie mit zwölf noch felsenfest davon überzeugt gewesen war, ihn eines Tages zu heiraten.

»Na, du musst es wissen. Deine Mutter meinte, du hast etwas mit Kunst zu tun?« Madame Odiles Nasenflügel zitterten, eine Sensation witternd. »Bist du etwa berühmt und ich weiß nichts davon? Aus Yvonne war ja nichts Genaues herauszukriegen. Auch wenn sie eine Perle ist und meine Küche ohne sie vermutlich, *pouf*, längst in Rauch aufgegangen wäre, aber viel reden tut sie nicht mehr, seit dein Papa … Du weißt schon.«

Claire verspürte einen feinen Nadelstich in der Brust. Die Hotelbesitzerin musterte sie wachsam, weshalb sie beschloss, das Gespräch lieber auf sicheres Terrain zu lenken.

»Ich werde … ich bin Chefredakteurin. Bei einer Kunstzeitschrift«, sagte sie nonchalant und bemerkte mit Genugtuung, wie Nicolas anerkennend die Brauen hob.

»Das ist ja wunderbar!« Madame Odile schnalzte mit der Zunge. »Da verstehe ich, dass dich nichts mehr in dieses verschlafene Nest hier zurückzieht. Zuerst Paris, dann Berlin … Mir scheint, du bist jetzt eine Dame von Welt.«

Sieh an. Offenbar gingen die Gespräche, die ihre Mutter mit Madame Odile führte, über das übliche Höflichkeitsgeplänkel zwischen Chefin und Spülkraft hinaus. Was sie nicht wundern sollte, denn bevor das Meer ihnen Papa entrissen hatte, war Odile Guerguen bei den Durants ein häufig gesehener Gast gewesen. Demzufolge wusste Odile natürlich, was in den letzten zwanzig Jahren mit Claire geschehen war – oder vielmehr das, was Maman von Valérie erfahren hatte. Die Spitze des Eisbergs, kein Grund zur Beunruhigung. Claire vertraute blind darauf, dass ihre einzige Verbündete nur Dinge erzählte, die nichts mit den gezinkten Karten zu tun hatten, die sie dem Schicksal auf den Kartenstapel geworfen hatte.

»Trotz allem und auch wenn es mich eigentlich nichts angeht, Gwenaelle«, fuhr Madame Odile sanft fort, »solltest du deine Maman und deine Schwester ab und zu mal besuchen, und zwar nicht nur, weil die arme Yvonne von ihrem klapprigen Drahtesel gestürzt ist. Die beiden vermissen dich. Schon sehr lange.«

»Jetzt bin ich ja hier«, antwortete Claire mit einem Seitenblick auf Nicolas, der mit seiner Serviette herumspielte. »Maman hat mich in der Klinik darum gebeten, mich um Maelys zu kümmern.«

Madame Odile lachte auf. »Der war gut.«

»Das war kein Witz. Sie sagte, meine Schwester würde alleine nicht zurechtkommen, also …« Claire erhöhte die Tonlage am Satzende um eine fragende Oktave, woraufhin Madame Odiles Lachen erstarb.

»*Bien sûr* – natürlich. Das war sehr umsichtig von deiner Mutter.« Ein ernstes Nicken, dennoch sah sie aus wie jemand, der sich nur unter großer Anstrengung das Lachen verkniff. »Jetzt bringe ich rasch die Bestellung in die Küche, bevor Nicolas aus meinen Servietten noch Papierflieger faltet und sie aufisst.«

»Keine schlechte Idee«, rief Nicolas ihr hinterher, wobei nicht ganz klar war, ob er das Mittagessen oder die Papierflieger meinte.

Claire fragte sich, was genau ihr da gerade entgangen war.

Madame Odiles Reaktion kam ihr eigenartig vor, doch dann beugte sich Nicolas über den Tisch.

»Sie hat recht, du siehst aus wie ein Model«, raunte er, und Claire hob verwundert den Kopf.

Nicht dass es ihr nicht gefiel, wenn Nicolas ihr Komplimente machte, sie wurde sogar rot dabei. Es fühlte sich nur irgendwie falsch an. Ungewohnt, verbesserte sie sich augenblicklich. Es fühlte sich ungewohnt an, weil die einzige Berührung, an die sie sich erinnerte, ein foppendes Haareziehen war. *Bon*, abgesehen von einem harmlosen Kuss, der sowieso nicht zählte, weil sie damit eine verlorene Wette eingelöst hatte.

»Also, Monsieur Le Galloudec. Es gibt zwei Dinge, die ich gern verstehen würde. Erstens, was ist aus dem Jungen geworden, der sich beim Schmierestehen vor Angst in die Hose gemacht hat, während Luik und ich Madame Brevals Apfelbäume leer geräumt haben? Zweitens …«

»Ich habe mir nicht in die Hose …«

»Still, ich war noch nicht fertig.« Sie hob die Hand, woraufhin Nicolas gespielt eingeschnappt die Arme verschränkte. »Hast du tatsächlich die Reederei übernommen?«

»Ich war in Amerika. In San Diego«, erwiderte er, als ob das alle Fragen beantwortete.

»Und?«

»Nichts und. Ich war dort, bin zurückgekommen, und danach war alles anders.«

»Du nimmst mich auf den Arm.«

»Oh, das würde ich sehr gerne tun.« Er grinste.

»Lass das«, versetzte Claire unwirsch.

»Okay.« Seufzend stützte Nicolas die Ellbogen auf den Tisch. »Ich hatte eine gute Zeit in Kalifornien, habe angefangen, Sport zu machen, mit Mädchen auszugehen … Die amerikanischen Girls sind ganz verrückt nach Franzosen.« Er zwinkerte ihr zu.

»Nach dem Austauschjahr habe ich mir erst mal Alexandre vorgeknöpft. Seitdem sind wir Freunde.«

Claire schnappte nach Luft. »Ouuu. Du hast dich mit Alexandre angefreundet? Mit Plattnase-Mundgeruch-Alexandre? Dem Alexandre, der uns mit seiner bescheuerten Gang aufgelauert hat, um Luik und dir das Taschengeld abzunehmen?«

»Ach, das hat er nicht so gemeint.« Nicolas winkte ab. »Außerdem waren wir da noch Kinder. Alex ist in Ordnung.«

»Aha.« Sie kniff die Augen zusammen. »Heißt das, Luik ist ebenfalls ein Freund von Alex?«

»Luik?« Er wirkte ehrlich überrascht. »Wieso denn Luik?«

»Ich dachte …«

»Das ist fast zwanzig Jahre her, Gwenaelle. Du kannst nicht erwarten, dass du einfach so nach Paris verschwindest, und in Moguériec bleibt alles beim Alten.« Nicolas legte den Kopf schief. »Schau uns an. Wir haben uns verändert, du und ich, Alex, Luik und noch eine Menge andere Leute. Ja, ich habe die Geschäftsführung der Reederei Le Galloudec übernommen. Darauf bin ich verdammt stolz, denn ich mache den Job ziemlich gut. Die Firma läuft, was man weiß Gott nicht von allen Fischereibetrieben an der Küste behaupten kann.«

»Aber du wolltest Astrophysiker werden. Du hast immer gesagt, wenn ich schon unbedingt Wolken fischen muss, nimmst du eben die Sterne …« Claire starrte in Nicolas' emotionslose Miene, und plötzlich brannten ihr die Augen. Sie musste sich zusammenreißen, um nicht aufzustehen und zu flüchten. Haltsuchend verhakte sie die Pumps hinter den Stuhlbeinen. Auch wenn sie blaue Knöchel davontragen würde, die Zeit des Weglaufens war eindeutig vorbei.

»Du hast recht«, räumte sie leise ein. »Entschuldige. Ich habe wohl wirklich gedacht, hier wäre die Zeit irgendwie stehen geblieben.«

»Das ist sie in gewisser Weise ja auch, aber eben nicht in jeder Hinsicht. Du hast es leichter, wenn du den Leuten gegenüber etwas nachsichtiger bist, *ma crevette.* Ihr Städter tut doch sonst so tolerant.«

Sanft berührte er ihren Handrücken. Sie lächelten einander an und störten sich auch nicht an dem vielsagenden Räuspern von Madame Odile, die soeben die *cotriade* brachte. Immerhin roch die bretonische Fischsuppe noch wie früher, was Claire irgendwie tröstete. Sie nahm den Löffel, blickte zum Fenster hinaus – und verharrte mitten in der Bewegung, wie die kleine Spinne, an der Nicolas damals das Eisspray aus Papas Werkzeugkiste getestet hatte.

»Ah, da kommt ja mein neuer Hotelgast. Ich dachte schon, es wird nichts mehr mit Mittagstisch, aber eins muss man den Deutschen lassen: Sie halten ihre Versprechen. Der *monsieur* kommt übrigens wie du aus Berlin, ein sehr charmanter, zuvorkommender Herr, immer gut gelaunt. Und so blond. Ein bisschen wie Robert Redford in jungen Jahren, finde ich.«

Madame Odiles Geschnatter klang, als käme es aus dem Raum nebenan, dabei stand die Hotelbesitzerin direkt neben ihr. Claires Sinne reagierten wie kurz nach einer Narkosespritze. Sie fröstelte, die Umgebung verlor an Farbe. Ihr Gesichtsfeld schrumpfte auf die Größe eines Suppentellers zusammen, in dessen Zentrum ein blonder, großer Mann in Hawaiihemd und Sandalen über den Gehweg auf das *Le Bateâu* zuschlenderte. Die Hände tief in den Hosentaschen seiner Shorts vergraben, kickte er Kieselsteine über das Pflaster und pfiff dabei fröhlich vor sich hin.

Claire rang nach Luft, doch die kam nicht dorthin, wo sie hinsollte, ihre Lunge orgelte wie ein Blasebalg mit einem riesigen Loch darin. Da unten lief ihr Chef. Und er … Sie riss die Augen auf, als er mit den Fingern schnippte und sich nach einem

Ausfallschritt schwungvoll im Kreis drehte. *Sebastian Hellwig tanzte.*

»Gwenaelle? Alles okay?« Nicolas klang besorgt.

Doch da war Claires Rattanstuhl längst auf die weiß lackierten Holzbohlen gepoltert. »Entschuldigt mich bitte, aber ich muss weg. Ein dringender… Termin. Hab ich völlig vergessen«, stammelte sie. Und dann tat sie das, was sie eigentlich nicht mehr hatte tun wollen. Sie rannte davon.

Acht

Es war verdammt gefährlich, und wahrscheinlich würde sie sich den Hals brechen. Vielleicht auch nur ein Bein oder den Arm, wobei Letzteres vermutlich das größere Übel wäre, sofern es der rechte war. Argwöhnisch blinzelte Claire die morsch aussehende Leiter hinauf. Die Dachluke, zu der sie führte, war winzig, wie gemacht für einen Kobold. Oder für *père Noël*, der mit den Weihnachtsgeschenken überall hineinkam, wie Maelys immer behauptet hatte. Claire rüttelte prüfend an den Holmen und setzte den Fuß auf die erste Sprosse.

Sie hatte keine Wahl. Seit drei Tagen versuchte sie, ihr Mobiltelefon in ein Funknetz einzuspeisen, im Haus, im Hof, sogar die Dünen war sie hinaufgeklettert – vergeblich. Das gesprungene Display zeigte unverdrossen den einen flackernden Balken an, zu wenig zum Telefonieren, zu viel, um die Hoffnung ganz aufzugeben. Es war, als ob die Zivilisation kurz hinter dem Straßenschild von Moguériec aufgehört hätte zu existieren – sofern man überhaupt von Zivilisation sprechen konnte. Es gab in Moguériec ja nicht mal einen vernünftigen Supermarkt, von einem Festnetztelefon im Hause Durant ganz zu schweigen, seit Maman den Apparat kurz nach Papas Tod aus der Wand gerissen hatte, weil sie all die Beileidsbekundungen nicht mehr ertrug. Offenbar war das Telefon nie ersetzt worden. Wozu auch?

Claire richtete den Blick auf den kreisförmigen Himmelsausschnitt und kletterte hinauf. Oben angekommen, drückte sie gegen das spinnwebenblinde Bullauge, streckte zuerst den Kopf und dann den Arm samt Telefon hinaus.

Ein Balken.

Noch eine Sprosse, die Stiege unter ihr wackelte. Sie spannte die Muskeln an und schob den Oberkörper durch die Öffnung, wie einen Faden durchs Nadelöhr. Misstrauisch musterte sie die feucht glänzenden Dachschindeln und hielt das Handy den Wolken entgegen.

Zwei Balken, die eine vage Möglichkeit bedeuteten.

Blind drückte sie die Wahlwiederholungstaste und presste den Hörer ans Ohr, während irgendwo da unten das Wasser zurückkehrte. Die Schaumkronenflut brandete an den Felsen wie ein übermütiges Schulkind, das nach Hause kam und den Tornister in die Ecke feuerte.

»*Âllo, oui?*«, knarzte es undeutlich. Es klang, als wohnte ihre Tante auf dem Mond.

»Valérie, endlich!« Sie musste schreien, gegen den Wind, das Meer, gegen die Angst, nicht gehört zu werden. Am liebsten würde sie Valérie sofort von ihrer *misère* berichten und den guten Rat einholen, den ihre Tante zweifellos auf Lager hatte. Doch zunächst galt es, Existenzielles zu klären. »Ist auf der Vernissage alles glatt gelaufen? Hast du …?«

»Gwen!« Ihre Tante klang aufgeregt. »Gut, dass du … ich muss … unfass… unbedingt …«

»Warte, Valérie. Die Verbindung ist so schlecht, ich verstehe dich kaum!«

»… dachte, ich traue meinen Augen nicht … aber dann habe ich sofort … Gwen? Hörst du mich?«

Stille. Bestürzt starrte Claire auf das erloschene Display, im nächsten Moment fegte eine Windbö über das Dach und riss ihr das Telefon aus der Hand. Ungläubig sah sie zu, wie es über die nassglänzenden Schindeln rutschte, abwärts, immer schneller, ein kleines schwarzes Rechteck auf seiner letzten Schlittenfahrt. Sekunden später ertönte das splitternde Geräusch, mit dem Claires einzige Verbindung zur Außenwelt auf den Terrassensteinen zerschellte.

»*Merde.*« Geflüstert, nicht hinausgebrüllt, so sehr war ihr Valéries Attitüde, die Schimpfwörter verabscheute, in Fleisch und Blut übergegangen.

Claire schloss die Augen, ballte die Fäuste und öffnete sie wieder. Mit zitternden Knien trat sie den Rückweg an und stöhnte gleichermaßen verzweifelt wie erleichtert auf, als ihre Füße den sicheren Bretterboden berührten. Sie sank auf eine der Holzkisten und fragte sich wohl zum hundertsten Mal, wie sie nur in diese Klemmmühle hatte hineingeraten können.

Seit fast achtundvierzig Stunden saß sie nun schon in diesem Haus fest, traute sich weder an den Strand noch ins Dorf, aus Angst, ihrem Chef zu begegnen, der sich ausgerechnet Moguériec als Urlaubsort ausgesucht hatte – woran sie höchstwahrscheinlich selbst schuld war. Dieser verflixte Bretagne-Katalog! Hätte sie ihn doch bloß direkt geschreddert und im Gespräch mit Hellwig nicht auch noch lautstark ihr Heimatdorf erwähnt, als ob es der schrecklichste Ort von ganz Frankreich sei. Sie hätte wissen müssen, dass sie damit erst recht seine Neugierde weckte.

Durch die geöffnete Dachbodenklappe drang Geschirrklappern herauf, eines der wenigen Geräusche, das von Zeit zu Zeit die Kuchenduftstille an diesem Ort durchbrach, gefolgt von Türenknallen und dem Poltern von Clogs, die sich öfter entfernten als näherten.

Maelys. Problem Nummer zwei.

O ja, sie hatte versucht, zu ihr durchzudringen, fast ebenso oft, wie sie ihr Schicksal verflucht hatte. Doch ihre Schwester schien vollkommen immun gegen jeden Annäherungsversuch zu sein. Nichts entlockte dem zart gebräunten Gesicht mit den von Natur aus spöttischen Brauen eine Reaktion. Es half weder direkte Ansprache noch Claires berüchtigter Welpenblick, der das taube Mädchen früher immer zum Lachen gebracht hatte. Die gelben Klebezettel-Pardons, die Claire abends auf den Küchenschränken verteilte, waren morgens verschwunden, und wenn sie es schaffte, dass Maelys sie überhaupt einmal ansah, verloren sich ihre Porzellanaugen in Claires Dekolleté, als ob dort eine Ameise herumkrabbelte.

Sie seufzte, malte ein Herz auf den staubigen Truhendeckel und verwischte es gleich wieder. Nicolas war bereits zweimal hier gewesen und unverrichteter Dinge wieder gefahren, weil sie es nicht über sich gebracht hatte, ihm die Tür zu öffnen. Nicht nur, dass seine Nähe sie verwirrte, ihr fiel einfach keine plausible Erklärung für ihre kopflose Flucht aus dem *Le Bateâu* ein. Anlügen mochte sie ihn nicht, und die Wahrheit warf nicht gerade ein gutes Licht auf sie – auf Claire, die eigentlich Gwenaelle hieß und sich unter Vorspiegelung falscher Tatsachen die Karriereleiter hochgeschummelt hatte. Womit sich der Kreis ihres Gedankenkarussells schloss: Nicht auszudenken, wenn sie Hellwig über den Weg liefe, der sie keinesfalls mit diesem gottverlassenen Nest in Verbindung bringen durfte. Ihr Chef würde sie im Leben nicht mehr ernst nehmen, wenn er erfuhr, aus welch ärmlichen Verhältnissen sie stammte. Außerdem würde er sie feuern, weil sie ihn wegen Paris belogen hatte. Ihre Karriere konnte sie in diesem Fall ohnehin vergessen, denn wenn kleine Lügen aufflogen, dauerte es nicht lange, bis die großen ebenfalls ans Tageslicht drängten. Eine der unumstößlichen Regeln des Lebens, wie sie von Tante Valérie gelernt hatte.

Unten schepperte es, die Backofentür wurde aufgerissen und kurz darauf wieder zugeknallt. Claire erhob sich und straffte die Schultern. Sie würde sich nicht entmutigen lassen, bloß weil sie knietief in eine Schlammpfütze geraten war. *O non!* Eine Claire Durant trug in jeder Lebenslage Gummistiefel und würde damit immer und jederzeit aus dem Matsch waten. Es galt nur, einen Schritt nach dem nächsten zu tun: das Versprechen einlösen, das sie Maman gegeben hatte, und diese drei Wochen durchstehen, ohne Hellwig über den Weg zu laufen. Sie würde sich ein Prepaid-Handy besorgen, Valérie kontaktieren, den Artikel über die Vernissage schreiben und nächsten Monat in Berlin vor dem Vorstand glänzen. Wenn sie erst einmal in ihrer eigenen Redaktion saß, würde sie über das hier herzlich lachen.

Entschlossen steuerte Claire die Dachbodenklappe an. Auf zum nächsten Versuch, der Fremden in der Küche irgendetwas zu entlocken, das über eine zornige Finsterbraue hinausging. Selbst wenn sie Maelys eine Ohrfeige verpassen musste, was sie bislang nicht in Betracht gezogen hatte. Sie blieb stehen und verspürte plötzlich einen scharfen, längst vergessenen Schmerz in der Brust.

Der alte Eichenholzschrank hatte früher im Elternschlafzimmer gestanden. Papa hatte ihn auf dem Flohmarkt in Roscoff gekauft, *für ehrliche 200 Francs und keinen Centime mehr*, wie er später immer wieder stolz verkündete. Er hatte das gute Stück abgeschliffen, gewachst und poliert, monatelang. *Wegen der Intarsien und weil man schöne Dinge mit Liebe behandeln muss.* Zärtlich fuhr sie mit dem Finger über den schuppigen Fischschwanz einer Meerjungfrau. Ein leichter Druck genügte und die Tür, die zu Mamans Verdruss nie richtig geschlossen hatte, öffnete sich.

Zu Claires Enttäuschung war der Schrank leer, bis auf einige Kartonagen, die sich bei näherem Hinsehen als Sammelmappen entpuppten. Neugierig angelte sie nach der ersten, die von der ständigen Feuchtigkeit schon ganz verformt war. Sie erkannte die bunten Kinderbilder darin sofort, vor allem das verwaschene Aquamarinblau, das bis heute auf Valéries Wohnzimmerteppich zu sehen war.

Sie öffnete eine Mappe nach der nächsten, blätterte zunehmend fasziniert darin herum. Aus den groben Strichen der ungeübten Kinderhand waren im Laufe der Jahre feine Linien geworden, Bäume hatten Äste und Blätter getrieben, aus Wiesen sprossen zarte Gräser und Blüten. Der Mond spiegelte sich im Wasser, das milchige, perspektivisch korrekte Kreise bis zum Ufer zog. Zu den Landschaftsbildern gesellten sich Stillleben mit Obstschalen und Milchkrügen, ein schlafender Hund unter einer Holzbank, deren Original vor dem Haus stand. Claire pfiff leise. Die Bilder waren gut. Sehr gut sogar.

Die letzte Sammelmappe war kleiner und neuer als die anderen. Sie enthielt Bleistift- und Kohlezeichnungen, die … Claire hielt den Atem an. Nur um sich zu vergewissern, hielt sie eine der Zeichnungen gegen das Licht, ließ das Blatt sinken und lauschte auf die ungehaltenen Geräusche, die ihre Schwester zwei Stockwerke tiefer von sich gab.

Es konnte funktionieren, wenn sie es geschickt anstellte. Claire lächelte in sich hinein. Vielleicht hatte sie gerade den Schlüssel gefunden, mit dem sie zu Maelys vordringen konnte.

Sie betrat die Küche auf Zehenspitzen, wohl wissend, dass Maelys imstande war, die kleinste Erschütterung zu spüren. Lautlos rutschte Claire auf die Eckbank, legte die schwarze Mappe vor sich auf den Tisch und lehnte sich zurück, den Blick abwartend auf den Rücken ihrer Schwester gerichtet.

Viel hatte sie in den letzten vier Tagen nicht gerade über Maelys erfahren, aber nun fiel ihr auf, wie gelöst und geschmeidig ihre Schwester sich bewegte, wenn sie sich unbeobachtet fühlte. Wusste sie dagegen eine andere Person in der Nähe, verschüttete sie Mehl, zerbrach Schüsseln und war auf eine gezielte

Art und Weise tollpatschig, die Claire an Sarkozy erinnerte. War das etwa das Geheimnis ihrer angeblichen Hilflosigkeit, die Maman so sehr betont hatte? Dass sie sie nur ... spielte?

Das zweite Rätsel, das Maelys ihr aufgab, war der komische Backwahn, dem sie verfallen war. Jeden Tag zog sie einen neuen duftenden Butterkuchen aus dem Ofenrohr, der oft noch am selben Abend kaum angerührt im Mülleimer landete. Weiß der Teufel, warum, aber ihre *gâteaux bretonnes* schienen in ihren Augen ebenso misslungen wie Claires unbeholfene Kommunikationsversuche.

Auch heute stand auf der Arbeitsplatte ein appetitlich aussehendes Exemplar der bretonischen Spezialität, die Maelys nun kritisch beäugte. Mit zwei Fingern prüfte sie die Konsistenz der goldbraunen Kruste und schob die Form brummend beiseite. Claire legte die Stirn in Falten. Ein bisschen verrückt war sie ja schon, ihre kleine Schwester. Ein weiteres Indiz, das sie jedoch gehörig an Mamans Behauptung zweifeln ließ, dass Maelys nicht alleine zurechtkam, war der minutiös durchgetaktete Tag ihrer Schwester, der stets einem geordneten Ablauf folgte.

Lange bevor Claire aufstand, verließ sie das Haus und kehrte um Punkt halb elf in ihrer Strandfischermontur mit einigen Einkäufen im Bollerwagen zurück, um den Postbotenjungen mit einer Tasse *café* abzufangen. Schweigend nahm sie die Wurfsendungen entgegen, die nicht durch den Türschlitz passten, sah Pierre beim Trinken zu und verabschiedete sich von ihm mit einem keuschen Wangenkuss, der die pickeligen Postbotenwangen erröten ließ. Es wäre süß gewesen, hätte die Szene nicht jedes Mal wie ein steifes Fünf-Minuten-Theaterstück gewirkt, das sich in der Manier von *Und täglich grüßt das Murmeltier* wiederholte.

Danach brachte Maelys das Haus auf Vordermann, kehrte um die Tische und Stühle herum, als ob sie Mäuse jagte, und schrubbte auf Knien die Holzdielen, bis sie vor Seifenschmiere ganz matt waren. Mittags aß sie eine Suppe oder einen Salat, ehe sie zum Räucherschuppen hinüberging und sich mit Handschuhen und Eimerchen bewaffnet in den Garten begab, um ihm jene unermüdliche Pflege angedeihen zu lassen, der kein Unkraut standhielt. Gegen Nachmittag zog sie sich in ihr Zimmer zurück und tauchte erst wieder in der Küche auf, wenn es Zeit fürs Abendessen war, um beim obligatorischen Baguette mit Camembert stumm kauend durch den unwillkommenen Gast hindurchzusehen.

Claire hielt den Atem an, als Maelys sich zu ihr umdrehte und dabei wie zufällig mit dem Ellbogen eine Tasse umstieß. Dass es Absicht war, lag auf der Hand. Claire kniff die Augen zusammen. Wie auch immer, sie war nicht Maman, die vermutlich nur allzu dankbar auf dieses Bedürftigentheater hereinfiel, das sie von ihren eigenen Unzulänglichkeiten ablenkte. Diesmal würde ihre Schwester sie nicht ignorieren, dafür würde sie sorgen.

Ohne der hektischen Wischerei Beachtung zu schenken, die Maelys auf der Arbeitsplatte veranstaltete, schob sie die Mappe über den Tisch und tippte auf den Kartondeckel, so lange, bis ihre Schwester den Kopf hob.

»Das hier habe ich auf dem Dachboden gefunden.« Sie sprach langsam und deutlich, ohne die Finger zu benutzen. Maelys war schon immer klüger gewesen, als sie zugab, und Claire war sich sicher, dass sie das Lippenlesen nicht verlernt hatte.

Der zierliche Körper, der in der übergroßen Latzhose immerzu in Bewegung schien, versteinerte. Erst nach mehreren schnaufenden Atemzügen löste Maelys ihre Porzellanaugen von Claires Mund und betrachtete die Mappe mit einem Blick, als wäre sie ein gefährliches Paket, das jederzeit explodieren könnte. Ihre Lippen öffneten und schlossen sich, doch

Claire hatte die Bewegung kommen sehen, mit der ihre Schwester nach dem Hefter greifen wollte. Blitzschnell zog sie an dem Schleifenband und die Zeichenblätter rutschten heraus.

Die oberste Skizze zeigte einen bärtigen Mann mit weichen Gesichtszügen. Er hatte einen leichten Silberblick, den man nur bemerkte, wenn man aufmerksam hinsah oder Armel Durant gekannt hatte. Es war nur ein Porträt von etlichen anderen, von Papa, Maman und Maelys selbst, die nun kreuz und quer auf dem Tisch lagen wie herausgerissene Seiten eines Familienalbums. Nur Claire galt kein einziger Bleistiftstrich, weder hier noch in den Mappen auf dem Dachboden. Es machte sie traurig, aber darauf kam es jetzt nicht an.

Maelys gab einen Laut von sich, der erste seit vier Tagen. Ein hoher, langgezogener Ton, der wie ein schlecht geöltes Türscharnier klang.

»Sie sind wunderschön«, sagte Claire, froh darüber, dass Maelys die Ergriffenheit in ihrer Stimme nicht hörte, und tippte auf eine Zeichnung. Maman im Unterkleid, rauchend am Fenster. »Und nicht nur das. Deine Bilder … ich kenne mich mit so was aus, sie sind richtig gut. Du könntest viel Geld damit verdienen«. Claire beugte sich beschwörend vor und fuhr in Gebärdensprache fort: »Ich verstehe nicht, warum du nicht mehr daraus machst. Wieso sitzt du hier in diesem Haus herum und vergeudest dein Talent?«

Maelys knetete ihre Finger, während Claire dem Nachhall ihrer eigenen Worte lauschte. Ausgesprochen statt gedacht klangen die Sätze anmaßend, mehr nach einem Vorwurf als dem Kompliment, das sie eigentlich hatte machen wollen.

Zu ihrem Entsetzen bemerkte sie, wie die wundervollen Augen ihrer Schwester zuerst stumpf und dann glasig wurden. Kurz darauf liefen Tränen über ihre Wangen, doch statt sie fortzuwischen, wie es jeder andere normale Mensch täte, hob sie den Kopf und sah Claire direkt und so lange an, bis diese beschämt die Augen niederschlug.

Schließlich wandte Maelys sich von ihr ab, ging zur Anrichte an der Fensterseite, öffnete eine Schublade und kehrte mit einem Bleistift zurück. Ihre schlanke Hand verharrte sekundenlang in der Luft, ehe sie sich senkte und etwas auf Papas Gesicht malte – das gleiche traurige Strichgesicht, das sie vor vielen Jahren auf einem schmutzigen Abteilfenster zurückgelassen hatte.

Missmutig zog Claire die Haustür hinter sich zu und schielte zum Räucherschuppen hinüber, in dem es lautstark schepperte und rumste. Ihr Plan war nicht aufgegangen. Das hieß, aufgegangen war er irgendwie schon, nur war sie jetzt weiter als je zuvor von einer Versöhnung mit ihrer Schwester entfernt.

Wenig später flog die Holztür auf, und Maelys stiefelte in Richtung Gemüsegarten, eine Harke in der behandschuhten Hand. Claire überlegte, ob sie ihr folgen und einen zweiten Versuch wagen sollte, verwarf den Gedanken jedoch gleich wieder. Maelys sah aus, als wollte sie jemanden töten, und Claire hatte keine Lust, in die engere Wahl zu kommen.

Kurz entschlossen kehrte sie ins Haus zurück, um ihre Strickjacke und den Autoschlüssel zu holen. Drei Tage in diesem Haus, und sie glaubte zu ersticken. Sie musste dringend unter Leute, selbst wenn sie Gefahr lief, Hellwig im Dorf zu begegnen. Aber derart gehässig konnte das Schicksal doch wohl kaum sein, dass es sie nicht einmal unbehelligt einen Kaffee trinken ließ. Und falls der Chef ihr dennoch über den Weg tanzen sollte …

»Wer sagt denn, dass er dich erkennt, wenn du dafür sorgst, dass dem nicht so ist?«, sagte Valérie irgendwo im Schatten des Flurs.

Claire blieb stehen und betrachtete ihr Gesicht in dem angelaufenen Garderobenspiegel. Furchtbar sah sie aus, blass und abgespannt. Halbherzig versuchte sie, ihre Haare zu glätten, die sich in der feuchten Luft kräuselten. Wenn sie genauer darüber nachdachte, wäre eine schicke Kurzhaarfrisur nicht nur eine notwendige, sondern vor allem eine nützliche Maßnahme. Ein trotziges Lächeln erschien auf ihren Lippen, als sie die Sonnenbrille aufsetzte. Höchste Zeit, Marie-Jeanne kennenzulernen.

»Das können Sie vergessen, *mademoiselle*.« Die dunkelhaarige Frau schüttelte entschieden den Kopf und rollte den klapprigen Frisierwagen beiseite, als wolle sie ihn verstecken. »Kommt nicht in Frage.«

»Wie meinen Sie das, es kommt nicht in Frage?« Claire war pikiert. »Ich möchte aber ...«

»Möchten Sie nicht.«

»Hören Sie, Madame Prigent ... Marie-Jeanne«, verbesserte Claire sich rasch, als die Friseurin die Stirn runzelte. »Ich glaube nicht, dass es Sie etwas angeht, was ich mit meinen Haaren ...« Sie brach verwirrt ab. Obwohl Marie-Jeanne kaum älter war als Claire, war die Bretonin furchterregend. Fast ebenso furchterregend wie der Lippenstift auf ihrem Mund, der sich soeben zu einem auberginefarbenen Strich zusammenpresste.

»Sie will, dass ich sie abschneide«, sagte Marie-Jeanne laut und drehte sich um.

Claire merkte, wie sie erbleichte. Das muntere Geplauder im Salon war verstummt, als hätte jemand am Filmset die Synchronklappe geschlagen, gefühlte einhundert Augenpaare bohrten sich in ihren Hinterkopf, obwohl nur eine Handvoll Menschen in dem ehemaligen Tante-Emma-Laden saßen.

Unter normalen Umständen hätte Claire sich gewiss über die Situation lustig gemacht, wäre nicht sie selbst das Brathühnchen auf dem Präsentierteller gewesen, neugierig beäugt von zwei schachspielenden Alten und ein paar Frauen in Mamans Alter, die bei einer Platte Patisserien über eine gewisse Amélie tratschten, die garantiert nicht anwesend war.

Marie-Jeanne stemmte die Hände in die Hüften und betrachtete die Kunden wie eine Schauspielerin ihr Publikum. »Was sagst du dazu, Jean-Luc?«, fragte sie und deutete mit dem Kinn auf Claire, die sich auf dem Frisierstuhl fühlte, als hätte sie ein Nadelkissen unter dem Popo.

Der Angesprochene, ein hagerer Mann mit Ebbestirn und Backenbart, den Claire vage mit den tristen Meerlandschaftsgemälden im *Le Bateâu* in Verbindung brachte, verschob eine Figur auf dem Brett. »Wär traurig. Sehr traurig. Bin dagegen«, murmelte er und setzte ein verdrießliches »*Échec au roi* – Schach dem König«, hinterher, das nicht so klang, als würde er gerne gewinnen.

Die Friseurin nickte. »Darice, Armella, Veronique?«

»Aber nein«, »Wie kann sie nur?«, »Ein Jammer«, »Ich würde für solche Haare sterben!«, schallten die Antworten unisono aus der Patisserienecke herüber.

Claire verdrehte die Augen.

»Da haben Sie's. Alle sagen Nein.« Marie-Jeanne schnippte zufrieden mit den Fingern. Der Nagellack passend zum Lippenstift. Diese Frau machte offenbar keine halben Sachen.

»Es ist mir total *wurst*, was Ihre Kunden sagen«, entfuhr es ihr auf Deutsch, woraufhin die Friseurin sie verständnislos anglotzte. Claire wedelte mit der Hand, als hätte sie sich an Marie-Jeannes Glätteisen verbrannt. »Ich meine, es ist mir egal. Die Haare müssen ab, und zwar *tout à fait*. Ganz.«

Marie-Jeanne verzog keine Miene, sondern versetzte dem Frisierwägelchen erneut einen Schubs, woraufhin es folgsam davonrollte, bis es gegen den Zeitungsständer prallte.

Kaffee, Kuchen, Zeitschriften, Lottoscheine und Zigaretten. Neben der Bedientheke standen Waschpulver im Sonderangebot und ein Plastikkorb mit Flip-Flops in verschiedenen Größen. Das Einzige, das Marie-Jeanne nicht verkaufte, waren Telefone, wie sie Claire auf ihre hoffnungsvolle Nachfrage hin mitgeteilt hatte. Wahrscheinlich würde sie auch nicht zu ihrer Kurzhaarfrisur kommen, wenn sie sich nicht schleunigst etwas einfallen ließ.

Resigniert sah Claire aus dem Fenster. Der Marktplatz briet in der prallen Mittagssonne, während der Wind gelangweilt die bunten Hafenfestbanner schüttelte. Im Schatten der alten Dorfplatane spielten ein paar Männer mit aufgekrempelten Hemdsärmeln und Hosenbeinen eine Partie Boule, Luik und Emil waren auch dabei.

Emil. Zuerst hatte er kein Wort herausgebracht, sich stattdessen ein Tränchen der Rührung aus den trüb gewordenen Augen gewischt und irgendwann nach Maman gefragt.

»*Très bien* – alles gut«, hatte ihre bemüht fröhliche Antwort gelautet, wie man eben so antwortete, wenn ein fremd gewordener Mensch einen unerlaubt umarmte. Zweifellos hatte der alte Freund ihres Vaters um die Lüge gewusst und ihren steifen Körper umso fester an die enorme Wölbung unter dem Baumwollhemd gedrückt, das tröstlich nach Tabak und Salzwasser roch.

»Mein Problem ist … Ich kann nicht anders«, sagte Claire leise zu der Friseurin, die noch immer ihre Haare musterte, als sollte sie einem lieb gewonnenen Haustier das Fell über die Ohren ziehen.

Im Grunde war die Bretonin nicht schwer einzuschätzen. Ein *verre d'eau*, genau wie die Empfangssekretärin Barbara Rose, allerdings ohne Katzenbrosche. Stattdessen trug Marie-Jeanne an jedem Finger einen Ring, von denen keiner ein Ehering war, ihr Jeansrock war für bretonische Verhältnisse zu kurz und das Top für alle anderen Verhältnisse zu tief ausgeschnitten. Diese nackten Tatsachen und die Blicke, die sie nach draußen warf, sobald ein Mann unter sechzig am Salon vorbeischlenderte, genügten Claire, um zu wissen, was zu tun war.

»Es ist wegen eines Mannes.« Claire ließ ihre Worte ein paar Sekunden wirken, ehe sie ein flehentliches »Bitte!« hinterherschob. Tante Valérie wäre stolz auf sie gewesen.

Marie-Jeannes Kiefer bewegte sich. Sie blinzelte ein paarmal, der Busen unter dem pinkfarbenen Top erzitterte. Schließlich zog sie wortlos Kamm und Schere aus der Gürteltasche.

»*Bon.* Haben wir hier ein Ich-brauche-einen-Neuanfang-Problem oder handelt es sich eher um eine Er-soll-mich-bloß-nicht-erkennen-Angelegenheit?«, fragte sie sachlich.

Mit klopfendem Herzen lehnte sich Claire in dem Frisierstuhl zurück. »So gesehen … beides«, antwortete sie atemlos und erlaubte sich ein winziges Lächeln.

So falsch hatte Marie-Jeanne mit ihren Bedenken nicht gelegen. Als Claire eine Stunde später an einem der Bistrotische vor dem Salon saß, hatte sie haselnussbraunes Haar, das auf Höhe der Ohrläppchen endete, und verweinte Augen, die sie hinter ihrer Sonnenbrille versteckte.

Die Frisur war *très chic* und machte sie jünger, wie ihr Marie-Jeanne mit Trauermiene versicherte, nachdem sie die langen roten Strähnen zusammengekehrt und fortgetragen hatte. Trotzdem brauchte Claire zwei Gläser Crémant, um sich wenigstens halbwegs mit der Frau anzufreunden, die ihr aus dem Spiegel entgegengeblickt hatte. Eine durchaus hübsche Fremde mit dramatisch gezupften Brauen und auberginefarbenem Lippenstift. Marie-Jeannes Idee, nicht ihre.

Immerhin hatte ihr die Opfergabe an das Schicksal zu vier neuen Freundinnen verholfen, die gebannt der unerhörten Geschichte von ihrem Verflossenen gelauscht hatten. Claire hatte sie sich eigentlich nur ausgedacht, um sich von dem ernüchternden Schnappgeräusch der Schere abzulenken, aber … Natürlich handelte es sich um einen imaginären Exfreund, der sie zuerst nach Strich und Faden betrogen und danach wochen-, nein, monatelang auf Schritt und Tritt verfolgt hatte. Dass sie seinetwegen sogar aus Berlin geflüchtet war, klang selbst in ihren Ohren etwas überzogen, hatte jedoch eine befriedigende Mischung aus Entsetzen und Mitgefühl auf die Gesichter ihrer neuen Freundinnen gezaubert.

Beim dritten Glas kam ihr kurz der Gedanke, dass es nicht ganz so ideal war, als Marie-Jeanne die Geschichte den Männern vom Boule-Platz erzählte, die sich auf einen Cidre und ein paar selbstgedrehte Zigaretten zu ihnen gesellt hatten. Aber da war ihre Zunge schon zu schwer, und sie fühlte sich nicht dazu imstande, die Sache aufzuklären. Abgelenkt war sie auch, weil ihr auffiel, dass Emil humpelte und im Gehen das Gesicht verzog wie Tante Valérie, wenn sie ihre Rheumatabletten vergessen hatte.

»Wenn ich den Kerl in die Finger kriege, dann gnade ihm Gott.«

Luik trank einen langen Schluck Cidre und knallte den emaillierten Becher auf den Tisch. Er rülpste, was Claire zum Kichern brachte und ihm eine Kopfnuss von Emil einhandelte.

»Benimm dich, Junge. Es sind Damen anwesend«, brummte der Alte und rutschte ächzend auf einen Klappstuhl. »Obwohl du recht hast. Solche Leute darf man nicht aus den Augen lassen. Mach dir keine Sorgen, Gwenaelle, wir passen gut auf dich auf.«

Claire lächelte und schloss die Augen, genoss die angenehme Taubheit in den Gliedern, den ungewohnten Windhauch im Nacken. Vermutlich lag es am Alkohol, aber auf einmal fand sie es gar nicht mehr so schlimm, hier zu sein. Es war sogar richtig … nett.

Die Tischgesellschaft hatte sich derweil längst anderen Gesprächsthemen zugewandt. Das Hafenfest war das Großereignis, das die Bewohner von Moguériec beschäftigte. Claire erinnerte sich nur zu gut daran, wie Maman und Papa vor dem *fest-noz* tagelang im Schuppen gewerkelt und zentnerweise Makrelen und Sardinen geräuchert hatten. In sämtliche Kleider, in die Haare, durch das ganze Haus war der Algenrauch gezogen und Claire war regelmäßig davon übel geworden. Später, als der Räucherschuppen längst nicht mehr seiner ursprünglichen Bestimmung diente, hatte sie den Geruch hingegen schmerzlich vermisst.

»Was ist mit deinem Bein passiert, Emil?« Versonnen betrachtete Claire ihr Glas, das Marie-Jeanne soeben zum vierten Mal mit Crémant auffüllte, obwohl sie um ein Glas Wasser gebeten hatte.

»*L'eau, c'est pour les vaches* – Wasser ist für die Kühe«, war der Kommentar der Friseurin dazu gewesen.

Sie würde den Wagen stehen lassen und nach Hause laufen müssen.

Und wenn schon. Es schadete nicht, wenn sie Maelys ein wenig gelöster gegenübertrat.

»*Locker, nicht sternhagelvoll, Mademoiselle*«, wies Valérie sie zurecht. »*Eine Pariserin genießt das Leben, aber sie weiß stets, wann es an der Zeit ist aufzuhören.*«

Trotzig setzte Claire das Glas an die Lippen.

»Das mit dem Knie war meine Schuld.« Luik schielte zu seinem Kollegen hinüber.

»Blödsinn«, murmelte Emil.

»Nee, nee. Das ist schon wahr. Hätte ich mich beim Vertäuen nicht so blöd angestellt und an die Fender gedacht, wärst du nicht hingefallen und zwischen das Boot und die Kaimauer geraten.«

»Es war ein Unfall. Das kann passieren, wenn man diesen Job macht. So wie andere Dinge auch.« Emil warf Claire einen Seitenblick zu.

»Ich hab's aber wieder gutgemacht.« Luik tippte stolz auf seine Augenklappe. »Du hast wegen mir ein kaputtes Bein, und ich hab wegen dir ein kaputtes Auge.« Seine Miene hellte sich auf, als habe er eine spontane Eingebung. »Damit sind wir quitt, Emil.«

»Sind wir das, Luik?«

»Etwa nicht?«

»*Mon Dieu, messieurs*«, Marie-Jeanne verdrehte die Augen zum Himmel, »wie oft müssen wir uns das noch anhören? Verschont doch wenigstens unseren Gast mit dieser Leier.«

Luik lachte. »Gwenaelle? Die ist doch kein Gast. Das ist Armels Tochter. Die aus Paris. Ist heimgekommen, damit sie am Wochenende gegen Emil und mich beim Boule verlieren kann.«

»Nein, Luik, da hast du was falsch verstanden. Nicolas und ich werden den Wettbewerb gewinnen.« Claire streckte ihm die Zunge heraus.

»Nicolas Le Galloudec? Ach, wie spannend. Sie sind also Armel Durants ältere Tochter, ja?« Marie-Jeanne musterte Claire mit neu entfachtem Interesse. Schwer zu sagen, ob Nicolas der Grund dafür war oder die Tatsache, dass Claire die Tochter des legendären Gewerkschaftsführers war.

Claires Herz klopfte schneller, aber nicht so schnell wie sonst, wenn Papas Name fiel. Irgendwie passte die Erinnerung an ihn hier an diesen Tisch, wo die Männer Cidre aus Steingutschalen tranken und Sardinen von Papptellern aßen. »Ich *war* Armel Durants ältere Tochter. Mein Vater ist tot.«

»Guter Mann. Ist alles traurig. Sehr traurig«, murmelte jemand in ihrem Rücken, ehe sie Gelegenheit erhielt, ihre Worte zu bereuen. Verblüfft sah sie Jean-Luc hinterher, der mit hängendem Cordhosenboden über den Marktplatz davonschlurfte, das Spielbrett unter dem tätowierten Arm.

»Er hat eine Depression. Soll eine weitverbreitete Sache unter Leuchtturmwärtern sein«, sagte Luik nachdenklich, was mit einem gewichtigen allgemeinen Nicken quittiert wurde. »Aber seit er malt, scheint's ihm besser zu gehen.«

Kurzes, andächtiges Schweigen, ehe Emil das Wort ergriff.

»Dein Vater war jedenfalls der Beste von uns allen.«

Wieder Emils Hand, die auf ihre kroch wie ein braunes Tier mit ledriger Haut, dazu Luiks arglose Kinderaugen, die so wohltuend freundlich in die Welt blickten.

Sie hatte ganz vergessen, wie es sich anfühlte, wenn man an einem Ort heimisch war.

»Hab gehört, der alte Armel war ein ziemlich guter Boule-Spieler«, sagte Luik grinsend. »Seine Tochter locht dagegen nicht mal 'ne Billardkugel ein, selbst wenn sie direkt vor der Tasche liegt.«

»Pass auf, was du sagst, *fanfaron* – Angeber.« Claire hob den Finger, aber die spöttische Entgegnung blieb ihr im Hals stecken.

Sie ließ die Hand sinken und war schlagartig nüchtern.

Nicolas schlenderte über den Sandplatz auf den Salon zu. Er war nicht allein.

Neun

»*Merde alors*«, hauchte Claire, rutschte instinktiv tiefer in den Klappstuhl und schob die Sonnenbrille nach oben. Hektisch wühlte sie in ihrer Schultertasche, ohne zu wissen, was sie suchte. Zu ihrem Entsetzen kamen die beiden plaudernden Männer zielstrebig näher. Das durfte doch nicht wahr sein. Was zum Teufel hatte ausgerechnet Nicolas mit Sebastian Hellwig zu schaffen?

Claire fluchte vor sich hin und kramte weiter in der Tasche, betend, die beiden würden … Aber sie machten keine Anstalten stehen zu bleiben. *Au secours* – Hilfe.

Luik beugte sich irritiert zu ihr herüber. »Hab ich dich vorhin mit der Billard-Bemerkung beleidigt? Das wollte ich nicht.«

»Wenn man vom Teufel spricht«, gurrte Marie-Jeanne neben ihr und schlug grazil die Beine übereinander.

Der ohnehin schon sehr kurze Rock rutschte nach oben und zeigte den spitzenbesetzten Saum ihrer halterlosen Strümpfe. Luik hielt hörbar den Atem an, Claire schloss ergeben die Augen.

»*Salut*, Marie-Jeanne«, ertönte Nicolas' sanfte Stimme, die Claire, ob sie wollte oder nicht, einen Schauer über die Oberarme jagte, aber mit seiner beunruhigenden Wirkung auf ihre Hormone würde sie sich später beschäftigen müssen.

Widerwillig ließ Claire die Tasche zu Boden gleiten. Wenn sie sich aufführte wie eine Verrückte, zog sie erst recht die Aufmerksamkeit auf sich. Sie hob den Kopf, ein ungezwungenes

Lächeln rutschte auf ihre Lippen. Nur Luik musterte sie argwöhnisch, doch damit konnte sie leben.

»*Salut*, Nicolas. Schön, dich zu sehen.« Ihre Stimme klang wie eine Möhrenraspel, wofür sie sehr dankbar war.

Falls Nicolas überrascht war, sie hier anzutreffen, ließ er es sich nicht anmerken. Er schien auch nicht beleidigt zu sein, weil sie ihn neulich sitzengelassen hatte. Gott, sie hatte tatsächlich ein schlechtes Gewissen, obwohl sie schon hunderte von Kerlen versetzt hatte.

»Gwenaelle«, sagte Nicolas gedehnt und versenkte seinen Blick in ihrem. »Du hast dich in kundige Hände begeben. *Très chic, ma crevette.*«

»*Merci*«, murmelte Claire, darum bemüht, nicht allzu offensichtlich zu ihrem Chef zu schielen, während Nicolas gepuderte Frauenwangen küsste und Männerschultern klopfte.

Bisher schien Sebastian Hellwig sie nicht erkannt zu haben, obwohl er die Tischgesellschaft vor dem Salon eingehend musterte, neugierig, jedoch ohne aufdringlich zu wirken. Es versetzte ihr trotzdem einen seltsamen Stich, als sein Blick ein paar Sekunden länger als nötig auf Marie-Jeannes Beinen verweilte. In diesem Moment lachte Nicolas besonders laut auf und winkte Hellwig heran, wie es ein generöser Hausherr mit einem ungeladenen Gast tut.

Claire schrumpfte auf ihrem Stuhl zusammen und fixierte die bauchige Cidre-Karaffe auf dem Tisch. Türkisgrünes, dickes Glas, in dem sich das Sonnenlicht spiegelte. Jetzt kam es darauf an. *Rien ne va plus* – nichts geht mehr. Aber Hellwigs Augen glitten erneut über sie hinweg.

»Das ist Monsieur Hellwig, Emil. Er möchte gerne eine echte Küstenfischereitour buchen, und Madame Odile hat ihm gesagt, er sei bei uns genau richtig«, erklärte Nicolas und haute seinem Begleiter jovial auf den Rücken. Der lächelte daraufhin leicht gequält, als sei ihm die Situation nicht ganz geheuer. »Er fährt morgen früh mit euch raus.«

Claire grinste in sich hinein. Davon abgesehen, dass Hellwig garantiert kaum ein Wort verstanden hatte, wusste sie, wie sehr er derartiges Kumpelgetue unter Männern hasste. Blieb nur zu hoffen, dass Nicolas sie nicht bat zu dolmetschen. Allein der Gedanke ließ sie nach ihrem Glas greifen, das Marie-Jeanne pflichtbewusst ein weiteres Mal nachgefüllt hatte.

»Alors, tchin-tchin – *also Prost!*«, kicherte Valérie. »*Möge das Spiel beginnen.*«

Hellwig schien nicht der Einzige zu sein, dem diese Show unangenehm war. Emil drehte sich gemächlich eine Zigarette aus einem torfähnlichen Tabak, der sicher nicht ganz unschuldig an seinen verfärbten Zähnen war, ließ sich von Luik Feuer geben und blies eine träge Rauchfahne in Nicolas' Richtung.

»Wenn du meinst, dass der Monsieur bei uns richtig ist, dann wird es wohl so sein.« Er wechselte mit Luik einen Blick, der so ziemlich alles bedeuten konnte, und raffte sich zu einem halben Nicken in Hellwigs Richtung auf.

Nicolas lachte. Claire setzte sich auf und spitzte die Ohren. Dieses Lachen kannte sie. Betont unbekümmert und zugleich voll unterdrücktem Zorn. Unzählige Male hatte sie es gehört, wenn Nicolas in den Dunstkreis seines Vaters geraten war, und der alte *amiral* wie gewohnt keinen Hehl aus seiner Verachtung für den Sohn gemacht hatte, den er für einen Schwächling hielt.

»*Bon*, dann ist ja alles klar.« Nicolas erklärte Hellwig auf Englisch, er solle sich bei Tagesanbruch am Hafen einfinden und wie sehr sich die Fischer über sein Interesse an ihrer Arbeit freuten. Die Küstenfischerei sei ein jahrhundertealtes, traditionelles … Blabla.

Claire entschlüpfte ein Schnauben. Nicolas benahm sich wie ein Teppichverkäufer, zudem log er. Emil und Luik freuten sich kein bisschen und am liebsten hätte sie Hellwig vor dieser Bootstour gewarnt, die alles andere als eine amüsante Ausflugsfahrt werden würde. Warum schickte Nicolas ihn nicht mit den anderen Touristen auf die nachmittägliche Butterkuchenfahrt?

Weil Sebastian Hellwig in allem, was er tut, die Herausforderung sucht. Natürlich. Wahrscheinlich zahlte er sogar gern den Batzen Geld, den Nicolas ihm zweifellos dafür aus der Tasche leierte. Sie krallte die Finger in die Armlehne. Es war nicht ihr Geschäft *et basta.*

Obwohl Marie-Jeanne und die anderen Damen unbekümmert durcheinanderplapperten, schien Hellwig den Stimmungswechsel am Tisch zu spüren. Nachdenklich sah er zwischen dem schweigenden Emil und dem aufgedreht wirkenden Nicolas hin und her und trat unmerklich einen Schritt zurück, als wolle er sich einen Gesamteindruck verschaffen. Erneut huschte sein Blick über sie hinweg, doch diesmal ließ irgendetwas seine Augen zu ihr zurückkehren.

Er trug einen Dreitagebart. Blond, fast weiß an den Spitzen, schoss es ihr durch den Kopf. Claire atmete flach und zwang ihren Puls nach unten. Sie wusste, dass Hellwig ihre Augen hinter den verspiegelten Gläsern nicht sehen konnte, dennoch meinte sie, einen Anflug von Erkennen in den vertrauten Zügen auszumachen. Aber er nickte ihr nur kurz zu. Dann verabschiedete er sich mit einem Händedruck von Nicolas und einem höflichen »*Merci, au revoir*« von den anderen Anwesenden, die ihn kaum beachteten. Außer Marie-Jeanne, die ihm kokett zublinzelte. Zielstrebig und aufrecht ging er davon, als trüge er einen Maßanzug, keine Schlabbershorts und auch nicht dieses hässliche Hemd, mit dem sich jeder andere Mann lächerlich machen würde.

Wie gebannt folgte Claire mit den Augen seinem Rücken die Straße hinunter. Als er mit den Markisen zu einem bunten

Farbfleck verschwommen war, hätte sie vor Erleichterung am liebsten losgeheult, gleichzeitig war ihr bewusst, dass sie kein zweites Mal in eine derart brenzlige Situation geraten durfte. Sie musste sich mehr einfallen lassen als eine neue Frisur und ein bisschen Farbe auf den Lippen. Am liebsten wäre ihr, Hellwig würde aus Moguériec verschwinden, nur wie sollte sie das anstellen? Sie konnte ihren Chef wohl kaum davonjagen lassen wie einen Verbrecher.

»*Wieso eigentlich nicht?*«, warf Valérie ein. »*Die Idee ist brillant, sie könnte glatt von mir sein.*«

Claires Blick blieb an Luiks Ringelshirt hängen. Es hatte Waschlöcher am Kragen und auf der Brust prangte eine kulinarische Landkarte aus Soßenflecken und Krümeln.

Nein, die Idee ist verrückt, nicht brillant.

»Mach mal Platz, Kumpel, damit ich mich zu unserer Hübschen setzen kann.« Nicolas tippte Luik auf die Schulter.

»Wie du siehst, ist der Stuhl neben Gwenaelle bereits besetzt, *monsieur le chef*. Wie wäre es, wenn du dir einen eigenen holst?«, sagte Emil ruhig.

»Geht schon in Ordnung«, fuhr Luik verlegen dazwischen und erhob sich. »Ich wollte sowieso gerade gehen.« Er suchte Marie-Jeannes Gesicht, fand aber nur ihre Schenkel. »Ich … äh … zahlen bitte.«

»Setz dich wieder hin, Luik.«

»Aber Emil, ich …«

»Ich sagte, setz dich, Junge.«

Ja, die Idee ist verrückt. Aber sie konnte funktionieren. Claire stand so schnell auf, dass ihr Stuhl umkippte, die Wörter bröselten aus ihrem Mund, als hätte sie ein viel zu großes Stück von Maelys' *gâteau breton* hineingeschoben.

»Emil? Luik? Kann ich euch mal kurz alleine sprechen?«

Sie war noch immer ein wenig benommen vom Alkohol, und das Schnurren des Motors und die behäbig schaukelnde Karosserie hätten sie bestimmt schläfrig gemacht, wäre sie nicht so aufgekratzt gewesen. Alles würde gut werden. Zumindest fühlte es sich so an.

»Danke, dass du mich nach Hause fährst.« Es amüsierte sie, dass sie sich anhörte wie Nicolas, wenn er mit diesem Kaugummiakzent redete, den er aus Amerika mitgebracht hatte. Schon komisch. Sie hatte keine Ahnung, was sie über diesen neuen, den erwachsenen Nicolas denken sollte. Noch viel weniger wusste sie, was das für ein Gefühl war, das sie für ihn empfand und das vielleicht nur einer idealisierten Erinnerung entsprang.

»Nicht dafür.« Nicolas nickte ihr zu und konzentrierte sich wieder auf den Schotterweg, der definitiv zu schmal für den Sportwagen war.

Claire lehnte sich zurück und schaute aus dem Beifahrerfenster. Es war spät geworden, später, als ihr Zeitgefühl ihr vorgegaukelt hatte. Eine Illusion, die ihr nun von der Abendsonne genommen wurde, die dem Strandhafer Kupferspitzen malte und das Heidekraut am Wegesrand vergoldete. Der Wind war weich wie Puder und bog die Halme meerwärts, als verneigten sie sich vor dem zurückkehrenden Wasser.

»Ich habe völlig verdrängt, wie schön es hier ist«, murmelte sie und stellte erstaunt fest, dass sie es tatsächlich so meinte.

Nicolas sagte nichts. Er war insgesamt sehr schweigsam, auch schon vorhin, auf dem wackeligen Holzstuhl, den er demonstrativ zwischen Luiks und Claires verwaiste Klappstühle gestellt hatte, während sie gemeinsam mit den beiden Fischern ihr Chefproblem löste. Sie wusste nicht, ob sie tatsächlich die optimale Lösung gefunden hatten, räumte jedoch ein, dass Hellwig ihr ein klitzekleines bisschen leidtat.

»Alles in Ordnung mit dir?«, fragte Claire, die es schon früher nicht ertragen hatte, wenn Nicolas verstimmt war. Er hatte diese besondere Art, zornig zu sein, äußerlich kaum spürbar, während sich in seinem Innern die Gefühle zu einem Knetklumpen der Empfindungslosigkeit zusammendrückten, den er manchmal tagelang nicht mehr auseinanderbekam. Dann war er steif, leer und unnahbar, sogar jenen Menschen gegenüber, die ihn nicht für eine Niete hielten.

»Die Frage ist wohl eher, ob mit dir alles okay ist.«

Er fuhr nicht bis zum Haus vor, sondern parkte die Corvette hinter Claires Mietwagen in der Haltebucht. Nach kurzem Zögern stellte er den Motor aus und wandte sich ihr zu, schob die Sonnenbrille ins Haar und stützte den Unterarm auf das Lenkrad. Er hätte für einen Modefotografen posieren können mit dem geöffneten Hemdkragen, der gebräunten Haut, dem Lächeln, das sämtliche Frauenherzen höherschlagen lassen musste. Auch ihres, wie sie erstaunt bemerkte.

»Wieso sollte etwas mit mir sein?« Instinktiv wich sie seinem Blick aus, der sich daraufhin in ihrer neuen Frisur verheddert.

»Na ja, du wirkst ein wenig kopflos auf mich.« Er grinste über seinen eigenen Witz, merkte aber, dass sie ihn nicht besonders lustig fand, und wurde sofort wieder ernst.

Es wäre ein guter Moment für ein Stückchen Wahrheit gewesen, schließlich war er Nicolas. *Ihr* Nicolas – und auch wieder nicht. Ihr Nicolas hätte gefragt, statt sie wortlos an sich zu ziehen, in der Gewissheit, dass sie nicht zurückweichen würde. Nicht zurückweichen *konnte*, denn sie klemmte in dem ergonomischen Beifahrersitz wie ein Huhn in der Legebatterie. Für ein wenig Bewegungsfreiheit hätte sie schon aussteigen müssen, was ihr jedoch albern vorgekommen wäre.

Nicolas' Atem roch nach Pfefferminze und seine Lippen schmeckten salzig. Er küsste gut, sanft und trotzdem fordernd, und dieser Kuss war mit dem unbeholfenen Versuch des damals

Dreizehnjährigen nicht zu vergleichen, der ihr seine schlaffe Zunge in den Mund gesteckt hatte, bevor sie bis drei zählen konnte. Danach hatten sie verlegen zu ihren johlenden Mitschülern am Ufer geschaut, Claire hatte seinen Kopf unter Wasser gedrückt und war lachend weggeschwommen.

Heute lachte keiner von ihnen und das, was sie da taten, war auch nicht auf eine verlorene Wette zurückzuführen. Claires Körper reagierte instinktiv auf seine Lippen, die unbeirrt ihren Hals herabglitten. Sie rückte näher an ihn heran, es war so lange her, seit sie das letzte Mal erregt gewesen war. Nur ihre Gedanken schwammen wie grellbunte Bojen auf der Oberfläche ihres Bewusstseins und hinderten sie daran, sich von den Berührungen davontragen zu lassen, was sie ein wenig irritierte. Gut, es irritierte sie gewaltig.

»Ich habe dich vermisst«, murmelte er in ihr Haar, scheu, als sei er unsicher, wie sie reagieren würde. Seine Hände sprachen jedoch die Sprache eines Mannes, der ziemlich genau wusste, was er tat, und der keine Angst vor einem Korb hatte.

Claire versteifte sich. Es passte nicht zusammen. Nicolas passte nicht zusammen. Andauernd weckte er in ihr das Gefühl, in ein Paar Schuhe schlüpfen zu wollen, von denen der linke entweder zu klein oder zu groß war. Vielleicht war sie tatsächlich zu überwältigt von all den Bildern aus ihrer gemeinsamen Kindheit, was ihr den klaren Blick auf das Jetzt trübte. Claire drehte den Kopf zur Seite und rutschte auf ihren Sitz zurück.

»Es ist wegen Maelys«, sagte sie atemlos und reichlich aus dem Zusammenhang gerissen, aber es war eine wahrheitsgetreue Antwort auf die Frage, die er vorhin gestellt hatte. Ihre Schwester war bestimmt einer der Gründe, weshalb sie derzeit ein wenig neben sich stand. Gleich nach Sebastian Hellwig, der sich ausgerechnet ihr Heimatdorf als Feriendomizil ausgesucht hatte.

»Maelys?« Unwillig löste Nicolas den Blick von ihrem Dekolleté. »Was ist mit ihr?«

»Genau das würde ich auch gerne wissen.« Hilflos hob Claire die Hände. »Sie ist wie eine kleine Forelle. Kaum komme ich in ihre Reichweite, schwimmt sie auch schon davon. Sie sieht mich nicht an, sie spricht nicht mit mir, sie hat keine einzige verflixte Gebärde für mich übrig. Das macht mich wahnsinnig.«

Nicolas sah sie schweigend an. Schließlich drückte er die Knie durch, stemmte sich aus dem Sitz und zog ein zerknautschtes Zigarettenpäckchen aus der Hosentasche.

»Ich finde, Reden wird überbewertet«, sagte er zwei genussvolle Lungenzüge später und machte ein Gesicht, als ob er gerade eine komplizierte mathematische Formel hergeleitet hätte.

»Das ist nicht ernsthaft deine Antwort.«

»Was möchtest du denn hören?«

»Ich hatte gehofft ...« Stotternd suchte Claire nach Worten und lief rot an, weil es ihr peinlich war. Schließlich sollte sie Maelys besser kennen als jeder andere. Aber dieser Zug hatte den Pariser Bahnhof bereits im Juli 1998 verlassen.

»Du hast meine Schwester bestimmt öfter gesehen als ich in der letzten Zeit«, sagte sie schließlich resigniert. »Gibt es etwas, das ich wissen müsste? Habe ich vielleicht ... irgendein Puzzleteil übersehen?«

»Du meinst, außer der Tatsache, dass du von heute auf morgen aus ihrem Leben verschwunden bist?« Seine Antwort kam schnell und klang, als habe er sie gar nicht geben wollen.

Er war verletzt.

Heißes, verdrängtes Schuldbewusstsein schoss ihr durch die Glieder. Offensichtlich hatte sie auf besagtem Bahnhof einen riesigen Scherbenhaufen verursacht, dessen Splitter bis nach Moguériec geflogen waren. Die Erkenntnis tat weh.

»Es tut mir leid, ich hätte dir wenigstens schreiben sollen«, erwiderte sie leise. Wieder folgte ein stummer Moment, der zäh wie Honig auf die Armatur mit dem glänzenden Corvette-Emblem tropfte.

»Wir sind jetzt hier, oder? Besser spät als nie, allein das zählt.« Nicolas küsste sie erneut, aber dieser Kuss war ihr zu fordernd, als dass sie ihn hätte genießen können. Er fühlte sich an wie eine Brandmarkung, und sie empfand sofort einen heftigen Widerwillen dagegen, das Kälbchen zu sein.

»Darauf habe ich all die Jahre gewartet, *ma crevette*. Ich konnte dich nicht vergessen. Nie.«

Claire schaute ihn überrascht an. Zumindest einen Vorwurf oder Bitterkeit hätte sie erwartet, stattdessen schenkten ihr seine Worte eine fast vergessene, nach Pfefferminze duftende Liebeserklärung.

Obwohl sie eigentlich geschmeichelt sein sollte, verengte sich ihr Brustkorb. Zuerst der Kuss, jetzt das. Sie kam nicht gut mit den Besitzansprüchen der Männer klar, und bis auf Jan, der noch freiheitsliebender war als sie selbst, war kaum einer länger als bis nach dem Frühstück geblieben. Nicolas' Geständnis warf ein unerwartetes Problem auf, das sie derzeit nicht brauchen konnte. Egal, was ihr Unterleib dazu meinte.

»Ouuu. Ich … ich kann das nicht, Nicolas. Nicht jetzt. Gib mir bitte etwas Zeit.« Sachte entzog sie ihm die Hand, legte sie in den Schoß und betrachtete sie wie ein Körperteil, das nicht zu ihr gehörte.

Nicolas bemerkte nicht, wie unangenehm ihr die Situation war und wie sehr seine Liebeserklärung sie aus der Bahn geworfen hatte. Er strich ihr zärtlich über die Wange, zog ein letztes Mal an der Zigarette und schnippte den Filter in die Dünen.

»Auf ein paar Tage mehr oder weniger kommt es mir nun wirklich nicht mehr an«, sagte er trocken und startete den Motor, als sei damit alles besprochen. »Und was deine Schwester betrifft ... Ich meine es genau so, wie ich es gesagt habe. Reden wird überbewertet. Ich würde an Maelys' Stelle auf Taten warten. Auf überzeugende Taten.«

Konzentriert lenkte er den Wagen zurück auf den Schotterweg und steuerte im Schritttempo das Steinhaus an.

»Was mich angeht, riskiere es nicht, allzu lange zu warten.« Er zupfte an seinem Hemdkragen, wieder ganz der selbstbewusste Unternehmer. »Ich bin ein verdammt guter Fang, und da draußen gibt es einen Haufen hübscher Fischerinnen, die nur auf ihre Chance warten.«

»Gott bewahre. Ich hasse diese Frauen mit ihren Doppel-D-Angeln jetzt schon«, kicherte Claire und versetzte ihm einen Rippenstoß. Ein ungelenker Versuch, die kindliche Unbeschwertheit zwischen ihnen wiederherzustellen, was nicht wirklich gelang.

»Morgen gegen Mittag hole ich dich zu einem Strandpicknick ab, und wenn es sein muss, nehmen wir deine Schwester mit. Schadet vermutlich nicht, wenn das verdrehte Ding mal was anderes sieht als Schwertmuscheln und Unkraut«, rief Nicolas gegen das Bärenbrummen der Corvette an, nachdem Claire ausgestiegen war.

Maelys saß mit baumelnden Füßen auf der Steinmauer und starrte finster zu ihnen herüber. Als sie auf Nicolas' lässiges Winken nicht reagierte, zuckte er mit den Schultern und ließ die Sonnenbrille auf die Nase fallen wie ein Rennfahrer, der das Visier seines Helms herunterklappt. Ohne die Antwort auf seine Einladung abzuwarten brauste er davon.

Mit einem belustigten Lächeln drehte Claire sich zur Mauer um, doch von der zierlichen Gestalt, die gerade noch dort gehockt hatte, war weit und breit nichts mehr zu sehen.

Reden wird überbewertet. Reden. Wird. Überbewertet.

Selbst nach der zehnten Wiederholung klang der Satz wie eine von diesen *Carpe-diem*-Binsenweisheiten, die Tante Valérie bei jeder sich bietenden Gelegenheit aus ihrem Rabenfederhut zauberte. Eigentlich verabscheute Claire derartige Plattitüden, trotzdem sprach sie die Wörter vor sich hin wie ein Mantra, während sie auf der Suche nach einer Eingebung durchs Haus ging.

Im Wohnzimmer pflückte sie ein gelbes Post-it mit einem lachenden Smiley vom Sideboard. Ein weiteres ungehörtes »Pardon« von ihr, das Maelys wohl beim Aufräumen übersehen hatte. Es war sehr ordentlich hier, beinahe pedantisch, ansonsten hatte sich in dem Raum nichts verändert. Die Tapete war noch dieselbe. Das Sofa auch, obwohl Maman den geblümten Bezug, den sie über etliche Winter hinweg mit Papas *chocolat chaud* bekleckert hatten, durch einen neuen ersetzt hatte. Er strahlte in aufdringlichem Maigrün, das im Chor mit den passenden Blümchenkissen *»Sei fröhlich!«* schrie – wenn man sich traute hinzusehen.

Claire wandte sich schaudernd ab und ging in die Küche, wo die Abendsonne durch das Westfenster hereinfiel und die Kupfertöpfe und Pfannen wie riesige Klangschalen aufleuchten ließ. Der Anblick löste ein schwer zu erklärendes Gefühl in ihr aus, dabei handelte es sich nur um eine gewöhnliche Küche, wie man sie in jedem bretonischen Haus fand. Es gab einen Gasherd und auf den Arbeitsflächen waren allerlei Kochutensilien aufgereiht, die auch tatsächlich benutzt wurden. Stellenweise blätterte der Lack von den Schränken ab, und die Messingknäufe an den Schubladen waren blank gerieben, weil schon so viele kleine und große Hände an ihnen gezogen hatten.

Sie trat ans Fenster und wischte mit einem Schmunzeln über den Mehlstaubfilm auf dem Rahmen. Ein Päckchen Zucker, Eier sowie eine Schüssel mit Salzbutter, die sich in der Hitze zu einem dottergelben Klumpen verformt hatte, warteten griffbereit vor dem Sims wie bei anderen Leuten das Frühstücksmüsli.

In der Spüle fand sie eine benutzte Backform, der in Ungnade gefallene Inhalt lag wie vermutet im Mülleimer.

Das Gesicht ihrer Schwester tauchte so unvermittelt vor Claires geistigem Auge auf, dass sich ihr Puls beschleunigte. Die pudrigen Spuren auf Maelys' Stirn und an den Schläfen, manchmal sogar in den Haaren, die sie beim Backen gedankenlos zurückstrich. Das ständige Blinzeln, weil Mehlkörnchen zwischen den Wimpern klebten. Und die grimmige Entschlossenheit, mit der sie rührte, knetete und den Kuchen in den Ofen schob. Als wollte sie die ganze Welt ins Fegefeuer schicken.

»Merke dir Folgendes: Wenn du zukünftig einen Menschen auf deine Seite ziehen möchtest, dann sieh ihn dir vorher genau an. Der entscheidende Hinweis findet sich immer an ihm selbst«, hörte sie Valérie in schulmeisterlichem Ton sagen.

Mit schmalen Augen musterte Claire die Küchenwaage und das aufgeschlagene Schulheft daneben. Die Seite war voller Fettflecke, in der ersten Zeile stand in der schnörkeligen Handschrift ihrer Schwester *gâteau breton*. Früher hatte Claire Papas Lieblingskuchen oft zusammen mit Maman gebacken, während Maelys wie eine brabbelnde Küchenschabe zwischen ihren Beinen herumgerobbt war. Was auf der Zutatenliste fehlte, erkannte sie auf den ersten Blick, und ohne lange zu überlegen, griff Claire nach der Mehlpackung. Dann würde eben sie den Kuchen für Maelys backen, und er würde genauso schmecken wie der, mit dem ihre damals zwanzigjährige Mutter dem Küstenfischer Armel Durant einen Antrag gemacht hatte. Einen Heiratsantrag nach alter bretonischer Tradition.

»Ich hab ihr ja gleich gesagt, dass Reden vollkommen überbewertet wird«, meldete sich Nicolas in ihrem Kopf und zeigte der imaginären Valérie den erhobenen Daumen.

Claire rollte mit den Augen und kippte das Mehl in die Waagschale.

Es überraschte sie nicht, dass sie Maelys' Anwesenheit in der Küche erst bemerkte, als ein Schatten auf die mehlbestäubte Arbeitsplatte fiel. Ihre Schwester war schon immer gut im Anschleichen gewesen, nahezu perfekt.

Der Schatten verschwand. Kurz darauf hörte sie das Sauggeräusch der Kühlschranktür, ein Glas wurde auf dem Tisch abgestellt, Milch gluckerte beim Einschenken. Maelys trank immer ein Glas Milch nach getaner Arbeit, schon früher hatte sie sich nach den Schulaufgaben damit belohnt, als ob es ein geeigneter Ersatz für Schokolade wäre.

Unbeirrt fuhr Claire mit der mechanischen Bewegung fort, mit der sie den Teig zuerst faltete und dann über die Handballen knetete, genau wie Maman es ihr gezeigt hatte.

Maelys schlürfte leise, während sie trank, und Claire versuchte krampfhaft, das typische Kribbeln im Nacken zu ignorieren, das einen überkommt, wenn man beobachtet wird. Darin war Maelys ebenfalls immer schon perfekt gewesen, wie die verwilderte Nachbarskatze, die im Brombeerbusch auf unschuldige Spaziergängerwaden lauerte.

Ihre Geduld hielt an, bis sie tonlos bis dreißig gezählt hatte, doch auf dem Weg zur Fünfzig wurde das Kribbeln derart unerträglich, dass sie sich umdrehen musste.

Ihre Schwester lehnte am Esstisch, die Arme verschränkt, das leer getrunkene Glas locker in der Hand. In der erdverkrusteten Latzhose sah sie aus wie eine Sechzehnjährige, die gerade von einem Erziehungscamp zurückgekommen war, in dem man Kinder bäuchlings durch den Schlamm jagte, um sie Demut zu lehren. Addierte man jedoch das stolze Kinn und den kriegerischen Ausdruck in Maelys Augen hinzu, hinkte der Vergleich gewaltig. Demut gehörte sicher nicht zu den Tugenden, die man ihrer Schwester in diesem Leben noch beibrachte.

»Bringst du mir bitte den Clément aus dem Wohnzimmerschrank? Den hab ich ganz vergessen.« Claire wackelte wie ein Marionettenspieler mit den teigverschmierten Fingern in der Luft herum und hoffte, dass sie unbeholfen genug aussah, um Maelys' Hilfsbereitschaft zu wecken.

Die porzellanblauen Augen zuckten unentschlossen zu dem Teigklumpen und zurück in Claires Gesicht.

Immerhin habe ich ihre Aufmerksamkeit gewonnen.

Unbeirrt knetete Claire weiter und brachte es sogar fertig, dabei »*Sur le pont d'Avignon*« zu summen, was sie prompt an ihr zerstörtes Handy und das beunruhigende Telefonat mit Valérie erinnerte. Doch es ging hier um Maelys, sie durfte nicht nervös werden. Sie musste ruhig abwarten, wie sie es auch bei einem scheuen Tier täte, das sie aus einem Brombeerbusch locken woll… Eine kleine Mehlwolke stob auf, als die Rumflasche auf die Arbeitsplatte knallte. Maelys schob sich an ihre Seite und brachte den schwachen Duft von Zitrone und torfiger Erde mit. Misstrauisch beäugte ihre Schwester den rissigen Butterteigklumpen, der später einmal ein perfekter *gâteau breton* werden sollte.

Claire sah nicht auf. Stattdessen nickte sie und deutete mit Daumen und Zeigefinger die Höhe eines Schnapsglases an. Flink nahm Maelys ein Likörglas aus dem Oberschrank, füllte es zur Hälfte und wartete Claires wortlose Zustimmung ab, ehe sie die bernsteinfarbene Flüssigkeit vorsichtig in die Kuhle goss, die Claire mit der Faust in den Teig gedrückt hatte. Das vertraute Duftpotpourri aus Vanille, Orangenschale und Rum stieg Claire in die Nase, während sie den Alkohol rasch und konzentriert in den Teig knetete.

Mittlerweile war Maelys so dicht an sie herangerückt, dass sich ihre Schultern berührten. Sie schnupperte und gab einen trillernden Laut von sich, der Claire zum Lachen brachte. Sie klang immer noch wie ein Sandpfeifer auf Brautschau.

»Ja, das riecht gut«, sagte Claire und deutete auf das Nudel-holz. »Magst du ihn ausrollen? Für die Form?«, gebärdete sie.

Die Antwort war ein überraschtes Fingertippen auf die erd-verschmierte Hosenlatzbrust. *Wer? Ich?*

Endlich schaute ihre Schwester sie an, ohne durch sie hin-durchzusehen.

»Natürlich. Es ist dein Kuchen«, antwortete Claire leise und musterte die Schmutzränder unter Maelys' Fingernägeln, die vor Urzeiten wohl einmal türkis lackiert gewesen waren. »Wäre nur gut, wenn du dir vorher die Hände waschen würdest.«

Da lächelte Maelys sie zum ersten Mal an.

»Hast du einen Freund?«

Maelys malte die Frage so unvermittelt in die warme Nacht-luft, dass Claire vor Schreck beinahe von dem Holzbrett ge-rutscht wäre, das gerade so breit wie ein Küchenschemel war. Sonderlich viel konnte sie trotz Mond und sternklarem Him-mel nicht sehen, denn die kleine Öllampe auf dem Fenstersims erhellte nur den Radius einer Drehung mit ausgestreckten Ar-men. Das reichte jedoch aus, um Maelys' Gesicht zu sehen – und ihre Hände, die wie Fledermausschatten durch den Licht-kegel flatterten.

»Was ist los? Warum starrst du mich so an?«, fragten sie.

Wann hatte sie diese Hände das letzte Mal sprechen sehen? Oder aus Maelys' Mund das Kauderwelsch ihrer unmelodiösen Lautsprache vernommen? Claire schluckte, weil sie es ganz ge-nau wusste: Kurz vor Papas Tod.

»Ich ... du redest ja!«, antwortete sie, was in diesem Fall gar nicht so leicht war, denn sie benötigte beide Hände, um sich auf dem Brett zu halten.

Maelys verzog belustigt das Gesicht. »Du siehst aus, als ob dir schlecht wäre. Hast du etwa Angst hier oben?« Hätte es eine

Gebärde für einen ironischen Unterton gegeben, hätte sie diese garantiert an dieser Stelle benutzt.

Besorgt musterte Claire die Schindeln unter ihren nackten Füßen. Das Dach sah aus wie ein schwarz geschuppter Drachenrücken, der sich vor ihr im Dunkel verlor. Instinktiv presste sie den Rücken an die Hauswand und versuchte krampfhaft, nicht an die Steilklippe zu denken, die gleich hinter dem handtuchbreiten Grasstreifen abfiel. Hatten sie als Kinder wirklich stundenlang hier oben auf dem Dach gesessen? Waren gar auf dem Giebel herumbalanciert? Was, wenn sie den Halt verlor und … Furchtsam lauschte sie der Brandung. Es war gar nicht die Höhe, die ihr Angst einjagte. Es war das Wasser.

Es war immer das Wasser.

»Musst du kotzen?« Maelys lehnte sich zu ihr herüber und musterte interessiert ihr Gesicht, das bestimmt grün war. Grinsend hielt sie sich die Hand vor den Mund, machte ein Würgegeräusch und wollte sich vor Lachen darüber schier ausschütten.

»Sehr witzig«, buchstabierte Claire und fragte sich wohl zum zehnten Mal, weshalb sie der Einladung ihrer Schwester gefolgt war, mit aufs Dach zu kommen.

Sie war zu froh über Maelys' unerwartete Zutraulichkeit gewesen, der selbst der staubtrockene *gâteau breton* nichts mehr anhaben konnte, den sie viel zu lange im Ofen gelassen hatten, weil sie spontan noch ein paar Kekse gebacken hatten. *C'est la vie*, wie Valérie sagen würde, aber im Moment war ein verbrannter Kuchen ein eher zu vernachlässigendes Problem. Der nächtliche Höhenausflug stellte eine weit größere Herausforderung für Claire dar.

Hinaufzukommen war relativ einfach gewesen. Sie hatte die Pumps abgestreift und war an Maelys' Hand über die Heizung aufs Sims geklettert. Von da aus stiegen sie über den Fensterrahmen und krabbelten vorsichtig auf das glatt geschmirgelte Holzbrett, das Papa dort angeschraubt hatte, weil er seine Töchter sowieso nicht vom Dach fernhalten konnte. Aus Rücksicht auf Maman waren Balancieren, Hüpfen und Tanzen stets streng verboten gewesen, was die beiden Mädchen jedoch nie gekümmert hatte. Wie peinlich es war, dass sie neunzehn Jahre später nicht mehr wusste, wie sie von hier wieder herunterkommen sollte, ohne ins Meer zu fallen.

»Hast du nun einen Freund in Deutschland oder nicht?«

»Seit wann sprichst du wieder?«, entgegnete Claire heiser und tippte sich an die Lippen.

»Ich habe nie damit aufgehört.« Maelys warf ihr einen undefinierbaren Blick zu, der alles und nichts bedeuten konnte. Dann sah sie aufs Meer hinaus, wo der Mond das Wasser mit silbernen Glittersprenkeln versah. Es wäre wunderschön gewesen, hätte Claire den Ausblick genießen können.

»Nein, ich habe keinen Freund, aber einen Chef. Er heißt Sebastian Hellwig.« Sie hatte keine Ahnung, warum sie das sagte, aber es war das Erste, das ihr einfiel. »Außerdem habe ich einen Job, der mir sehr viel Spaß macht. Bei einer großen Gourmetzeitschrift«, setzte sie hinzu, der Form halber und damit ihre Schwester nicht auf falsche Gedanken kam.

»Ist dein Chef nett? Und hübsch?« Maelys sah sie neugierig an und strich sich mehrfach mit Daumen und Zeigefinger über die Wangen, die Gebärde für *hübsch*. »Ist er hübscher als Nicolas?«

Claire lachte auf. »Du bist ziemlich direkt.«

Maelys runzelte verständnislos die Stirn. Sie hatte noch nie ein Gespür dafür gehabt, welche Fragen man für gewöhnlich nicht stellte. Wie auch? In ihrer Welt waren Kopf, Herz und Mund ein Ganzes. Taktgefühl war etwas für Leute, die gelernt hatten, diese Dinge zu trennen.

»Hellwig sieht … recht passabel aus«, räumte Claire ein und bemerkte, dass sie feuchte Handflächen bekam. Bestimmt weil sie ein schlechtes Gewissen wegen Luik und Emil hatte. »Hast du denn einen Freund in Moguériec?«, fragte sie hastig, bevor sie anfing, darüber nachzugrübeln, in was sie ihren armen Chef da gerade hineinritt – obwohl sie betete, dass der Plan aufging.

»Ich mag Pierre.« Maelys umschlang beide Knie mit den Armen und machte ein versonnenes Gesicht.

»Pierre? Den Postboten?«

»Er ist nett. Ich mag nette Männer. Nicolas ist bloß hübsch, das ist langweilig.«

»Ich finde ihn eigentlich sehr nett.« *Sexy*, hätte sie beinahe gesagt und war ausnahmsweise froh über die Dunkelheit.

Maelys legte den Kopf schief, deutete zum Leuchtturm und über den Finger seines Lichtstrahls hinweg, der sich fast bis zum Horizont tastete. Ihr Lachen klang wie ein unsauber gestimmtes Instrument in der Hand eines Menschen, der nichts von Musik verstand. Umso überraschter war Claire über das, was sie kurz darauf aus Maelys' Gebärden herauslas.

»Ich glaube, Nicolas hat sein Herz in Amerika vergessen. Dafür hat er eine Menge anderer Sachen mitgebracht, die er gar nicht brauchen kann.«

»Nun … Menschen verändern sich, wenn sie fortgehen«, wandte Claire nach einer kurzen Pause behutsam ein. »Das heißt aber nicht, dass sie als schlechte Menschen zurückkommen.«

Maelys antwortete nicht sofort. »Du bist nicht fortgegangen. Nur weggeblieben«, sagte sie schließlich.

»Das stimmt.«

»Erst war ich traurig. Dann war ich wütend. Sehr lange.« Maelys buchstabierte langsam mit den Fingern, statt zu gebärden. Das hatte sie früher immer getan, wenn sie den Wörtern

Nachdruck verleihen wollte. Den letzten Satz artikulierte sie jedoch in Lautsprache, ohne die Hände zu benutzen. Ihre Stimme war überraschend klar und melodiös, gar nicht so monoton wie in Claires Erinnerung. »Ich war so allein.«

Claire spürte, wie ihr der Hals eng wurde. »Aber du hattest doch Maman.«

»Ich war so allein mit Maman«, wiederholte Maelys und sah sie mit ihren riesigen Porzellanaugen an, nicht vorwurfsvoll, nicht zornig oder traurig … einfach nur *Maelys*.

»Das tut mir schrecklich leid«, flüsterte Claire und tastete nach Maelys' Hand. »Ich habe irgendwie den Weg nach Hause verloren und … je länger ich damit gewartet habe zurückzukehren, desto komplizierter wurde es. Als ich schließlich nach Deutschland gegangen bin, war ich … Ich mache es wieder gut.« *Wenn das jemals möglich sein sollte.*

Es dauerte gefühlt mehrere Minuten, bis der erlösende Gegendruck von Maelys Fingern zurückkam. Erleichtert atmete sie aus und merkte erst jetzt, dass sie die Luft angehalten hatte.

»Wirst du wieder fortgehen?«

»Ich glaube schon.« Claire nickte. »Aber das bedeutet nicht, dass ich nicht mehr zurückkomme. Du könntest mich in Berlin besuchen. Irgendwann, wenn du … Lust darauf hast. Wir könnten shoppen gehen oder in einer coolen Bar einen Cocktail trinken. Berlin ist spannend.«

Maelys kniff die Augen zusammen und überlegte. »Okay«, buchstabierte sie schließlich, nicht sonderlich überzeugt, aber so tapfer wie damals das kleine Mädchen auf dem Bahnsteig. »Dann darfst du erst mal hierbleiben.«

Claires Brust weitete sich. Am liebsten hätte sie ihre kleine Schwester umarmt, die Stirn wie früher an die von Maelys gelegt und tröstend auf die sommersprossige Nase gepustet, auf der sich ein Sonnenbrand pellte.

Es gab so vieles, was sie ihrer Schwester gerne sagen würde, und noch mehr, was sie fragen wollte. Doch abgesehen von dem morschen Brett unter ihrem Hintern fürchtete Claire sich vor dem kleinsten Fehler, der das spinnwebzarte Band zwischen ihnen durchtrennen könnte. Daher gab sie Maelys nur einen Klaps auf den Unterarm und fasste sich in gespielter Übelkeit an die Kehle.

»Ouuu. Ich bleibe aber nur, wenn du ab sofort den Livarot von unserer Abendkarte streichst. Ich kann diesen stinkenden Käse nicht mehr sehen.«

Zehn

»*Verfolgt hat er sie. Tag und Nacht, monatelang hat er sich auf die Lauer gelegt, wie ein … wie heißen diese Verrückten doch gleich?*«

»*Meinst du etwa einen Stalker?*«

»*Genau. Das Wort hat sie benutzt. Stal-kär.*«

»*Aber das ist ja furchtbar.*«

»*Furchtbar, allerdings. Und jetzt spaziert dieser Kerl durch Moguériec und tut, als wäre er ein harmloser Tourist.*«

»*Mon Dieu, da will man die Kinder ja gar nicht mehr auf die Straße lassen.*«

»*Angeblich hat das Mädchen sogar eine Pistole gekauft.*«

»*Eine Pistole! Ist nicht dein Ernst.*«

»*Na, Marie-Jeanne muss es wissen, das arme Ding hat ihr die Geschichte schließlich selbst erzählt. Gestern im Salon, unter dem Siegel der Verschwiegenheit, versteht sich.*«

Claire traute ihren Ohren kaum. Fassungslos starrte sie auf den graugelockten Hinterkopf der Kundin vor ihr, die sich nun vorbeugte und gedämpft weiterzwitscherte, was jedoch keinen nennenswerten Unterschied machte. Die *petite épicerie* war so winzig, dass sie noch in der letzten Reihe zwischen Hundefutter und Damenbinden jedes Wort verstand.

»Man möchte meinen, das sei ein Fall für die Gendarmerie, aber Marie-Jeanne sagte, Gerard habe kaum von seinem Lambig aufgesehen, als sie ihn über die Sache informiert hat. Er hat wohl nur was von fehlenden Beweisen und bloß kein Aufhebens so kurz vorm Hafenfest gemurmelt und dann seelenruhig weitergesoffen. Wenn du mich fragst, hat der gute Gerard nicht nur ein Problem mit seiner Autorität, sondern auch mit dem Alkohol, aber das ist eine andere Geschichte, die dir seine arme Solenn erzählen könnte, wäre sie nicht vor zehn Jahren nach Rennes abgehauen.«

Die junge Kassiererin riss die Augen auf.

»Aber wir können so etwas doch nicht einfach unter den Teppich kehren. Wir müssen etwas tun«, flüsterte sie entsetzt, während Claire wie gelähmt auf die Wurstfinger starrte, die bunte Kekspackungen und Dosensuppen im Schneckentempo über den Kassenscanner zogen.

Die graue Kundin gab ein Lachen von sich, das perfekt zu der bösen Stiefmutter aus dem Märchen gepasst hätte, die Schneewittchen mit einem Apfel vergiftet hatte. »Oh, mach dir keine Sorgen, Linette. Emil und Luik haben die Sache längst in die Hand genommen. Dieser Kriminelle hat seit gestern nichts mehr zu lachen hier. Das ganze Dorf ist mobilisiert. Glaub mir, die Leute sind nicht zimperlich, wenn es um die Sicherheit unserer Mädchen geht. Soll unser *gendarme* ruhig im dunklen Teil des Frisiersalons hocken und heimlich seinen Apfelschnaps schlucken.«

Die beiden Frauen kicherten schadenfroh.

Das ganze Dorf ist mobilisiert. Claire wurde eiskalt. Sie betrachtete die Tüte *caramels au beurre salé* in ihrer Hand – die Bonbons aus Salzbutter und Karamell hatte sie als Kind pfundweise gelutscht – und wusste auf einmal nicht mehr, was sie damit machen wollte.

»Weißt du denn, wer das arme Mädchen ist?«, fragte die Kassiererin und ließ die Geldschublade aufspringen. »Das macht neunzehn Euro und achtundfünfzig Cent.«

»Marie-Jeanne sagte, es sei die ältere Durant-Tochter«, murmelte die Alte, während sie mit weitsichtigen Augen in ihrem Portemonnaie wühlte und die Münzen einzeln auf das Band zählte. »Du weißt schon, die Schwester von dem armen tauben Mädchen. Sie ist wohl vor ein paar Tagen aus Deutschland zurückgekommen. Ein feines Mitbringsel hat sie uns da aus ihrer neuen Heimat mitgebracht, aber ich sage dir, Linette, das Problem hat sich schneller gelöst, als deine Kasse rechnen kann. Gestern haben sie ein paar Burschen vom Fußballclub zusammengetrommelt ...« Mit einem befreiten Seufzen kramte sie das letzte Centstück heraus.

»Die Jungs haben sich doch hoffentlich nicht strafbar gemacht?« Die Kassiererin hob die kräftigen Brauen, die eigentlich in das Gesicht eines Mannes gehört hätten.

»Es ist nicht verboten zu singen, oder? Und wie das eben so ist, wenn die jungen Leute mal einen zu viel gehoben haben ... *Au clair de la lune*« die ganze Nacht, vor dem Le Bâteau, direkt unter seinem Fenster. Ich wette, der feine Herr hat kein Auge zugetan. Und weil ihnen langweilig beim Singen war, haben sie sich gleich noch sein Auto vorgenommen. Hat jetzt hübsche Schiffslackstreifen, sieht aus wie ein Zebra.« Die Alte zuckte mit den mageren Schultern. »Madame Odile soll fuchsteufelswild geworden sein, aber der gute Gerard war leider schon zu bezecht, um sein Diensttelefon zu hören. Marie-Jeannes Werk. Heute früh auf dem Heimweg hat unser fleißiger *gendarme* dem Zebra allerdings einen saftigen Strafzettel verpasst. Stand zufällig im Halteverbot. Ich sage den Leuten ja immer, sie sollen die Handbremse anziehen ... Bei den Windstärken hier rollt so ein Auto unter Umständen schneller über die Klippe, als die Salzbutter in der Pfanne schmilzt.«

Claire atmete so flach und schnell, dass sie glaubte, ohnmächtig zu werden. *Das ganze verfluchte Dorf.* Was hatte sie da bloß angerichtet?

»Und das ist noch lange nicht das Ende des Fahnenmasts, Linette.« Schnaufend zählte die Alte an ihren arthritischen Fingern ab. »Pierre vom Postamt zahlt seit gestern kein Bargeld mehr auf ausländische Kreditkarten aus, und Marie-Jeanne hat dafür gesorgt, dass der Deutsche in keinem Geschäft mehr bedient wird. Darice ist vorhin ins Le Bâteau rübergegangen, um Madame Odile etwas über ihren sauberen Gast zu erzählen, und die reagiert bekanntlich leicht verschnupft auf solche Geschichten, seit ihre Nolwenn letzten Sommer von diesem englischen Rucksacktouristen belästigt wurde. Glaub mir, das wird nicht nur der kürzeste, sondern auch der schrecklichste Urlaub seines Lebens.«

Maelys bog grinsend um die Ecke, einen Stapel Schokoladeneispackungen im Arm, den sie mit dem Kinn stützen musste.

»Hat Maman nie gekauft, weil es dick macht.« Triumphierend ließ sie ihre Beute auf das Kassenband fallen und deutete auf Claires Einkaufskorb. »Willst du die Sachen nicht aufs Band …?« Sie verstummte und sah Claire mit großen Augen an. »Was ist los? Du bist ja kreidebleich«, fragten ihre Hände.

Auch die beiden Frauen waren auf Claire aufmerksam geworden, die sich mit beiden Händen auf die Metallkante des Kassentischs stützte und die Karamellbonbons anstarrte, als wären sie winzige, in Goldpapier gewickelte Granaten.

»Ist alles in Ordnung mit Ihnen, Mademoiselle?«, fragte die Kassiererin freundlich, während die alte Frau sie neugierig musterte.

Ihr Blick verfing sich sekundenlang in Claires roten Pumps, glitt schließlich weiter zu Maelys, und auf einmal flackerte Erkennen in ihren Augen auf. Mitfühlend und beinahe verschwörerisch lächelte sie Claire an, als teilten sie ein Geheimnis. Das Geheimnis um rote, vergiftete Apfelbäckchen beispielsweise.

Ouuu, sie brauchte frische Luft. Sofort. Und sie musste dringend mit Luik und Emil… Die alte Frau zischte, bis sie Linettes Aufmerksamkeit erregte, und deutete unverhohlen mit dem Kinn auf die beiden Schwestern. Das genügte Claire als Initialzündung.

»Pardon, *mademoiselle*, aber wir haben es uns anders überlegt.« Kurzerhand stellte sie den Einkaufskorb auf den Dielenboden, der wie Schiffsplanken unter ihr schwankte, und schlug die Augen nieder, weil die Kassiererin sie nun mit offenem Mund anglotzte. Energisch schob sie die verblüffte Maelys vor sich her in Richtung Ausgang. Noch im Hinausstolpern hörte sie unter dem silberhellen Gebimmel der Türglocke das atemlose »*Ich schwöre dir, das war sie, Linette!*« im Rücken. Dann waren sie endlich draußen.

Der Hafenparkplatz zwischen dem *Le Bateâu* und den Fischhallen war hoffnungslos überfüllt. Entnervt drehte Claire zwei Runden an Wohnmobilen und mit Surfbrettern beladenen Autodächern vorbei, dann stellte sie den Wagen vor dem Toilettenhäuschen ab, ohne sich um die verdrießlichen Blicke der Touristen zu kümmern, die vor der blau-weiß gestreiften Tür mit der Werbeaufschrift des bretonischen Hemdenherstellers Armor Lux Schlange standen.

Maelys hatte sich während der kurzen Fahrt kaum gerührt, keine Fragen gestellt, keinerlei Unmut über das Schokoladeneis geäußert, das ihr entgangen war. Sie hatte ihr nur stumme Seitenblicke zugeworfen und einmal, als Claire ungeduldig auf die Hupe hämmerte, die Hand auf ihren Unterarm gelegt. Es war eine beschwichtigende Geste, die keine Erklärung verlangte, wofür Claire ihr dankbar war.

Während Maelys geschmeidig wie eine Katze vom Beifahrersitz glitt, gelang es Claire kaum auszusteigen, so sehr zitterten ihr die Knie. Sie wusste nicht, ob sie wütend war oder sich einfach nur vor dem fürchtete, was Luik und Emil angerichtet hatten. Aber eines war nach der erhellenden Unterhaltung in dem Tante-Emma-Laden klar: Sie musste diesen Irrsinn stoppen, ehe Hellwig zu Schaden kam.

Maelys trat an ihre Seite und sah sie abwartend an.

»Zu Luik und Emil«, beantwortete Claire die stumme Frage und blinzelte in den milchweißen Himmel, wo eine Möwenarmada kreiste, ein untrügliches Zeichen dafür, dass die Fischerboote zurück waren. *Das ganze Dorf ist mobilisiert.* Wieder schwappte eine Welle der Übelkeit durch sie hindurch und drehte ihr den Magen um.

Seite an Seite überquerten sie den Parkplatz und eilten zur Schranke am Ende der Hafenstraße, wo ein Wärter die Lieferwagen der Händler und Restaurantbetriebe abfertigte. Der glatzköpfige Mann winkte ihnen zu und senkte den Blick sofort wieder, um Abholscheine und Rechnungen zu prüfen und den Wartenden raschen Durchlass zu gewähren. Im Fischgeschäft musste alles schnell gehen, auf beiden Wegen, in die Auktionshalle hinein und wieder hinaus.

Es war ein komisches Gefühl, die Rampe zu betreten, die zum rückwärtigen Teil des grünen Wellblechgebäudes führte und die sie als Kind unzählige Male hinauf- und heruntergerannt war. Wie oft war sie in ihren Gummistiefeln auf den Planken ausgerutscht, hatte sich blutige Knie und einmal sogar eine Platzwunde am Kopf geholt. Langsamer war sie deswegen nie gelaufen, denn der Weg durch die Fischhalle war der kürzeste Weg zu den Anliegern.

Am Hintereingang drückten sie sich an einem Transporter vorbei, der von zwei Männern mit Plastikkisten beladen wurde. Die beiden arbeiteten schweigend und konzentriert gegen die Zeit und das schmelzende Eis an, in dem Lotte, Saint Pierre und Langusten ihre finale Reise in die Töpfe und Pfannen der Edelrestaurants antreten würden. In der Halle war es eiskalt, und es roch nach Fisch, jedoch weniger intensiv, als ein Tourist es vielleicht erwartete. Es war ein vertrauter Geruch, der Claire derart mit Erinnerungen überschwemmte, dass sie nach Luft schnappte wie die Seelachse, die mit purpurfarbenen Kiemen ihre letzten Atemzüge taten.

Maelys zog den Reißverschluss ihres Hoodies bis ans Kinn und Claire folgte ihrem Beispiel, während ihre Schwester sie in leichtfüßigem Trab durch das geschäftige Treiben zwischen den Palettengängen lotste, den Kopf gesenkt, als ob sie unsichtbaren Pfeilen auf dem schlüpfrigen Hallenboden folgte. Sie beachtete die Marktfrauen kaum, die mit geübten Handgriffen Fische ausnahmen, in Kisten sortierten und dabei über die Stände hinweg den neuesten Dorftratsch austauschten. Doch die neugierigen Blicke unter den Plastikhauben brannten wie Nadeln auf der Haut. Hier und da verstummte das fröhliche Geschnatter abrupt, weshalb Claire regelrecht erleichtert war, als sie endlich das Haupttor erreichten und in der schaulustigen Menge auf dem Quai untertauchen konnten.

Nicht nur die Touristen, sondern auch viele Einheimische kamen täglich hierher, um die Fischerboote zurückkehren zu sehen – vorneweg die Fischersfrauen, die die Boote ihrer Männer schon von weitem erkannten. Zu Claires Enttäuschung hatten sie das atemberaubende Schauspiel der Wellenmanöver verpasst, mit denen die Kutter geschickt die Riffe in der Hafeneinfahrt umschifften. Die bunten Boote lagen bereits Seite an Seite am Quai vertäut, und die Männer hatten begonnen, den Fang auszuladen.

Sie entdeckten Luik und Emil bei der letzten Boje am Ende der Mole, die fast bis auf Höhe des Leuchtturms auf dem gegenüberliegenden Steinwall reichte. Der Lärm aus Möwengeschrei, Kistenklappern und den gebellten Befehlen der Hafenarbeiter war ohrenbetäubend, weshalb Claire es nach einem halbherzigen Versuch aufgab, nach Luik zu rufen. War vermutlich besser so, ihr war sicherlich auf die Ferne anzusehen, wie wütend sie war. Umso härter traf sie der Ausdruck der reinen, ehrlichen Freude auf Luiks bärtigem Gesicht, als er sie bemerkte.

»Na, das ist ja ein Ding. Emil, guck mal, wer uns da besuchen kommt.« Er winkte heftig und vergaß wohl, dass er seine Hände gerade für etwas anderes benötigte.

»*Attention!*«, rief Emil warnend vom Boot herauf, doch da war es schon zu spät.

Die Plastikkiste, die er Luik gerade anreichen wollte, krachte zu Boden, ein Schwall Salzwasser mit zuckenden Fischleibern ergoss sich auf den Steg.

Claire biss die Zähne zusammen, weil sie trotz allen Unmutes beinahe aufgelacht hätte. Der erwachsene Luik war keinen Deut besser als der kleine, dicke Junge, der alles zerbrochen hatte, was für seine tollpatschigen Hände nicht robust genug war. Ergeben ging sie in die Knie und hinderte einen zappelnden Seeteufel daran, in die Freiheit des Hafenbeckens zu entwischen. Der Fisch wand sich in Claires Händen und flehte sie mit aufgerissenem Maul an. Sie zögerte, schielte zu Maelys und Luik hinüber, die kichernd auf dem glitschigen Boden robbten und grauschwarze Tintenfische und Sardinen einsammelten. Letztlich waren es Emils prüfende Augen, die Claire an den Rand des Stegs treten ließen. Einen halben Atemzug später verschwand der hässliche braune Fisch mit einem erleichterten Flossenschlag im Wasser. Bei Papa hätte sie sich damit eine Woche Hausarrest und lebenslanges Hafenverbot eingehandelt. Mindestens.

»Gwen, was machst du denn da!« Mit hochrotem Gesicht sah Luik zu ihr auf, der in seinem Ölzeug am Boden kniete wie ein zu groß geratenes Kind in einem gelben Strampler.

»Dasselbe könnte ich dich fragen … oder Emil.« Sie reckte kämpferisch das Kinn.

Luik warf die letzten Sardinen in die Kiste zurück und kam taumelnd auf die Füße. »Hä?«, machte er und kratzte sich am Hinterkopf.

»Ich habe auf eure Diskretion vertraut«, sagte Claire hochmütig, obwohl Luik nun derjenige war, der auf sie herabschaute. »Ihr habt mich bitter enttäuscht.«

»Wovon redet sie?« Hilfesuchend wandte Luik sich an seinen Kompagnon, der schwerfällig mit seinem steifen Bein auf die Mole kletterte, gestützt von Maelys.

Anscheinend wusste ihre Schwester immer instinktiv, wann und wo ihre Armmuskeln benötigt wurden.

»Das fragst du mich jetzt nicht wirklich!« Claire war wieder kurz davor zu explodieren, obwohl sie es unglaublich rührend fand, wie Emil ihre Schwester umarmte, ohne ein Lächeln, dafür so heftig, dass Claire allein vom Hinsehen die Rippen schmerzten. »Seit gestern fällt das komplette Dorf über meinen Chef her, als wäre er ein Schwerverbrecher. Ihr beide solltet es ihm nur ein bisschen ungemütlich machen, so ungemütlich, dass er bestenfalls nach einem netteren Ferienort Ausschau hält. Es war nie die Rede davon, dass ihr ihn zum Abschuss freigebt wie einen verdammten Hirsch!«

Luik glotzte sie verständnislos an. »Aber wir haben es nicht rumerzählt. Ich hab bloß Marie-Jeanne …« Er verstummte und machte ein betretenes Gesicht.

»Marie-Jeanne. Was für eine brillante Idee.«

»Damit ich das richtig verstehe«, schaltete Emil sich ruhig ein, »dieser Hellwig ist also dein Chef und gar kein verflossener Liebhaber, der es auf dich abgesehen hat.«

»Der Typ ist auch noch dein Chef?« Luik blies die dicken Backen auf. »Das ist aber übel.«

»Nein! Doch!« Sie spürte, wie ihr der Schweiß ausbrach. »Es ist … kompliziert.«

»Klingt so.« Emil hob eine Achsel, als sei es ihm im Grunde genommen völlig gleichgültig, wer Hellwig war und weshalb sie ihn loswerden wollte. »Es wäre halt hilfreich gewesen, wenn du es uns vorher gesagt hättest. Dann hätten wir die Sache sicher ein wenig … anders angepackt.«

Die Männer tauschten einen vielsagenden Blick.

»Oh là là«, murmelte Luik betreten.

»Du sagst es, mein Junge.« Emil zündete sich eine Zigarette an und ließ ein paar wabernde Rauchkringel himmelwärts ziehen. »Du sagst es.«

»Was heißt hier Oh là, là?«, fragte Claire alarmiert, bekam jedoch keine Antwort von den Fischern, die sinnierend den Horizont betrachteten. *Es wird Regen geben*, dachte sie und fühlte, wie eine ungute Vorahnung ihr den Magen zusammenzog.

Am Ende brach Luik das Schweigen, mit gespitzten Lippen, wie ein Schüler, der ein mittelmäßiges Zeugnis verteidigen muss. »Aber wir haben das Problem gelöst, stimmt's, Emil?«

»Kannst du so ausdrücken.« Der Ältere zupfte an seinem Halstuch herum, als sei es ihm plötzlich zu eng geworden.

»Hast du gehört, Gwen? Du brauchst dir also keine Sorgen zu machen«, fuhr Luik feierlich fort. »Dieser Hellwig kreuzt hier heute ganz sicher nicht mehr auf, und ich verwette meinen Popo, dass er morgen noch vor dem ersten Hahnenschrei abreist. Wenn er überhaupt zurückkommt.«

Claire kniff die Augen zusammen. »Okay«, sagte sie langsam und holte tief Luft, auf das Schlimmste gefasst. »Was genau habt ihr mit ihm angestellt?«

»Ich glaube es nicht. Ich glaube es einfach nicht!« Entsetzt sah Claire zwischen den beiden Männern hin und her. »Bitte sagt mir, dass das ein Scherz ist«, flehte sie flüsternd und wusste im selben Moment, dass es definitiv kein Scherz war. Auch kein schlechter.

»Aber Gwen ...« Verlegen fummelte Luik an seiner Augen- klappe herum. »Du hast selbst gesagt, es wäre dir am liebsten, wenn er gleich ganz aus Moguériec verschwindet.«

»Damit hab ich doch nicht gemei...« Atmen. Sie musste atmen und sehr, sehr leise sprechen, denn eine *grande dame* wurde nicht laut, egal, wie wütend sie war. »Ich habe verdammt noch mal nie von euch verlangt, dass ihr ihn auf irgendeiner gottverlassenen Insel im Atlantik aussetzt!«, brüllte sie in Luiks verblüffte Miene. »Noch dazu ausgerechnet auf der Île Cadec. Habt ihr mal nach oben geschaut, bevor ihr auf diese bescheu- erte Idee gekommen seid? Ein Unwetter zieht auf und dort gibt es nicht mal einen Baum, geschweige denn irgendeinen Schup- pen, wo der Mann sich unterstellen kann. Außerdem misst Cadec bei Flut gerade mal zwanzig Quadratmeter ... wenn er Glück hat. Zwanzig Quadratmeter nackte Felsen, *sacre bleu!*«

»*Bof.*« Luik schürzte die Lippen. »Dann stört ihn wenigstens nichts beim Nachdenken.«

»Der Regen fällt nur auf die Dummen, und das in dicken Tropfen«, warf Emil ein. »Und zwanzig Quadratmeter ist ein bisschen untertrieben. Ein paar mehr sind es schon.«

»Das ist nicht euer Ernst! Wie habt ihr ihn dazu überredet? Sebastian Hellwig ist doch nicht blöd.«

»Er wollte sich die Austernbänke ansehen«, kam es unisono zurück. »Also haben wir ihn kurz rübergerudert.«

»Aber auf der Insel gibt es doch gar keine Austern.«

Emil lächelte dünn. »Das wissen wir.«

»Oh, ihr seid so ...« Claire verdrehte die Augen und drehte sich zu Maelys um.

»Der hübsche Chef aus Deutschland ist in Moguériec?«,

fragte sie und etwas lag in ihrem Blick, das Claire ganz und gar nicht gefiel.

»Ja«, gebärdete Claire finster zurück. »Und diese beiden *cretins* hier haben ihn auf Cadec ausgesetzt.«

Maelys machte Augen groß wie Untertassen, als Claire ihr widerstrebend und mit brennenden Wangen von dem angeblichen Stalker erzählte, und brach Sekunden später in ihr trillerndes Sandpfeifergelächter aus. Kopfschüttelnd deutete sie auf Luik und Emil, die sich sichtlich unwohl fühlten, und tippte sich an die Stirn.

»Das weiß ich jetzt auch«, murmelte Claire.

»Und was machen wir nun?«, fragte Luik beleidigt.

»Ihr holt ihn natürlich sofort zurück.« Claire verschränkte die Arme vor der Brust. »Oder habt ihr vor, ihn bis zur nächsten Ebbe da sitzen zu lassen?«

Luik räusperte sich und schüttelte halbherzig den Kopf, allerdings erst nach einem Seitenblick auf Emil, der an einem Betonpfosten lehnte und sich die zweite Zigarette drehte.

»Wir fahren nirgendwohin, Mädchen«, sagte Emil ungerührt. »Der Kutter muss entladen und der Fang in die Auktionshalle geschafft werden. Wir sind sowieso schon spät dran, und du kennst das Geschäft. Entweder wartet ihr ein paar Stunden«, er schnalzte mitleidig, ohne mitleidig zu wirken, »oder ihr nehmt das Steuer selbst in die Hand.« Mit seinem krummen Finger deutete er auf den benachbarten Liegeplatz, wo ein Boot vertäut war, das frappierende Ähnlichkeit mit einer gelb bemalten Nussschale hatte. »Ich nehme an, Armel Durants Töchter wissen, wie man einen Außenborder bedient.«

Claire stockte der Atem. »Nein«, sagte sie leise und drückte die Arme noch ein wenig fester an ihre Brust, als fürchte sie auseinanderzubrechen wie ein Tonkrug, der bereits einen Sprung hatte. Doch sosehr sie sich auch an sich selbst klammerte, das

Zittern lief durch ihre Muskeln wie Strom durch eine Hochspannungsleitung und löste in sämtlichen Schaltzentralen einen Kurzschluss aus. Hilflos der unerwarteten Panikattacke ausgesetzt, schwitzte und fror sie gleichzeitig, während sie verzweifelt versuchte, nicht mit den Zähnen zu klappern wie ein altes Weib.

»Das ... kann ich nicht«, presste sie hervor und starrte dabei unentwegt auf das eidottergelbe Bötchen, das rhythmisch gegen die Fender des Kutters prallte. Gott, ihr wurde ja schon übel, wenn sie nur die Bojen im Hafenbecken dümpeln sah. Die Vorstellung, in diesem Kahn aufs offene Meer hinauszufahren war ... Nein, sie wollte es sich gar nicht vorstellen.

»Kein Problem, Emil. Überhaupt kein Problem«, sagte Maelys in ihrem Rücken.

Claire kniff die Augen zusammen und wollte den Kopf schütteln oder am besten gleich davonlaufen. Leider war sie zu nichts von beidem imstande. Stattdessen spürte sie, wie sich kühle Finger ihren Unterarm entlang bis in die Armbeuge tasteten und schließlich sanft aber unnachgiebig an ihrer Hand zogen. *Lass los*, sagten diese Finger. *Lass einfach los.* Widerwillig löste Claire die Arme vom Oberkörper, obwohl es sich anfühlte, als wären ihre Ellenbogen innerhalb der letzten fünf Minuten mit ihren Rippen verwachsen.

Maelys drückte ihre Hand und sah ihr fest in die Augen. Sie sprach langsam und so deutlich, als sei Claire diejenige, die taub war: »Wir holen ihn zurück, okay Gwen?«

Ihr war bewusst, dass es unverständlich und beschämend zugleich war. Sie war am Meer aufgewachsen, hatte im Watt das Laufen gelernt und bereits als Vierjährige die erste Schwertmuschel aus dem Sand gelockt. Sie ahmte täuschend echte Möwenschreie nach, schwamm und tauchte wie eine Robbe und liebte sogar das Jucken auf der Kopfhaut, wenn das Salzwasser in ihren Haaren trocknete. Dennoch war Gwenaelle Durant niemals imstande gewesen etwas zu betreten, das *auf* dem Wasser schwamm. Oh, sie hatte es versucht, dutzende, vielleicht hunderte Male. Sie konnte gar nicht zählen, wie viele Mahlzeiten sie über die Reling der *Celtika* gespuckt hatte, bis Papa sich schließlich weigerte, sie mit hinauszunehmen. Daraufhin hatte sie nächtelang geweint und so lange getobt, bis Maman mit ihr zum Arzt gegangen war. *Seekrankheit* hatte der *monsieur le docteur* es genannt und mit einem nachsichtigen Lächeln erklärt, das sei kein Weltuntergang. Dann hatte er sie nach Hause geschickt, um sich den wirklich kranken Patienten zu widmen.

Für Gwenaelle war es trotzdem der Weltuntergang gewesen. Denn bald folgte auf jene Seekrankheit die Angst vor dem Wasser, und diese Angst schlich sich Jahr für Jahr tiefer in ihr Herz, bis sie schließlich durch Papas Tod legitimiert wurde. Geblieben war der erwachsenen Claire die nackte Panik, die sie überfiel, sobald sie dem offenen Meer zu nahe kam.

Zusammengekauert saß sie im Bug des Bootes, das Rasenmäherknattern des Außenborders in den Ohren, den Blick hypnotisch auf die silberne Krümmung des Horizonts gerichtet. Eine quälende halbe Stunde kämpfte sie nun schon gegen den Brechreiz an, es war ein Albtraum, ihr persönlicher Albtraum, und sie saß mittendrin. Der Atlantik war noch nie ein sanftes Meer gewesen, obwohl er von fern oft den Eindruck erweckte, wenn die Boote mit den blauen Fangnetzen um die Wette leuchteten, umflirrt von Morsezeichen aus Sonnenlicht. Aber der Schein trog. Die tückischen Riffe blieben für das Laienauge unsichtbar, scharfe Felsmesser, die ein Boot der Länge nach aufschlitzen konnten, sobald ein unaufmerksamer Steuermann vom Kurs abkam.

Ja, Claire hatte Angst, obwohl ihre Schwester das Boot mit traumwandlerischer Sicherheit durch die Wellen lenkte, als

hätte sie nie etwas anderes getan – was nicht allzu weit herge-
holt war. Maelys war mit Papa zum Fischen rausgefahren, nachdem Gwenaelle sich notgedrungen auf ihre Schulbücher und
später auf all die anderen Dinge konzentriert hatte, die sinnvol-
ler waren, als auf einem schwarzen Felsen zu sitzen und sehnsüchtig einem Fischerboot hinterherzuschauen, das sie nicht
betreten konnte.

Claires Puls beschleunigte sich, weil ihr völlig zusammenhanglos ein Gedanke kam, den sie längst in jene vergessene Ge-
dächtniskammer gesperrt hatte, in der bereits all die anderen
Fragen auf Antworten warteten, die nie aufgekommen waren.
Maelys war damals auf der Celtika *gewesen. Ein taubes, trauma-
tisiertes Kind, das sich seit jenem Tag weigerte zu kommunizieren, war der einzige Mensch, der wusste, was mit Armel Durant
geschehen war. Eine stumme Zeugin, ungefähr so nützlich wie der
Dackel, der den Mörder kannte.*

Claire drehte sich um und begegnete dem leicht abwesenden
Lächeln ihrer Schwester, die mit geradem Rücken auf der Heck-
bank saß, die Hand locker an der Pinne des Außenbordmotors.
Sie wirkte glücklich. Entspannt. Eins mit dem Meer, dem Wind,
der ihr die Kapuze heruntergerissen hatte und an ihren Locken
zog und zerrte. *Sie wusste es.*

»Gwen! Da!« Maelys gab Gas, der Bug hob sich und das Boot
buckelte wie ein störrisches Pony über die schäumenden Wel-
lenkronen. Geistesgegenwärtig krallte Claire sich am Bootsrand
fest, nur quälend langsam ließ sich ihr Kopf in die Richtung
drehen, in die Maelys mit ausgestrecktem Arm zeigte. Zunächst
erkannte sie nur ein geflecktes Grau im Wasser, das sich im Nä-
herkommen als eine Ansammlung von Felsen entpuppte. Das
Festland war nicht weit, aber die Sandstraße, über die man die
Île Cadec bei Ebbe bequem zu Fuß erreichte, war verschwunden.

Nervös suchte Claire mit den Augen die Klippen und zunehmend beunruhigt auch die Wasseroberfläche ab. Erst ein paar bange Herzschläge später entdeckte sie die dunkel gekleidete Gestalt, die nahezu mit den Felsen verschmolzen schien. Der Mann erhob sich, schrie und winkte, zuerst mit einer, dann mit beiden Händen. Die dumpfe Furcht fiel von Claire ab und kehrte einen Sekundenbruchteil später als Beklommenheit zurück. Sie hatten Sebastian Hellwig gefunden.

In gedrosseltem Tempo manövrierte Maelys das Boot seitlich an die Wind und Wellenschlag abgekehrte Seite der Insel heran. Das Knattern erstarb, Maelys warf den Anker aus und gab Hellwig per Handzeichen zu verstehen, zu ihnen zu kommen. Er sah sich mit hochgezogenen Schultern um, als wäge er ab, was das kleinere Übel wäre: auf der Felsinsel festzufrieren oder beim Versuch, zu ihnen zu gelangen, zu ertrinken.

»Wir können mit dem Boot nicht näher heranfahren«, hörte Claire sich rufen und fand, dass sie wesentlich unaufgeregter klang, als sie sich fühlte. »Waten Sie herüber, das Wasser ist hier nicht sehr tief.«

Hellwig erstarrte. Dann traf er sie, der Blick aus seinen rauchgrauen Augen, fassungslos und ungläubig, als wäre sie soeben aus den Wolken gefallen. Claire ignorierte ihr panisch klopfendes Herz und lächelte schief.

»Was ist? Wollen Sie auf diesem hübschen Inselchen übernachten, Chef?«

Der Regen hatte ihnen ausreichend Vorsprung gegeben und erwischte sie erst, nachdem sie die Einfahrt in das Hafenbecken hinter sich gelassen hatten. Nun prasselte er umso zorniger auf sie nieder, als sei er beleidigt, weil er den Wettlauf verloren hatte. Innerhalb weniger Minuten stand das Wasser knöchelhoch im Boot und sie waren bis auf die Haut durchnässt.

»Sollen wir schippen?« Es war das erste Mal, dass Hellwig das Wort an sie richtete, nachdem er während des gesamten Rückwegs stumm aufs Meer geblickt hatte.

Nicht dass sie nicht froh darum gewesen wäre. Seine grüblerische, beinahe verloren wirkende Abwesenheit räumte ihr immerhin eine winzige Galgenfrist ein, bevor er sie mit seinen Fragen filetieren würde wie eine Seezunge. Trotzdem war sie froh, dass er das unheimliche Schweigen durchbrach und ihr damit einen Grund gab, nicht mehr auf die Narbe zu starren, die sich von seinem Ohrläppchen bis in den Nacken zog. Sie war ihr vorher nie aufgefallen, weil er das Haar bisher länger getragen hatte. Jetzt war es militärisch kurz geschnitten, stellenweise schimmerte sogar die Kopfhaut durch. *Das Werk von Marie-Jeanne*, dachte sie grimmig und zog unbewusst an den Löckchen, die sich um ihre Ohren kringelten wie kleine Nattern. Ouuu, dem armen Mann war aber auch nichts erspart geblieben – und das war ganz allein ihre Schuld. Nicht auszudenken, welche Überraschungen sie an Land noch erwarteten.

Mit einem Handzeichen gab sie Maelys zu verstehen, dass sie die Mole rechts liegen lassen und den Privatsteg des Hotels ansteuern sollte. Eine Begegnung mit ihren einfältigen Fischerfreunden war im Moment das Letzte, was sie gebrauchen konnten.

»Sollen wir das Wasser aus dem Boot schippen?«, wiederholte Hellwig und deutete auf ihre Füße. »Du bekommst nasse Schuhe.«

Claire wusste nicht, ob sie amüsiert oder betroffen sein sollte. Seine Lippen waren blau vor Kälte, und er hörte sich an, als ob seine Kiefer eingefroren wären. Wegen seiner unfreiwilligen Schwimmeinlage war er selbst klatschnass – und alles, was ihn interessierte, waren ihre Schuhe.

»Machen Sie ... mach dir um meine Schuhe keine Gedanken«, sagte sie bestimmt und deutete mit dem Kinn zum Ufer, das Gott sei Dank beruhigend nahe war. »Viel wichtiger ist es, dass du in ein paar trockene Sachen kommst, bevor du dir eine Urlaubsgrippe holst.«

»Urlaub?« Er fuhr sich durch die stoppelkurzen Haare und musterte danach seine Handfläche, als hätte ihn etwas gestochen. Sehr glücklich wirkte er nicht. »Weißt du, nach den letzten vierundzwanzig Stunden wäre eine Erkältung mein kleinstes Problem. Ich habe keine Ahnung, was ich diesen Leuten …« Er brach ab und sah stirnrunzelnd auf. »Was zum Teufel machst du eigentlich in der Bretagne?«

Claire atmete stoßweise, während ihr Hirn lauter kleine Knoten bekam von der angestrengten Suche nach einer charmanten Lüge – oder wenigstens einer halbwegs glaubhaften Halbwahrheit. Was sie stattdessen fand, fühlte sich wie ein staubtrockenes *palet breton* in ihrem Hals an, das sich nicht herunterschlucken, sondern nur ausspucken ließ, wenn sie nicht daran ersticken wollte. *Die Wahrheit ist ein verflixter Butterkeks.* Valérie hätte über den Vergleich garantiert herzlich gelacht.

»Ich fürchte, ich bin hier zu Hause.«

Er antwortete nicht, sondern sah sie nur an. Schließlich deutete er auf Maelys, die die gelbe Nussschale auf einen freien Liegeplatz zwischen zwei Motorjachten bugsierte, als zwänge sie einen Esel zwischen zwei Vollblüter.

»Und das ist deine Cousine aus Paris?«

»Sie ist … meine Schwester.« *Zut alors*, sie stotterte tatsächlich. »Und nein, sie lebt hier, in Moguériec. Es gibt keine Cousine in Paris.« Claire schnaufte angestrengt. Die Wahrheit war in einer solchen Dosis eine höchst gewöhnungsbedürftige Angelegenheit, ihr war schon ganz schwindelig davon.

»Verstehe.« Hellwig musterte sie nun wesentlich wachsamer. »Das heißt, nein. Eigentlich verstehe ich gar nichts, aber … du wirst es mir bestimmt erklären. Später.«

Stumm nicken und unbekümmert lächeln, zu mehr war sie nicht imstande. Mit einem *Später* konnte sie hingegen gut leben, denn sie war nicht erpicht aufs Beichten, zumal sie die Folgen kaum abzusehen vermochte. *Die Pariserin* war ein wesentlicher Bestandteil ihres Grand-Dame-Images, das wiederum nicht ganz unwichtig für Hellwigs Entscheidung gewesen war, sie für den Chefredakteursposten vorzuschlagen. Das hatte er selbst gesagt und damit bestätigt, was Valérie sie gelehrt hatte. Ein einfaches bretonisches Fischermädchen leitete nun mal kein Kunstmagazin, schon gar nicht ohne Studienabschluss. Nicht in Frankreich und erst recht nicht in Deutschland, wo nur zählte, was man auch schwarz auf weiß vorweisen konnte.

Hellwig seufzte und schenkte Maelys ein kraftloses Lächeln. Sie hatte das Boot bereits vertäut und flink wie ein Äffchen den Holzsteg erklommen. Dort wartete sie bestimmt schon ein paar Minuten, die Arme vor dem Brustlatz gekreuzt, und schaute auf Hellwig und Claire herab. Dabei hatte sie diesen überheblichen Ausdruck im Gesicht, den Leute an den Tag legen, wenn sie glauben, etwas zu wissen, das allen anderen entgangen ist. In einer unguten Vorahnung schüttelte Claire den Kopf und fuhr sich warnend mit dem Zeigefinger über die Kehle, doch die Drohgebärde beeindruckte ihre Schwester nicht sonderlich.

»Ist der hübsche Chef wegen dir hier?«, fragte sie in ihrem für alle Hörenden reservierten Lautsprache-Kauderwelsch. So deutlich, dass selbst Hellwig mit seinen rudimentären Französischkenntnissen sie verstanden hätte, wäre er nicht voll und ganz damit beschäftigt gewesen, aus dem schaukelnden Kahn zu klettern, ohne ein weiteres Bad nehmen zu müssen. Zur Bekräftigung spitzte Maelys die Lippen und machte ein paar schmatzende Kussgeräusche wie ein ungezogenes Kind, das über ein Liebespaar spöttelt. Claire warf ihr einen vernichtenden Blick zu.

»Beachte sie einfach nicht«, sagte sie zu Hellwigs Rücken. »Meine Schwester ist taub und macht eine Menge Blödsinn, wenn ihr langweilig ist.« Lautlos fügte sie in Gebärdensprache hinzu: »Er ist nur mein Chef!«

»Klar.« Maelys zwinkerte und ließ die Finger fliegen. »Und Pierre ist bloß der Postbote. Aber ich mag ihn trotzdem.«

Irgendetwas war hier nicht in Ordnung. Schon beim Betreten des Hotelfoyers spürte Claire die unguten Schwingungen, die sich auf ihrem Weg zur Rezeption noch verstärkten. Dort, halb versteckt hinter einem opulenten Dahlienstrauß, erwartete sie Madame Odile, den Blick vorwurfsvoll auf den Dielenboden gerichtet, wo drei Schuhpaare etliche kleine Pfützen hinterlassen hatten.

»Du hast mir heute keine Muscheln fürs Restaurant gebracht, Maelys«, sagte sie streng und ohne sich mit einer Begrüßung aufzuhalten, die diese Bezeichnung auch nur annähernd verdient hätte.

Auch Claire bekam nur ein unfreundliches Nicken ab, was bestimmt auf die nicht aufgegessene Fischsuppe vom Samstag zurückzuführen war. Sebastian Hellwig ignorierte Madame hingegen völlig. Die Schwestern sahen einander an, schließlich machte Maelys folgsam ein zerknirschtes Gesicht. Ihre Entschuldigung klang auswendig gelernt und so, als fände eine Unterhaltung dieser Art nicht zum ersten Mal zwischen den beiden Frauen statt.

Hellwig räusperte sich. Er stand so dicht neben Claire, dass sie spürte, wie sehr er zitterte – ob vor Kälte oder Erschöpfung, wahrscheinlich traf beides zu. Trotzdem trat er mit einem freundlichen Lächeln nach vorne.

»*Bonjour*, Madame Guerguen.« Man merkte, wie ihn seine Französischkenntnisse im Stich ließen, was angesichts der frostigen Miene der Hotelbesitzerin kaum verwunderte. »*Je veux …* äh … Zimmerschlüssel?«, stammelte er und versuchte den verbalen Fauxpas mit einem Zwinkern wettzumachen.

Madame Odile sah ihn an, als wolle er ihr eine Obdachlosenzeitung verkaufen.

»Er möchte gerne auf sein Zimmer«, intervenierte Claire höflich, aber bestimmt, was kein kluger Schachzug war.

Die Chiffonröschen an Madame Odiles Dekolleté zitterten vor unterdrücktem Zorn. Da sie offensichtlich nicht wusste, wohin mit ihren Fingern, zupfte sie welke Blätter aus dem Riesenstrauß, die gar nicht welk aussahen.

»Das Zimmer ist vergeben.«

Claire hüstelte. »Wie kannst du ein Zimmer vergeben, das bereits vermietet ist?«

»War es nicht. Nur bis heute früh.« Madame Odile ließ die Blätter in den Papierkorb fallen und raschelte ungehalten in ihrem Rezeptionsbuch herum. »Seitdem haben sich die Umstände geändert.« Das Wort *Umstände* spie sie aus wie einen Löffel versalzene Suppe.

Die böse Ahnung kam langsam, aber sie kam. Entsetzt sah Claire von dem schlotternden Hellwig, der allmählich beunruhigend ungesund aussah, zu Madame Odile, die mindestens genauso kreidebleich war – aus Gründen, die Claire sich nicht groß zusammenreimen musste, wenn sie an das Gespräch in dem Lebensmittelgeschäft zurückdachte. Der Albtraum ging also weiter.

»Das kannst du nicht machen.« Beschwörend senkte Claire die Stimme. Sie sprach schnell und benutzte einige bretonische Ausdrücke, damit Hellwig garantiert nichts verstand. »Monsieur Hellwig ist ein zahlender Gast. Du kannst ihn nicht einfach rauswerfen.«

»O doch, ich kann. Es ist mein Hotel. Das Zimmer ist vermietet, und zwar an eine sehr nette französische Familie.« Madame Odile lächelte dünn. »Aus Lyon.«

»Odile! Das ist alles ein großes Missverständnis. Diese Sache… also diese Umstände, sie sind sozusagen… hinfällig.«

Die Hotelbesitzerin sah nachdenklich zwischen ihr und Hellwig hin und her. Schließlich stieß sie Luft aus der Nase wie eine angriffslustige Büffelkuh, die ein totes Kalb verteidigt.

»Du magst deine Meinung ja geändert haben, was mich allerdings wundert, nach allem, was mir über diesen sauberen Herrn hier zugetragen wurde. Im *Le Bateâu* gibt es jedenfalls keinen Platz mehr für ihn.« Schwer atmend beugte sie sich über die Rezeptionstheke nach vorne, ihr Blick war beschwörend wie der einer Hellseherin, die Fürchterliches in ihrer Glaskugel gesehen hatte. »Glaub nicht, er hätte sich geändert, *ma chère*. Solche Kerle lügen einer Frau die Sterne vom Himmel, wenn es das ist, was sie will. Wenn ich dir einen gut gemeinten Rat geben darf, dann bring schleunigst eine ansehnliche Menge von Kilometern zwischen ihn, dich und deine Schwester. Am Ende sieht er es noch auf Maelys oder irgendein anderes unschuldiges Mädchen aus dem Dorf ab.« Sie schielte angespannt zur Treppe hinüber, die in den Anbau mit ihrer Privatwohnung führte. »Ich dachte, du hättest ein wenig mehr Verantwortungsgefühl, *mademoiselle*.«

Sprachlos sah Claire zu, wie Madame Odile mit ihren Pinzettenfingern über die pinkfarbenen Dahlienblüten herfiel. In fünf Minuten würde von dem hübschen Strauß nicht mehr viel übrig sein.

»Maman, hast du meinen iPod gesehen?«, quengelte es von der Treppe hinunter. Ein pummeliges Mädchen lehnte an der Holzbrüstung. Sie trug ein Top, das den BH durchscheinen ließ, und eine Hotpants, die an eine Wurstpelle erinnerte, in der zu viel Fleischbrät steckt.

Madame Odile wurde noch eine Spur blasser. »Geh sofort wieder nach oben, Nolwenn«, zischte sie und wedelte hektisch mit der Hand, als schliche ein entlaufener Löwe durchs Foyer.

Das Mädchen schob die Unterlippe nach vorne. »Aber Maman, ich will doch bloß…«

»Sofort!«, donnerte Odile, woraufhin Nolwenn sich wortlos umdrehte und die Tür hinter sich zuknallte, dass die Brüstung wackelte.

»*Pardon*, aber…«, meldete sich Hellwig zu Wort, der das Gespräch mit gerunzelter Stirn verfolgt hatte und nun auf einen Rollkoffer und eine große blaue Sporttasche zeigte, die hinter der Rezeption standen. »Sind das da meine Sachen?« Er sah Claire hilfesuchend an. »Halluziniere ich, oder bedeutet es das, was ich befürchte?«

Madame Odile, die seine Geste zweifellos richtig interpretiert hatte, wurde rot. Mit abgewandtem Blick schob sie Hellwig einen Rechnungsausdruck und einen Kugelschreiber über die Theke. »Sechs Übernachtungen mit Frühstück, viermal Mittagessen und fünfzehn Flaschen Breizh Cola aus der Minibar. Das macht achthundertneunzig Euro. Wir nehmen ausschließlich Kreditkarten, Monsieur.«

Claire stöhnte auf. Hellwig musterte die Rechnung schweigend, dann glitt ein winziges Lächeln über sein Gesicht, das jedoch mehr von Resignation als von Amüsement zeugte. Er nickte und wirkte kaum überrascht, so als habe er hiermit oder mit etwas Ähnlichem gerechnet.

Es dauerte eine Weile, bis er mit klammen Fingern das Portemonnaie aus der Jackentasche genestelt hatte, und Claire musste sich zusammennehmen, um ihm nicht dabei zu helfen. Er wirkte rührend hilflos wie ein Gestrandeter und strahlte dennoch die Würde eines Politikers aus, der sich einem Misstrauensvotum beugt.

»Sag der *madame*, dass ich mich in ihrem Hotel sehr wohl gefühlt habe. Sie ist eine ausgezeichnete Gastgeberin.« Mit diesen Worten legte er seine Kreditkarte auf den Papierbogen und holte sein Gepäck.

Eine Unterschrift und ein geschäftsmäßiges »*Au revoir*« später, das Odile kaum wörtlich meinte, traten sie in gleißendes Sonnenlicht hinaus, das sich in der Pfützenparade von der Hoteleinfahrt bis zum leer gefegten Parkplatz spiegelte. Der alte Jean-Luc schleifte im Zeitlupentempo seinen Bollerwagen vorbei, zwischen den verbliebenen Autos hüpften Kinder herum, lachten und kreischten, weil ihnen das Wasser in die Gummistiefel schwappte. Der Wind hetzte ein paar versprengte Wolkenbänke Richtung Norden. Kaum zu glauben, dass es vor einer halben Stunde noch so ausgesehen hatte, als würde die Atlantikküste im Regen ertrinken.

Claire fühlte sich seltsam substanzlos, wie in einem Traum, aus dem sie nur leider niemand wecken würde. Verlegen trat sie von einem Bein aufs andere, während sie Maelys beobachtete, die zum Parkplatz gelaufen war und zur Überraschung der Kindermeute mit beiden Beinen in eine regenbogenfarbene Lache sprang, dass es nur so spritzte.

Hellwig lachte leise. »Deine Schwester ist eine bemerkenswerte Frau.«

»Ouuu … sie ist wohl eher *un peu folle* – ein bisschen verrückt.«

»Unsinn. Sie wirkt erfrischend echt, finde ich. Nun komm schon«, er stieß sie sanft mit dem Ellbogen an, »du hast doch eben auch mit dem Gedanken gespielt mitzuhüpfen.«

»Auch?«

»Oh, ich bin ein ziemlich guter Pfützenspringer. Der beste, um ehrlich zu sein, aber ich möchte nicht zu großspurig daherkommen.«

»Aha.« Ihr fiel einfach keine geistreichere Antwort ein.

Es verstörte sie zutiefst, dass Sebastian Hellwig seinen Sinn für Humor nicht verloren hatte, trotz der unsäglich peinlichen Dinge, die ihm widerfahren waren. Stattdessen stand er da, die Arme locker über dem tropfenden Parka verschränkt und freute sich an Maelys Ausgelassenheit, als ob dieser kleine Moment alles war, was zählte. Erst als ein Abschleppwagen an ihnen vorüberfuhr und hupend die Kinder verscheuchte, wurde sein Lächeln starr.

Claire pfiff leise, als sie den schwarzen Mercedes mit Berliner Kennzeichen auf der Ladefläche erkannte. Den ehemals schwarzen Mercedes, korrigierte sie sich bestürzt.

Weiße Streifen zogen sich mit tropfenden Farbnasen über das Dach, die Flanken, sogar über die Windschutzscheibe des ehemals schicken Autos, das nunmehr an ein Gefährt erinnerte, mit dem Urlauber in Afrika auf Wildsafari fahren. Der hellblaue Strafzettelstrauß unter dem Scheibenwischer flatterte im Wind wie ein Pompon, der das »*Gwenaelle says goodbye*« bejubelte, das jemand quer über die Heckscheibe gepinselt hatte.

»Ich glaube, mir wird übel«, sagte Claire tonlos.

»Gwenaelle.« Versonnen sah Hellwig dem Abschleppfahrzeug hinterher. »Der Name kommt mir andauernd unter, aber ich weiß nicht, wer das ist.«

Dann seufzte er und lächelte erneut dieses Lächeln, das die Dinge hinnahm, wie sie waren. Bei jedem anderen Mann hätte sie diesen Wesenszug unwiderstehlich gefunden. Aber Sebastian Hellwig war ihr Chef. Man fand einen Chef einfach nicht unwiderstehlich.

»Dann muss ich mir wohl ein Taxi rufen. Anscheinend ist es besser, wenn ich mir ein Fleckchen suche, wo man es nicht auf mich abgesehen hat. Die Normandie soll auch sehr hübsch sein.«

»*Heureka! Satz und Sieg.*« Valérie klatschte vergnügt in die Hände.

Es stimmte: Dies wäre der Augenblick gewesen, in dem Claire hätte triumphieren müssen, weil ihr Plan aufgegangen war. Hellwig würde verschwinden, und der Kelch der schonungslosen Wahrheit war gerade noch mal an ihr vorbeigesaust wie das Zebra auf dem Abschleppwagen.

Doch sie verspürte keinerlei Triumph oder Erleichterung. Viel lieber wollte sie alles wieder zurechtrücken, obwohl sie bezweifelte, dass sie bereit für die Ehrlichkeit war, die diese Wiedergutmachung erforderte. Sie hatte keine Ahnung, ob sie bereit für Gwenaelle war.

»Ich schulde dir noch eine Geschichte, Sebastian«, brach es schließlich aus ihr heraus, und sie konnte den entsetzten Aufschrei in der sechshundert Kilometer entfernten Rue Martel 1 geradezu hören. Dann schluckte sie und schloss die Augen, um den vermutlich größten Fehler ihres Lebens zu begehen.

»Unser Haus ist klein und nicht so komfortabel wie das *Le Bateâu*. Aber wir haben genügend Zimmer.«

Elf

Sie hatte den Verstand verloren. Nicht nur ein bisschen, sondern ganz und gar, und je länger sie Mamans Rosentapete anstarrte, desto überzeugter war sie davon. Wie konnte sie nur? Und vor allem: Wie dumm musste man sein, dem Feind ausgerechnet in dem Moment Tür und Tor zu öffnen, wenn er die Zelte abbrechen wollte?

»*Tja*«, erwiderte Valérie auf diese merkwürdige Art, mit der man einem geliebten Menschen etwas sagen will, es dann aber doch nicht tut. Claire beschloss, erst gar nicht darüber nachzudenken, ob die Stimme in ihrem Kopf aus Hilflosigkeit schwieg oder ob die imaginäre Valérie es nur satt hatte, ihrer Nichte Ratschläge zu erteilen, die diese ohnehin in den Wind schlug.

»Gut, ich hab's vermasselt, aber mir wird schon irgendetwas einfallen«, sagte sie trotzig in die Zimmerecke, die sich standhaft dem Lichtkegel der Nachttischlampe entzog. Sie kämpfte mit den Tränen, dabei war das so gar nicht ihre Art. Wahrscheinlich bekam sie ihre Tage. Oder sie hatte Hunger.

Claire musterte die verblichene Patchworkdecke am Fußende, die schon dort gelegen hatte, als noch zwei Menschen hier schliefen. Kurz entschlossen schlüpfte sie aus dem Doppelbett, in dem sie ohnehin kein Auge zutat. Aber damit hatte sie gerechnet, bevor sie Sebastian Hellwig ihr eigenes Zimmer überlassen und Mamans Refugium bezogen hatte, das irgendwann einmal das Elternschlafzimmer gewesen war.

Sie schaltete kein Licht an, als sie im Bademantel den Flur entlangschlich, doch das wäre ohnehin nicht nötig gewesen. Maelys hatte es am Ende dieses völlig aus den Fugen geratenen Tages versäumt, ihrem allabendlichen Alle-Vorhänge-müssen-zugezogen-werden-Ritual nachzugehen, und nun nutzte der Mond die unverhoffte Chance und goss eine Landebahn aus Licht auf das brüchige Linoleum, die *père Noël* sicher gut gefallen hätte.

Aber Weihnachten war noch weit weg, und hinter der nächsten Tür warteten keine Geschenke – allenfalls eines, das sie garantiert nicht haben wollte. Claire kicherte albern vor sich hin, bis ihr einfiel, dass Hellwig mit einem gesunden Hörsinn gesegnet war.

Es gelang ihr trotzdem nicht, an seiner Tür vorbeizugehen, stattdessen spielte sie mit dem kindischen Gedanken, durchs Schlüsselloch zu spähen. Was sie natürlich niemals täte, zumal es drinnen ohnehin zu dunkel war, um etwas zu erkennen. Am besten kehrte sie der Tür einfach den Rücken zu. Sie musste lediglich die Treppe hinuntersteigen, in die Küche abbiegen und den Kühlschrank ansteuern, in der Hoffnung, dass Maelys etwas von dem schrecklichen Käse übrig gelassen hatte.

Leider rührten sich ihre Füße nicht von der Stelle, weshalb Claire zuerst die Handflächen und dann, etwas zögernder, die Wange an die Tür legte und mit angehaltenem Atem lauschte. Über ihr knarrte das Dachbodengebälk, aber durch das weiß lackierte Holz drang kein Laut an ihr Ohr, was sie ein klitzekleines bisschen beunruhigte. Immerhin schlief ihr Gast nun schon seit über zehn Stunden, weshalb sie allmählich bezweifelte, ob er noch lebte.

Vorsichtig drückte sie die Türklinke herunter. Sie wollte nur einen kurzen Blick hineinwerfen. Zur Sicherheit, falls er doch …

»Ertappt, würde ich sagen«, flüsterte eine undeutliche Stimme in ihrem Rücken.

Claire erstarrte, das Ohr noch immer an der Tür, als hätte

es jemand dort angeklebt. Schließlich atmete sie sehr, wirklich sehr langsam aus und drehte sich beschämt um. Sie brauchte einen Moment, bis sie begriff, was sie sah – und hätte beinahe aufgelacht.

In der Redaktion hatte sie Hellwig schon mit vielen Gesichtsausdrücken erlebt, einer, der Schuldbewusstsein demonstrierte, war bisher nie dabei gewesen. Diesmal hatte er eindeutig ein schlechtes Gewissen und den Grund dafür trug er auf Mamans grün gestreifter Kuchenplatte vor sich her.

Claire verschränkte die Arme und wartete geduldig, bis er zu Ende gekaut und geschluckt hatte. Bedauerlicherweise hatte er bis dahin den Schrecken überwunden und quittierte ihren spöttischen Blick mit einem Lächeln, das sie stark an Luiks Flegelgrinsen erinnerte – und von einem bestechenden Charme war, an dem selbst ein gestohlener Kuchen nicht rüttelte.

Sie sog scharf die Luft ein und löste den Blick von seinem Trägershirt. Armor Lux, das geringelte Shirt stammte eindeutig aus einem Touristenladen.

Zut alors, was löste dieser Mann nach all den Jahren nur auf einmal in ihr aus?

Statt sich zu entschuldigen, deutete er mit einem anerkennenden Nicken auf seine Beute. »Hast du den gebacken? Der ist richtig gut.«

Er schwenkte die Platte in ihre Richtung und hielt sie etwas höher. Der betörende Duft nach Butter und Zucker ließ ihr sofort die Knie weich werden. *Mon Dieu*, sie starb vor Hunger.

»Möchtest du etwas davon? Ich teile gern mit dir.«

Ihr Magen gab eine sehr eindeutige Antwort, die in peinlichem Gegensatz zu ihrem Kopfschütteln stand.

»Heißt das, du hast ihn nicht selbst gebacken, oder du willst nichts abhaben?« Er steckte sich noch ein Stück *gâteau breton* in den Mund und legte kauend den Kopf schief.

Wie paralysiert starrte Claire auf seine Lippen, die so ganz anders geformt waren als die von Nicolas, und überlegte zu ihrem eigenen Entsetzen, wie sich dieser schmale, männliche Mund anfühlen mochte.

»Wir sollten reden«, sagte sie atemlos und drückte die Tür auf, was ihn immerhin so sehr überraschte, dass er vergaß weiterzukauen.

Eilig durchquerte sie das Kinderzimmer, stieß das Fenster auf und kletterte über die Heizung auf das Sims.

Ja, sie mussten reden, je eher, umso besser, doch niemand schrieb ihr vor, nach welchen Regeln sie dieses Frage-und-Antwort-Spiel gestaltete. Sie musste ihr Wissen um seine kleine Schwäche nutzen. Wenn er aufgrund seiner Höhenangst nicht wie üblich der Herr der Lage war, würde er vielleicht die Chefallüren ablegen und weniger hart über sie urteilen.

Sie vergewisserte sich, dass er ihr ins Zimmer gefolgt war, ließ den Fensterrahmen los und balancierte die wenigen Schritte über das Dach. Auf dem Holzbrett angekommen, ging sie in die Hocke, stolz und mit zitternden Waden. Sie atmete flach, so wie sie in einer Kammer mit nur wenig Sauerstoff atmen würde, obwohl sie doch in luftiger Höhe saß, dem Sternenhimmel viel näher als gewollt, die feuchtkühle Nachtbrise im Haar.

»Was ist? Kommst du?«

»Du machst Witze.« Hellwig war am Fenster stehen geblieben und beugte sich hinaus.

Im Mondlicht wirkten seine Haare fast weiß und bildeten einen ungewöhnlichen Kontrast zur gebräunten Haut. Er sah aus wie die leibhaftige Vorlage für die Illustration des kleinen Prinzen in ihrem Lieblingsbuch von Saint-Exupéry.

Ein Junge, der nicht von dieser Welt ist.

»Ich mache nie Witze.«

»Mademoiselle Durant, ehrlich, ich würde fast alles für dich tun. Aber das da …« Er spähte nach unten und schüttelte den Kopf. »Das da ist ein Kündigungsgrund. Wieso können wir nicht drinnen reden? Dort ist es doch auch ganz gemütlich und vor allem … ungefährlich.«

»Da gibt es aber nur ein Bett und ich werde mich ganz sicher nicht mit meinem Chef auf ein Bett setzen und … reden.«

»Wir können so tun, als wäre ich nicht dein Chef«, sagte er trocken. »Oder uns auf den Fußboden setzen. Wir können auch in die Küche gehen oder einen Mondspaziergang machen, bei dem wir uns garantiert nicht den Hals brechen.«

»Hier oben entspanne ich mich am besten«, log Claire und hätte beinahe hysterisch gekichert.

Als ob ich so tun könnte, als wäre er nicht mein Chef.

»Ich habe nichts zu verlieren. Vielleicht kündigst du mich sowieso, wenn ich dir …« Sie machte eine effektvolle Pause wie jemand, der gleich das zappelnde Kaninchen aus dem Hut zaubert. »Wenn ich dir die Wahrheit über Gwenaelle erzählt habe.«

Einen Moment blieb es still, bis auf das Rauschen der Brandung und das entfernte Bellen eines Hundes.

»Einigen wir uns auf einen Kompromiss«, sagte Hellwig schließlich gedehnt und klopfte auf das Sims, als müsste er es auf seine Belastbarkeit prüfen. »Ich setze mich auf die Fensterbank und du bekommst allenfalls eine Abmahnung, falls mir die Wahrheit nicht gefallen sollte.«

»Gut, aber deine Beine müssen draußen sein. Auf dem Dach.« Es kostete Claire äußerste Beherrschung, ernst zu bleiben. »Damit wir eine Art Verbindung haben.«

»Dir ist schon klar, dass du gerade wie eine schrullige Esoterikerin klingst, oder?«

»*Bien sûr* – natürlich. Das ist mir bewusst.« Gespannt sah sie zu, wie er im Zeitlupentempo das Bein über den Fensterrahmen schwang und sich dabei angestrengt bemühte, nicht nach unten zu sehen. »Tust du mir trotzdem einen Gefallen, ehe du dich vom Leben verabschiedest, *monsieur le chef?* Würdest du mir vorher ein Stück Kuchen rüberwerfen?«

»Nur wenn du aufhörst, mich Chef zu nennen.«

»*Binde deinen Wagen an einen Stern*, hat Tante Valérie damals zu mir gesagt«, sagte Claire eine gute halbe Stunde später und traute sich endlich aufzublicken.

Hellwig hockte seitlich auf dem Fenstersims, hielt ein Knie umschlungen und ließ das andere Bein über den glänzenden Dachschindeln baumeln. Er hätte fast lässig gewirkt, wenn er den Rücken weniger steif gegen den Holzrahmen gedrückt hätte und nicht so, als ob ihn jemand dort festgebunden hätte. Seine Position konnte unmöglich bequem sein, trotzdem hatte er sich kein einziges Mal gerührt, während sie sich stammelnd an jene ersten Tage in Paris herangetastet und die Begegnung mit Tante Valérie, die Trauer Mamans und Maelys' unbeholfene Malversuche in ihr Gedächtnis zurückgerufen hatte.

Es hatte gedauert, bis aus den Erinnerungen Bilder wurden, die sie greifen konnte, es waren allzu flüchtige Aufnahmen, durcheinandergeworfen wie in einem viel zu voll gepackten Karton mit Fotos. Sie erkannte Monsieur Poupart, der Valérie in der *boulangerie* einen *café crème* servierte, sah das gelbe Putzwägelchen durch das Atelier Martel rollen und die Fotografie von Marlene Dietrich an den unsichtbaren Fäden von der Decke hängen. Sie hörte Absatzklappern auf dem Linoleum im Flur, ihr eigenes unbeschwertes Mädchengekicher mischte sich mit Valéries Zigarettenbellen. Da waren der Geruch von Mottenkugeln und das säuerliche Aroma von Valéries *soupe à l'oignon,* dazu die metallische Metroluft, die sie irgendwie immer noch in der Nase und den Kleidern hatte. Trotzdem kam es ihr vor, als erzählte sie Hellwig von einer Schulfreundin, die sie vor so langer Zeit aus den Augen verloren hatte, dass sie sich zwar noch an ihren Namen, jedoch kaum an ihr Gesicht erinnerte.

Claire blinzelte zum Leuchtturm hinüber und war sich Hellwigs Blick nur allzu bewusst, der auf ihrer Haut kribbelte, bedauerlicherweise aber nicht verriet, was er dachte.

»Ich habe den Ausweis mit diesem neuen Namen in der Hand gehalten und es einfach getan. Ich habe meinen Wagen an den schönsten Stern gebunden, den ich finden konnte«, schloss sie leise. »Und der leuchtete über der Geburtsstadt von Marlene Dietrich.«

Hellwig schwieg noch immer. Claire drehte den Kopf und sah ihn so aufrichtig an, wie es ihr möglich war.

»Ich habe nur eine Postadresse in Zehlendorf. Tatsächlich wohne ich in einer winzigen Wohnung in einem Kreuzberger Hinterhaus, besitze keinen noblen Stammbaum, und in Paris habe ich nur eine spleenige Tante, während ich selbst aus eher ärmlichen Verhältnissen komme. Ich weiß, dass es nicht richtig war, die halbe Welt in dem Glauben zu lassen, ich sei mehr als das, was ich bin. Aber ich dachte, es wäre leichter, Großes zu erreichen, wenn die Leute mich nicht für einen Bauerntrampel halten ... was letztlich ja auch funktioniert hat. Du hast mir den Chefredakteursposten angeboten, und ausgerechnet dann kam alles gleichzeitig. Die Bitte meiner Mutter, mich um meine Schwester zu kümmern, die Programmkonferenz für das neue Magazin, die Ausstellung in ...« Sie presste die Lippen zusammen.

Nicht Paris. Wenn sie Hellwig beichtete, dass sie Valérie zur Vernissage geschickt hatte, war sie ihren Job auf jeden Fall los.

»Ich war ohnehin schon völlig überfordert, als du in Moguériec aufgetaucht bist«, fuhr sie kleinlaut fort und sprach auf einmal schneller, so als müsste sie vor ihren eigenen Worten flüchten. »Deshalb haben Emil und Luik… Ich fürchte, sie haben dich meinetwegen auf der Île Cadec ausgesetzt. Es ist meine Schuld, dass dein Auto wie ein Zebra aussieht und Madame Odile dich aus dem Hotel geworfen hat, dabei habe ich diese beiden *cretins* ausdrücklich gebeten, subtil vorzugeh…« Sie verstummte, als sie bemerkte, dass Hellwig sich bewegte.

Das hieß, er bewegte sich eigentlich gar nicht. Er zuckte. Zuerst waren es nur die Schultern, der Rest seines Oberkörpers folgte, bis Hellwig auf dem schmalen Sims beinahe das Gleichgewicht verlor. Zu Claires ungläubigem Staunen brach er in schallendes Gelächter aus.

»Das ist alles? Deshalb hast du mir das halbe Dorf auf den Hals gehetzt?« Er lachte noch lauter. »Weil du dachtest, ich feuere dich, wenn ich erfahre, dass du Bretonin bist?«

»Ja… nein! Ich meine… ich… ja.« *Mon Dieu*, gleich würde sie losheulen. Dieses Gespräch war die reinste Folter.

Hellwig rieb sich mit dem Handrücken über die Augen und schüttelte immer noch ungläubig den Kopf. »Du kennst mich jetzt seit neun Jahren, Claire. Hältst du mich tatsächlich für so oberflächlich?«

»Tut mir leid«, flüsterte sie.

»Ich beurteile meine Angestellten nicht nach ihrer Herkunft, sondern aufgrund ihrer Leistung«, sagte er ruhig. »Du machst seit Jahren einen hervorragenden Job bei uns, und das, obwohl du mit deiner Qualifikation etwas viel Besseres hättest anstellen können. Wer wäre ich, wenn ich dir nicht alle Türen aufstoßen würde? Auch wenn ich zugebe, dass mir die Vorstellung gefallen hat, ist es mir vollkommen gleichgültig, ob du eine waschechte Pariserin bist oder nicht. Dein Profil passt zu dem französischen Image, das der Vorstand dem Magazin verpassen möchte, ob du nun aus der Bretagne, der Provence oder sonst welcher Ecke von Frankreich kommst. Es ändert nichts daran, dass wir dich trotzdem für eine *grande dame* halten.« Er schmunzelte. »Vorausgesetzt, ich vergesse die letzten achtundvierzig Stunden.«

Mit deiner Qualifikation. Ihr Atem setzte für Sekunden aus. Es existierte kein Diplom. Sie musste es ihm sagen. Sie musste.

»Das Problem ist, ich habe nicht ...«

»Es gibt kein Problem«, unterbrach er sie sanft. »Zumindest sehe ich keines, das nicht privater Natur wäre. Ein Name und eine Adresse lassen sich mit kleinem bürokratischem Aufwand korrigieren, das brauchen wir in der Redaktion sicher nicht an die große Glocke zu hängen. Es sei denn, du hast dem Ganzen noch etwas hinzuzufügen, das mich tatsächlich zwingen würde, dich zu feuern.« Er beugte sich nach vorne und sah sie ernst an. »Hast du?«

Ihr Mund öffnete sich, aber es kam nichts heraus. Verflucht, wieso sagte sie nichts? Sie konnte doch nicht ...

»*Du kannst*«, sagte Valérie trocken.

»Dacht ich's mir.« Er nickte zufrieden.

»Ich ...« Da ging sie dahin, die andere Hälfte der Wahrheit, mit einem langen Ausatmen, das unter den Rippenbögen schmerzte und nur ein lauwarmes »Ich mache es wieder gut« in die Nacht entließ. Ouuu, dafür würde sie für die nächsten drei Leben in der Hölle schmoren.

»Nein. Du musst nichts wiedergutmachen.« Erneut dieser Blick, unter dem sie sich fühlte, als wäre sie nackt. »Ich möchte nur, dass du mir etwas versprichst, nicht als Mitarbeiterin, sondern als Mensch.«

Claire schluckte und nickte zögernd. »Ich würde sagen, ich schulde dir so ziemlich jedes Versprechen.«

»Dann gib mir dein Wort, dass du künftig versuchst, mir zu vertrauen. Keine Unehrlichkeiten mehr, weder hier noch in Berlin. Glaubst du, das bekommen wir hin?«

»Wir?«

»Natürlich wir. Du hältst mich offenbar für einen oberflächlichen Idioten. Das sagt mir, dass ich an mir arbeiten muss, damit du in Zukunft bei der Wahrheit bleibst.«

»Diese Einsicht macht dich zu einem ziemlich netten Menschen.« Claire wurde rot. Nicht weil sie gesagt hatte, was sie gesagt hatte, sondern wegen dem, was sie nicht gesagt hatte. *Nett* war ihr nicht als erstes Wort in den Sinn gekommen. Sie dachte an Nicolas und hatte plötzlich Schuldgefühle.

»Eigentlich bin ich einfach nur ich«, sagte er achselzuckend.

»Dann habe ich dich wohl gewaltig unterschätzt.«

»Schon möglich, Mademoiselle Durant«, antwortete er, ohne eine Miene zu verziehen. Hellwig hatte einen komischen Humor, den man schnell missverstand, wenn man sich nicht die Mühe machte hinzuhören.

Sie atmete auf, froh darum, dass ihr Herz nun wieder ruhig und gleichmäßig schlug. Mit dem winzigen Nagetier, das sich dort, wo ihr Gewissen wohnte, häuslich eingerichtet hatte, konnte sie leben. Sie musste damit leben.

»Sollen wir reingehen?«, fragte sie und rang sich vorsichtig die nächste kleine Wahrheit ab. »Ehrlich gesagt, krabbele ich sonst nie freiwillig hier oben herum. Es geht ziemlich tief runter, findest du nicht?«

Hellwig nickte. »Da haben wir wohl doch etwas gemeinsam.«

»Schon möglich, Monsieur Hellwig.«

»Eine ehrliche Antwort hätte ich aber gerne noch, ehe wir diesen Tag in die Ablage geben.«

»Und die dazugehörige Frage lautet?« Sie lachte nervös – und zu früh, wie sie einen Sekundenbruchteil später feststellte, als Hellwigs durchdringender Blick sie traf.

»Was zum Henker hast du den beiden Jungs über mich erzählt, bevor sie auf die Idee gekommen sind, mich umzubringen?«

Es klingelte, misstönend und endlos, als würde sich jemand gegen den Klingelknopf lehnen. Claire öffnete die Augen, wartete auf das Klappern des Briefschlitzdeckels und das Geräusch, mit dem die Post auf den Dielen im Flur aufschlug.

Seit Pierre ihr neulich den Schrecken ihres Lebens eingejagt hatte, bemühte er sich jeden Morgen nahezu zwanghaft, keinerlei Zweifel über die Ankunft der Post aufkommen zu lassen.

Die Klingel verstummte abrupt, Claire schlug seufzend die Bettdecke zurück. Sie zog Shorts und eine Hemdbluse an und starrte eine Weile unschlüssig auf ihre Pumps, ehe sie in die Ballerinas schlüpfte, die sie sonst nur im Haus trug. Nach kaum vier Stunden unruhigem Schlaf war sie müde und erschöpft und noch immer beschämt, weil sie Hellwig hatte gestehen müssen, dass halb Moguériec ihn für ihren verflossenen Liebhaber hielt.

Im Bad drehte sie eine Weile an dem rostigen Hahn herum, bis das Wasser kam, benetzte mit den Fingern das Gesicht und musterte es kritisch im Badspiegel. Ihre Augen wirkten stumpf, das schlechte Gewissen schwelte in ihnen, obwohl Hellwig relativ gelassen reagiert hatte. Trotzdem wusste sie immer noch nicht, ob sie sich befreit fühlen oder doch besser im Erdboden versinken sollte.

Ob Sebastian schon wach war? Wie auch immer, sie brauchte erst einen starken Kaffee, bevor sie sich den Kopf darüber zerbrach, wie sie das Missverständnis bei den Bewohnern Moguériécs aufklärte.

Im Flur sammelte sie die Zeitungen, Briefe und Wurfsendungen auf und bemerkte auf dem Weg zur Küche amüsiert, dass Pierre den *Ouest-France* von vergangenem Montag ausgeliefert hatte. Nicht dass sie sich darüber wunderte. Das Leben in Moguériec folgte seinem eigenen Zeitverständnis, wonach das Kühlen einer Kiste Austern weit vor dem Weltgeschehen rangierte. Die Politik konnte in den Augen der meisten Bewohner ruhig drei Tage warten, solange sie schwarz auf weiß irgendwo zum Nachlesen geschrieben stand. Diese Trägheit war typisch für ihre Heimat, die manch einer in Paris als tiefste Provinz bezeichnete und die romantischere Gemüter für ein Stück heile Welt hielten –gerade weil die Uhren hier langsamer tickten als anderswo. Davon abgesehen war dieses Dorf vermutlich der einzige Ort in ganz Frankreich, wo ein junger Kerl, der an einer Gleichgewichtsstörung litt, eine Anstellung als Fahrradpostbote fand.

Wie immer hatte Maelys Kaffee gekocht, der in Papas alter, verbeulter Thermosflasche auf dem Küchentisch auf sie wartete. Claire schenkte ihre hellblaue Lieblingstasse bis zum Rand voll, trat ans Fenster und betrachtete den großen kartonierten Umschlag, der mit der Zeitung gekommen war.

Pour Gwenaelle Durant, stand über der handgeschriebenen Adresse. Darin fand sie zwei kleinere Umschläge in einem blassen Gelb, einer mit ihrem, der andere mit Maelys' Namen versehen. Claire widerstand der Versuchung, den Brief zu öffnen, der nicht für sie bestimmt war, und nahm den anderen zur Hand.

Meine liebe Gwenaelle,
danke, dass du tust, worum ich dich gebeten habe. Ich hoffe
sehr, ihr beide habt eine schöne Zeit in Moguerièc. Genießt
sie und kommt ja nicht auf die Idee, mich besuchen zu wol-
len. Die Ärzte haben mir strengste Ruhe verordnet. Mir
geht es sehr viel besser, und Docteur Laroux sorgt dafür,
dass es mir an nichts fehlt. Ich komme bald nach Hause.
Maman.

Claire musterte die Karte eine Weile nachdenklich, weil sie gestern tatsächlich mit dem Gedanken gespielt hatte, mit Maelys nach Lannion ins Krankenhaus zu fahren. Aber offensichtlich wünschte Maman keinen Besuch, worüber sie ehrlich gesagt froh war. Obwohl sie aus den Zeilen keinerlei Vorwurf herauslas, kam sie mit dem Schuldgefühl, das ihre Mutter stets in ihr auslöste, noch immer nicht klar. Schon wenn sie nur die eckige Handschrift betrachtete, war es da, wie eine heimtückische Stechmücke, die sie genau dort erwischte, wo sie es nicht erwartete.

Sie legte den Umschlag für ihre Schwester neben die Thermosflasche. Um sich abzulenken, breitete sie die Zeitung aus und blätterte über die politischen Schlagzeilen hinweg zum Feuilleton, während sie mit einem Auge in den Hof schielte.

Das gelbe Postfahrrad lehnte am Räucherschuppen, vor dem grünen Türchen zum Gemüsegarten standen Maelys und Pierre, vertieft in ihr tägliches Theaterstück aus verstohlenen Blicken und einem *café*. Pierre trank langsam, als ob er Zeit schinden wollte, nach jedem Schluck setzte er die Tasse ab, um Maelys ein befangenes Lächeln zu schenken. Ihre Miene wirkte wie eingefroren, womit sie dem armen Pierre vermutlich genau die falsche Botschaft sandte. Er sah nicht, dass sie die Hände auf dem Rücken knetete, und konnte wahrscheinlich auch nicht das nervöse Wippen einordnen, mit dem ihr Körper auf die innere Anspannung reagierte.

Mon Dieu, sie war total verknallt in ihn. Und was Pierres Gefühle für ihre kleine Schwester anging... Claire schnalzte abschätzig mit der Zunge. Sah aus, als müsste jemand den beiden einen ordentlichen Schubs verpassen, wenn das in diesem Leben noch so etwas wie eine Liebesgeschichte werden sollte. Ihr würde bestimmt etwas einfallen, um... Irritiert hielt sie inne. Sie hatte die Zeitung eher überflogen, während sie die Seiten umgeschlagen hatte, aber ein unbestimmtes Gefühl ließ sie zurückblättern.

Nein. Ich muss mich täuschen. Das ist doch nicht Valérie auf dem Bild.

Abrupt riss sie die Zeitung nach oben und hätte dabei fast ihren Becher umgestoßen, doch auf den Schock und die Kaffeelache auf der Holzplatte folgte entsetzliche Gewissheit. Claire wurde schwarz vor Augen. Sie stützte sich mit den Ellenbogen auf, die gespreizten Finger gegen die Schläfen gepresst, und senkte die Nase so dicht über die Zeitung, dass sie die Druckerschwärze roch.

Kein Zweifel. Es war Valérie, körnig und in Schwarz-Weiß, flankiert von zwei Uniformierten. Über dem Foto stand in Blockbuchstaben:

»Versuchter Diebstahl im Grand Palais! 72-Jährige sorgt für Aufruhr bei Pariser Ausstellungseröffnung.«

Claire stöhnte auf und versuchte, ihren rasenden Puls einzufangen, der wie ein durchgegangener Gaul durch ihre Eingeweide preschte und alles niedertrampelte, was ihm an Zuversicht und guter Hoffnung im Weg stand.

»Am Freitagabend hat sich eine 72-jährige Pariserin mit dem möglicherweise gefälschten Presseausweis einer Journalistin Zugang zur Vernissage der Ausstellung ›Frankreichs neue Talente‹ im Grand Palais verschafft. Die Frau fiel einigen Besuchern auf, als sie versuchte, eines Ausstellungsstücks habhaft zu werden, konnte jedoch vom Sicherheitsdienst des Museums an der Ausführung des Deliktes gehindert werden. Die Kriminalpolizei ermittelt wegen Betrugs und versuchten Diebstahls.«

»Es ist schon etwas gewöhnungsbedürftig, mit einem Männerhintern vor dem Gesicht aufzuwachen«, sagte jemand hinter ihr.

»Was?« Geistesgegenwärtig schlug Claire die Zeitung zu und griff nach dem Kaffee, doch ihre Finger zitterten zu sehr, weshalb sie den Becher sofort wieder abstellte.

Betrug und versuchter Diebstahl. Diebstahl?

»Dir ebenfalls einen guten Morgen.« Hellwig lächelte. »Du

wirkst, als hättest du ein Gespenst gesehen. Dabei dachte ich, ich sähe heute eigentlich ganz passabel aus. Zumindest fühle ich mich ausnahmsweise mal nicht wie kurz nach einem Triathlon. Muss an der Luft liegen. Salz, Jod, Algen, man ist entweder müde oder hungrig.« Er trat an den Herd und schnupperte. »Ist das Kaffee in der Kanne?«

Sie reichte ihm stumm eine Tasse aus dem Schrank.

»Also mal ehrlich, Claire ... Robbie Williams? Ernsthaft?« Hellwig schenkte sich ein, wobei sein Blick irritiert auf dem unangetasteten *gâteau breton* innehielt, den Maelys heute früh gebacken hatte, bevor sie sich zum Strandfischen aufmachte.

Claire hatte keine Ahnung, wovon er redete. Wie war Valérie bloß auf die Schnapsidee gekommen, ein Ausstellungsstück stehlen zu wollen? Vor allem ... wieso?

»Das Poster neben deinem Bett. Auf Augenhöhe«, insistierte Hellwig und nippte grinsend an seinem Kaffee.

»Ach, das.« Claire spürte, wie sie rot wurde, während sie die Lokalzeitung verstohlen unter einen Kochheftstapel schob.

Was genau war in Paris nur schiefgelaufen? Vor allem, wann hörte das endlich auf, *sacre Dieu?* Ihr Gefühlsleben war derzeit eine einzige Achterbahnfahrt. Nicht dass sie etwas gegen Gefühle hätte. Eigentlich liebte sie es, aus dem Vollen zu schöpfen, egal, ob im Guten oder im Schlechten, aber es war anstrengend, nicht zu wissen, ob es gerade auf- oder abwärts ging. Im Moment sah es jedenfalls so aus, als befände sie sich im freien Fall, wie ein Fallschirmspringer. Ohne Schirm.

Claire lächelte Hellwig verkrampft an, was gar nicht so leicht ist, wenn man eigentlich mit den Zähnen knirschen will. Sie musste Valérie anrufen, am besten sofort, doch damit fing auch schon das erste Problem an. Ihr Mobiltelefon war auf der Steinterrasse in tausend Teile gesprungen, der Chip lag wahrscheinlich im Meer oder im Magen einer gefräßigen Mantelmöwe.

Demzufolge besaß sie auch keinen Zugriff auf ihren Telefonspeicher, Valéries Handynummer, die sie natürlich nicht auswendig kannte, war nirgendwo registriert, und das Festnetztelefon in der Rue Martel 1 hatte ihre Tante schon vor Jahren abgemeldet, um Geld zu sparen. Ob sie auf dem Polizeipräsidium in Paris anrufen sollte? Was, wenn sie damit bloß schlafende Hunde weckte?

Sie musterte Hellwig, der ihr gegenüber an der Kühlschranktür lehnte und auf seinem Handy herumtippte. Er hatte gestern kurz vor ihrer Verabschiedung nach der Vernissage gefragt, eher beiläufig und gewiss, dass sie den Job in Paris erledigt hatte, bevor sie in die Bretagne gefahren war. Sie hatte ihm versichert, alles sei prächtig gelaufen. Wenn er erfuhr, dass sie … Sie kniff die Augen zusammen.

Der *Ouest-France* war nur eine Lokalzeitung. Selbst wenn noch ein paar überregionale Blätter über den Vorfall berichtet hatten, war es eher unwahrscheinlich, dass jemand in Berlin Wind von dem Artikel bekam, geschweige denn einen Zusammenhang zu ihr herstellte. Die französischen Polizeibehörden hatten derzeit weiß Gott andere Sorgen und würden wegen eines vermeintlich gefälschten Presseausweises kaum bis nach Deutschland ermitteln. Davon abgesehen biss sich der zuständige Kommissar bei der polizeilichen Befragung vermutlich gerade die Zähne an Valérie aus. Ihre Tante war eine Meisterin darin, die verwirrte *grand-mère* zu spielen.

Claire atmete langsam aus. Es gab keinen Anlass für überstürztes Handeln. Wenn sie die Ungewissheit so gar nicht mehr aushielt, konnte sie immer noch bei Sasha in der Redaktion nachfühlen, aber bisher … Sie lächelte Hellwig an, der das Telefon in seine Leinenhose gesteckt hatte und sie abwartend ansah. Bisher war alles in bester Ordnung.

»Also, Sebastian«, sagte sie betont unbekümmert und trank

einen großen Schluck von ihrem Kaffee. »Traust du dich an ein kleines bretonisches *amuse gueule* zum Frühstück? Wir müssten es allerdings erst noch holen. Draußen.«

Hellwig antwortete nicht, sondern deutete mit dem Kinn zur Arbeitsplatte hinüber. »Ist das da zufällig ein *gâteau breton*?«

»Du hast deine Hausaufgaben gemacht.« Claire nickte anerkennend. »Salzbutter, Mehl und Eier. *Et voilà, gâteau breton.*«

»Das ist doch der gleiche Kuchen wie der von gestern.« Er wirkte plötzlich gezwungen, obwohl er das schiefe Grinsen wieder aufgesetzt hatte, das ihn um Jahre jünger machte. »Hat es damit irgendetwas Besonderes auf sich? Oder geht es vielmehr um … jemanden?«

»Schon möglich.« Claire zuckte mit den Achseln und dachte an Maelys. Ihre Schwester, das rätselhafte Wesen. Eine weitere Aufgabe, die sie auf ihrer endlos langen To-do-Liste zurückstellen musste, weil sie Wichtigeres zu erledigen hatte. *Mon Dieu*, irgendwo musste sie schließlich anfangen, und es schien ihr vordringlich, ihrem Chef das Gefühl zu vermitteln, dass er sehr wohl in Moguériec willkommen war.

»Gut.« Hellwig holte hörbar Luft, als müsse er einen unangenehmen Gedanken abschütteln. »Dann zeig mir mal dein Zuhause, Claire. Oder soll ich dich Gwenaelle nennen?« Er sprach ihren bretonischen Namen falsch aus, mit einem schneidenden j in der Mitte statt des weichen ae.

»Ouuu, nur wenn du lernst, meinen Namen so auszusprechen, dass ich keine Gänsehaut davon bekomme.«

»Was ist gegen Gänsehaut einzuwenden?«, antwortete er, ohne sie anzusehen, und seine Worte schwebten für einen Moment im Raum, als bedeuteten sie mehr als eine beiläufige Fopperei.

Claire räusperte sich und wandte sich dem Küchenschrank zu. Obwohl sie längst gefunden hatte, was sie suchte, kramte sie länger darin herum, als nötig gewesen wäre. Als sie sich etwas atemlos umdrehte, war Hellwig näher gekommen, so nah, dass sie nur die Hand hätte ausstrecken müssen, um eine der pinkfarbenen Minipalmen auf seinem Poloshirt zu berühren. Unwillkürlich hielt sie den Atem an, als er sich nach vorne beugte – und seine Tasse an ihr vorbei in die Spüle stellte. Sie kannte keinen Mann, der so treffsicher daneben lag, was die Auswahl seiner Hemden anging, und der dennoch so punktgenau sein Parfum auswählte. Er roch genauso, wie ein Mann riechen sollte, nach torfiger Erde, Dünengras und Meerwasser. Und ein kleines bisschen nach Papa.

Sie zuckte unmerklich zurück, und sein Blick verriet ihr, dass er ihre Irritation bemerkt hatte. Wortlos trat er beiseite und lehnte sich mit einer Armlänge Abstand von ihr an den Herd, was jedoch keinen nennenswerten Unterschied machte. Sie roch ihn noch immer.

»Willst du den Möwen die Eier aus den Nestern stehlen, oder was genau soll ich mir unter so einem bretonischen Frühstück vorstellen?«, fragte er und zeigte auf den Salzstreuer in ihrer Hand.

»Wir locken damit Schwertmuscheln aus dem Sand.«

»Muscheln.« Er hob eine Braue. »Mit einem Salzstreuer?«

Claire lächelte und sah zum Fenster hinaus. Es war Ebbe, das Meer hatte sich bestimmt fünfzehn Kilometer weit zurückgezogen, der schmale Glitterstreifen des Wassers verschmolz mit dem Horizont. »Weißt du, meine Tante Valérie sagt immer, man müsse nur herausfinden, was sich ein Mensch am meisten wünscht, um zu wissen, was er als Nächstes tut. So eine Schwertmuschel funktioniert im Grunde ganz ähnlich.«

»Die Muschel wünscht sich also Salz«, sagte Sebastian trocken.

»Sozusagen«, antwortete Claire leise. »Aber eigentlich sehnt sie sich nur furchtbar nach dem Meer zurück.«

»Du musst genau hinsehen und vorsichtig auftreten, denn bei zu starken Erschütterungen kommt die Muschel erst gar nicht raus.« Belustigt beobachtete Claire, wie Hellwig mit gebeugtem Nacken neben ihr herging und mit den Augen das Watt abtastete – ein eilig verlassenes Gästebett voller Sandfalten, in denen das Meer seine Algen und Muschelschalen vergessen hatte.

Auf ihre Bemerkung hin spannte Hellwig die Wadenmuskeln an und tat etwas, das man durchaus als Schleichen bezeichnen könnte, hätte er keine Flip-Flops getragen. Das gummierte Fußbett klatschte bei jedem Schritt gegen seine Fußsohlen, bis er es aufgab, auf Zehenspitzen gehen zu wollen.

»Man braucht ein bisschen Übung.« Claire ging in die Hocke. »Schau an, da hast du dich also versteckt, *mon chouchou* – mein Schätzchen«, murmelte sie, zog das Salzfässchen aus der Jackentasche und streute eine ordentliche Portion in das typische Loch im sanduhrfeinen Sand. Als sich kurz darauf ein winziger Rüssel aus dem Schlamm reckte, griff Claire kühn zu und zog die Schwertmuschel aus dem Boden. Ein kritischer Blick, ob sie der erforderlichen Größe entsprach, und sie legte sie in den Eimer.

Nach zwei Stunden war ihre Ausbeute, gelinde gesagt, spärlich. Eine Handvoll Venusmuscheln, ein paar Strandschnecken und drei Austern, die sie unter dem Schlickteppich an einer Felsformation gefunden hatte. Das war früher nicht so gewesen. Als Kinder hatten sie die Schwertmuscheln beim *pêche-à-pied* – dem Fischen zu Fuß noch kiloweise aus dem Watt geholt.

»Du bist dran.« Sie erhob sich und reichte Sebastian den Salzstreuer. »Oder gibst du etwa schon auf?«

»Ich habe Hunger«, gab er gespielt entrüstet zurück. »Aufgeben ist also keine Option. Das ist niemals eine Option.« Mit diesen Worten marschierte er in Zickzacklinien zwischen Felsen, Wasserprielen und Schlick davon, wie ein Pilzsucher, der entschlossen nach dem größten Champignon in der Wiese sucht.

Claire musterte eine Weile seinen gebeugten Rücken und drehte sich dann um die eigene Achse, um einen Blick zurück zum Haus zu werfen. Mit nur einem Fenster und dem tiefgezogenen Dach lauerte es wie ein Pirat mit Schlapphut auf dem Dünenkamm, das Auge wachsam aufs Meer gerichtet. Sie streifte die Kapuze von Maelys' Hoodie vom Kopf und stand für einen Moment reglos im Wind. Dann bemerkte sie, dass ihre Gummistiefel voller Wasser waren und sie sich an einer scharfen Felskante einen Schnitt im Daumen geholt hatte. Sie dachte an den Geruch von frischem Baguette und den der Krebse und Muscheln, wenn sie mit viel Salzbutter in der Pfanne schmorten.

Irgendwo klapperte Geschirr, und ein gutmütiges Männerlachen fegte durch die Küche. Das Heimweh kam so unerwartet, dass ihr beim Ausatmen ein Stöhnen entwich. *Du warst viel zu lange fort*, sagte es.

Die einsame Gestalt, die sich ihnen vom Strand mit einem Fahrrad näherte, hielt sie zunächst für Maelys, doch das unbestimmte Gefühl, sich zu irren, verwandelte sich innerhalb von Minuten in Herzklopfen. Das damit einhergehende leise Unwohlsein hätte sie allerdings nicht erwartet.

Der Sandboden knirschte, als Nicolas ein paar Meter vor ihr bremste und schwungvoll vom Mountainbike sprang. Er nahm den Fahrradhelm ab und kam schwer atmend auf sie zu, seine Miene verhieß nichts Gutes. Claire straffte den Rücken und schob das Kinn vor. Mit einer Begrüßung hielt er sich gar nicht erst auf, stattdessen zeigte er mit ausgestrecktem Arm in Hellwigs Richtung, als wollte er ihn mit einer imaginären Pistole rücklings erschießen.

»Ist es wahr?«, fragte er.

»*Pardon?*« Claire reckte den Kopf noch ein wenig höher.

»Du weißt genau, wovon ich rede. Das ist doch der Kerl, oder?«

»Ich wüsste nicht, was dich das angeht, Nicolas.«

Nicolas keuchte, jedoch nicht, weil ihn das Radfahren auf dem sicher schwierigen Untergrund angestrengt hatte. Er war wütend. Erstaunlich wütend.

»Also stimmt es. Du hast ihn tatsächlich bei dir aufgenommen. Bist du verrückt geworden?«

»Nicht verrückter als ein paar Leute im Dorf, die es offensichtlich für angebracht gehalten haben, ihn in Lebensgefahr zu bringen«, feuerte Claire zurück und schielte zu Sebastian, der in seiner aufgekrempelten Leinenhose im Watt hockte und selbstvergessen mit Mamans Salatlöffel im Schlamm grub. Von Nicolas' Anwesenheit schien er bisher nichts mitbekommen zu haben, was ihr ganz lieb war.

»Wir hatten gestern Mittag ein Date.« Nicolas musterte sie finster.

»Wir hatten was?«

»Ich war bei dir zu Hause, um dich zum Picknick abzuholen. Aber leider war *mademoiselle* damit beschäftigt, ihren gewalttätigen Ex-Lover zu retten. Und ich dachte, du betrittst kein Boot, von wegen Seekrankheit und so.«

»Er ist nicht ... gewalttätig.«

»In Marie-Jeannes Salon erzählt man sich anderes. Ich hätte nicht gedacht, dass du eine von diesen Frauen bist.«

»Nicolas, du hast keine Ahnung, wovon du da redest. Es handelt sich um ein Riesenmissverständnis. Außerdem verstehe ich nicht, wieso du so zornig bist. Sebastian ist doch nur ... er ist mein ...« Sie holte Luft und presste das Wort wie einen zu dicken Faden durch ein Nadelöhr. »Chef. Er ist mein Chef, okay?«

»Mir völlig egal, was er ist«, schnappte Nicolas. »Er ist hier.«

»Ich bitte dich.« Claire lächelte dünn.

Sie musste ruhig bleiben, obwohl sie ihn am liebsten angebrüllt und so lange geschüttelt hätte, bis er zur Vernunft kam.

Aber das war früher schon sinnlos gewesen. Wenn Nicolas aufgewühlt war, reagierte er wie ein gereizter Eber auf alles, was sich vor seinen Augen bewegte, und war weder für trotzige Gegenwehr noch für logische Argumente empfänglich.

Im Grunde war seine Reaktion sogar verständlich. Er war ihr bester Freund und machte sich Sorgen um sie. Zumindest war er mal ihr bester Freund gewesen, bevor dieser Kuss alles verschoben hatte, und zwar dahin, wo es gar nicht hingehörte. Verdammt, hätte sie sich vor zwei Tagen im Auto nicht ein bisschen zusammenreißen können?

Sie machte einen Schritt auf Nicolas zu, berührte seinen Arm. Er war kühl und feucht von Schweiß.

»Es tut mir leid, dass ich unser Picknick vergessen habe. Wir holen es nach, versprochen«, sagte sie besänftigend und suchte seinen Blick, der wie gebannt auf ihrer Hand ruhte. »Hör zu, ich hab Mist gebaut, als ich dieses Gerücht in die Welt gesetzt habe. Mir war nicht klar, was ich damit auslöse, und … jetzt steht sogar mein Job auf dem Spiel. Die Leute müssen Sebastian ja nicht gleich in die Dorfgemeinschaft aufnehmen, es reicht, wenn sie ihn für den Rest seines Aufenthalts in Moguériec in Ruhe lassen. Würdest du mir bitte dabei helfen?«

Etwas flackerte in seinen Augen auf. Verständnis? Mitleid? Für einen Augenblick dachte Claire, sie hätte ihn erreicht. Doch dann spannte er die Kiefermuskeln an und entzog ihr seinen Arm.

»Wieso sollte ich?« In seinem Ton lag der Starrsinn eines Achtjährigen, der einen anderen dabei erwischt hatte, wie dieser mit seinem Spielzeugauto spielte. »Ich habe nichts dagegen, wenn er von hier verschwindet.«

Claire atmete enttäuscht aus und konnte nicht anders: Sie verdrehte die Augen. »*Sacre Dieu*, Nicolas.«

»Meinetwegen, aber Gott wird ihm auch nicht helfen.«

»Es geht um mich, nicht um ihn.«

»Das sehe ich genauso.«

»Du…« *Merde.* Je länger sie hier war, desto mehr kam ihr bretonisches Temperament zutage. Sie kochte innerlich, kühler Kopf und Pariser Nonchalance ade.

»Weißt du was?«, zischte sie böse und verstand auf einmal nicht mehr, was sie an ihm als Mann so anziehend gefunden hatte. »Dann bringe ich die Sache eben alleine ins Lot, und wenn ich mich mit einem Megafon auf den Marktplatz stellen und öffentlich verkünden muss, dass ich mir diese dämliche Stalker-Geschichte bloß ausgedacht habe. Notfalls gehe ich zur Gendarmerie und bitte Monsieur Carbonnel darum, für Ordnung zu sorgen.«

»Gerard?« Nicolas lachte trocken auf. »Mal ehrlich, denkst du ernsthaft, er oder irgendjemand sonst wird dir zuhören?«, fragte er fast mitleidig.

»Aber ich…«

»Es ist mittlerweile völlig egal, ob du dir die Geschichte zusammengesponnen hast oder nicht«, fuhr Nicolas ihr über den Mund. »Die Leute haben Gefallen daran gefunden und werden sie so lange glauben, wie es ihnen Spaß macht. Moguériec funktioniert so, das müsstest du eigentlich am besten wissen. Und was unseren braven *gendarme* angeht…«

»Du redest völligen Blödsinn, Nicolas!«

»Alles in Ordnung?«, fragte Hellwig.

Claire hob die Hand und bedeutete ihm, dass kein Anlass zur Sorge bestand, fixierte jedoch weiterhin Nicolas.

»Willst du darauf wetten, dass dir keiner glaubt?« Nicolas grinste auf diese selbstgefällige Art, die ihr Blut nur noch mehr hochkochte.

Stumm vor Zorn sah sie zu, wie er Hellwig zunickte, den Helm aufsetzte und seinen durchtrainierten Körper auf das

Mountainbike schwang. Am liebsten hätte sie ihn von dem aluminiumglänzenden Angeberfahrrad heruntergeschubst, doch sie war schließlich keine fünfzehn mehr. Davon abgesehen bezweifelte sie, dass sie genug Kraft dafür aufbrächte.

»Willkommen zu Hause, *ma crevette*.«

Nicolas lachte noch immer, als er im Davonfahren zu ihnen zurücksah und den Zeigefinger mit einer Drehbewegung in die Wolken schraubte, als wollte er sie wie Zuckerwatte um einen Stab drehen. Das Wolkenflugsymbol, ihr früheres Bandenzeichen für den Sieg bei einer Wette.

»Das werden wir ja mal sehen«, murmelte Claire und wandte sich brüsk ab.

Zwölf

Gerard Carbonnel verrichtete seit nunmehr fünfundzwanzig Jahren seinen Dienst in Moguériecs Gendarmerie, die sich in einem Haus mit roten Klappläden befand – nahe dem Marktplatz gelegen, gleich neben der Kirche.

Claire erinnerte sich nur allzu gut an den übereifrigen *sergent* von damals, der alle Kinder im Dorf für heranwachsende Kriminelle gehalten und Strafzettel auf jedes Fahrzeug gepappt hatte, das entweder ein ausländisches Kennzeichen oder einen Paris-Aufkleber besaß.

Im Laufe der Jahre hatte sich sein Haupthaar zurückgezogen wie eine sehr weit reichende Ebbe und die Uniformjacke spannte über seinem gewaltigen Bauch, der das Ergebnis von zu viel fettem Essen und noch mehr Wein war. Doch nicht nur in körperlicher Hinsicht hatte Carbonnel an Gewicht zugelegt. Mittlerweile schmückten seine Schulterklappen zwei gelbe Streifen, die ihn als Lieutenant auswiesen und damit zumindest formell zu etwas machten, das den Leuten Respekt einflößte – sofern sie nicht aus Moguériec kamen.

»Also, *monsieur le capitaine*, es wäre sehr freundlich von Ihnen, wenn Sie uns mit diesem … zugegeben etwas ungewöhnlichen Anliegen weiterhelfen könnten.« Claire schlug die Beine übereinander und achtete sorgsam darauf, dass ihr Rock dabei ein klein wenig hochrutschte.

Leider zeigte sich Lieutenant Carbonnel nicht sonderlich beeindruckt von ihren Knien. Ebenso wenig wirkte er von der absichtlich falsch gewählten Anrede geschmeichelt, obwohl sie immerhin einer Beförderung zum *capitaine* entsprach. Stattdessen spielte er bereits seit fünfzehn Minuten Katz und Maus mit ihnen, und je länger sie vor dem polizeilichen Schreibtisch saßen, desto stärker befürchtete Claire, dass sie die Maus war. Carbonnel hatte ihr zwar schweigend zugehört, sich bisher aber nur seinem Mittagessen gewidmet, das aus schwarzem *café*, Butterkeksen und Baguette mit *rilettes de noix de Saint-Jaques* bestand, einer Paste aus Jakobsmuscheln. Claire verzog das Gesicht, während Hellwig sichtlich nervös auf seinem Holzstuhl hin und her rutschte.

»Wieso genau sind wir noch mal hier?«, raunte er ihr zu.

»Dein Auto«, antwortete Claire, ohne den Blick von Carbonnels dunklen Augen zu lösen, die Hellwig durchbohrten, als suchte er in dessen Kopf nach dem polizeilichen Führungszeugnis.

»Das wäre dann eine Anzeige gegen Unbekannt«, brummte der *lieutenant* unwillig und zog ein Formular aus der Schreibtischschublade. »Aber ich sage Ihnen gleich, Mademoiselle Durant, die Aussichten sind gleich null. Wir haben es hier andauernd mit Jugendstreichen zu tun, und bei keinem dieser Bagatellfälle war es nötig, gleich die Esel scheu zu machen. Außerdem steht das Hafenfest vor der Tür, und ich habe Wichtigeres zu tun, als mich um ein angemaltes Touristenauto zu kümmern.«

»Das ist kein Bagatellfall!«, protestierte Claire und zog den Rock über die Knie. »Wir reden hier von mutwilliger Sachbeschädigung mit Schiffslack, wahrscheinlich geht das Zeug nie wieder runter. Außerdem wurde Monsieur Hellwig bedroht … zumindest indirekt.«

»So, indirekt.« Carbonnel verzog noch immer keine Miene. »Gibt es Beweise dafür? Haben Sie Namen?«

»Nein, habe ich nicht, aber Sie wissen ganz genau, wovon ich rede. Ich will, dass das alberne Theater sofort aufhört.«

»Hm.« Der *gendarme* wiegte nachdenklich den Kopf, der auf einem viel zu kurzen Nacken saß. »Laut meiner Information war es umgekehrt und Sie sind von diesem Mann belästigt worden, Mademoiselle Durant. Mir ist daher nicht klar, weshalb Sie für ihn die Messer wetzen.«

»Messer? Wieso Messer?«, schaltete Hellwig sich misstrauisch ein.

Claire warf Carbonnel einen vernichtenden Blick zu und presste die Lippen zusammen. »Er sagt, du musst Anzeige erstatten wegen des angemalten Autos.«

»Aber ich will gar keine Anzeige erstatten.« Hellwig schob das Formular kopfschüttelnd zurück auf Carbonells Schreibtischseite. »Ich möchte die Strafzettel bezahlen und den Wagen auslösen. Mach bitte keinen Aufstand, Claire.«

»Keine Ahnung, was er da sagt, aber ich finde, Sie sollten auf ihn hören.« Carbonell lehnte sich in seinem Sessel zurück. Zum ersten Mal erschien auf seinem Gesicht ein Lächeln, mit dem er aussah wie ein fetter Wolf. »Außerdem frage ich mich, wieso Sie nicht Anzeige gegen ihn erstatten, Mademoiselle Durant. Wegen Nötigung. Haben Sie eigentlich einen Waffenschein für die Pistole?«

Claire starrte auf die zerbröselten *palets bretons*, die wie Kriegsverletzte auf dem Tonteller lagen.

»*Monsieur le capitaine*, ich habe es Ihnen doch vorhin schon erklärt«, säuselte sie gezwungen. »Die Geschichte war bloß … Ich habe mir mit Marie-Jeanne einen unbedachten Scherz erlaubt. Und ich besitze gar keine Pistole, ehrlich.«

»Solche Scherze können aber böse ins Auge gehen«, sagte Carbonnel missbilligend und ertränkte einen Butterkeks in seinem *café*.

»Das weiß ich. Deshalb sind wir ja hier.«

»Sie wollen also, dass ich eine Anzeige wegen Nötigung schreibe.« Kauend ließ er den Blick von ihr zu Hellwig schweifen.

Claire stöhnte auf. »Nein, natürlich nicht.«

»Versteh einer die Frauen.« Der *gendarme* schnalzte, hob den Teller und hielt ihn Hellwig unter die Nase. »*Palets. Palets bretooons*«, sagte er, als rede er mit einem Schwachsinnigen, und setzte ein bekräftigendes »*Hmhmm*« hinterher.

»*Merci.*« Hellwig lächelte und nahm sich einen Keks.

Claire rollte die Augen zur Zimmerdecke. Es war heiß und viel zu stickig in diesem Raum, in dem anscheinend regelmäßig geraucht wurde, sie lechzte nach frischer Luft. »Meinetwegen. Dann möchte Monsieur Hellwig eben sein Auto auslösen.«

»Geht leider nicht.«

»Wieso geht das nicht?« Ungehalten trommelte sie mit den Fingerkuppen auf der Tischplatte herum.

»Na, weil ich nicht weiß, wo es ist.«

»Wie bitte?« Ihre Finger kamen abrupt zum Stillstand. »Der Wagen wurde doch abgeschleppt.«

»Möglich, aber nicht von mir. Bei mir kann der Monsieur höchstens die Strafzettel wegen Falschparkens zahlen. Übrigens eine typisch deutsche Straftat, wie ich zu meinem Bedauern immer öfter feststelle.« Carbonell zuckte mit den Schultern. »*Bon,* die Gemeindekasse kann's brauchen, so kurz vor dem *fest-noz.*« Er öffnete erneut die Schublade und zog einen Stapel Durchschläge heraus. Sprachlos sah Claire zu, wie er nach einem Taschenrechner angelte und fast enthusiastisch zu tippen begann. »Das macht dann vierhundertzehn Euro. MasterCard oder Visa bitte.« Und noch einmal, in Hellwigs Richtung: »Viiisa oder Maaastercard.«

»Halt«, sagte Claire kühl, als Hellwig gehorsam seine Geldtasche zückte. »Wie bekommen wir das Auto zurück?«

Carbonnel rieb sich am Kinn. »Da müsste ich wohl eine Diebstahlanzeige aufsetzen, die ich den zuständigen Kollegen in Saint-Pol-de-Léon übermitteln müsste. Aber ich sage es Ihnen noch einmal, die Aussichten …«

»Sind gleich null, schon verstanden.« Claire sprang auf. »Wir gehen, Sebastian. Offensichtlich gibt man in diesem Teil von Frankreich nicht allzu viel auf die Sache mit dem Freund und Helfer.«

Carbonnel blies die dicken Backen auf. »Wie gesagt, eine Anzeige kann ich schon schreiben. Ich meinte bloß, dass …«

»Sparen Sie sich ihren Atem, *sergent*«, giftete Claire und stöckelte erhobenen Hauptes zur Tür – sofern man auf einem frisch gebohnerten Holzboden stöckeln kann. Schlittern wäre das passendere Wort gewesen.

»*Lieutenant* bitte«, korrigierte Carbonnel hochmütig und wandte sich an Hellwig, der ebenfalls aufgestanden war und ratlos zwischen ihr und ihm hin und her blickte. »Sind Sie sicher, dass diese Frau es wert ist, *monsieur*?« Es war nicht schwer zu erraten, wen Carbonnel mit *dieser Frau* meinte.

»*Pardon?*« Hellwig machte ein fragendes Gesicht.

Claire drehte sich um und stemmte die Hände in die Hüften, doch Carbonnel zeigte unbeeindruckt mit dem Finger auf ihre Beine.

»*Are you sure this woman is worth it?*«, wiederholte er in einem derart französischen Englisch, dass Claire sich die Nackenhaare aufstellten.

Am meisten ärgerte sie sich jedoch darüber, dass Nicolas offenbar recht behalten hatte und die Wette gewonnen hätte – hätte sie sich darauf eingelassen.

Hellwig musterte den Gendarmen stumm. Und sehr lange. So lange, dass es selbst Claire nervös machte und Carbonnel sein dämliches Grinsen einstellte.

Dann kam sie, die Antwort, die sie nicht erwartet hatte, am allerwenigsten von Sebastian Hellwig. Schon gar nicht in nahezu einwandfreiem Französisch.

»Ich glaube, die richtige Frau ist grundsätzlich jede Anstrengung wert, *mon lieutenant*«, sagte er und schenkte dem verblüfften Carbonnel ein höfliches Lächeln. »Vielen Dank für den Keks. Er war vorzüglich.«

Claire war noch immer wie betäubt, als sie an der kleinen neugotischen Kirche und dem *hôtel de ville* vorbei in Richtung Marktplatz gingen, sie zehn Schritte voraus. Erst auf Höhe des Schreibwarenlädchens mit den Montblanc-Füllern bemerkte sie, dass Hellwig ihr nicht mehr folgte. Sie machte kehrt, rannte den ganzen Weg durch die verwinkelten Gassen zurück und entdeckte ihn auf einer Bank an der von Flieder überwachsenen Friedhofsmauer. Mit geschlossenen Augen saß er da, das Gesicht der Sonne zugewandt, und wirkte gelöst wie ein Tourist, der sich nach einer Besichtigungstour die wohlverdiente Verschnaufpause gönnte.

»Darf es noch ein Croissant dazu sein?«, fragte sie bissig und baute sich schwer atmend vor ihm auf.

Hellwig öffnete ein Auge und schloss es gleich wieder.

Der Mann hatte vielleicht Nerven. Tat, als sei alles in bester Ordnung, dabei war nichts, überhaupt nichts in Ordnung. Allein bei dem Gedanken an das fruchtlose Gespräch mit Carbonnel ballte Claire die Fäuste. Sie würde es diesem *flic* schon zeigen. Allen würde sie es zeigen, besonders Nicolas.

»Wir müssen weiter, Sebastian.«

»Ich bin keine Marionette, Claire. Zuerst möchte ich wissen, was du vorhast«, kam es träge zurück. »So lange bleibe ich gern auf dieser Bank sitzen, denn allzu oft bekommt man hier keine Sonne ab. Zumindest nicht allzu lange, obwohl es schön mild ist. Die Temperaturen fallen nie unter zehn Grad, habe ich gelesen, wegen des Golfstroms. Deshalb auch die Palmen überall. Erstaunlich.« Er klopfte neben sich auf die Bank. »Wenn du wieder sprechen kannst, dann erzähl mir, warum dich der kleine, dicke Polizist so wütend gemacht hat. Es wird doch wohl kaum wegen des Autos gewesen sein, das übrigens gegen Diebstahl versichert ist.«

»Wieso hast du mir nicht gesagt, dass du Französisch sprichst?«, gab Claire verdrießlich zurück und achtete beim Hinsetzen darauf, ihn nicht versehentlich zu berühren. Dabei war sie gar nicht auf ihn sauer, aber es war sonst gerade niemand da, an dem sie ihre Verstimmung auslassen konnte.

»Ich habe nie behauptet, dass ich es nicht spreche.« Hellwig schmunzelte. »Ein paar Jahre Schulfranzösisch und ein Austauschjahr in Bordeaux, aber ich bin ziemlich aus der Übung. Außerdem brüste ich mich nicht gern mit Dingen, die andere besser können als ich.«

»Na toll!«, seufzte Claire. »Jetzt komme ich mir vor wie eine Idiotin.«

»Unsinn. Ich finde es nett von dir, dass du mir helfen willst. War schließlich nicht deine Schuld, dass ich den Mercedes ins Halteverbot gestellt habe.«

»Das ist ja das Problem. Du hast ihn wahrscheinlich gar nicht ins Halteverbot gestellt, sondern *die*«, murmelte sie.

»Die?«

»Na ja, die …« Sie verstummte, setzte noch einmal neu an. »Ich weiß nicht, wer es war, aber das ist auch egal. Es geht um diese … diese Gwenaelle-Sache.«

»Ah, die Stalker-Geschichte.« Hellwigs Mundwinkel zuckten. »Du denkst, *die* haben den Wagen verschwinden lassen? Um mir eins auszuwischen?«

»Darauf kannst du wetten.« Sie lachte freudlos auf. »Aber

keine Sorge, wir bekommen den Mercedes schon wieder, und er wird wie neu aussehen, wenn ich mit diesen Möchtegerngaunern fertig bin. Anschließend sage ich Marie-Jeanne, dass ich mir diese Geschichte bloß ausgedacht habe und du gar nicht mein Liebhaber bist, sondern bloß … mein Chef. Dann kehrt in diesem Nest hoffentlich Ruhe ein.«

»Das ist dein Plan?« Er klang skeptisch.

»Was ist falsch daran?«

»Dein Freund hat recht. Es wird nicht funktionieren.« Er zuckte mit den Schultern, als Claire irritiert aufsah. »Ihr habt nicht gerade leise geredet, vorhin im Watt.«

»Nicolas ist ein Kindskopf.«

»Er ist eifersüchtig. Sein gutes Recht. Wäre ich an seiner Stelle wahrscheinlich auch.«

»Er ist…« Sie schnappte nach Luft. »Dazu hat er keinen Grund!«

Und vor allem keine Berechtigung. Aber es war eine Erklärung für sein dämliches Verhalten. Eifersucht. Wieso war sie nicht selbst darauf gekommen? Sie schloss für einen kurzen Moment die Augen. Hätte sie ihn bloß nie geküsst.

»Es ist dir wirklich wichtig, oder?«, seufzte Sebastian nach einer Weile und nickte dem alten Jean-Luc zu, der mit einer Staffelei unter dem Arm an ihnen vorbeischlurfte und misstrauisch stehen blieb.

Jean-Lucs herabgezogene Mundwinkel waren faltiger als die Stirn – typisch für Menschen, die nie lächelten. Claire zeigte ihm den erhobenen Daumen, woraufhin der Alte kopfschüttelnd seinen Weg fortsetzte. Ein komischer Kauz, dieser ehemalige Leuchtturmwärter, unheimlich irgendwie, dennoch tat er ihr leid. Zu viele einsame schwarze Nächte inmitten des Ozeans stellten bisweilen schlimme Dinge mit der Psyche eines Menschen an.

»Ich habe Mist gebaut und möchte es wiedergutmachen«, wandte sie sich an Hellwig. »Vor allem möchte ich, dass du hier noch ein paar unbeschwerte Tage verbringst, ohne dich gegängelt zu fühlen.« Sie deutete auf Jean-Lucs krummen Hemdrücken, über den sich vom Kragen bis zum Hosenbund ein dunkler Schweißfleck zog, der aussah wie Afrika. »Solche Blicke sagen doch alles.«

»Es ist unnötig, irgendetwas geradezurücken, Claire«, antwortete Hellwig ruhig. »Ich hatte ohnehin vor, morgen abzureisen.«

Erschrocken riss sie die Augen auf. »Warum das denn?«

»Du solltest dich um deine Schwester kümmern, deshalb bist du hier. Nicht um dich wegen mir herumzuärgern.«

»Wie willst du ohne Auto nach Hause kommen?«

»Es gibt Taxen und Züge, notfalls sogar Flugzeuge.«

»Ich möchte aber, dass du schöne Erinnerungen an die Bretagne mit nach Hause nimmst. Fahr noch nicht«, sagte sie beinahe flehentlich, während Valerié in ihrem Kopf aufstöhnte. »Bitte. Sonst kann ich dir in Berlin niemals wieder unbeschwert gegenübertreten.«

Impulsiv fasste sie nach seiner Hand. Sie war warm und erstaunlich rau, die Hand eines Mannes, der eher selten am Schreibtisch saß. Es fühlte sich gut an, als er ihren Händedruck erwiderte. Vertraut irgendwie.

»In Ordnung.« Sebastian suchte ihren Blick, als bräuchte er eine Bestätigung, die tiefer reichte als eine Bitte. »Ich bleibe. Vorausgesetzt du erlaubst mir einzugreifen, falls dein Plan nicht aufgeht. Dann bringen wir die Sache auf meine Art in Ordnung.«

»Ach? Auf Berliner Art etwa? Schön trocken und mit ein paar unfeinen Ausdrücken versetzt?«, fragte sie belustigt. »Moguériéc ist ein bretonisches Dorf, keine Großstadt.«

»Internatslaufbahn, Privatuni am Bodensee. Danach fünf Jahre Exil in Hessen bei einer kleinen Zeitungsredaktion in Bad Camberg, mein erster richtiger Job.« Er sagte es ernst, als spräche er von der schlimmsten Zeit seines Lebens, aber das Funkeln in seinen Augen verriet ihn. »Glaub mir, Mademoiselle Durant, ich weiß sehr genau, was es bedeutet, an einem Ort zu leben, wo jeder alles vom anderen weiß.«

»Danke für das großzügige Angebot, Monsieur Hellwig, aber ich mache es lieber auf meine Art.«

Sie waren bereits zum Marktplatz abgebogen, als Claire bemerkte, dass sie noch immer Händchen hielten. Reflexartig zog sie ihre Hand zurück und vergrub sie mit hochroten Wangen in den Taschen ihres Rocks. Trotzdem spürte sie den sanften Druck seiner Finger noch immer.

Das Wetter hatte in seiner typisch atlantischen Launenhaftigkeit gewechselt. Der Wind hatte aufgefrischt, und es hatte begonnen zu nieseln, weshalb die Terrasse verwaist war. Alle waren mit ihren Klappstühlen nach drinnen geflüchtet. Sie betraten den Salon hintereinander, Claire vorneweg, Hellwig ein paar Schritte hinter ihr. Die feuchtwarme Luft, die zu viele Menschen auf zu kleinem Raum atmeten, ließ die Frisierspiegel beschlagen. Es roch nach Haarfestiger und gekochten Muscheln mit Zwiebeln, sie hatte keine Ahnung, woher Letzteres rührte.

Hellwig steuerte die provisorische Theke an, wo er sich zwischen einem Ständer mit Haarreifen und einem bunten Arsenal einheimischer Biere auf einen Hocker setzte. Claire hingegen war mitten im Raum stehen geblieben, die Hände in die Hüften gestützt, wie ein Feldwebel, der sich anschickt, seiner Kompanie die Leviten zu lesen. Tatsächlich erhielt sie zunächst ein paar Sekunden schweigende Aufmerksamkeit, ehe die Gespräche wieder aufgenommen wurden, gedämpft und von bedeutungsschwangeren Blicken begleitet. Die Erinnerung an die Wochen nach Papas Tod war nie so greifbar gewesen wie in diesem Augenblick. Es herrschte dieselbe unheilvolle Stimmung, die sich damals wie ein Leichentuch über ihr Leben gebreitet hatte.

Claires Blick fiel auf Luik und Emil, die mit zwei anderen Männern an einem Vierertisch *barbu* spielten. Zumindest taten sie so. Die Frauen in der Polsterecke machten aus ihrem Argwohn keinen Hehl, tuschelten mit spitzen Mündern und taxierten Sebastian über die Ränder ihrer Kaffeetassen hinweg. Nur Marie-Jeanne hantierte ungerührt hinter der Theke mit Gläsern.

»Die Sache ist die ...«, sagte Claire mit belegter Stimme, »die Sache ... also ...«

Sie war rhetorisch durchaus schon mal versierter gewesen. Hilfesuchend schielte sie zu Sebastian hinüber, den Marie-Jeanne und ihre Aushilfe, ein dunkelhaariges Mädchen mit Himmelfahrtsnase, eisern ignorierten. Schließlich ließ er die Bestellhand sinken und lächelte Claire schulterzuckend zu, als passiere ihm das ständig.

»Ich habe mir diese Geschichte mit meinem angeblichen Exfreund nur ausgedacht«, stotterte sie weiter, und in der dunklen Ecke des Salons ertönte leises Gelächter.

Nicolas saß dort mit übereinandergeschlagenen Beinen neben einer brünetten, nicht mehr ganz jungen, aber attraktiven Frau, deren Namen Claire vergessen hatte, und grinste schadenfroh. Der hatte ihr gerade noch gefehlt.

»Wieso sollte sie sich so was ausdenken?«, kam es deutlich beleidigt von irgendwoher, bestätigendes Gemurmel folgte.

»Eine solche Anschuldigung setzt man doch nicht in die Welt, wenn nichts dran ist!«, rief jemand von der anderen Seite. Ein enttäuschtes »Aber wir haben doch noch gar nicht richtig angefangen« wurde mit beifälligem Klatschen quittiert, bis ein mehrstimmiges »Er soll aus Moguériec verschwinden« im allgemeinen Gejohle unterging.

Der alte Emil warf kopfschüttelnd eine Spielkarte auf die Tischmitte, Postbote Pierre (wo auch immer er sich bisher versteckt hatte) stolperte über etliche ausgestreckten Beine in Richtung Toilette, als ergreife er die Flucht, während Luik vorsorglich die Hemdsärmel hochkrempelte. Sogar die Sofafrauen demonstrierten ihre Abwehr körperlich, indem sie enger zusammenrückten wie ein gefechtsbereites Blümchenkleid-Bataillon. Nicolas' Grinsen wurde breiter.

»Das ist ziemlich kompliziert, und es tut nichts zur Sache, wieso ich es behauptet habe. Es ist eben passiert«, sagte Claire lahm, obwohl sie ahnte, dass sie auf verlorenem Posten stritt. »Es wäre jedenfalls sehr nett von euch, wenn ihr aufhören würdet, Monsieur Hellwig zu ärgern und ihm sein Auto zurück ...« Der Rest ihres Satzes ging in höhnischem Gelächter unter.

»Mach dir keine Gedanken, Gwen. Wir kümmern uns um die Sache. Wie versprochen.« Luik knallte die Faust auf den Tisch, dass die Cidrebecher wackelten.

Claire schluckte schwer, als die Erkenntnis vollends sackte. Offenbar hatte Gwenaelle Durant einen Wagen in Gang gesetzt, der weder Bremse noch Rückwärtsgang besaß. Sie hatte keine Chance. Niemand hörte ihr zu. Keiner dieser Sturköpfe glaubte ihr.

»Eigentlich wollte sie nur sagen, dass ich mich bedanken möchte. Und zwar bei Ihnen allen«, durchdrang eine nüchterne Stimme den Tumult.

Alle Köpfe drehten sich zur Bar, als hätte dort jemand ein Gewehr abgefeuert, und die überraschte Stille, die auf den Schuss folgte, erschien fast greifbar.

Sebastian Hellwig war aufgestanden, suchte Claire mit seiner wortlosen Frage in dem Meer von sensationslustigen Gesichtern. *Jetzt bin ich dran, oder?*, sagten seine Augen, und weil eine tröstliche Zuversicht in ihnen lag, sank Claire ergeben auf den nächstbesten freien Stuhl.

Sebastian löste sich von der Theke und ging langsam in dem kleinen Raum umher, wobei der Sand knirschte, den er zwischen seinen Sohlen hereingetragen hatte. Er lächelte in jedes Gesicht, als sei er mit jedem Einzelnen persönlich bekannt. Auf diese Art stieg er gerne in Verhandlungen mit schwierigen Anzeigenkunden ein und schaffte es mühelos, eine erste Verbindung herzustellen, jenseits von Zahlen und Fakten. Sein Lächeln nicht zu erwidern war selbst für Männer so gut wie unmöglich. Für deutsche Männer, korrigierte Claire sich automatisch, als Sebastian vor Luik und Emil stehen blieb, die ihn finster musterten.

»Mein Französisch ist nicht das beste, ich bitte das zu entschuldigen.« Sebastians Lachfältchen vertieften sich. »Aber das haben die Herren ja bereits bemerkt, bevor sie mir weisgemacht haben, dass es auf der Île Cadec Austern gibt.«

Der Zigarettenstummel in Emils Mundwinkel zitterte unmerklich, und in ihrem Rücken hörte Claire ein unterdrücktes Kichern, aber sie war nicht schnell genug, um herauszufinden, von wem es kam. Was sie jedoch sehr deutlich sah, war Nicolas' Hand, die in dem Augenblick vom Knie der Brünetten gerutscht war, als Claire sich umdrehte.

»Danke für die Lektion«, sagte Sebastian ernst und hielt Luik die Rechte entgegen. »Ich habe mir auf dieser Insel fast in die Hose gemacht vor Angst. Aber es hat gewirkt.«

Claire unterdrückte ein Schmunzeln. »*Ich habe mir fast in die Hose gemacht vor Angst*« klang reichlich gewöhnungsbedürftig aus dem Mund von jemandem, der sich ansonsten sehr gewählt ausdrückte. Für bretonische Ohren waren diese Worte jedoch so, wie sie sein sollten: frei heraus und schnörkellos genug, um sich aufrichtig anzuhören.

Misstrauisch beäugte Luik Hellwigs Hand, die wie ein unerwidertes Friedensangebot unter seiner Nase schwebte.

»Was heißt das, es hat gewirkt?«, nuschelte er und sah sich Beifall heischend um, doch die Anwesenden hingen erwartungsvoll an Hellwigs Lippen.

»Nun, ich…« Sebastian machte eine kleine Pause, seine Kiefermuskeln arbeiteten, während er nachdachte.

Ohne einen besonderen Grund dafür ausmachen zu können, hielt Claire den Atem an, ihr Herz schien für einen Schlag auszusetzen. Ein Ruck ging durch ihn hindurch, als machte er sich bereit, etwas sehr Schwieriges zu sagen. Oder etwas sehr Privates.

Claire riss die Augen auf, als ihr plötzlich klar wurde, was er vorhatte. Doch sie war zu erschrocken, um zu reagieren, zudem ruhten seine rauchgrauen Augen längst mit diesem einen besonderen Ausdruck auf ihrem Gesicht. *Sacre Dieu*, das war doch nicht sein Ernst!

»Manchmal schaut man jemandem in die Augen und weiß, dass nichts mehr so sein wird, wie es einmal war. So erging es mir, als ich dieser Frau zum ersten Mal begegnet bin, und das ist schon eine ganze Weile her.«

Er hatte leise gesprochen, fast wie zu sich selbst, trotzdem füllte seine Stimme den kompletten Salon aus, so mucksmäuschenstill war es. Einige Köpfe drehten sich zu Claire um, die wie vom Donner gerührt auf ihrem Stuhl saß.

»Ich bin kein Mann, der zum Überschwang neigt, schon gar nicht, was Frauen angeht. In diesem Fall jedoch möchte ich einen Vergleich bemühen, den Sie bestimmt gut nachvollziehen können.« Er nickte in Luiks und Emils Richtung. »Ein Tourist, der den Atlantik zu ersten Mal sieht, wird sagen, das Meer ist mal mehr und mal weniger blau, je nach Tageszeit, Wetter oder Temperatur. Wer jedoch tagtäglich damit zu tun hat, der weiß, dass die Farbpalette weit mehr umfasst. Das Meer besitzt unendlich viele Arten von Blau, fünfzehn, vielleicht zwanzig, von Türkis bis Cyan, von Ultramarin bis hin zu Violett.«

Wieder kehrten seine Augen zu ihr zurück. Sie atmete immer noch nicht, fühlte sich schon ganz schwach, vor allem weil er sie nun direkt ansprach.

»Genau das bist du für mich, Claire. Ein Meer mit mehr als zwanzig Blautönen, und egal, wie oft ich hinsehe, es kommt jedes Mal eine weitere Nuance hinzu, die etwas in mir berührt. Das ist wohl der Grund, weshalb ich einfach nicht aufhören kann hinzuschauen.«

Gut, sie würde jetzt von diesem Stuhl rutschen und sterben. Nein, am besten starb sie im Sitzen.

»*Mon Dieu*, hat er das schön gesagt«, wisperte jemand neben ihr.

Darice beugte sich gebannt nach vorne, und Claire starrte wie betäubt auf den roten, bebenden Mund, während ihre Gedanken sich überschlugen.

Was machte er da bloß? Glaubte er allen Ernstes, die Leute würden auf diese Blautöne-Nummer hereinfallen? Und von wegen Schulfranzösisch! Er hatte so flüssig gesprochen, als hätte er die Sätze vorher eingeübt.

»Eigentlich sind es mehr als zwanzig. Dreißig Blautöne passt schon eher«, sagte Luik nachdenklich.

Emil nickte, ohne von seinem Blatt aufzusehen, und der Zigarettenstummel wippte zwischen seinen Lippen auf und ab.

»Bei Gwenaelle habe ich mich bereits in aller Form entschuldigt.« Sebastian drehte die Handflächen nach oben, eine Geste des Sich-Fügens, die gleichzeitig eine Einladung war. »Nun möchte ich dasselbe Ihnen gegenüber tun. Man mag mir Ungeduld unterstellen, aber es war bestimmt nicht meine Absicht, Gwenaelle zu nahe zu treten. Dank Ihnen allen sehe ich nun klar. *Tout vient à point à qui sait attendre* – zu dem, der warten kann, kommt alles mit der Zeit. Und Zeit habe ich im Grunde mein ganzes Leben.«

Ein Seufzen, unisono und eindeutig weiblicher Natur, schwirrte durch den Salon. Claire hätte am liebsten aufgestöhnt.

»Ich hätte da auch ein hübsches Blau anzubieten, *monsieur*, wenn das für Gwenaelle in Ordnung geht«, kicherte Marie-Jeanne und zupfte an ihrer cyanfarbenen Bluse herum.

Luik blinzelte sichtlich verwirrt zuerst in Marie-Jeannes Rü-schenausschnitt, dann zu Claire hinüber. »*Bof*, wenn Gwen sagt, es ist okay …«, murmelte er.

»Ist es!« Hoffentlich wirkte ihr Grinsen nicht so gequält, wie es sich anfühlte. »Vergeben und vergessen.«

Zu laut und viel zu schnell versichert, aber das schien niemanden zu interessieren.

»Okaaay.« Luik wechselte einen Blick mit Emil und legte den Kopf schief. »Spielt er Boule?«

Mon Dieu, das konnte nur ein schlechter Film sein, der hier ablief. Schmaläugig musterte Claire Sebastian, der wieder am Tresen lehnte und einen Punkt hinter ihr fixierte, dort, wo sie Nicolas' Tisch vermutete. Dann beugte er sich zu Marie-Jeanne hinüber, um zum finalen Schlag auszuholen.

»Die nächste Runde geht auf mich und mein fraglos gebrochenes Herz, liebe Mademoiselle Prigent«, sagte er zu der Friseurin und wandte sich mit einem zurückhaltenden Lächeln an alle anderen. »Bestellen Sie, was immer Sie möchten, eine Flasche Lambig, Cidre, meinetwegen auch einen neuen Haarschnitt. Danach wäre es mir eine Ehre, mich von Monsieur Luik in dieses geheimnisvolle Spiel mit den Kugeln einweisen zu …«

Der Rest des Satzes ging in allgemeinem Gelächter und

Stühlerücken unter. Wie auf Kommando waren die Leute aufgesprungen, eilten an den Tresen oder gleich nach draußen für die erholsame Zigarette. Bald klirrten die ersten Gläser aneinander, ein vielstimmiges »*Yec 'hed mat*« schallte durch den Salon, das Sebastian Hellwigs Wohl galt. Als ob er einer von ihnen sei.

Nur Nicolas saß wie eingefroren auf seinem Stuhl, nach vorne gebeugt, die Ellbogen auf den Schenkeln, den Kopf vorgestreckt wie ein Habicht auf der Jagd. Seine Tischgefährtin hatte sich zu den Frauen auf dem Sofa gesellt, wo es deutlich redseliger zuging.

Seltsam, aber Claire fühlte nichts. Keine Genugtuung, weil die Brünette ihn sitzengelassen hatte, keinerlei Eifersucht wegen seiner Hand auf dem fremden Frauenknie. Sie war bloß froh, dass sie sich in dem unguten Gefühl, das sie in Bezug auf Nicolas hegte, nicht getäuscht hatte. Und was Sebastian anging …

Erneut sah sie sich um, dachte an das, was Maman einmal vor vielen Jahren zu ihr gesagt hatte, halb zornig, halb resigniert: »Dieses verrückte Dorf ist wie das Wetter. Zuerst stürmt es, und Minuten später scheint dir die Sonne ins Gesicht, als wäre nichts gewesen.«

Er hatte es tatsächlich geschafft. Ein Eingeständnis, das eigentlich keins war, eine blau getönte Liebeslüge mit ein bisschen Meeressymbolik, und Hellwig hatte mit sicherem Gespür mitten ins bretonische Herz getroffen.

So simpel war es also. Man entschuldigte sich für etwas, das man gar nicht getan hatte, bedankte sich für eine Lektion, die man gar nicht verdiente, und alles war in bester Ordnung. Und auch wieder nicht …

Claire überfiel plötzlich eine vage Ahnung, wieso sie seit zehn Minuten Gänsehaut hatte, von den Fußsohlen bis zum Nacken hinauf und keinen verflixten Zentimeter weniger.

Dreizehn

Es war spät geworden, als sie sich zu Fuß am Strand entlang auf den Heimweg machten. Eine Entscheidung, die nicht nur Claires Bedürfnis nach Frischluft, sondern vor allem ihrem Alkoholpegel geschuldet war. Es wäre ihr peinlich gewesen, auf einer öffentlichen Straße in Schlangenlinien zu gehen, oder sich (was sie sich nicht mal angetrunken ausmalen wollte) in irgendjemandes Blumenbeet übergeben zu müssen, der sie noch als Unschuldsengel mit zwei geflochtenen Zöpfen in Erinnerung hatte.

Die Flut kam und hob die ersten Fischerboote aus ihrem Ebbebett. Bald würden sie alle schlaftrunken auf den Wellen schaukeln, von dem Sandstreifen würde nichts mehr übrig sein bis auf ein paar Felsen, die trotzig den Kamm über Wasser hielten. Claire hingegen hatte den Kopf gesenkt, die Fragezeichen darin hatten sich zu einem schweren, nassen Tauknäuel verknotet. Gedanken an Papa, Tante Valérie und den Zeitungsartikel, die Schuldgefühle, die sie empfand, wenn sie an Maelys' einsames Leben dachte oder an Nicolas, der vorhin ohne Abschied gegangen war. Dann war da noch ihr Chef, der sich nicht mehr nach ihrem Chef anfühlte, sondern … Welches lose Ende sie auch aufnahm, sie zurrte den Knoten nur noch fester zusammen, es war himmelschreiend.

Außerdem hatte sie den teuflischen Apfelbranntwein unterschätzt, der hier _eau de vie_ – Lebenswasser hieß, obwohl man sich dem Tod wesentlich näher fühlte, wenn man zu viel davon trank. Das hatte sie mit dreizehn am eigenen Leib erfahren, als sie sich auf diese dämliche Wette eingelassen hatte. Sie war bis heute unsicher, ob Nicolas sie mit dem Lambig insgeheim hatte umbringen wollen.

Claire verzog den Mund, aber nur, weil es guttat, die verkrampften Gesichtsmuskeln zu bewegen, dann bückte sie sich, um eine Muschel aufzuheben. Sie bekam die rosafarbene Schale erst beim zweiten Versuch zu fassen und taumelte, weil ihr Gleichgewichtssinn beim Aufrichten aussetzte, doch eine Hand, die zu einem ziemlich muskulösen Arm gehörte, hinderte sie daran hinzufallen.

»Alles in Ordnung?«, fragte Sebastian und hob ihre Ballerinas auf, die ihr aus der Hand geglitten und ins knöcheltiefe Wasser gefallen waren. »Dieser Sommer meint es nicht besonders gut mit deinen Schuhen, Mademoiselle Durant.«

Obwohl er sicher keinen Alkohol gewohnt war, klang er nach all den Versöhnungsschnäpsen stocknüchtern, was Claire aus einem undefinierbaren Grund ärgerte. Wortlos nahm sie ihm die Schuhe ab und lief ein paar Schritte voraus, doch er schloss mühelos zu ihr auf.

»Sag nicht, du bist sauer auf mich.«

»Ich bin doch keine Milch«, erwiderte sie schmallippig und ging erneut schneller.

Es war anstrengend, im Sand zu laufen, wenn einem viel eher danach war sich hineinzulegen. Außerdem brannten ihre Waden, was sie unweigerlich an jene ersten Stöckelschuh-Gehversuche erinnerte, bei denen Valérie vor Lachen fast an ihrer *soupe à l'oignon* erstickt wäre.

»Woher wusstest du es?« Claire machte eine Vollbremsung, weil sie Luft holen musste.

»Was genau meinst du?«

»Na alles, vorhin in Marie-Jeannes Salon. Woher hast du ge-

wusst, was du sagen musst, um die Leute dazu zu bringen…«
Sie brach ab und malte den Rest mit einer vagen Handbewegung in den lila gefärbten Abendhimmel.

»Ich habe es nicht gewusst«, antwortete Sebastian mit einem kryptischen Schmunzeln.

Dieser Mann war immer so verdammt gelassen. Sogar in den unmöglichsten Situationen.

»Du… ach, vergiss es.«

»Nein, tue ich nicht. Reden wir darüber.«

Sie lachte auf. Sebastian Hellwig war der einzige Mann, den sie kannte, der jemals darauf bestanden hatte, über ein Ärgernis zu reden. Das auch noch. Er war einfach zu perfekt – und allein deshalb außer Diskussion. Nicht dass sie jemals vorgehabt hätte, ihn zu diskutieren. Schließlich war er ihr Chef.

»*Das hast du bereits erwähnt. Mehrfach*«, ätzte Valérie in ihrem Kopf.

»Ach, halt doch den Mund!«

»Wie bitte?«, fragte Sebastian verblüfft.

»Nicht du. Sie.« Missmutig streifte Claire die nassen Schuhe über und bog hinter einem Felsbrocken nach rechts ab, der wie ein überdimensionales geköpftes Ei aussah.

Der Weg schlängelte sich fast unsichtbar zwischen dem kniehohen Dünengras zu den schwarzen Klippen hinauf, und diesmal gelang es ihr, Sebastian abzuhängen. Schließlich war sie oft genug den abschüssigen Schmugglerpfad entlanggerannt, irgendeinen brüllenden Möchtegernseeräuber im Nacken, der ihr die gekaperten Glasmurmeln oder Knöpfe wieder abnehmen wollte. Auf der Anhöhe angekommen, hielt Claire keuchend inne und wappnete sich innerlich für den Moment, der die Zeit aus ihrer Achse heben würde.

Das rote Turtelbänkchen stand tatsächlich noch da, nach all den Jahren, überwuchert vom Strandhafer, die Sitzfläche starrte vor Möwendreck. Mit gesenktem Kinn ging sie zu dem Felsvorsprung hinüber, der wie ein Sprungbrett über die Klippe ragte, und streichelte die salzverkrustete Steinfläche, als müsste sie Kraft tanken, ehe sie den Kopf hob.

Was auch immer sie erwartet hatte, es war nicht so wie befürchtet. Vielleicht lag es daran, dass es für einen Abend an der Atlantikküste ungewöhnlich windstill war. Das Meer lag in der Bucht, als hätte jemand versehentlich ein Fässchen mit zähflüssiger dunkelblauer Tinte ausgegossen, selbst die Boote bewegten sich nur minimal. Rechts erspähte sie das Schindeldach ihres Hauses, links drehte der Lichtfinger des Leuchtturms behäbig seine Runden. Sie hatte die Hafenbucht von hier aus schon so oft und so lange angestarrt, dass sie die Kontur blind nachzeichnen könnte – besäße sie auch nur einen Funken von Maelys Talent.

»Meine Güte, was für eine fantastische Aussicht.«

Seltsam, sie erschrak kein bisschen, als Sebastian hinter ihr auftauchte. Ihr Blick blieb in die Ferne gerichtet, dorthin, wo die *Celtika* vor einer halben Ewigkeit zum letzten Mal den Horizont berührt hatte.

»Fantastisch, ja«, antwortete sie leise und unterdrückte ein Schmunzeln. »Erste«, fügte sie hinzu.

Verrückt. Sie musste ihn nur ansehen und schon war sie irgendwie aufgekratzt.

»Wir reden trotzdem darüber. Sobald ich wieder Luft bekomme.«

»Sieht aus, als könnte das dauern.«

»Du bist ganz schön unverschämt, Mademoiselle Durant.«

»Wir Bretonen gelten eben als sehr direkt.«

»Komisch, bisher dachte ich immer, du legtest Wert darauf, Pariserin zu sein.«

»Da siehst du mal, wie schnell sich die Dinge manchmal ändern.« Sie lachte und wunderte sich über sich selbst.

»Oh, das ist mir neuerdings sehr bewusst.«

Er hatte es nüchtern gesagt, ohne den scherzhaften Unterton, der eigentlich an dieser Stelle angebracht gewesen wäre. Claire kniff die Augen zusammen, aber es gab nichts, das sie aus seiner unvermittelt verschlossenen Miene herauslesen konnte. Wieder einmal.

»Also gut. Reden wir über dein rätselhaftes Gespür für die keltische Seele, Monsieur Hellwig.«

»Kein Gespür. Ich bin nur gut darin hinzuschauen. Und ich kann eins und eins zusammenzählen.«

Sie hörte förmlich, wie Valérie kicherte: »*Ich mag den Kerl. Ich mag ihn sogar sehr.*«

»Du hast nicht zufällig eine Bekannte in Paris, oder?«, konnte sich Claire nicht verkneifen zu fragen, aber Sebastian hörte ihr gar nicht zu.

»Menschen werden durch den Ort geprägt, an dem sie leben. Eigentlich müsste ich dir das gar nicht sagen, aber sieh es dir an.« Er machte eine ausschweifende Geste mit den Armen, die alles einschloss: den Ozean, die Dünen, die Klippen, selbst den lilafarbenen Wolkenbalken, der Meer und Himmel zusammen-hielt. »Diese Weite. Diese Leere, obwohl der Strand voller Touristen sein müsste. Das Meer. Vor allem das Meer, um das sich hier alles dreht. Wenn man so auf Tuchfühlung mit dieser Naturgewalt lebt und von ihr abhängt, dann wird man irgendwann wie sie, stelle ich mir vor. Rau, wortkarg, genügsam. Vielleicht manchmal sogar ein wenig aufbrausend. Aber auch in sich ruhend, verlässlich, treu. Wahrhaftig wäre das Wort, das mir ein-fiele.«

»Wahrhaftig«, echote Claire.

»Nenn es reinen Herzens, wenn dir der Ausdruck besser ge-fällt.«

»Und deshalb glaubst du, dass du hier mit einer kleinen

meerblauen Lüge durchkommst? Einer Lüge in bestem Schulfranzösisch übrigens, das sich, nur mal nebenbei bemerkt, nicht so angehört hat.« Die Worte waren ihr unwillentlich über die Lippen gerutscht, provozierend, aggressiv. Sie bedauerte es sofort.

»Wer sagt, dass ich gelogen habe?«, erwiderte er sanft. Er brauchte nicht einmal eine Denkpause dafür.

Claires Herz begann zu klopfen. »Ich dachte …«

»Was mir an den Bretonen jedoch am besten gefällt, ist ihr Bezug zur eigenen Vergangenheit.« Noch immer erschien kein Lächeln in seinem kantigen Gesicht. »Hinter jedem Stein, jedem Busch, jeder Bucht steckt eine Geschichte, die … sagen wir mal vorsichtig … nicht immer von dieser Welt ist. Das hat Charme. Ich sehe nicht oft geflügelte Hirsche auf Verkehrsschildern.«

Seine sonderbaren Augen saugten sie förmlich ein, während sie verzweifelt versuchte, ihren hämmernden Puls zu beruhigen.

»Ich kenne übrigens auch keine deutschen Bräuche, nach denen Frauen einen Kuchen backen, um einem Mann einen Antrag zu machen.« Er kam näher und beugte sich vor, bis sein Mund fast ihre Schläfe berührte. Sein Atem jagte ihr einen Schauer über die Haut. Dann fasste er mit zwei Fingern ihr Kinn, drehte ihren Kopf, bis sie ihn ansehen musste.

Zwanzig Töne Blau. Merde, sie wollte es. Sie wollte es so sehr, dass ihr ganz flau im Magen wurde. Und wenn es geschah, würde sie danach nie wieder ein Schimpfwort benutzen, nicht mal in Gedanken.

Ergeben schloss sie die Augen und wartete auf den Kuss, der alles verändern würde.

»Wann wolltest du mir sagen, dass du vorhast, in der Bretagne zu bleiben, Claire?«, flüsterte er rau.

Sie riss die Augen auf. »Aber ich will doch gar nicht… Was hast du da gerade gesagt?«

Sebastian ließ sie los, atmete lange und hörbar aus. »Der Kuchen, den ich aus Versehen gegessen habe. *Gâteau breton*. Ich habe darüber gelesen. Es ist eine alte Tradition. Die Frau bäckt den Kuchen nach einem überlieferten Familienrezept, bringt ihn den zukünftigen Schwiegereltern, und wenn der Auserwählte ein Stück annimmt, heißt das so viel wie Ja.«

»Moment.« Claire lachte ungläubig auf. »Du denkst, ich will… heiraten? Weil du einen Kuchen in unserer Küche entdeckt hast?«

»Monsieur Galloudec ist ein attraktiver Mann. Und er scheint einiges für dich übrig zu haben.« Er runzelte die Stirn. »Ich fürchte nur… Nicht, dass es mich etwas anginge, aber«, sein Kiefer arbeitete, »du solltest dir das sehr genau überlegen.«

»Stopp! Red nicht weiter.« Claire legte ihm eine Hand auf die Brust. Sein Herz schlug gleichmäßig und beruhigend langsam, während ihr eigenes… Nein, sie sollte jetzt nicht über ihr eigenes Herz nachdenken.

Gâteau breton. Der Kuchen, mit dem Maman Papa einen Antrag gemacht hatte.

»Wieso bin ich nicht gleich darauf gekommen?«, flüsterte sie und wäre vor Scham am liebsten im Boden versunken.

Jeden Morgen stand die Erklärung für Maelys' sonderbares Verhalten direkt vor ihrer Nase, ofenwarm und duftend. Und sie hatte sich nicht einmal die Mühe gemacht, eins und eins zusammenzuzählen, weil sie bis vor wenigen Sekunden nur mit ihren eigenen Problemen gehadert hatte. Kein Wunder, dass Maelys sich nicht länger auf sie verlassen wollte. Denn sie, Claire Durant, war als Schwester eine Katastrophe.

»Ich muss nach Hause.«

Sebastian war anzusehen, dass er nicht das Geringste mit ihrer Reaktion anzufangen wusste, aber sie hatte keine Zeit für Erklärungen. Diesmal würde er warten müssen, auch wenn es ihr in der Seele wehtat.

»Ich muss sofort nach Hause«, wiederholte sie, ihre Hand ruhte noch immer auf dem verschwitzten Baumwollstoff, unter dem sein Herz schlug. Ein um Verzeihung bittendes Lächeln, immerhin das war sie ihm schuldig, dann drehte sie sich um und rannte los.

Das Steinhaus lag auf der Anhöhe wie ein erleuchteter Trawler in der Dämmerung des Ozeans. Claires Lunge brannte, einmal war sie auf dem Weg hingefallen, weil sie eine Sandkuhle übersehen hatte. Dennoch war sie weitergelaufen, um kurz darauf mit sandverkrusteten Knien vor der Haustür zu stehen, den Finger auf dem Klingelknopf, bis ihr wieder einfiel, dass niemand sie hören konnte.

Sie fand den Hausschlüssel dort, wo er auch früher versteckt gewesen war: unter dem Küchenfenster in der Topfrose, die ihren Schatz nur widerwillig und gegen ein paar blutige Schrammen auf Claires Unterarm freigab.

Die Totenstille im Haus, zusammen mit dem Umstand, dass in jedem Zimmer – sogar auf der Toilette – Licht brannte, irritierte sie stets aufs Neue. Dabei war die Erklärung so simpel wie einleuchtend: Ihre Schwester hatte eine Abneigung gegen dunkle, geschlossene Räume, in denen sie ihr wichtigstes Sinnesorgan, die Augen, nicht nutzen konnte.

»Maelys?«

Dass ihr Ruf in der Stille versandete, war Claire bewusst. Trotzdem kam sie nicht umhin, sich weiter bemerkbar zu machen, indem sie die Haustür ins Schloss warf und auf den Holzbohlen im Flur absichtlich fest auftrat.

Ihre Schwester saß am Küchentisch, mit gefalteten Händen und geradem Rücken, irgendetwas an ihr war anders als sonst. Irritiert blieb Claire im Türrahmen stehen, suchte in Maelys' Gesicht nach einem Anhaltspunkt für diese Veränderung, erkannte es aber erst, als ihr Blick an den schlanken Waden ihrer Schwester hängen blieb.

Sie trug ein Kleid. Ein knielanges dunkelblaues Etuikleid mit passenden Pumps, und weder das eine noch das andere stammte aus ihrem eigenen Kleiderschrank.

»Maman schreibt, sie will nicht, dass wir sie besuchen«, gebärdete Maelys und sah auf.

»Ich weiß«, erwiderte Claire mit zittrigen Fingern und kam langsam näher. »Aber das ist kein Grund, um traurig zu sein. Sie braucht nur etwas Ruhe und kommt bestimmt bald wieder.«

»Aber ich bin gar nicht wegen Maman traurig, sondern weil …«

Gedankenverloren blickte sie an sich herunter, dann taumelten ihre Augen über den Tisch, wo ein frisch gebackener *gâteau breton* abkühlte, daneben die schwarze Zeichenmappe. Mit einem selbstvergessenen Lächeln streichelte Maelys den Kartondeckel – und fing an zu weinen.

Erschrocken eilte Claire zu ihr, vermied es jedoch intuitiv, ihre Schwester zu umarmen, auch wenn sie es in diesem Moment nur zu gerne getan hätte. Stattdessen zog sie einen Stuhl heran, setzte sich so nah wie möglich zu Maelys und wartete, bis der Körper neben ihr aufhörte zu beben.

Es dauerte ewig.

»Entschuldige, dass ich die Sachen aus deinem Koffer genommen habe, Gwen. Ich wollte dich fragen, aber du warst nicht da.«

Claire biss die Zähne zusammen, dabei war kein *mal wieder*

in diesem Satz gewesen, er war eine reine Feststellung. *Du warst nicht da.*

»Heute war ein guter Muscheltag«, gestikulierte Maelys übergangslos weiter. »Hinten am Plage Nodéven gab es *palourdes grises* und sogar *ormeaux* habe ich gefunden, sieben Stück, alle unversehrt. Ich hab sie zu Madame Odile gebracht, fürs Restaurant.« Sie schob die Stirn in Falten. »Sie ist immer noch sauer auf dich.«

Claire lachte trocken auf. »Das kann ich mir vorstellen.«

»Es ist nicht schön, dass sie böse ist. Ich habe ihr erzählt, dass du meine Bilder magst. Dass du denkst, ich könnte damit berühmt werden. Da hat sie gelacht und gesagt, ich soll mir nicht deine Schuhe anziehen, weil sie zu groß für mich sind. Also habe ich sie zu Hause anprobiert und das Kleid gleich mit angezogen, weil man sonst die hübschen Schnallen gar nicht sieht.« Maelys sah auf und blinzelte, weil sie schon wieder feuchte Augen bekam. »Madame Odile hat sich geirrt. Deine Schuhe passen mir. Ich kann bloß nicht darin laufen.«

»Ach, Maelys.« Claire wusste nicht, ob sie lachen oder lieber mitweinen sollte. Dieses Mädchen berührte ihr Herz, wie es schon lange niemand mehr getan hatte. Jedenfalls nicht, seit Jan aus ihrem Leben verschwunden war.

»Keine Frau wird auf Absätzen geboren, *ma puce*«, sagte sie milde. »Es ist wie schwimmen lernen, du musst viel üben und ein bisschen Wasser schlucken.«

»Übst du mit mir?« Maelys machte große Augen.

»Wenn es das ist, was du willst, natürlich.«

»Ich glaube, Pierre würde es gefallen. Maman auch.«

Maelys gab der Kuchenform einen gedankenverlorenen Stups, sodass sie mittig auf den Tisch glitt.

Claires Magen zog sich zusammen. Natürlich wusste sie genau, was Madame Odile ihrer Schwester hatte mitteilen wollen. Einerseits war sie heilfroh, dass Maelys die vernichtenden Worte der Restaurantbesitzerin wörtlich genommen hatte. Auf der anderen Seite musste sie Odile recht geben: Diese liebenswerte, talentierte junge Frau hatte keinesfalls dieselben Chancen wie ihre ältere Schwester, die – abgesehen von ihrer Improvisationsfähigkeit – über keinerlei nennenswerte Begabungen verfügte. Es war nicht fair.

Wie gebannt folgte sie Maelys' Hand, die jetzt die schwarze Zeichenmappe streichelte, als wäre sie ein verletztes Tier, das sich auf dem Tisch ausruhte. Unter dem Kartondeckel befand sich lediglich eine Idee von dem, was ihre Schwester zu leisten vermochte. Nicht auszudenken, wozu sie imstande wäre, wenn sie mit Menschen zusammenkäme, die ebenfalls für die Malerei brannten. Mit Gleichgesinnten und Mentoren, von denen sie lernen könnte.

Eine winzige Ader begann an Claires Schläfe zu pochen. Der Gedanke war keinesfalls abwegig. Und sie, Claire, würde… Vielleicht könnte sie tatsächlich etwas gutmachen.

»Ist es das, was du willst? Pierre gefallen?« Beiläufig nickte sie zu dem Kuchen hinüber, der so scheinheilig auf dem Tisch stand wie eine Geburtstagsüberraschung. Bloß dass es irgendwie keine Party gab, wenn sie Maelys' Trauermiene betrachtete. »Ich wusste nicht, dass du ihn gleich heiraten willst.«

Claire versuchte sich an einem zurückhaltenden Lächeln, obwohl sie ihre Schwester lieber zuerst geschüttelt und dann angefleht hätte. *Tu es noch nicht. Verbau dir nicht die klitzekleine Chance auf ein eigenes Leben.*

»Natürlich möchte ich ihn heiraten.« Maelys deutete auf ihren erhobenen Ringfinger. »Eine Frau sollte einen Mann haben und Kinder mit ihm bekommen. Pierre gefällt mir und ist nett, er wird gut zu mir sein.«

»Das wird er bestimmt, aber…« Claire beugte sich vor und

bewegte überdeutlich die Lippen. »Wieso hast du den Kuchen dann nicht längst zu den Laënnecs gebracht? Warum finde ich jeden Abend einen *gâteau breton* in der Mülltonne? Kannst du mir das mal erklären?«

»Er ist noch nicht gut genug.«

»Unsinn.«

»Es ist meine Sache, Gwen.« Maelys' Augen flackerten.

Claires Finger begannen zu fliegen. »Wenn du mich fragst, gibt es nur zwei Möglichkeiten. Entweder du hast Angst vor einem Nein oder … du willst sein Jawort gar nicht.« Sie tippte auf die Zeichenmappe. »Mit dieser Sache da könntest du nach Paris gehen, nach London. Oder Berlin. Dir öffnen sich alle Türen, wenn ich erst mal meine Beziehungen spielen lasse.«

»Aber ich möchte gar nicht so viele Türen aufmachen. Nur eine, hier in der Bretagne«, antwortete Maelys langsam. »Wenn ich vor die Tür gehe, sehe ich das Meer. Ich mag das Meer sehr. Es ist einfach nur da und redet nicht.«

»Ouuu, Maelys. Verstehst du denn nicht, was ich für dich tun könnte? Du müsstest ja nicht für immer fortgehen, nur so lange, bis du ein paar Leute aus der Szene kennst und wir dich dort bekannt gemacht haben. Danach kannst du im Grunde tun und lassen, was du willst. Es gibt viele Künstler, die an abgelegenen Orten arbeiten, die Bretagne gilt schließlich nicht umsonst als die Wiege der nachimpressionistischen Malerei. Denk bloß mal an Gauguin und seine Schule von Pont Aven …«

»Nein, du verstehst nicht.« Unvermittelt ergriff Maelys ihre Hand, als müsste Claire getröstet werden wie ein Kind, dem man die falsche Sorte Eis bestellt hat. »Ich bin nicht wie du. Ich bin keine Wolkenfischerin.«

Wolkenfischerin. Claire zuckte zusammen, weil ihr das Wort wie ein übergeschnappter Grashüpfer von Maelys' Fingern ins Gesicht sprang.

Ihr Vater hatte sie so genannt, zum ersten Mal genau hier am Küchentisch, das Gesicht im Dampf, der von dem Fischberg in seinem Suppenteller aufstieg. Sie erinnerte sich genau an das Butterlicht der Lampe, den Geruch nach Miesmuscheln und Zwiebeln, an Papas zuckenden Bart. Auch sah sie, wie ihre Faust auf die Tischplatte donnerte, kurz nachdem sie begriffen hatte, dass sie wegen der Seekrankheit niemals in die Küstenfischerei gehen würde.

»Dann wirst du eben eine Wolkenfischerin«, hatte er gesagt, zwischen einem Schluck *bierre rouge* und einem Stück Baguette, weshalb er das Gesagte wiederholen musste. Damit verdeutlichte er seiner heulenden Tochter, dass er ohnehin Größeres von ihr erwartete als das, was er selbst zustande gebracht hatte.

»Das ist nicht wahr. Du könntest ebenso gut nach den Wolken greifen.« Claire widersprach aus Trotz und aus Prinzip. Mit ihrer Hilfe würde es ihrer Schwester gelingen, wenn sie es nur brennend genug wollte.

Maelys sah sie nachdenklich an. Noch einmal fuhr sie mit der Hand über den Deckel der Zeichenmappe, als müsste sie sich vergewissern, dass sie tatsächlich da war.

»Nein, Gwen, das kann ich nicht. Weil du es schon vor mir gemacht hast«, erwiderte sie leise. Claire verstand sie kaum. »Eine von uns muss sich doch um Maman kümmern. Vor allem braucht sie jemanden, um den sie sich kümmern kann.«

»Ist das der Grund, weshalb du andauernd die Ungeschickte spielst?«, gab Claire säuerlich zurück.

Maelys antwortete nicht, stattdessen schlüpfte sie aus den Pumps und trug die Kuchenform zum Mülleimer, einhändig und auf der flachen Hand, wie eine barfüßige Kellnerin.

»Vielleicht liegt es an der Backform«, murmelte sie und schürzte die Lippen. »Ich werde morgen in der *petit epicérie* bei Linette eine neue kaufen, aus Ton.«

Im nächsten Moment klapperte der Mülleimerdeckel und der *gâteau breton* polterte mitsamt der Blechform hinein. Mit einem erleichterten Seufzen strich Maelys sich den Rock glatt, während Claire noch immer reglos auf ihrem Stuhl hockte und die Ohrfeige ihrer kleinen Schwester verdaute.

Eine von uns muss sich doch um Maman kümmern.

Noch mehr zerschlagenes Porzellan also, das sie in ihrer blinden Selbstbezogenheit auf dem Bahngleis in Montparnasse hinterlassen hatte. Damals wie heute – es hörte nicht auf.

»Ich bringe die Sachen zurück in dein Zimmer.« Maelys sammelte im Vorbeigehen die Pumps vom Boden auf.

Es war offensichtlich, dass das Gespräch für sie beendet war.

Ein Déjà-vu ist etwas Merkwürdiges. Es war merkwürdig, wieder mitten in der Nacht durch den Flur zu schleichen und an Sebastians Tür vorbeigehen zu wollen, um dann doch von ihr angezogen zu werden, als wäre das lackierte Weiß magnetisch.

Claire atmete durch den geöffneten Mund, während sie lauschte. Entweder hörte sie das Rauschen ihres eigenen Blutes im Ohr oder er hatte das Fenster geöffnet. Vermutlich schlief er längst, doch vor ihrem geistigen Auge lehnte er am Sims und betrachtete das Meer. Vielleicht hatte er sich sogar mutig nach vorne gebeugt.

Die Sicht war heute fantastisch. Der Tag hatte die Wolken in Richtung England gefegt und der Nacht einen besenreinen Auftritt auf dem Sternenparkett der Milchstraße bereitet, es war ebenso atemberaubend wie selten. Es war einer dieser Momente, in dem *finis terre* – das Ende der Welt – einem keine andere Wahl ließ, als sich rettungslos in dieses Land zu verlieben. In die Bretagne. Ihre Heimat.

Claires Herz klopfte und erneut fragte sie sich, was sie vor Sebastians Zimmer eigentlich suchte. Er war – lange, nachdem

Maelys nach oben gegangen war – zurückgekommen, wobei er viel länger für die kurze Strecke gebraucht hatte als nötig. Viel gesagt hatte er nicht, nur ein »Bist du okay?« in die Küche geworfen, das so klang, als würde ihn ihre seelische Verfassung tatsächlich interessieren.

Sie hatte nur stumm genickt, nicht weil sie nicht antworten wollte, sondern weil sie mit den Gedanken woanders gewesen war – in demselben Zimmer, aber zu einer anderen Zeit. Der Mülleimer war leer gewesen, den *gâteau breton* hatte sie unbeschadet herausgeholt, auf den Tisch gestellt und angestarrt wie die Stiefmutter den Schneewittchenspiegel. Wieder war Sebastian sensibel genug gewesen, sich zurückzuziehen, obwohl sie in dem leisen »*Bonne nuit, Claire*« eine winzige Unentschlossenheit gehört hatte.

Dieser Unentschlossenheit musste sie auf den Grund gehen. Ihr und der Bedeutung des abrupt unterbrochenen Gesprächs am schwarzen Felsen.

Ihre Hand ballte sich zur Faust. Bis zehn würde sie zählen und dann klopfen, leise genug, damit sie ihn nicht weckte, falls er schon schlief. Sie dachte an das tiefsinnige Augenpaar, in dem so viel Stärke, Zuversicht und Ruhe lagen – und wünschte sich brennend, dass er noch wach war.

»Das ist jetzt irgendwie peinlich«, flüsterte es aus dem Halbdunkel hinter ihr.

Claire fuhr zusammen. Wie paralysiert starrte sie auf die Kuchenform in Sebastians Händen und wusste nicht, was sie mehr verstörte: das Gefühl, diesen Augenblick schon einmal erlebt zu haben, oder die Erkenntnis, dass ihr die Dinge soeben vollkommen entglitten, wie der Wollfaden in einem komplizierten Strickmuster. *Mon Dieu*, sie war ja nicht mal mehr imstande, ihre Lunge zu kontrollieren, geschweige denn irgendetwas zu sagen, spontan und frech, wie es zu Claire gepasst hätte.

Nur fluchen konnte sie. Wie ein verdammtes bretonisches Bauernmädchen.

»Ich dachte, wenn ich ihn esse, überlegst du es dir vielleicht noch mal mit dem Heiraten«, sagte Sebastian nach einer Weile in die verlegene Stille hinein, und obwohl er die Stimme kaum erhoben hatte, hallte sie unnatürlich laut durchs Treppenhaus. »Zwar weiß ich noch nicht, wie ich das mehrere Tage hintereinander tun kann, ohne mindestens fünf Kilo zuzulegen, aber …«

»Wie alt bist du? Zwölf?« Es war ihr so herausgerutscht, ironisch und tadelnd zugleich, und sie hätte sich für den Satz gerne entschuldigt, wäre sie nicht so durcheinander gewesen.

Sebastian neigte den Kopf und machte schmale Augen. »Wäre ich zwölf, hätte ich Le Galloudec verprügelt und ihm gesagt, er solle sich zum Teufel scheren.«

Es war verrückt. Seit Tagen reagierte ihr Herzschlag wie ein ferngesteuertes Spielzeugauto, das schneller fuhr, sobald Sebastian den Schalter antippte. Mittlerweile genügte es schon, wie er dastand in seinem Ringelshirt, den Kuchen kauend, wie ein Schüler, der vor den Augen des Schuldirektors seinen Spickzettel aufaß, damit ihm keiner die Schummelei nachweisen konnte.

»Wieso hättest du das getan? Ihn verprügelt?«

»Wieso?« Er hielt kurz inne und schob sich ein weiteres Stück *gâteau* in den Mund. »Nun, er macht mir gerade eine unverzichtbare Mitarbeiterin abspenstig. Ein guter Grund, ihn nicht leiden zu können, findest du nicht?«

»Eine Mitarbeiterin?«, echote Claire und spürte, wie sie anfing zu zittern. War sie erleichtert? Oder doch eher …?

»Hör auf, dir in die Handtasche zu lügen. Du bist enttäuscht, ma petite. Und zwar so was von«, bemerkte Valérie süffisant und Claire schloss für einen Moment die Augen. Ihre Tante hatte ja recht.

»Du hast *unverzichtbar* vergessen«, bemerkte Sebastian trocken.

»*Bien sûr* – natürlich.« Sie hörte sich an wie ein Häuflein Elend und das nur, weil ein Mann, den sie mochte … den sie sehr mochte … Ouuu, das war gar nicht gut, was da gerade mit ihr geschah.

»Was ist los mit dir, Claire? Du machst ein Gesicht, als müsstest du Frau Senges Redaktionsgebräu trinken und hättest Kaffee im Becher erwartet.« Er stellte die Backform auf dem Sideboard ab und machte einen halben Schritt auf sie zu, vorsichtig, als könnte jede Bewegung zu viel sein. »Gibt es vielleicht irgendetwas, das du mir gerne sagen möchtest?«

Seine Stimme klang rau, etwas lag darin, das sich anfühlte, als ob jemand in einem stickigen Raum das Fenster öffnete. Plötzlich wollte sie nicht mehr darüber nachdenken, ob es klug war zu tun, wonach es ihren verräterischen Körper verlangte. Sie hatte genug davon, die Dinge zu manipulieren, zu lügen und zu betrügen, immer auf der Suche nach dem besten Köder für ihre Wolkenangel – ausgeworfen vor einem halben Leben, weil ein Toter sich eine bessere Zukunft für seine Tochter wünschte. Neunzehn Jahre Theater. Sie hatte es so satt. Sie hatte es satt, Claire zu sein.

Mit erhobenem Kinn zwang sie ihren Blick in seinen. Er war ihr Chef, na und? Sollte das Schicksal entscheiden, was in Zukunft mit ihr geschah.

Zögernd streckte sie die Hand aus, streichelte behutsam seine kratzige Wange, die Schläfe, er musste sich einige Tage nicht rasiert haben. Im Nacken ertastete sie den stoppeligen Haaransatz, wo Marie-Jeanne ganze Arbeit geleistet hatte.

Sebastian rührte keinen Muskel, sah sie nur an, und allein das ging ihr durch und durch. Jäh zog sich ihr Unterleib zusammen, ihren Puls spürte sie längst nicht mehr, während das Adrenalin wie die Springtide in einer Vollmondnacht ihren Körper flutete. Es gab sie tatsächlich, jene Männer, die imstande waren, Sex mit einer Frau zu haben, ohne sie anzufassen. Sie hätte nur nicht gedacht, dass Sebastian Hellwig dazu gehörte.

Claire bedeutete ihm, näher zu kommen. Ihr war bewusst, dass sie gerade auf sehr dünnem Eis herumspazierte. Besser gesagt, sie sprang darauf herum.

»Das ist gar nicht mein Kuchen, sondern der von Maelys«, hauchte sie ihm ins Ohr. »Davon abgesehen leben wir im einundzwanzigsten Jahrhundert, Monsieur Hellwig. Ich käme nie auf die Idee, einem Mann mit einem Butterkuchen zu sagen, dass ich ihn haben will.«

Stille. Dazwischen Atemzüge, zwei laut schlagende Herzen und das Brausen des nächtlichen Atlantiks, irgendwo unter ihnen. Zumindest wusste sie, dass das Meer dort draußen war, obwohl es sich anhörte, als wäre es überall, sogar im Haus.

»Wie würdest du es ihm denn sagen, Gwenaelle?«, kam endlich die Gegenfrage, leise und todernst. Fast beiläufig umfasste er ihre Hüften und zog sie an sich. Sein Griff war locker und trotzdem unmissverständlich, wie das Willkommen eines Gastgebers, der einem schüchternen Besucher die Tür auflieβ, damit dieser selbst entschied, ob er eintrat.

»Auf eine Art, die selbst du nicht falsch verstehen kannst?« Sie wollte unbefangen und neckisch antworten, vor allem weil er ihren bretonischen Namen immer noch falsch aussprach. Aber ihre Stimme strauchelte wie ein Läufer, der zu viele emotionale Hürden hintereinander genommen hatte.

Sebastian ahnte ja nicht, dass sie sich im Grunde längst entschieden hatte, schon in Berlin, wo ihr Verstand noch all die untrüglichen Zeichen ihrer Gefühle für ihn verbissen ignoriert hatte.

Sachte fuhr sie mit dem Daumen über das Kinngrübchen,

versteckt in seinem Dreitagebart. Wie unglaublich es war, dass ausgerechnet sie, die abgeklärte Claire Durant, sich wie ein Mädchen fühlte, das gleich seinen ersten richtigen Kuss bekam, wo sie doch nun wirklich genügend Erfahrungen ge…

Sacre bleu. Er war es tatsächlich.

Es war der Kuss, auf den sie ihr Leben lang gewartet hatte.

Vierzehn

Sie erinnerte sich noch gut an den einen Morgen in Paris, kurz nach Weihnachten. Es war ihr erster Winter in der Hauptstadt gewesen, vielleicht sogar der erste echte Winter ihres Lebens, denn das bretonische Klima mochte zwar insgesamt rauer sein, erreichte jedoch nur höchst selten Minusgrade. Schnee hatte sie bisher nur ein paarmal gesehen, eine spärliche Schicht auf dem Heidekraut, flüchtig wie Raureif. Jener erste Wintermorgen in Paris war perfekt gewesen – von dem Moment an, als Gwenaelle das Fenster öffnete und die Dächer der Stadt von einem Puderzuckerguss, dick wie ein Daunenkissen, überzogen waren.

Perfekt wie der erste Schnee.

Obwohl sie unter dem dünnen Laken schwitzte, kam Claire genau dieser Ausdruck in den Sinn, als sie die Augen aufschlug und verträumt das verblichene, nackte Hinterteil von Robbie Williams musterte. Ihr zweiter Gedanke war, dass sie ebenfalls nackt war, den dritten dachte sie gar nicht erst zu Ende, weil sie rot wurde.

Seufzend vergrub sie das Gesicht in dem zerdrückten Kissen neben ihr, das nach Weichspüler und der muffigen Restfeuchte roch, die sich in allen Textilien im Haus eingenistet hatte. Wenn sie jedoch tief genug einatmete, nahm sie auch noch einen anderen Geruch in dem Baumwollstoff wahr: die süßliche Note von Sex. *Viel Sex. Unglaublichem Sex. Sex mit ihrem Chef.*

Claire kicherte, sie konnte nicht anders. Ihre tendenziell prüde Freundin Hanna wäre entsetzt gewesen, Sasha würde behaupten, sie habe es schon immer gewusst, und was Valérie dazu sagen würde, wäre vielleicht amüsant, aber wohl kaum salonfähig.

Sie rollte sich herum, der Wecker zeigte weit nach Mittag an. Keine Ahnung, wann sie das letzte Mal so lange geschlafen hatte, zumal Sebastian bereits früh wach gewesen war. Immer noch spürte sie seinen Mund auf ihrem, das geraunte »Schlaf weiter, Kleines« dicht an ihrem Ohr, den zweiten Kuss auf ihrer Schulter, nah genug an der empfindlichen Haut am Hals, um ihren Unterleib erneut zum Pochen zu bringen.

Früher wären diese Dinge undenkbar gewesen: Dass es ihr gefiel, *Kleines* genannt zu werden und zu schlafen, während sich eine andere Person im Raum befand. Doch an diesem Morgen war sie sofort wieder eingeschlummert, die Hand auf seiner Brust, unter der dieses große, starke Herz schlug – und trotz der Gewissheit, dass er sie beobachtete.

Dieser Mann hatte alles verdreht. Sebastian, er hatte sie verdreht, ihr Inneres nach außen gekehrt und ouuu… sie mochte auch das. Sehr sogar.

Claire stützte sich auf die Unterarme und blinzelte zum Fenster hinüber. Die Mittagssonne fiel wie ein Säbel aus Licht durch den Spalt zwischen den Vorhängen und stach in den Klamottenhaufen auf den Dielen – neben dem zerwühlten Laken und der Nässe zwischen ihren Schenkeln das Letzte, was von den unglaublichen Dingen übrig geblieben war, die sie getan hatten. Sie erschauerte bei der Erinnerung an all die hastig geflüsterten Bekenntnisse, das Flehen, das Stöhnen, die leisen Schreie aus ihrem Mund. Seine letzten, tief ergriffenen Worte vor dem Einschlafen waren die schönsten, die sie jemals von einem Mann zu hören bekommen hatte: »Du bist wie nach Hause kommen, Claire.«

Entschlossen schlug sie die Bettdecke zurück, rutschte vom Bett und sammelte ihre Kleider vom Boden auf. Durstig war sie und unfassbar hungrig. Ob sie für Sebastian und Maelys ein paar *galettes* machen sollte? Aus hauchdünn in Butter ausgebackenem Buchweizenteig, gefüllt mit Ziegenkäse und Lavendelhonig? Oder doch gewöhnliche Crêpes mit Salzkaramellcreme, so wie sie sie selbst am liebsten aß?

Danach würden sie am Küchentisch sitzen und reden. Sie musste Sebastian die Wahrheit beichten, ihm die ungeschönte Variante von Claire Durant offenbaren, sogar wenn diese Wahrheit sie ihre Karriere kostete.

Du bist wie nach Hause kommen, Claire.

Vorsichtig betastete sie ihre wund gebissenen Lippen. Der Schmerz hatte etwas Befreiendes, etwas von einer Absolution. Wenn sie in der vergangenen Nacht Sebastians Herz erreicht hatte, würde er ihr verzeihen. Hoffentlich.

Sie verzog den Mund, als sie Valéries spöttisches Gelächter hörte, öffnete die Tür und tapste barfuß auf den Flur hinaus, das Laken fest um den Körper geschlungen.

Paris ist so wunderbar! Ich kann mir ü-ber-haupt nicht vorstellen, dass Sie tatsächlich noch nie …

Es dauerte einen Wimpernschlag, ehe Claire realisierte, dass ihre Tante noch immer lachte. Eine weitere Sekunde später krampfte sich ihr Magen zusammen, als hätte sie eine verdorbene Auster gegessen.

… sollten Sie un-be-dingt nachholen …

Das war der Augenblick, in dem sie begriff, dass Valéries Stimme nicht in ihrem Kopf war, sondern aus der Küche im Erdgeschoss kam.

Als Claire eine Viertelstunde später mit duschfeuchten Haaren die Treppe hinunterging, zwang sie sich, ohne Hast Stufe für Stufe zu nehmen, während ihre Hände am Geländer klebten, als wollte eine böse Vorahnung sie zurückhalten.

Die Küchentür war angelehnt, durch den Spalt plätscherte Valéries Lachen, das immer ein wenig so klang, als hätte sie sich bereits ein Gläschen Crémant gegönnt. Dann vernahm Claire den sonoren Tonfall von Sebastian, was ihr die Illusion raubte, ihm könnte der Überraschungsgast entgangen sein. Ihr Herz rutschte eine Etage tiefer. *Mon Dieu, lass es nicht zu spät sein*, betete sie, holte Luft und drückte beim Ausatmen lautlos die Tür auf.

Valérie lehnte seitlich an der Spüle, die Beine unter dem schwarzen, bis zum Knie geschlitzten Rock gekreuzt, einen Kaffeebecher in der Hand. Die andere hielt sie wie einen Fahnenmast aus dem Fenster, von ihrer Zigarette stieg eine bläuliche Linie aus Rauch auf. Ihr Haar war sorgfältig in graue Wellen gelegt (»Merk dir eins, Gwenaelle, eine echte Pariserin versteckt ihr Alter niemals unter Färbemitteln«), das Seidentop umschmeichelte ihre noch immer schlanke Figur.

Sie sieht umwerfend aus, dachte Claire, während sie zusah, wie Valérie den Qualm nach draußen zu blasen versuchte – und loskicherte, weil der Rauch in den Raum statt hinauszog. Dass sie sich benahm wie ein Teenager, der die heimliche Kippe nicht lassen konnte, verlieh ihrer eleganten Erscheinung etwas kindlich Unbekümmertes, das sie nur noch anziehender machte. Unglaublich, woher ihre Tante diese Aura nahm, die sie umflirrte wie Sternenstaub einen Planeten. Dabei war sie fast siebzig!

Sebastian saß am Küchentisch und blätterte in einer Zeitung, Claires Puls reagierte sofort, als sie seinen Blick auf sich fühlte.

»*Salut*«, sagte sie atemlos.

Er nickte. Nicht unfreundlich, aber mit einem Ausdruck im Gesicht, den sie nicht recht deuten konnte. War es Anspannung? Nervosität? Bedauerte er gar, was passiert war? Verstohlen strich sie über ihr Kleid. Es war zerknittert, weil es im Koffer gelegen hatte, aber wen kümmerte das.

»Ah. Die Langschläferin.« Valérie aschte in die Spüle und
drehte sich mit einem breiten Lächeln um.

Prüfend wanderte ihr Blick von Claires Ballerinas aufwärts
(»Denk daran, *ma chère,* schau dir immer zuerst die Schuhe an,
und du weißt, welche Persönlichkeit darin steckt«) und blieb
schließlich auf ihrem Kopf hängen wie eine Plattenspielernadel
in einer defekten Spurrille.

»Ich hoffe, du hast einen Auftragskiller auf den Menschen
angesetzt, der dir das angetan hat.«

»Was machst du hier?«, konterte Claire, ohne Sebastian aus
den Augen zu lassen, und zupfte reflexartig an ihren Haaren
herum.

Valérie schnalzte. »Ich hätte mich ja angemeldet, aber leider
stimmt irgendetwas mit deinem Telefon nicht.«

»Du hättest auch eine Postkarte schreiben können.«

Sebastians Brauen hoben sich, und nun konnte sie doch nicht
anders, als wegzusehen. Auf einmal fühlte sie sich allein und
verlassen wie ein Stück Strandgut nach Abklingen der Flut.

»Da hören Sie es, mein lieber Sébastien. In ganz Frankreich
finden Sie keine Familie, die herzlicher miteinander umgeht.«
Valérie breitete die Arme aus, ihre silbernen Armreifen klim-
perten. »Was habe ich dich vermisst, du kleines Scheusal.«

Es tat gut, das Gesicht ein paar Atemzüge lang an Valéries
Schulter zu bergen. Sie trug das Lavendelparfum, das schon immer eine tröstende Wirkung auf Claire gehabt hatte – vielleicht
weil sie es mit ihren ersten Monaten in Paris verband: schlaf-
los auf dem Wohnzimmersofa, eingehüllt in Valéries Decke mit
dem seifig süßen Duft.

Ihre Tante löste sich resolut aus der Umarmung, hielt Claire
auf Armeslänge Abstand und erforschte ihr Gesicht.

»Mach dir keine Gedanken, *ma petite.* Keine Zwiebelsuppe
wird so heiß gegessen, wie sie gekocht wurde«, sagte sie mit

dem gewissen Unterton, der Claire stets in diffuse Alarmbereitschaft versetzte.

»Du sprichst wie immer in Rätseln.«

»Tue ich das?« Valérie musterte Sebastian, der sich nach vorne gebeugt hatte und in die Zeitung starrte, während der Kaffee in seinem Becher erkaltete.

Claires Kehle wurde eng, doch sosehr sie sich den Hals verrenkte, sie erkannte nicht, welcher Artikel ihn derart fesselte.

»Das findet übrigens auch dein Freund Sébastien, von dem du mir gar nichts erzählt hast.« Mahnend wackelte Valéries Zeigefinger vor ihrer Nase hin und her. »Dabei meinte er, ihr kennt euch schon Jah-re!«

»Mein Freund?«, hauchte Claire und fing Sebastians Blick auf. Automatisch hob sie die Mundwinkel und drückte ein Lächeln durch die zusammengepressten Lippen. »Ja. Natürlich. Er ist … ein Freund.«

Ihre Tante quiekte. »Und da hast du ihn noch kein einziges Mal mit nach Paris gebracht? Du enttäuschst mich, Gwenaelle, zumal er mir verraten hat, dass er über alles Bescheid weiß.« Valérie tätschelte ihr liebevoll die Wange, und für Claire fühlte sich jeder Schlag wie eine Backpfeife an. »Wie wundervoll, dass du endlich jemanden gefunden hast, dem du vertraust.«

Sebastians Kiefer bewegte sich hin und her, ein deutliches Zeichen dafür, dass er angestrengt nachdachte, aber offenbar zu keinem Ergebnis kam, das ihm gefiel.

»Valérie, wir sollten uns dringend unter vier Augen …«

»Er findet übrigens auch, dass die im Grand Palais unerhört überreagiert haben«, fuhr Valérie vergnügt fort. »Man führt eine alte Dame nicht ab wie eine Serienmörderin. Nicht wahr, Sébastien?«

Claire schloss die Augen. Von allen Szenarien, die sie sich noch vor zwei Minuten vorgestellt hatte, war dieses mit Abstand das beschämendste. Am schlimmsten war jedoch, dass sie ihm die Sache mit der Vernissage so gerne selbst gestanden hätte. Nun war es zu spät. Sie stand als das da, was sie zweifellos war: eine Lügnerin.

Enttäuschung. Das war es, was sie in Sebastians Gesicht gesehen hatte, die unverhohlene Enttäuschung von jemandem, der es gewagt hatte, ihr zu vertrauen.

»Was ist in Paris passiert?«, flüsterte sie und ihr Herz klopfte so laut, dass sie glaubte, die beiden müssten es hören.

Die Antwort kam vom Küchentisch. Ein Geräusch, halb Schnauben, zur anderen Hälfte ein freudloses Lachen. Claire hob trotzig das Kinn. Wenn sie schon splitternackt war, dann mit Würde. Diese Lektion hatte sie von Maelys gelernt.

»Paris. Deswegen bin ich hier«, Valérie spitzte die rot angemalten Lippen, ein kleiner Rauchkringel waberte durch die Küche. »Schlechterdings bin ich mit dem Corpus Delicti nur bis ins Foyer gekommen. Da hat es mir dieser Mensch aus den Händen gerissen, als hätte ich die Kronjuwelen von unserer guten Marie Antoinette geklaut. Dabei kann ich etwas, das mir sozusagen gehört, gar nicht stehlen, das habe ich auch dem *commissaire* und seinen sauertöpfischen Inspektoren erklärt. Aber die haben mir nicht mal zugehört.«

Noch ein Rauchkringel, diesmal wesentlich misslungener.

»Nichtsdestotrotz weiß ich jetzt, dass eine Gefängnispritsche gar keine so unbequeme Angelegenheit ist. Außerdem hatte ich viel Zeit zum Nachdenken, was ich gründlich getan habe, *ma petite*, seit ich begriffen habe, was da an der Wand hing.« Ihr Lachen hatte etwas Verschlagenes. »Genau genommen hängt es dort ja noch immer.«

»*Bon sang*, Valérie!«, entfuhr es Claire, der plötzlich alles egal war. Sollte Sebastian sie eben feuern. »War es denn so schwer, sich an die Vereinbarung zu halten? Du solltest diese verflixte

Ausstellung besuchen, ein paar Notizen machen und Fotos schießen. Wie kommst du dazu, irgendein Bild stehlen zu wollen und damit die gesamte Aufmerksamkeit auf dich zu ziehen? Ist dir klar, in welche Schwierigkeiten du mich damit gebracht hast?«

Sebastian lehnte sich zurück, seine Hände lagen flach auf dem Tisch, als warte er auf ein Gedeck, das niemand bringen würde. Claires Wangen brannten, vor Zorn, vor Scham. Und ihr Herz … Nein, über ihre Gefühle wollte sie gegenwärtig nicht nachdenken.

»Es war nicht irgendein Bild, Gwenaelle. Und falls du dir wegen deines Presseausweises Gedanken machst …«, Valérie schnippte hoheitsvoll die Zigarette aus dem Fenster, »dem reizenden *commissaire* habe ich erzählt, ich hätte den Ausdruck aus deiner Pressemappe gemopst, als ich dich vor ein paar Monaten in Berlin besucht habe. Damit war die Sache für ihn erledigt. Dein komischer, ach so prinzipiengetreuer Chef bekommt also bestimmt keinen Wind davon, verstehst du?«

Sebastian hüstelte.

»Ich verstehe überhaupt nichts mehr«, zischte Claire und gelangte endlich zu etwas, das sich mit viel gutem Willen als Contenance bezeichnen ließ, obwohl sie die Fingernägel in die Handflächen grub, bis es wehtat.

Sebastian raschelte demonstrativ mit der Zeitung.

»Vielleicht hilft dir das hier weiter«, meldete er sich zu Wort. Seine Stimme klang vollkommen substanzlos, als er das Journal in ihre Richtung schob.

Es handelte sich nicht um eine einzelne Ausgabe, wie sie zunächst angenommen hatte, sondern um mehrere lose Seiten, die offensichtlich aus verschiedenen Zeitungen herausgetrennt worden waren. Das Blatt obenauf stammte aus *Le Monde*, datiert von letztem Samstag, einen Tag nach der Ausstellungseröffnung im Grand Palais in Paris.

Die Wolkenfischerin – *Wer ist das Mädchen auf dem Felsen? Gemälde von unbekanntem Künstler wird nach versuchtem Diebstahl zum Highlight von Kunstausstellung.*

Das dünne Blatt zitterte in Claires Hand. Sie ließ es auf den Tisch fallen, als sei es mit giftiger Druckerschwärze bedruckt, und blätterte fiebrig die restlichen Artikel durch. Jede Schlagzeile war wie ein Nadelstich auf ihrer Haut.

Im Rausch der Farben! Kunstausstellung in Paris wartet mit überraschendem Werk im Stile Gaugins auf.
(Le Figaro)

Bemerkenswertes Werk im Grand Palais entdeckt – Frankreich sucht unbekannten Nachwuchskünstler.
(Libération)

Wolkenfischerin *stammt vermutlich aus der Bretagne.*
(Télégramme)

Bretonisches Blau und eine geheimnisvolle Geschichte? Polizei setzt vermeintliche Kunstdiebin auf freien Fuß.
(L'Express)

Erneut angelte Claire nach der *Le Monde* und las die Schlagzeile laut, als ob sie dadurch weniger real würde. »Die Wolkenfischerin – Wer ist das Mädchen auf dem Felsen?«

Die Buchstaben bröckelten aus der Zeile und sprangen kopfüber wie kleine schwarze Fische in das unten abgebildete Gemälde – hinein in ein magisches, schwereloses Blau, mit kraftvollen Pinselstrichen aufgetragen, deren Ausdruckskraft sogar der miesen Druckqualität des Fotos trotzte. Am rechten Bildrand erhob sich ein majestätischer Fels, auf dem eine Gestalt hockte, die Arme um die Knie geschlungen, den Blick auf den Horizont gerichtet. Bei den windzerzausten roten Locken hatte dieselbe Hand langsamer und sorgfältiger gearbeitet, behutsam wie eine Mutter, die das Haar ihrer Tochter bürstet. Das Mädchen auf dem Felsen wartete. Einsam, geduldig. Claire spürte seine Sehnsucht beinahe körperlich. Sie spürte auch, wie sehr diese kleine, verlorene Gestalt von demjenigen geliebt wurde, der den Pinsel geführt hatte.

Claires Kehle verengte sich, gleichzeitig weitete sich ihr Herz, bis es so groß war, dass der Platz in ihrem Brustkorb nicht mehr auszureichen schien. Maelys hatte sie also nicht vergessen, all die Jahre nicht. Stattdessen hatte sie sich mit ihr auf eine Art verbunden, wie es nur ein Mensch vermochte, der sprechende Hände besaß – und einen Pinsel.

»Ich wusste sofort, aus welchem Farbkasten dieses Bild stammt«, sagte Valérie schmunzelnd. »Und das nicht nur, weil ich dasselbe Blau noch immer auf meinem Teppich habe.«

»Aber … ich … Du hast …« Claires Stimme brach, doch Valérie wusste auch so, was sie fragen wollte.

»Das Bild hing vollkommen unsichtbar in der Ecke eines kleinen Ausstellungsraums, es war Zufall, dass ich es entdeckt habe. Sie hätten es ebenso gut in die nächstbeste Besenkammer räumen können.« Ihre Tante nickte grimmig. »Also habe ich dem Schicksal ein bisschen auf die Sprünge geholfen.«

»Und da hast du … Du hast so getan, als wolltest du es stehlen? Um darauf aufmerksam zu machen?«

»Der Zweck heiligt die Mittel. Oder, um es mit den Worten deiner Maman zu sagen: *Rien ne sort de rien* – von nichts kommt nichts. Ich bin mir sicher, die *Wolkenfischerin* hängt jetzt da, wo sie hängen soll: in der Mitte des großen Ausstellungsraumes, bewacht von zwei hässlichen Kerlen mit dunklen

Sonnenbrillen, während sich die illustre Kunstszene der Hauptstadt darum schart.« Valérie schnalzte mit der Zunge und zündete sich in aller Seelenruhe eine weitere Zigarette an. »Diese Kunstleute sind so manipulierbar.«

Ungläubig verfolgte Claire die Rauchfahne, die geradewegs zur Küchenlampe zog, als ob der gehäkelte Lampenschirm über eine besondere Anziehungskraft verfügte.

Sebastian sah ihre Tante lange an, sein lakonisches »Zwei reichlich ausgebuffte Frauenzimmer« versandete in Valéries unbekümmertem Gelächter. »Gibt es vielleicht noch etwas, das ich wissen sollte?«, setzte er nach.

Es war offensichtlich, wem die Frage galt, denn er sah Claire direkt an, einige Sekunden lang, ohne zu blinzeln. Eine strenge Prüfung – bei der sie versagte, als sie die Augen niederschlug.

»Es gibt kein Diplom.« Sie hatte es so leise gesagt, dass sie zunächst dachte, sie hätte es gar nicht ausgesprochen, weshalb sie es wiederholte. »Ich habe gar keinen Studienabschluss in Kunstgeschichte.«

Sebastian schwieg. Es war ein furchtbares Schweigen, das wie Quecksilber durch ihren Körper floss, zäh und giftig. Schließlich nickte er, langsam, als hätte ihn alles andere sowieso gewundert.

Ein seltsames Brummen war zu hören, Sebastians Handy bewegte sich wie von Geisterhand über die Tischplatte.

Es war vorbei. Endgültig. Das wusste Claire in dem Moment, als er zum Telefon griff und auf das Display schaute, während ihr völlig belanglose Dinge durch den Kopf schossen, allen voran die Frage, weshalb er in diesem Funkloch Empfang hatte. Es war verrückt.

»Wozu brauchst du ein Diplom? Talent und Fleiß benötigen kein Dokument, dafür sind die Töchter dieser Familie wohl der beste Beweis«, sagte Valérie nonchalant in die Stille, als spräche sie über ein verlegtes Portemonnaie. »Apropos Talent, wo steckt eigentlich das kleine, taube Mädchen? Ich habe deine Schwester noch gar nicht gesehen. Hätte Sébastien mich vorhin nicht zuvorkommender Weise mit einem *petit café* empfangen, wäre ich nach dieser fürchterlichen Taxifahrt vermutlich auf dem Bänkchen vor eurer Tür eingenickt. Die Bretonen sollten endlich etwas an ihren Straßen tun, sie sind grauenhaft.«

»Ich habe keine Ahnung, wo sie ist«, murmelte Claire verstört. »Maelys kommt und geht, wie es ihr passt.«

Es kostete sie unbändige Beherrschung, sich nicht um Verzeihung wimmernd an Sebastians Hals zu werfen. Leise murmelnd erhob er sich, das Handy am Ohr.

»Ah. Eine Familienkrankheit. Gefällt mir jetzt schon, das Mädchen. Allerdings …« Valérie sah auf ihre Armbanduhr und schnalzte. »Wir haben schätzungsweise noch dreißig Minuten, um deine Schwester darauf vorzubereiten, dass ganz Frankreich verrückt nach ihr ist.«

»Was hast du da gerade gesagt?« Claire atmete aus, es fiel ihr schwer, Valéries vergnügtem Geplapper zu folgen.

Sebastian ging an ihr vorbei zur Tür hinaus, er würdigte sie keines Blickes mehr. Er benahm sich wie ein Fremder. Oder wie ein Chef, der seinen Job zu tun hatte.

»Ein wunderbarer Mann, halt den bloß fest«, raunte Valérie, ehe sie Claire sanft schüttelte. »Aber nun zurück zu Maelys. Der Taxifahrer hat meine reizende Leibgarde freundlicherweise irgendwo hinter Saint-Pol-de-Léon abgehängt, aber ich fürchte, die Leute vom *L'Express* wissen, wie sie ihren Job zu machen haben. Wir sollten deine Schwester vorwarnen, wenn sie auf den Fotos hübsch aussehen möchte.«

»Die Presse?« Nun war Claire mit ihrer Aufmerksamkeit voll und ganz bei ihrer Tante. »Was wollen die denn hier?«

Valérie zuckte mit den Schultern. »Offensichtlich sind sie der

Meinung, ich wüsste etwas über das Bild, das ganz Paris in Aufruhr versetzt. Gut möglich, dass ich bei meiner Verhaftung die eine oder andere Bemerkung fallen gelassen ha…«

»Valérie!«

Ihre Tante spitzte den Mund, immerhin sah sie ansatzweise schuldbewusst aus. »Na ja, ein paar Tage konnte ich sie hinhalten, während sie mich beschattet haben. Aber dann sind sie sogar dem guten Monsieur Poupart auf den Wecker gegangen, weil sie den ganzen Morgen vor seiner *boulangerie* herumgelungert und seine Kunden belästigt haben.«

Claire spürte, wie alle Farbe aus ihrem Gesicht wich. »Ist nicht wahr«, murmelte sie und stöhnte auf. »Valérie, das ist eine Katastrophe!«

»Ich bitte dich, Gwen, sei nicht so missgünstig. Es ist doch keine Katastrophe, wenn deine Schwester berühmt wird.«

»Bist du schon mal auf die Idee gekommen, dass Maelys das vielleicht gar nicht will … berühmt sein?«

Valérie winkte ab. »Aus welchem Grund sollte sie das Bild sonst eingeschickt haben?«

Claire sah sie durchdringend an, so lange, bis Valéries Augen aufleuchteten.

»Ah. Sag bloß, sie hat es gar nicht selbst einge…« Ihr Gesichtsausdruck wechselte urplötzlich. »Aber wenn deine Schwester es nicht war, wer war es dann?«

Eine gute Frage. Eine verdammt gute Frage sogar. Vielleicht hatte Maelys ja tatsächlich … Aber das ergab alles keinen Sinn!

Ein Motorengeräusch durchbrach die entstandene Stille, Kies knirschte. Auf dem Hof hielt ein Wagen.

Sie wechselten einen Blick.

»Vielleicht bleiben uns doch nur noch ein paar Minuten«, bemerkte Valérie trocken.

In den nächsten Sekunden geschahen mehrere Dinge gleichzeitig. Es klingelte an der Tür, lange und nachdrücklich, wie sie es eigentlich nur von Pierre gewohnt waren, wenn er morgens die Zeitung brachte. Kurz darauf stürzte Maelys zur Hintertür herein, als sei ein Rudel Wölfe hinter ihr her. Ihr ohnehin schon bleiches und vom Weinen verquollenes Gesicht bekam einen verwirrten Ausdruck, als sie Valérie an der Spüle lehnen sah. Dann hastete ihr Blick zu Claire, die wiederum erst jetzt realisierte, dass ihre Schwester wieder ein Kleid trug, diesmal offenbar aus ihrem eigenen Fundus. Es war hübsch, lavendelfarben und mit Blumen darauf, auch wenn es abgetragen wirkte und die Gummistiefel ein wenig seltsam dazu aussahen.

Erneut klingelte es, ungeduldig, bekräftigt von einem Hämmern, das eindeutig von Fäusten herrührte. Claire begann hilflos am Daumennagel zu knabbern, während Valérie die Zigarette im Spülbecken ausdrückte und gelassen in Maelys' Richtung winkte.

»*Bonjour, ma petite.*«

Maelys lächelte gezwungen und fuhr sich mit dem Handrücken über die Augen, wobei sie die ohnehin schon verlaufene Wimperntusche über die Wangen schmierte. Es hatte etwas ungewollt Komisches, weil sie jetzt aussah wie ein kleiner, unglücklicher Waschbär.

»Entschuldigung«, buchstabierte sie mit einer Hand, offensichtlich der einzige Körperteil an ihr, der sich Mamans strenger Erziehung zur Höflichkeit entsann. Es wirkte herzergreifend beherrscht.

Claires Magen zog sich zusammen, doch ehe sie reagieren konnte, rannte Maelys auch schon aus der Küche. Die Stiefel polterten die Treppe ins Obergeschoss hinauf, auf dem Boden lag verlassen der Weidenkorb, der ihr aus der Hand geglitten war. Als Claire das Geschirrtuch zurückschlug, kam darunter eine goldbraune Kruste zum Vorschein. Ein perfekter *gâteau breton*. Vollkommen unberührt.

»*Merde*«, murmelte sie und hatte sofort ein schlechtes Gewissen, weil sie erleichtert war.

»Unter normalen Umständen würde ich dir jetzt den Mund mit Seife auswaschen, aber in diesem Fall fürchte ich, muss ich dir beipflichten.« Valérie hatte die Gardine beiseitegeschoben und spähte mit zusammengekniffenen Augen hinaus. »Dabei möchte man meinen, dieses Journalistenpack wäre ein wenig unauffälliger unterwegs. Dieses unmögliche Quietschgelb ist ja bis zur Île de Batz zu sehen. Obwohl ich schwören könnte, dass die vorhin noch einen weißen Lieferwagen gefahren haben.«

»Was?« Claire war zu verblüfft, um die Beleidigte zu spielen, weil ihrer Tante offenbar entfallen war, dass sie ebenfalls zu besagtem Journalistenpack gehörte.

»Gwenaelle?«, ertönte es dumpf und eindeutig männlich von draußen. »Komm raus, ich hab eine Überraschung für dich!«

Sie flog förmlich zur Tür und riss an der Klinke. Alles schien verlangsamt, viel zu viel hatten Kopf und Herz in den letzten Minuten verarbeiten müssen, weshalb sie mehrere Sekunden brauchte, um zu begreifen, dass Luik vor ihr auf der Schwelle stand. Es dauerte einen weiteren Moment, bis sie das Gefährt einzuordnen wusste, das da mitten im Hof neben dem Badewannenkübel parkte, knallgelb wie die dort eingepflanzten Primeln – ein nahezu perfektes Arrangement für ein Fotoshooting. Sie sagte etwas, das sie verzerrt hörte wie in einer Muschelschale.

»Was zum Teufel habt ihr mit Hellwigs Auto gemacht?«

Luiks Mund klappte auf, die Verwunderung in seinem einen Auge war die eines Jungen, der in seiner leeren Hosentasche nach einer Münze sucht, die gerade eben doch noch da war. Seine mächtigen Schultern sanken herab.

»Gefällt dir die Farbe denn nicht?«, fragte er enttäuscht und kratzte sich am Hinterkopf. »*Bof*, die Schiffslackstreifen auf dem Mercedes waren ziemlich … hartnäckig und da hatte Monsieur Léon von der Tankstelle die Idee, seinen Schwiegersohn zu fragen, der eine Lackierkabine hat. Patenter Kerl, dieser Maart, sag ich dir, der richtet sogar alte amerikanische Busse her und …«

»Komm auf den Punkt, Luik«, herrschte Claire ihn an und lehnte sich sicherheitshalber gegen den Türrahmen, ehe sie das Gleichgewicht verlor.

Luik verzog den Mund. »Das versuche ich ja gerade. Also, Maart hat gerade einen Mannschaftsbus für den Rugby Club in Kerlouan in Auftrag. Die stehen voll auf diesen amerikanischen Blödsinn. Und weil er gerade Unmengen von dem Originallack in der Werkstatt hatte, da dachten wir …«

»Da habt ihr gedacht, ihr macht den Mercedes meines Chefs einfach mal … gelb?« Claire schnaufte, spürte jedoch zu ihrem Leidwesen, wie ihr Mundwinkel zuckte.

Unter anderen Umständen hätte sie sich vermutlich totgelacht, aber jetzt war das Auto sozusagen die gelb lackierte Kirsche auf der Torte. Auf einer reichlich ungenießbaren Torte.

»Wer ist Hellwig?«, fragte Valérie, die sich an ihre Seite geschoben hatte und Luik neugierig musterte.

»*Demat* – guten Tag, Madame Aubert.« Luik lupfte seine Schirmmütze. »Schön, dass Sie mal wieder zu Besuch sind. Sie sehen echt bombig aus.«

»Und du bist ganz schön groß geworden, *mon garçon*«, gab Valérie zurück, den Kopf in den Nacken gelegt. Ihr Finger schwenkte wie ein Zielfernrohr auf das Auto. »Muss ich senile, alte Frau dieses Theater von alleine verstehen oder bringt mich jemand *à jour*?«

»Aber *madame*, Sie sind kein bisschen a…« Luik verstummte sofort, als er sich die wortlose Ohrfeige von Claires Blick einfing. »Sebastian ist doch Gwens Chef«, setzte er beflissen hinzu. »Und da er gar kein so übler Kerl ist, wie wir alle gedacht haben, und niemand will, dass Gwen Schwierigkeiten bekommt, haben wir sein Auto nach einem kleinen versehentlichen Fauxpas wieder hübsch gemacht.« Er runzelte die Stirn. »Apropos Auto, vorhin haben mich ein paar komische Leute in einem weißen Transporter nach einem Maler aus der Gegend gefragt. Pariser Kennzeichen, kamen mir nicht ganz koscher vor. Ich hab sie zu Jean-Luc ins Atelier geschickt, ich hoffe, die wollten nicht hierher.«

Valérie quiekte und schlug die Hand vor den Mund. »Sebastién ist dein … *Non!*«

»Chefredakteur«, sagte Claire leise. »Er ist der Chefredakteur der Zeitschrift, bei der ich arbeite.«

Gearbeitet habe.

»Aber er hat mir gesagt, er sei ein guter Freund von dir.« Sie riss die Augen auf. »Ich hätte ihm doch nie die Sache mit der Vernissage erzählt, wenn ich das gewusst hätte. Und dein Diplom … q*uelle pagaille* – was für ein Chaos. O Gwenaelle, es tut mir ja so leid!«

»Es ist nicht deine Schuld, Tante Valérie.« Claire schluckte ein paarmal und atmete durch.

Die Dinge waren, wie sie waren, es ergab keinen Sinn, sich darüber zu grämen, was hätte sein können. Sie würde zurechtkommen, auch ohne Job. »Um ehrlich zu sein, bin ich sogar froh.«

Es war tatsächlich so. Claire loszulassen war, wie sich nach einer durchtanzten Nacht die viel zu hohen Pumps abzustreifen: erleichternd.

Valérie betrachtete sie skeptisch. »Du wirkst aber nicht besonders froh.«

»Das kommt schon noch.« Müde winkte Claire ab und

ging steif zurück ins Haus. »Ich weiß nicht, wo Sebastian gerade steckt, Luik, vielleicht siehst du selbst, ob du ihn findest. Und das mit den Lieferwagentypen war genau richtig, die wollten bestimmt nicht hierher«, warf sie über die Schulter zurück, während sie bereits das Obergeschoss ansteuerte. »Ich muss mich um Maelys kümmern. Sie hat lange genug darauf gewartet, dass ihre große Schwester für sie da ist.« Sie war schon auf halber Treppe, als sie innehielt. »Valérie?«

»*Ma belle?*«

»*Merci*«, sagte sie leise und lächelte. »Du weißt schon. *Pour tout* – für alles.«

Maelys' Zimmer lag am Ende des Flurs und war der einzige Raum im Haus, den Claire bislang kein einziges Mal betreten hatte. Sie wusste gar nicht, warum. Schon rein beruflich gesehen war diese Zurückhaltung völlig wider ihr Naturell und selbstverständlich hatte sie mehrfach mit dem Gedanken gespielt, einen Blick hineinzuwerfen. Doch immer hatte sie ein unbestimmtes Gefühl von Respekt davon abgehalten, diese Schwelle ohne Einladung zu übertreten.

Sie zögerte auch jetzt, unsicher, weil ihr Klopfen nutzlos wäre und sie nicht wusste, ob sie willkommen war. Daher öffnete sie die Tür zunächst sehr langsam, fast ängstlich.

Maelys saß mit im Schoß gefalteten Händen auf dem französischen Bett, so dicht an der Bettkante, dass schon ein kleiner Stoß genügt hätte, um sie herunterzuschubsen. Ihre Gesichtszüge wirkten konturlos, wie bei jemandem, der seit Stunden in eisiger Kälte auf einer Parkbank wartete und sich nicht eingestehen wollte, dass seine Verabredung nicht kommen würde.

»Hey«, buchstabierte Claire. »Darf ich reinkommen?«

»Du bist doch schon drin«, antwortete Maelys.

Claire ging auf das Bett zu, wobei sie den Impuls unterdrückte, sich in dem kleinen Raum umzusehen, in dem es eigentümlich nach Räucherstäbchen roch.

Die Matratze war hart, sie gab kaum unter ihr nach, als sie sich darauf niederließ. Claire fühlte, dass Maelys sie von der Seite beobachtete, während sie nun doch die Stiftedosen und den Skizzenblock auf dem Schreibtisch musterte und sich über die Zeichnungen und Bilder an der Wand tastete, bis sie die Staffelei erreichte. Die Leinwand darauf war jungfräulich weiß, darunter standen Schraubgläser, Pinselbehälter und Farbtuben. Nun wusste sie auch den scharfen Geruch einzuordnen, der unter dem Sandelholzaroma des Räucherwerks schwelte: Terpentin.

»Pierre will mich nicht heiraten«, sagte Maelys unvermittelt, monoton und ein wenig schrill, wie früher, als sie ihre Stimmbänder noch nicht so gut hatte kontrollieren können.

Claire zog die Knie an und setzte sich in den Schneidersitz, ihrer Schwester zugewandt. Ihre Finger krochen über den groben Stoff des Bettüberwurfs und berührten Maelys' Handrücken.

»Ich weiß«, antwortete sie behutsam. »Ich habe den Kuchen gesehen, den du wieder heimgebracht hast.«

Als sich die Porzellanaugen, die sie so sehr liebte, mit Tränen füllten, tat Claire erneut das, was Valérie sie vor vielen Jahren gelehrt hatte: Sie wartete.

Die Minuten vergingen. Draußen schien die Sonne, während sich das Licht hier drinnen zwischen den kühlen Steinwänden in einem diffusen Schleier verlor. Claire betrachtete die Bilder an der Wand, die maritimen Landschaften, das Heidegrün, das Muschelschalengrau, das Seesternrot. Dazwischen immer wieder das unverwechselbare Maelys-Blau mit all seinen Nuancen, das Claires Gedanken unwillkürlich zu Sebastian lenkte. Wie hätte sie auch nicht an ihn denken sollen, bei all dem Blau?

Sie wunderte sich, dass sie sich leicht und schwerelos fühlte, obwohl da dieser Schmerz war, irgendwo dort, wo sie ihr Herz vermutete. Als die Sache mit Jan zu Ende ging, war sie in erster Linie wütend gewesen, gekränkt, bis ein paar Monate später die erlösende Gleichgültigkeit gekommen war. Das hier war eine neue Art von Schmerz, dumpfer und schwer zu lokalisieren. Ihr tat alles weh, vom großen Zeh bis zu den Haarwurzeln. Dennoch hatte sie sich nie zuvor lebendiger gefühlt.

Ihr Blick verweilte auf einem Ölbild, direkt über dem schmiedeeisernen Kopfteil des Bettes. Es war kleiner als die anderen und zeigte eine Seite des Ozeans, die man gerne vergaß, wenn man sich in all das Türkis und Aquamarin träumte. Dunkellila, fast schwarz. Haushohe, schäumende Wellen. Zerstörerisch. Claire hielt den Atem an, als sie die *Celtika* erkannte. Maelys hatte sie ganz unten am Bildrand platziert, schwach konturiert und mit entschlossenen Pinselstrichen übermalt, weshalb man sie leicht übersehen konnte. Aber es handelte sich zweifellos um Papas Boot.

»Es war sternklar damals und der Mond… Er sah aus wie eine Erdbeere. Erinnerst du dich noch an den Erdbeermond?«

»Den Erdbeermond?« Claire drehte verwirrt den Kopf.

Maelys war ihrem Blick und ganz offensichtlich auch ihren Gedanken gefolgt und wirkte nun seltsam entrückt, als habe ein Teil von ihr das Zimmer durch eine unsichtbare Wandöffnung verlassen.

»Papa hat gesagt, es sei ein guter Morgen. Gut für die Hummer, sie krabbeln von ganz allein in die Reusen«, fuhr sie fort und kräuselte die Lippen. »Deshalb sind wir früher rausgefahren als sonst, er wollte rasch zurück sein. Wegen der Springtide und des angekündigten Unwetters.«

Claires Herz verlangsamte sich, als habe es eine Betäubungsspritze erhalten. Sie erinnerte sich an gar nichts, außer an den schwarzen Fels unter ihren Fingern und an den Regen, die unaufhörlichen Bindfäden. Bis zum späten Nachmittag hatte sie an jenem Tag auf die Rückkehr der *Celtika* gewartet, während unten an der Anlegestelle der Teufel los war. Sie hatte nichts von der Suchmeldung geahnt, die der besorgte Emil im Hafen von Moguériec abgesetzt hatte, kurz nach Ausbruch der Sturmflut, die um einiges früher die Küste erreicht hatte, als von der Wetterstation angekündigt.

Erst viel später, gegen Abend, als sie vor Kälte schlotternd nach Hause getrottet war, hatte sie von Maman das bekommen, was sie gefürchtet hatte: eine Backpfeife und die schonungslose Wahrheit.

Die Küstenwache hatte die *Celtika* am späten Nachmittag auf offener See geortet, fast fünfzig Seemeilen hinter der Île de Batz. Das Fischerboot trieb ankerlos in den Wellen, von der Zweimannbesatzung keine Spur, bis die Beamten das taube Mädchen entdeckten, nass und stumm, zusammengekauert in der Kajüte, das defekte Funkgerät in den blau gefrorenen Händen. Die viel grausamere Entdeckung wartete draußen, zwischen der Bootswand und dem zornigen Atlantik: ein toter Körper, der im schlickbesetzten Reusentau hing.

Die Rettungsleute sagten, ein Mensch könnte mit Schutzweste bei zehn Grad Wassertemperatur circa zwei Stunden durchhalten. Papa musste über fünf Stunden im eiskalten Ozean gewesen sein. Er hatte keine Chance gehabt.

»Was ist da draußen passiert?«, flüsterte Claire.

»Er hat behauptet, er könne England sehen«, sagte Maelys nachdenklich. »Ich glaube, er hat mich angeflunkert.«

»Maelys …«

»Die Reuse war so schwer. Papa ist ausgerutscht und als er nach ihr greifen wollte, ist er … Es ging so schnell, er ist einfach mit ihr ins Wasser gefallen.« Maelys Blick war wieder vollkommen klar. Sie war ins Zimmer zurückgekehrt. »Ich habe es wirklich versucht. Er hat sich an der Bootswand festgehalten, aber ich hatte nicht genug Kraft, um ihn hochzuziehen. Ich habe so furchtbar gefroren, das Tau … es ist mir dauernd aus den Händen geglitten.«

Claire schloss die Augen. Ihre Stimme war ein Flüstern, nicht mehr, und es fiel ihr schwer, die Lippen so zu bewegen, dass ihre Schwester ihre Worte lesen konnte. »Mein Gott, Maelys. Es tut mir ja so leid.«

»Es war meine Schuld«, gebärdete ihre Schwester und atmete lange aus. »Papa war mir aber nicht böse. Er hat gesagt, es ist okay, jeder müsse irgendwann sterben und dass ich aufhören soll zu weinen. Also habe ich ihm versprochen, mich um Maman zu kümmern, wenn er zu den Engeln geht. Wenigstens das habe ich gut gemacht.«

»Das hast du.« Claire nickte und bemerkte, dass es unter ihren Lidern verdächtig brannte. »Das hast du wirklich.«

»Ich habe fast zwanzig Jahre lang gedacht, du hasst mich.«

»Nein, Maelys. Ich habe mich gehasst. Weil ich auf der *Celtika* hätte sein sollen, nicht du. Das habe ich mir zwanzig Jahre lang nicht verziehen.«

Stumm sahen sie einander an.

»Was für ein Schlamassel«, sagten Maelys' Finger.

»Ein verdammter Schlamassel«, bestätigte Claire.

Maelys streckte die Hand aus und strich über Claires Wange, bedächtig, suchend, als folgte sie den Linien einer Landkarte. Dann umfasste sie beidhändig Claires Gesicht und pustete sanft gegen ihre Stirn. Ihr Atem war lauwarm, seidig. Er roch süßlich nach Orangenlimonade und ein bisschen nach Zwiebeln, es war der beste Geruch seit Langem.

Sie hätte bestimmt geweint, wäre sie nicht so leer gewesen, aber dann ließ sich Claire in die Umarmung ihrer Schwester hineinfallen wie in eine weiche Decke, und die Tränen flossen doch. Irgendwo waren wohl noch ein paar übrig gewesen.

»Was tun wir jetzt?«, fragte Maelys, irgendwann, als Claire in das löchrige Nekfeu-Schlafshirt geschnäuzt hatte, das nach ihrer Schwester roch und wahrscheinlich nicht zum ersten Mal als Taschentuch herhielt.

»Das fragst du mich?«

»Du bist die große Schwester.« Maelys tippte mit einem schiefen Lächeln auf Claires Brust, dorthin, wo es immer noch wehtat, und malte anschließend ein Fragezeichen in die Luft. »Also. Was tun wir?«

Eine gute Frage, die sich zu all den anderen gesellte, die in Claires Kopf wild darüber debattierten, welche zuerst beantwortet werden wollte. Sie entknotete ihre taub gewordenen Beine und ging im Zimmer hin und her, in einer schnurgeraden Linie vom Bett zur Tür und zurück, damit ihre Gedanken aufhörten, sich im Kreis zu drehen. Es funktionierte.

»Warum hat Pierre deinen Antrag abgelehnt?« Sie blieb so abrupt stehen, dass ihre Sohlen ein quietschendes Geräusch auf den Holzdielen verursachten.

Maelys' Augen verdunkelten sich sofort, nervös bearbeitete sie ihre Unterlippe mit den Zähnen. »Wir haben über meine Bilder gesprochen.« Die Geste war vage, mit der sie an die Wand deutete. »Von dem, was du gesagt hast und was ich tun würde, wenn ich …« Sie sah auf, schuldbewusst wie ein kleines Mädchen, das im Unterricht beim Träumen erwischt worden war.

»Davon, was du tätest, wenn du es dir aussuchen könntest? Wenn Maman nicht wäre?«, hakte Claire behutsam nach.

»Pierre sagt, dass er mich liebt, aber er will mir nicht im Weg stehen. Dass er Nein sagt, weil … eben gerade weil ich ihm etwas bedeute. Er ist ein komischer Kerl.« Sie machte einen schiefen Mund und schüttelte den Kopf.

Beinahe hätte Claire aufgelacht. Sie hatte Pierre unterschätzt, diesen Postfahrrad schiebenden Jungen mit den erstaunten Augen hinter den Lupengläsern, der sie irgendwie an den Nicolas von damals erinnerte.

Plötzlich wusste sie genau, was sie zu tun hatte.

Es war so leicht.

»Rühr dich nicht vom Fleck. Ich bin gleich wieder da.«

Sie flog förmlich die Treppe hinunter und stürmte in die rauchgeschwängerte Küche, wo Valérie und Luik einen schuldbewussten Blick tauschten, ehe ihre Tante das Fenster aufriss, damit der Zigarettenqualm abzog.

»Wir haben bloß …« Luik drückte rasch die Kippe in seiner Kaffeetasse aus, doch Claire winkte nur ungehalten ab.

In fieberhafter Eile durchwühlte sie die Zeitungsausschnitte auf dem Esstisch, fegte versehentlich ein paar Seiten zu Boden, schimpfte vor sich hin und bückte sich, weil sie gefunden hatte, was sie suchte. Auf dem Rückweg fiel ihr Blick auf Sebastians Segeltuchtasche und seinen Koffer. Sie wusste sofort, was das Gepäck im Flur bedeutete.

Die Enttäuschung hinterließ einen faden Geschmack in ihrem Mund, aber noch schwerer schluckte sie an der Erkenntnis, dass sie es nicht verhindern konnte. Sebastian würde gehen, und sie kannte ihn gut genug, um zu wissen, dass er nicht zurückkehren würde. Er war kein Mann, der den gleichen Fehler zweimal verzieh, besonders wenn es um Unehrlichkeit ging. Das hatte sie in der Redaktion oft genug erlebt.

Wäre sie die alte Claire gewesen, hätte sie ihn zur Rede gestellt, es vielleicht sogar über sich gebracht, ihn zu bitten, die Abreise zu verschieben, bis sie sich erklärt hatte. Doch sie hatte keine Zeit. Sie musste sich entscheiden, für ihn oder Maelys. Sie schloss kurz die Augen, dann drehte sie sich um und nahm zwei Stufen auf einmal.

Sekunden später stand sie schwer atmend vor Maelys und hielt ihr den Zeitungsausschnitt aus der *Le Monde* entgegen.

»Was ist das?« Misstrauisch nahm Maelys den Artikel und wurde bleich wie ein Leintuch, als ihr Blick auf das Foto fiel. »Das ist ja mein Bild!«

»Ganz genau. Es hängt in Paris, in einer großen Kunstausstellung im Grand Palais. Wie auch immer es dort hingekommen ist.«

»In Paris?« In Maelys' Gesicht waren bestimmt hundert Fragezeichen, während sie mit flatterigen Händen nach Wörtern suchte. »Aber ich ... ich habe es doch verschenkt. Das mache ich ab und zu. Madame Odile, Marie-Jeanne, viele Leute aus dem Dorf mögen meine Bilder. Die Wolkenfischerin habe ich ... ich habe sie Jean-Luc gegeben.«

»Jean-Luc Kerguennec?« Claire runzelte die Stirn. »Dem traurigen Leuchtturmwärter? Wieso das denn?«

»Sie hat ihn zum Lächeln gebracht. Er hat sie mehr gebraucht als ich«, sagte Maelys schlicht.

»*Chérie.*« Claire ging in die Hocke und streichelte Maelys' Unterarme. Die Haut an den Innenseiten war zart und weich wie der Bauch einer Makrele. »Sag mir ehrlich: Was bedeutet das Malen für dich?«

Ihre Schwester schaute nachdenklich auf sie herab. Auf einmal begannen ihre Porzellanaugen zu leuchten, als hätte Claire mit ihrer Frage eine Glühbirne in die Fassung zurückgedreht.

»Es bedeutet mir alles. Wenn ich male, brauche ich keine Wörter, trotzdem verstehen alle, was ich sagen will. Dann ist es egal, ob ich taub bin.«

Claire nickte ernst. »Wir sollten dafür sorgen, dass die ganze Welt versteht, was du sagen möchtest.«

Maelys riss die Augen auf. »Die ganze Welt? Wie soll das gehen?«

Sie erhob sich und lächelte auf ihre Schwester herab. Sie ging zum Fenster, öffnete es und lehnte den Oberkörper weit hinaus in die kristallklare Luft, hinein in die silbrige Weite der Artischockenfelder, dem Kiefernwäldchen entgegen, das die Felder und den Horizont wie eine dunkelgrüne Spitzenbordüre miteinander verband. In ihren Ohren rauschten der Wind und die ansteigende Flut, sie roch Salz, Algen und Kuhdung. *Zuhause.* Es war das erste Mal seit langer Zeit, dass dieses Wort nicht nur ein lapidar dahingesagter Begriff war. Es hatte Farbe und Geschmack – und eine Bedeutung.

Im Hof verstaute Sebastian seine Taschen im Kofferraum des Mercedes. Seine Bewegungen wirkten steif, mechanisch und der kompromisslose Knall, mit dem er die Kofferraumklappe schloss, hatte etwas Endgültiges. Claires Herz rüttelte an den Rippenbögen wie ein eingesperrtes Tier, das nicht länger bei ihr bleiben wollte. Wie Sebastian, der auch nicht mehr hier sein wollte – oder konnte.

Flach und stoßweise atmete sie gegen den Schmerz an und hoffte, Sebastian würde sich umdrehen und zu ihr hinaufsehen. Doch er strich nur über den gelben Lack, versonnen und fast liebevoll, wie es Männer taten, die einen Oldtimer fuhren. Dann zog er sein Handy aus der Anoraktasche, ging zur Fahrertür und glitt – bereits telefonierend – hinters Steuer.

Der Mercedes hörte sich tiefer und aggressiver an als in ihrer Erinnerung, was wahrscheinlich an den beiden beeindruckenden Auspuffrohren lag, die vorher noch nicht da gewesen waren. Ein weiteres Wiedergutmachungsgeschenk neben dem fragwürdigen Gelb, typisch für den stolzen Luik, der nach einem begangenen Fehler lieber das Doppelte zurückzahlte, ehe er etwas schuldig blieb. Im Schritttempo fuhr der Wagen vom Hof und beschleunigte erst kurz vor der Steigung, dort wo der sanddurchsetzte Kies in den gepflasterten Zufahrtsweg überging. Ein paar Herzschläge später war Sebastian Hellwig Geschichte.

Claire schloss das Fenster, sie war plötzlich ganz ruhig. Selbst ihr verzweifeltes Herz ließ das Toben sein und erlaubte es ihr, festen Schrittes ans Bett zurückzukehren, wo Maelys mit staunendem Mund den Artikel las, der *Die Wolkenfischerin* feierte. Der Maelys feierte. Das und ein davonfahrendes gelbes Auto – mehr brauchte Claire nicht für ihre Entscheidung, die alles verändern würde.

»Ich habe lange genug Wolken gefischt, Liebes. Jetzt bist du dran«, sagte sie bestimmt und atmete tief ein, um die schlecht geölte Tür noch ein wenig weiter aufzustoßen, die ihre Schwester in die Freiheit entließ. »Mach dir um Maman keine Sorgen. Ich werde mich um sie kümmern.«

»Du?« Maelys klang belustigt. »Willst du ihr jede Woche einen Brief schreiben, oder wie stellst du dir das vor?«

Ehrlich gesagt hatte Claire sich bis dato noch nichts vorgestellt, aber sie würde den Teufel tun und ihrer Schwester gestehen, dass ihr allein der Gedanke an die Zweisamkeit mit Maman den Schweiß aus allen Poren trieb. Aber Yvonne Durant war schließlich kein feuerspeiendes Ungeheuer aus irgendeiner verrückten Legende, dem sie ihre Seele opfern musste. Sie war ihre Mutter – und irgendwann hatte es sogar eine Zeit gegeben, in der sie einander nahe waren. Wer behauptete denn, dass es nicht wieder so sein konnte?

»Ich bleibe in Moguériec. Und du gehst nach Paris.«

Maelys lachte. »Gerade habe ich verstanden, dass du nach ...« Ihr Mund formte einen niedlichen rosafarbenen Kreis. »Das ist kein Witz, oder? Du meinst das todernst.«

Claire zuckte mit keiner Wimper. »Valérie wird dich unter ihre Fittiche nehmen, sie hasst es sowieso, allein zu wohnen. Bestimmt ist sie entzückt von der Idee, dich in die Pariser Kunstszene einzuführen. Sie liebt derartige Veranstaltungen, zumal sie dank dir im Mittelpunkt stehen wird. Der rote Teppich im Grand Palais wartet nur auf dich, Maelys. Es wird zwar bestimmt kein leichter Gang, doch es gibt Gebärdendolmetscher, und wenn du Angst bekommst, schubst du einfach Valérie vor die Kameras. Die macht das sicher blendend.«

»Aber ... was wird aus dir? Aus deinem Job? Ich dachte, du liebst Berlin.«

»Ach, Berlin.« Claire winkte lässig ab. »Ich habe die Nase voll von Großstädten. Bestimmt wartet der *Télégramme* in Morlaix nur auf eine Journalistin wie mich, zumal ich denen eine brandheiße Story liefern kann, die sie kaum ablehnen werden. Selbstverständlich nur mit deiner Erlaubnis.«

»Du hast an alles gedacht, oder?«

Nicht im Geringsten, aber wen interessiert das schon.

»Natürlich.« Claire hielt das unbekümmerte Lächeln so verbissen durch, dass ihr die Wangen wehtaten. »Also, wie sieht es aus, kleine Wolkenfischerin? Willst du es versuchen? Paris? Die Kunst? Vielleicht sogar ein Stipendium für die *École nationale supérieure des beaux-arts*? Es muss ja nicht für immer Paris sein, aber all diese Möglichkeiten liegen auf dem Silbertablett vor dir. Nur zugreifen musst du schon selbst.«

»Ich könnte an der *ENSBA* studieren?« Maelys schlug ehrfürchtig die Hand vor den Mund. Vollkommen bleich war sie geworden und seltsam durchsichtig, wie ein kleiner Geist, ihre Augen hingegen wirkten dunkel und groß wie Untertassen. Fahrig strich sie sich eine Strähne aus der Stirn und nickte scheu. »Wenn du sagst, ich soll es versuchen ...«, gestikulierte sie zögernd, als müsse sie sich erst an die passende Gebärde erinnern.

»Du sollst, *ma puce*. Und wie du sollst.«

Claire stand auf und blickte auf Maelys' rührend zerzausten Haarschopf, der irgendwann ordentlich gescheitelt gewesen war, bevor sie kopflos durch die Dünen nach Hause gerannt war. Es schien auf einmal mehrere Tage und nicht erst eine knappe Stunde her zu sein, ebenso wie der Knall, mit dem die gelbe Kofferraumklappe zugefallen war.

Behutsam hob sie mit dem Finger Maelys' Kinn an und zwang ihre Schwester, sie anzusehen. Der weiße Transporter fiel ihr wieder ein, die Reporter, die inzwischen sicher herausgefunden hatten, dass Jean-Luc nicht der Künstler war, den sie suchten. Er war vielmehr ein stiller Gönner, der ein geschenktes Bild zu einem noch viel größeren Geschenk für ihre Schwester gemacht hatte, indem er es Menschen gegeben hatte, die etwas davon verstanden. Auch wenn Claire sich nicht erklären konnte, was genau Jean-Luc dazu bewogen hatte, *Die Wolkenfischerin* nach Paris zu schicken, sie durfte keinesfalls vergessen, dem seltsamen alten Mann bei nächster Gelegenheit für sein Gespür zu danken.

»Wir haben nicht mehr viel Zeit«, sagte sie feierlich. »Stecken wir dich rasch in mein blaues Kleid und die hübschen Schuhe, es wäre doch zu schade um den roten Teppich, wenn du ihn mit deinen Wattstiefeln schmutzig machen würdest.« Claire war schon auf dem Weg zur Tür, als sie sich noch einmal umdrehte, vielleicht um sich letzte Gewissheit zu verschaffen.

Maelys saß mitsamt ihren Gummistiefeln im Schneidersitz auf dem Bett und horchte in sich hinein, die Finger knetend, ein verklärtes Lächeln auf dem halb geöffneten Mund. Sie sah aus wie ein Kind, dem soeben jemand mitgeteilt hatte, dass es ab sofort jeden Tag Geburtstag hatte.

Wärme durchflutete Claire, von den Fingerspitzen bis zu den Fußsohlen.

Sie tat das Richtige.

Noch heute Abend würde sie sich an den Sekretär im Wohnzimmer setzen und Maman einen Brief schreiben. Einen sehr langen Brief, den sie schon viel früher hätte schreiben sollen.

»Maelys?« Sie winkte, um den verträumten Blick ihrer Schwester auf sich zu lenken.

»Ja?«

»Ich glaube, Pierre liebt dich tatsächlich. Sehr sogar. Das ist nicht das Ende, *ma puce*. Es ist der Anfang.«

Fünfzehn

Es war tatsächlich ein sehr langer Brief geworden, und nicht nur das. Fast die halbe Nacht hatte es gedauert, bis sie Maman die *Umstände* geschildert hatte, die dazu führen sollten, dass ihre Mutter sich nach der Rückkehr aus dem Krankenhaus mit einer neuen Mitbewohnerin würde abfinden müssen.

Dabei hatte Claire sich eigentlich kurz fassen wollen, aber die Vollmondnacht war magisch, das Tosen der Springtide raubte ihr den Schlaf, und der Kugelschreiber füllte unverdrossen Zeile um Zeile mit all den Gedanken, die sie niemals laut ausgesprochen, geschweige denn zu Papier gebracht hätte. Letztendlich waren es zwölf Bögen, die in keines der Kuverts passten, die sie in Papas Sekretär gefunden hatte, weshalb sie am Morgen ins Dorf gefahren war, um einen großen Umschlag zu kaufen.

Nun saß sie vollkommen übernächtigt in ihrem kleinen Auto vor der Papeterie und starrte auf das umweltfreundliche Kuvert, in dem etwas lag, das sie noch vor zwei Tagen spätestens nach dem ersten Durchlesen durch den Schredder gejagt hätte. Vierundzwanzig dicht beschriebene Seiten, deren bedeutungsschwerer Inhalt in keinem Verhältnis zu dem Gewicht stand, das sie da auf den Knien balancierte. Neunzehn Jahre ihres Lebens, ungeschminkt, schnörkellos, kreuzehrlich. Geständnis, Vorwurf und Erklärung an Maman. Abbitte an Maelys, Papa – und an die kleine Gwenaelle, die Claire ebenso im Stich gelassen hatte wie ihre Schwester.

Natürlich hatte sie darüber nachgedacht, nach Lannion in die

Klinik zu fahren, um Maman den Brief persönlich zu übergeben, streng verordnete Ruhe hin oder her. Doch sie entschied, dass sie es lieber wie ihre Tante hielt, die heikle Themen stets in Umschläge steckte und mit einer Briefmarke versah.

»*Gib dir selbst und der anderen Person Gelegenheit zum Nachdenken*«, lautete Valéries Credo, mit dem sie sich in Pariser Zeiten unaufhörlich für das Briefeschreiben eingesetzt hatte, und Claire gab ihr nicht ganz uneigennützig recht. Maman hatte in ihrem einsamen Krankenhausbett reichlich Gelegenheit, um sich die offenen Worte ihrer Tochter durch den Kopf gehen zu lassen.

Sie ließ das Etui mit dem kostbaren Montblanc-Füller, den sie sich endlich gekauft hatte, in ihre Handtasche gleiten, stieg aus dem Wagen und warf den Umschlag in den flugrostgesprenkelten Postkasten an der Hauswand neben dem Schreibwarenlädchen.

J. L. Kerguennec – Atelier.

Es war Zufall, dass ihr dabei das schief hängende, handgeschriebene Schild an der Nachbartür ins Auge fiel. Wahrscheinlich hätte sie ihm gar keine Beachtung geschenkt, wäre da nicht im Zusammenhang mit Jean-Luc dieses winzige Fragezeichen gewesen, das sie seit dem Gespräch mit Maelys mit sich herumtrug.

Den Blick abwechselnd auf den abblätternden Fassadenputz und die verbeulten Geranientöpfe neben der Fußmatte gerichtet, drückte sie den Klingelknopf. Es dauerte ewig, bis es in der Gegensprechanlage knackte, die viel zu tief angebracht war. Claire musste sich bücken, um hineinzusprechen.

»*Bonjour*, Monsieur Kerguennec, hier ist …«

»Das Atelier ist geschlossen«, nörgelte die Sprechmuschel zurück, ehe sie den Satz beendet hatte.

Claire runzelte die Stirn. »Eigentlich wollte ich …«

»Die *mademoiselle*, die Sie suchen, wohnt außerhalb vom Dorf. Hinter dem Ortsschild am ersten Kreisel rechts, danach wieder rechts in die Pointe de Beg Tanguy, das letzte Haus auf den Klippen«, leierte ihr Gegenüber gelangweilt herunter. Es hörte sich auswendig gelernt an.

»Jean-Luc, hier spricht Gwenaelle Durant«, versuchte sie es erneut, und es fiel ihr schwer, ein ironisches *Ich weiß, wo ich wohne* außen vor zu lassen.

Eine Weile herrschte Stille, die Gegensprechanlage rauschte leise vor sich hin, als überlege sie eingehend, was sie als Nächstes sagen sollte. Jean-Luc hatte offenbar nicht vor, sie auf einen *café* und ein Stück *kouign amann* hineinzubitten.

Claire kräuselte die Lippen. »Ich wollte Ihnen nur sagen, dass ich sehr dankbar bin für das, was Sie da gemacht haben, *monsieur*«, fügte sie hinzu, bemüht, nicht allzu sarkastisch zu klingen. »Die Sache mit der *Wolkenfischerin* war wirklich nett von Ihnen.«

»Man sieht den Dingen ihren Wert manchmal eben erst auf den zweiten Blick an«, schnaufte es zurück, mit einem beleidigten Unterton, den Claire sich nicht erklären konnte. »Ich hatte das Recht dazu, schließlich war das Bild ein Geschenk und demzufolge mein Eigentum.«

»Natürlich, Monsieur Kerguennec. Sie haben alles goldrichtig gemacht.« Claire schüttelte den Kopf. Sie kapierte nicht recht, was Jean-Luc da von sich gab, und bezweifelte, ob er es besser wusste. Anscheinend war der traurige alte Mann schon ein wenig wirr.

»Heute ist Samstag. Elf Uhr«, plätscherte es verdrießlich aus dem kleinen Metallkasten. »Da trinke ich meinen zweiten *petit café*. Das Atelier öffnet von zwei bis vier. Danach spiele ich Schach mit Monsieur Bruno.«

»Dann ... will ich mal nicht länger stören. Es ist alles in bester Ordnung, Monsieur Kerguennec. Sie haben meiner Schwester einen großen Dienst erwiesen. Maelys wird nach Paris gehen und sich dort für einen Studienplatz an der *École nationale supérieure des beaux-arts* bewerb...«

Es knackste laut, dann war die Gegensprechanlage tot.

Verblüfft richtete Claire sich auf und war für einen Augenblick versucht, erneut auf die Klingel zu drücken. Sie hasste es, unterbrochen zu werden, davon abgesehen war sie nach diesem Gespräch keinen Deut klüger. Doch der alte Leuchtturmwärter würde ihr vermutlich auch auf die zweite Nachfrage keine brauchbare Antwort geben. Letztlich zählte nur, dass *Die Wolkenfischerin* im Grand Palais hing, nicht, wie sie dorthin gekommen war. Oder warum.

Achselzuckend schulterte Claire ihre Handtasche und wandte sich in Richtung Marktplatz, den wummernden Bässen, dem Stimmengewirr und dem Gelächter entgegen.

Es war Mitte August, Zeit für das *fest-noz*, das gestern bei Sonnenuntergang mit dem traditionellen Sardinengrillen am Hafen eingeläutet worden war, dort, wo die blumengeschmückten Trawler an den Quais lagen und zu den schwermütigen Fischergesängen schunkelten.

In gemäßigtem Tempo schlenderte Claire durch die Gasse, ihre Absätze klapperten auf dem Kopfsteinpflaster wie frisch beschlagene Hufe. Wieder spannte sich ein ungewöhnlich klarer Himmel über ihr, alles wirkte schwerelos, luftig. Im Gehen bewegten sich ihre Hüften ganz von selbst zu den folkloristischen Klängen der *binious*, der Dudelsäcke.

Wenigstens für ein paar Stunden wollte sie alle Sorgen hinter sich lassen und nicht an ihre Zukunft denken. Heute galt es, Maelys' Abschied zu feiern, zu trinken, zu tanzen. Vielleicht würde sie Nicolas noch einmal küssen, einfach so, um der alten Zeiten willen und um einen anderen, viel bedeutsameren Kuss zu vergessen. Und, falls sie später noch dazu imstande war, um einen Pokal beim Schneckenweitspucken zu gewinnen, sollte es nicht für das Siegertreppchen beim Boule-Wettbewerb reichen. Ein guter und sehr bretonischer Neuanfang, wie sie fand.

Vor dem Frisiersalon hatte sich eine Menschentraube um die zusätzlich aufgestellten Stehtische gebildet. Die rote Corvette parkte neben dem Eingang und blockierte frech den Bürgersteig. Es war Claire ein Rätsel, wie Nicolas es geschafft hatte, mit dem Wagen durch die Absperrungen zu gelangen. Von Weitem erkannte sie Marie-Jeanne, die sich mit erhobenem Tablett durch den bunten Jackenteppich fädelte, außerdem Darice und ihre Polstereckenfreundinnen, die in einem engen Grüppchen beisammenstanden. Sie überlegte, ob sie hinübergehen sollte, aber eigentlich fühlte sie sich noch viel zu nüchtern für die neugierigen Fragen nach Sebastian. Außerdem war sie gegen später ohnehin am Salon mit Maelys und Valérie verabredet.

Kurz entschlossen schlug Claire die entgegengesetzte Richtung ein, kaufte sich an einer Bude einen Crêpe und eine Breizh Cola und suchte sich ein schattiges Plätzchen auf einer Bank unter der großen, alten Platane. Seufzend schlüpfte sie aus den Slingpumps und vergrub die Zehen im Sand, den die Männer aus dem Dorf jedes Jahr von der Plage de Nodéven herfuhren, weil der zuckerkristalline helle Granitsand von Nodéven angeblich weit und breit der beste war.

Sie schirmte die Augen mit der Hand ab und sah zum Boule-Platz hinüber, wo sich die ersten Profis für den Wettbewerb aufwärmten. Sie waren leicht zu erkennen zwischen den unbekümmerten Festivalbesuchern und Touristen, und Claire wunderte sich nicht, Luik mit verkniffener Miene und dem großspurigen Gebaren eines Olympioniken unter ihnen zu entdecken. Früher war er regelrecht fanatisch gewesen, wenn es um Wettkämpfe ging – nur würde er heute wahrscheinlich nicht mehr losheulen, wenn er verlor.

Natürlich hatte sie nicht ernsthaft erwartet, auf dem Bänkchen lange ungestört sitzen zu können. Dazu war Moguériec, trotz des hohen Besucheraufkommens an diesem Tag, einfach zu klein. Es ärgerte sie trotzdem, dass sie den Crêpe erst halb aufgegessen hatte, als Madame Odile sich neben ihr auf die Bank fallen ließ.

»*Mon Dieu*, ist das eine Hitze heute«, stöhnte sie und wedelte sich mit ihrer flachen Handtasche Luft zu.

Claire nickte kauend und musterte aus dem Augenwinkel Madame Odiles lavendelfarbenes Kostüm mit Schößchen und die beängstigend hohen Schuhe. Die rosa Strumpfhose hatte eine Laufmasche, was Claire widerwillig sympathisch fand.

Die Handtasche wedelte heftiger und provozierte Claire, noch langsamer zu kauen, als sie es ohnehin tat.

»Im Grunde bin ich ja selbst genug gestraft, weshalb ich es eigentlich gar nicht nötig hätte, mich zu entschuldigen. Wofür auch?«, kam es en passant aus dem pinkfarbenen Mund, der winzig klein geworden war, so sehr kniff die Hotelbesitzerin ihn zusammen. »Die Leute aus Lyon, denen ich Monsieur Hellwigs Zimmer gegeben habe, sind *terrible*, einfach nur schrecklich. Ich habe noch nie eine Familie erlebt, bei der die Kinder besser erzogen waren als die Eltern«, schnaufte Odile. »Und ich habe schon viel gesehen, *ma chère*, glaub mir.«

»Okay.« Claire nickte mitleidig, ohne Mitleid zu empfinden, und trank einen ausgiebigen Schluck Cola.

»Was ich damit sagen will …« Madame Odiles Clutch verharrte auf der Höhe von Claires Nase und vollzog von da aus eine vage Kreisbewegung. »Gegen diese Franzosen war Monsieur Hellwig ein äußerst angenehmer Gast, im Nachhinein betrachtet. Ich wäre dir also sehr verbunden, wenn du ihm das ausrichten könntest, zumal du ja nicht ganz unschuldig an der ganzen Misere warst.«

Beinahe hätte Claire sich an ihrer Cola verschluckt, doch da war Madame Odile bereits aufgestanden. Sie atmete aus, wie man es tut, wenn man ein unangenehmes Thema abgehandelt hat, und schielte zu Marie-Jeannes Salon hinüber. Claire überlegte, ob sie etwas entgegnen sollte, beschloss aber, dass sie lieber nicht über Sebastian Hellwig reden wollte.

»Ich denke, du solltest es tun«, sagte sie stattdessen und handelte sich einen verschnupften Blick von der älteren Frau ein. »Du solltest zum Salon rübergehen.«

»Sollte ich das?«

Claire schmunzelte. »Es ist nie zu spät, um Klasse zu beweisen, Odile. Marie-Jeanne und du, ihr habt bestimmt mehr Gemeinsamkeiten, als du denkst. Vielleicht mögt ihr euch ja sogar, wenn ihr euch erst richtig kennengelernt habt.«

»Abwarten.« Die Hotelbesitzerin wirkte nicht sonderlich überzeugt. »Ich hoffe nur, du siehst das in deinem Fall genauso.«

»Marie-Jeanne und ich? O nein, wir haben bestimmt nichts gemeinsam«, wehrte Claire lachend ab.

»Klasse zeigen, du Dummerchen. In Bezug auf *Robert Redford* aus Deutschland.« Madame Odile malte Gänsefüßchen in die Luft. »Wo steckt er überhaupt? Ich habe gehört, ihr wärt jetzt so unzertrennlich wie Spirou und Fantasio.«

»*Pardon?*«

»Gib dich nicht dümmer, als du bist, *mademoiselle*. Du weißt sehr genau, wen ich meine.« Die Hotelbesitzerin kniff die Augen zusammen und schnalzte anerkennend. »Es sei denn, du bist mittlerweile an einer annehmbaren Alternative interessiert. An einer bretonischen Alternative.«

Sprach's und stöckelte hocherhobenen Kinns davon. Im Vorbeigehen warf sie Nicolas einen Luftkuss zu, die anzüglichen

Rufe und Pfiffe der Männer vom Boule-Platz ignorierte sie hingegen gekonnt.

Nicolas blieb stehen und sah Madame Odile verdutzt hinterher, dann setzte er seinen Weg fort, der ihn ganz offensichtlich zu Claires Bänkchen führte.

»*Salut, ma crevette.* Darf ich?« Er deutete auf den frei gewordenen Platz neben ihr und saß schon, ehe sie über eine Antwort nachdenken konnte.

Claire zuckte mit den Schultern. »Ist nicht meine Bank.«

»Stimmt. Ist meine. Genauer gesagt, eine davon.« Mit einem selbstgefälligen Lächeln drehte er sich um und tippte auf die kleine kupferne Plakette, die auf der hölzernen Lehne angebracht war.

Gespendet vom Küstenfischereibetrieb Le Galloudec – Moguériec 2015.

Claire verdrehte die Augen. »Du kannst das Prahlen nicht lassen, oder?«

»Warum sollte ich? Es ist, wie es ist.« Nicolas grinste noch breiter, zog eine Zigarette hinter dem Ohr hervor und steckte sie sich an. Dann zeigte er auf ihre Plastikflasche. »Cola? Ernsthaft?«

»Es ist erst Mittag, außerdem bin ich mit dem Auto hier, so wie du auch«, ätzte Claire, die nicht wusste, wieso sie sich von diesem Kindskopf reizen ließ. »Dir ist schon klar, dass dein Schlitten im Halteverbot steht?«

Nicolas blies eine Lungenfüllung Rauch in das Blätterdach der Platane, die heute einiges zu verkraften hatte. Bratfett, Sardinenrauch, Nikotin. Und das Geschwätz einfältiger Menschen.

»Wo genau ist dir eigentlich dein Sinn für Humor abhandengekommen, Gwenaelle? In Paris oder erst in Deutschland? War es, bevor oder nachdem du diesen Langweiler getroffen hast?«

»Er ist kein Langweiler!«, schoss sie mit brennenden Wangen zurück. *Merde.* Wieso hatte sie das gesagt?

Nicolas lächelte, und sie staunte nicht schlecht, weil plötzlich alle Überheblichkeit aus seinen Zügen verschwunden war, als hätte er sie mit dem Zigarettenqualm ausgeatmet.

»Du magst ihn also wirklich«, sagte er sanft. Es war keine Frage, sondern eine Feststellung.

»Möglich«, antwortete sie unwillig.

Er seufzte und streckte die Beine aus, die Geste hatte etwas Kapitulierendes. Wie betäubt starrte Claire auf das braun gebrannte Knie in seiner löchrigen Jeans. Zweifellos ein schönes, markantes Knie. Sehr männlich. Aber nicht Sebastians Knie. Wieder dieser Schmerz, gegen den sie anatmen musste.

»Und wie geht es jetzt weiter?«

»Ich bleibe in Moguériec«, antwortete sie spröde.

»Ernsthaft?« Nicolas lupfte die Sonnenbrille.

»Besondere Umstände.«

»Aha. Diese Umstände haben wahrscheinlich etwas mit dem Kamerateam vom *L'Express* zu tun, das ganz Moguériec auf den Kopf gestellt hat? Haben sie die kleine Maelys also gefunden.«

Claire hob eine Braue.

»Eine rein rhetorische Frage. Ich lese Zeitung. Digital«, bemerkte Nicolas trocken. »Das Interview mit deiner Schwester war heute früh schon online. Ist ja ein echter Kracher mit der Ausstellung in Paris. Dabei dachte ich immer, sie würde demnächst mit Muscheleimer und Malkittel bei den Laënnecs einziehen und an der Seite von Pierre ein braves Briefträgerfrauendasein führen.«

»Tja, da hast du wohl mal wieder danebengelegen, Nicolas. Maelys geht zu Tante Valérie nach Paris.«

»Und wird berühmt, in der Stadt der Liebe und des Lichts!« Er fasste sich gespielt ergriffen an die Brust.

»Du bist ein *cretin*, Nicolas.« Claire lächelte. »Aber ja, vielleicht. Die Weichen sind jedenfalls gestellt.«

»Mal rein interessehalber … Versteh mich bitte nicht falsch, denn ich habe nichts dagegen, dein hübsches Gesicht öfter in diesem verschlafenen Nest zu sehen«, Nicolas blies die Backen auf. »Wieso fährst du aufs Abstellgleis, während Maelys Volldampf gibt?«

»Du bist ja richtig poetisch heute«, erwiderte Claire sarkastisch.

»Lenk nicht ab. Ich habe dich etwas gefragt.«

»Ich fahre nicht aufs Abstellgleis. Ich kümmere mich um Maman.«

Nicolas legte die Stirn in Falten. »Deine Mutter ist wie alt? Mitte, Ende fünfzig? Mir ist gar nicht aufgefallen, dass sie schon ein Pflegefall ist.«

»Das verstehst du nicht, Nicolas. Es … es hat etwas mit einem alten Versprechen zu tun.« Ihre Stimme klang viel zu leise. Viel zu brüchig. Als ob sie nicht richtig überzeugt von dem war, was sie da vorhatte.

»Du hast versprochen, dein Leben zu opfern, um einer Frau in den besten Jahren Händchen zu halten? Welcher Idiot sollte das gewollt haben?«

Sie sah ihn schweigend an. So lange, bis Verstehen über sein Gesicht glitt. Er lehnte sich zurück und kaute am Bügel seiner Dior-Sonnenbrille, die Ellenbogen lässig auf die Banklehne gestützt. Die Zigarette verglomm zu seinen Füßen im Sand. Reflexartig trat Claire sie aus.

»Nun denn, man kann über deinen Vater denken, was man will. Den *l'amiral* fragst du besser nicht, aber das ist rein geschäftlich. Mein alter Herr mochte es noch nie, wenn ihm jemand in die Geschäfte gepfuscht hat, schon gar nicht die Gewerkschaft. Wenn du allerdings meine persönliche Meinung hören möchtest oder die der anderen, die ihn gekannt haben …« Nicolas machte eine nachdenkliche Pause und schüttelte langsam den Kopf. »Armel Durant mag ein Sturkopf gewesen sein, aber ein Idiot war er ganz sicher nicht.«

»Danke«, sagte Claire leise. »Das bedeutet mir viel.«

»Dabei wollte ich gar nicht nett sein. Ehrlich gesagt bin ich beleidigt, weil du dieser Berliner Weißmehlschrippe den Vorzug gibst. Doch ich bin jetzt ein Mann, ich verkrafte das. Eigentlich bist du auch gar nicht mehr mein Typ, wenn ich darüber nachdenke. Mit fünfzehn warst du ja noch ganz süß, aber heute …«

»Na danke.« Sie hob einen mahnenden Finger.

Seine grünen Augen funkelten. »Übrigens stehe ich nicht im Halteverbot, sondern parke hochoffiziell auf Marie-Jeannes Lieferantenparkplatz. Seit gestern.« Er begutachtete betont beiläufig seine Fingernägel.

»Seit gestern?« Sie machte schmale Augen.

»Hmhm.«

Claire lachte ungläubig auf. »Du und … Marie-Jeanne?«

Nicolas wog den Kopf hin und her. »Möglich.«

»Magst du sie?«

»Möglich.« Er zwinkerte und gab ihr einen Stups, der zwischen den Rippen brannte. Dann deutete er auf die bunten Buden und den Sandplatz mit den flatternden Wimpeln. »Aber heute Abend ist *fest-noz*, und neben mir sitzt eine andere unglaublich attraktive Frau, die zudem meine beste Freundin ist. Lass uns also tun, was getan werden muss. Unser alter Kumpel Luik wartet da hinten sehnsüchtig darauf, dass ihm jemand das Fell über die Ohren zieht. Schubsen wir seine Kugeln also bis nach Saint-Pol-de-Léon, wenn er es nicht anders haben will.«

Er erhob sich und schaute mit einem Lächeln auf sie herab, das beinahe wie das des Jungen war, der einmal ihr bester Freund gewesen war. Beinahe.

»*Allez, ma crevette*. Wir gewinnen den Boule-Wettbewerb, und danach werden wir essen, trinken und tanzen, was das

Zeug hält. Vor allem trinken, damit ich das Dudelsackgeplärre ertrage. Ob auf den Abschied von Maelys oder deinen Neuanfang, such es dir aus. Oder du hältst es wie die Bretonen: *Tout commence au Finistère* – alles beginnt am Ende der Welt.«

Für einen Augenblick schauten sie beide auf ihre Finger, die sich wie selbstverständlich miteinander verflochten hatten, auf jene geschwisterliche Art, wie sie sich festgehalten hatten, als das Leben noch wie der neu bespannte Keilrahmen auf Maelys' Staffelei war. Unberührt, unschuldig. Voll großer Erwartungen auf die Pinselstriche, die aus der weißen Leinwand ein Kunstwerk machen würden.

Sie lächelten sich an.

Dann löste Claire ihre Hand aus der von Nicolas, ballte sie zur Faust und streckte sie in den Himmel, mitten hinein in das endlose, phänomenale Blau.

»Und wir sind verdammt noch mal Bretonen!«

Sechzehn

Claire reiste mit leichtem Gepäck. Eine bewusste Entscheidung, die sie getroffen hatte, nachdem sie den Rollkoffer gepackt und festgestellt hatte, dass es wenig Sinn ergab, den Inhalt nach Berlin und zurück nach Moguériec zu schleppen, wenn sie Deutschland den Rücken kehrte.

Obwohl sie sich die ganze Zeit merkwürdig unvollständig fühlte, war sie im Nachgang froh darum. Die Maschine von Morlaix nach Paris war genauso voll gewesen wie der Flieger von der französischen Hauptstadt nach Berlin. Seit den Anschlägen gab es erhöhte Sicherheitsbestimmungen, und die Schlange der Wartenden vor dem Gepäckband war enervierend lang, was sie nun nicht weiter berühren musste. Das, was sie am Leib trug, ihre Handtasche und eine Shopperbag, gefüllt mit bretonischen Keksen und einigen Päckchen *caramels au beurre salé* für ihre Kollegen – mehr trug Claire nicht bei sich. Sie trat durch die Schiebetür der Ankunftshalle ins Freie und verharrte auf dem Trottoir, betäubt von der stickigen Großstadtluft, die schmerzlich vertraut nach Currywurst roch.

Auch Berlin war ihre Heimat, ob sie wollte oder nicht.

Es dauerte mehrere Minuten, ehe sie den Griff um den Henkel ihrer Handtasche verstärkte und immer noch leicht verwirrt den Taxistand ansteuerte. Wenig später sank sie auf eine ölig glänzende lederne Rücksitzbank und hätte beinahe über sich selbst gelacht. Verrückt, dass ein bisschen Berliner Frittenbudenaroma sie derart aus der Fassung brachte. Dabei mochte sie Currywurst nicht mal besonders.

»Musst mir schon sagen, wo *zu Hause* is, Mädchen. Jedanken kann ick keene lesen.« Die Taxifahrerin war eine übergewichtige Frau mit Männerhaarschnitt und bemerkenswert seelenvollen Augen, die Claire über den Rückspiegel musterten.

Rauchgrau. Ihre Augen waren rauchgrau. Wie die von Sebastian.

»*Pardon?*« Claire konzentrierte sich auf das Duftbäumchen, das am Spiegel baumelte. Alles war besser als die kleinste Erinnerung an Sebastian Hellwig, selbst wenn es orange war und nach etwas roch, das man allenfalls in öffentlichen Toiletten versprühte.

Die Frau drehte sich schwerfällig zu ihr um.

»*Nach Hause* is reichlich unjenau«, erwiderte sie. »Ick kann dir natürlich mit zu mir nehmen und dir erst mal 'nen Pott Kaffee einflößen.«

Claire spürte, dass sie rot wurde. Hatte sie tatsächlich einfach nur *nach Hause* gesagt?

»Entschuldigung«, murmelte sie und fügte hastig hinzu: »Ich muss in die Ratiborstraße fünfzehn in Kreuzberg.«

»Solln wa unterwegs bei Starbucks halten?«

»Wie bitte?«

»Na, wejen dem Kaffeepott. Siehst aus, als hättste den dringend nötich.« Mit einem heiseren Lachen und ohne den Blinker zu betätigen, fädelte sie sich unter dem protestierenden Hupen der anderen Taxen in den Verkehr ein.

Claire lehnte sich zurück. Nötig hatte sie so einiges, da lag die Frau nicht ganz falsch. Vor allem hatte sie eine ganze Menge vor sich. Ihr grauste vor dem Moment, in dem sie ihre fristlose Kündigung in der Hand halten würde, die zweifellos bei Marguerite in Zehlendorf auf sie wartete.

Maelys hingegen saß in Moguériec auf ihrem gepackten Koffer, wie damals in Paris, als sie noch ein kleines Mädchen gewesen war und so dringlich nach Hause zurückgewollt hatte. Jetzt war ihre Schwester diejenige, für die ein Großstadtabenteuer begann, und Maelys war hin- und hergerissen zwischen freudiger Aufregung, Panik und Traurigkeit, obwohl Pierre ihr versprochen hatte, sie jedes Wochenende zu besuchen. Das würde der jungen Liebe zwar sicher guttun, bedeutete für die Briefzustellung in Moguériec aber wohl eine Art Super-GAU.

Claire schmunzelte, wurde jedoch sofort wieder ernst. Sie hatte vor, innerhalb einer Woche ihre Zelte in Deutschland abzubrechen. Eigentlich hatte sie genügend Resturlaub und Überstunden angesammelt, um sich gar nicht mehr in der Redaktion blicken lassen zu müssen, aber das kam natürlich nicht infrage. Wenigstens von den Menschen, die ihr wichtig waren, musste und wollte sie sich verabschieden.

Seufzend drehte sie sich zum Fenster, legte die Schläfe an die Scheibe und sah hinaus. Berlin. Bunt, laut und ständig in Bewegung. Tunnel, mit Bäumen gesäumte Prachtstraßen und brüchiges Pflaster, Glasfassaden, Graffiti auf Beton. Alles von null auf hundert, von Hui zu Pfui und umgekehrt. Das Berliner Lebensgefühl war wie ein endloser, adjektivgespickter Zungenbrecher, bei dem man ständig Luft holen musste, wenn man ihn aufsagte. Claire lächelte wehmütig, als sie begriff, dass es ihr nicht nur wegen Sasha schwerfallen würde fortzugehen.

Claire setzte sich aufrecht hin und zwang ihren Blick nach vorne. *Erika Meier, Taxi Nummer 01647*, stand auf der Plakette auf dem Armaturenbrett, daneben klebte ein Foto von einer undefinierbaren Promenadenmischung mit Knopfaugen.

Was auch immer in den nächsten Tagen geschah, sie würde es durchstehen. Mit Würde.

»Ich habe es mir anders überlegt, Erika«, sagte sie plötzlich.

»Wir fahren nach Zehlendorf, in die Jänickestraße. Und ein Kaffee für unterwegs ist eine wunderbare Idee.«

Claire benutzte den Vordereingang erst zum zweiten Mal in ihrem Leben, wenn auch nicht ganz freiwillig. Marguerite hatte endlich das Gartentürchen abgeschlossen, weshalb Claire sich auf die Art und Weise Zutritt zu der Diplomatenvilla verschaffen musste, wie es normale Leute gemeinhin taten: indem sie an der schweren Kiefernholztür klopfte, wie vor zehn Jahren zum Vorstellungsgespräch, als ihre Knie genauso gezittert hatten wie jetzt. Dabei war ihre Nervosität völlig überflüssig, damals wie heute. Die Guillaumes hatten sie mit offenen Armen empfangen, froh darüber, ihre Sprösslinge in die Obhut eines französischen Kindermädchens geben zu können. Den neuen Botschaftsmitarbeiter und seine Frau kannte Claire hingegen nicht, die *Herrschaften*, wie Marguerite sie bei ihrem letzten Besuch genannt hatte.

Gedankenverloren musterte sie den kupfernen Löwenkopf neben der Tür, den der kleine Pierre-Adrien vor vielen Jahren einmal hatte abschrauben wollen, weil ihm der Löwe leid tat, der sein Dasein mit der entwürdigenden Tätigkeit eines Türklopfers fristen musste. Er war ein verträumter Junge gewesen, der allen Dingen Lebendigkeit unterstellte, und die Erinnerung an ihn und seine wilde Schwester wärmte noch immer ihr Herz.

Ob sie vielleicht doch durch den Garten zur Küchentür gehen sollte? Unentschlossen blickte Claire zum Bürgersteig zurück, wo Erika am Taxi lehnte und bei laufendem Motor eine Zigarette rauchte.

»Vom Anstieren hat sich noch keene Tür jeöffnet, Mädchen!«, rief sie. »Außerdem kostet dit dir 'ne Menge Asche, wenn du bloß da rumstehst, so hübsch die Rosenbüsche ooch anzukieken sind. Det Taxameter läuft.«

Vielleicht war es die barsche Art der Chauffeurin, die Claire beherzt nach dem Klopfring greifen ließ. Natürlich würde sie nicht zur Hintertür gehen, wahrscheinlich nie wieder, denn sie war fest entschlossen, die gute, alte Marguerite von ihrer undankbaren Aufgabe als Postfachhüterin zu erlösen. Zudem fühlte es sich irgendwie passend an, eine Kündigung an einer offiziellen Tür entgegenzunehmen.

Das Geräusch, ein metallenes Hämmern, schien das gesamte Mauerwerk der Gründerzeitvilla zu erschüttern. Hinter dem Buntglas des Seitenfensters sah das Foyer verschwommen aus, als läge es unter Wasser. Eine unscharfe Silhouette bewegte sich darin, im nächsten Moment öffnete sich die Tür und ließ den Duft von Hühnersuppe ins Freie.

»Was machst du denn hier vorne?«, raunzte Marguerite sie an, mehr entrüstet denn überrascht, und schaute an ihr vorbei, als hätte sie jemand anders erwartet.

»Tach auch!« Erika winkte mit einer hoheitsvollen Geste herüber, die sie sich offensichtlich von Queen Elizabeth abgeschaut hatte.

Marguerite kniff die Augen zusammen, packte Claire am Arm und zog sie mit sich in den Flur. Kurz darauf ertönte hinter ihnen jenes dezente Geräusch, das nur sehr teure Türen von sich geben, wenn man sie ins Schloss wirft.

»Du.«

Die alte Haushälterin musterte sie, die Arme vor dem berüschten Schürzenlatz verschränkt. Unfassbar, dass ein Blick von ihr genügte, damit Claire ein schlechtes Gewissen bekam, obwohl sie eigentlich keines zu haben brauchte. Zwar mochte sie ihr ein paar klitzekleine Details über sich verschwiegen haben, belogen hatte sie Marguerite jedoch nie.

»Ich freue mich auch sehr, dich zu sehen, meine Liebe. Du hast nicht zufällig ... Post für mich?« Sie war kurzatmig wie ein

Kaninchen, kurz nachdem die Jagdhörner zum Halali geblasen hatten.

»Küche«, lautete die einsilbige Antwort, ehe Marguerite geschäftig davoneilte.

Um die blank geputzten Schachbrettfliesen nicht unnötig zu beschmutzen, ging auch Claire gewohnheitsmäßig nahe an der Wand entlang, wo früher die Gemälde der Guillaumes gehangen hatten. Der Kulturattaché und seine Frau waren bekennende Kunstliebhaber und Madame Guillaume konnte an keiner Galerie vorbeigehen, ohne einen Blick hineinzuwerfen. Damals war das Haus förmlich in Farben ertrunken, so viele Bilder hatte sie gesammelt, von denen jedes einen besonderen Platz im Leben dieser wundervollen Familie bekam. Auch deswegen hatte sich Claire an diesem feingeistigen Ort vom ersten Moment an wohlgefühlt.

»Die Herrschaften kommen in einer Stunde zum Abendessen«, sagte Marguerite, die bereits in dem großen gusseisernen Topf auf dem Herd rührte.

Zu jedem Mahl eine Vorspeisensuppe – eine Tradition, mit der Marguerite niemals brach, auch nicht im Hochsommer.

Vom Küchentisch aus beobachtete Claire mit wippenden Knien, wie Marguerite eine Schale aus dem Schrank nahm und sie mit Bouillon füllte. Wortlos stellte sie die Suppe vor Claire ab und wandte sich der Schublade zu, in der sie die Post aufbewahrte. Ängstlich lauschte Claire ihr beim Herumkramen, dachte an das tickende Taxameter und daran, dass alles im Leben vergänglich war.

»Iss. Du siehst aus, als würdest du gleich zusammenklappen«, sagte Marguerite, ohne sich umzudrehen.

»Zu Befehl, *madame*«. Claire verzog das Gesicht, weil sie sich die Zunge verbrannt hatte, abgelenkt von den Briefkuverts, die Marguerite nun auf den Tisch blätterte.

Fünf Umschläge waren es. Keiner stammte von *Genusto*.

Sie atmete aus, aber auf die Erleichterung, die sie empfand, folgte Verwirrung. Zu Hause konnte die Kündigung nicht sein, niemand in der Redaktion, nicht mal Sasha, kannte ihre Kreuzberger Adresse. Nur wo war sie dann?

Eine Weile sagte keine von ihnen ein Wort, bis Claires geflüstertes: »Ich denke, ich werde künftig nicht mehr herkommen« in das Blubbern der Hühnerbouillon tröpfelte, die auf kleiner Gasflamme vor sich hin köchelte.

»Ich weiß, *ma fille*«, sagte Marguerite mild. »Auf diesen Tag warte ich seit Jahren.« In dem faltigen Gesicht der Älteren lag so viel mütterliche Wärme, dass Claire sich nun doch ganz schlecht fühlte, weil sie sich ihr nie anvertraut hatte. »Ist der Brief dabei, auf den du so dringlich wartest?« Betont unbefangen tippte Marguerite auf die Kuverts, drei Wurfsendungen, ein Schreiben von der Bank, der monatliche hellblaue Umschlag vom Lohnbüro.

»Nein.« Versonnen malte Claire Kreise in die Suppe, ohne Anstalten zu machen, davon zu essen. »Im Moment weiß ich nicht, ob das eher gut oder schlecht für mich ist.«

Marguerite zog den benachbarten Stuhl zurück. Im Setzen fasste sie nach Claires kreisendem Löffel und zwang ihn mit sanftem Druck zum Stillstand. »Das Leben tut selten das, was wir von ihm erwarten, mein Kind«, sagte sie in einem Ton, der ihre Stimme tiefer klingen ließ, als sie tatsächlich war. »Manchmal weisen uns gerade die Dinge, die nicht geschehen, den richtigen Weg.«

»Aber was tut man, wenn man keine Wahl hat? Wenn die Wolken, nach denen man sein halbes Leben gefischt hat, in die falsche Richtung treiben?«, flüsterte Claire und sah auf. »Was, wenn sie unerreichbar geworden sind?«

»Dann wartest du, bis deine Zeit kommt, und vertraust darauf, dass es Menschen gibt, die nur das Beste für dich wollen. Besinn dich solange auf die kleinen irdischen Freuden.« Mit einem feinen Lächeln deutete Marguerite auf den Löffel, der vergessen neben Claires Teller lag. »Die Suppe wäre ein guter Anfang, denn wenn du noch dünner wirst, holst du garantiert nichts vom Himmel herunter.«

Eine gute Stunde später hielt das Taxi vor dem Redaktionsgebäude in der Zimmerstraße, wo Claire ihr gesamtes Barvermögen in Erikas schwielige Hände legte und sich mit belegter Stimme verabschiedete. Winkend und hupend brauste die Fahrerin davon, was immerhin dafür sorgte, dass Claire für die Dauer eines Lächelns aus der Starre erwachte, in die sie während der Fahrt in die Innenstadt gefallen war.

Das Gespräch mit Marguerite hatte ein unbestimmtes Gefühl in ihr hinterlassen, eine Art Unzufriedenheit, die sie als Journalistin immer dann empfand, wenn ein Interviewpartner die Dinge bewusst nur an der Oberfläche ankratzte, statt unbefangen auf ihre Fragen einzugehen.

Dann wartest du, bis deine Zeit kommt, und vertraust darauf, dass es Menschen gibt, die nur das Beste für dich wollen.

Im Nachhinein spürte sie deutlich, dass Marguerite ihr damit etwas Bestimmtes sagen wollte, und fragte sich, warum sie nicht nachgehakt hatte. Stattdessen hatte sie sich von einem Teller Hühnerbouillon und ein paar mütterlichen Worten einwickeln lassen, die bestens in einen Glückskeks gepasst hätten.

Kopfschüttelnd wandte Claire sich dem Seiteneingang der Redaktion zu, schloss die Tür auf und ging an der leeren Empfangstheke vorbei ins Treppenhaus. Ihre Halbschuhe verursachten kaum ein Geräusch auf den Marmorfliesen. Gut so, denn man konnte nie wissen, wer hier bis spät in die Nacht noch am Schreibtisch saß, ähnlich ambitioniert, wie sie es selbst immer gewesen war. Im Halbdunkel eilte sie durch den Flur des Ressorts *Essen und Lebensart*, den durchdringenden Geruch von Kaffeesatz in der Nase. Dabei ignorierte sie das Gefühl der Vertrautheit, das sie in diesen Räumen überfiel wie eine Katze, die einem um die Beine streicht, wenn man nach Hause kommt.

Sie bewahrte die Fassung, bis sie ihr Büro betrat, das in den späten Schein der Abendsonne getaucht war. Dort ließ sie die Taschen auf das Linoleum gleiten und betrachtete schuldbewusst Sashas kleine, traurige Orchidee auf dem Fenstersims. Zumindest für die Pflanze würde ihr Weggang ein Segen bedeuten. Mit einem unbehaglichen Gefühl setzte sie sich an ihren Schreibtisch, wo Sasha immerhin den Versuch unternommen hatte, die Post zu sortieren. Werbeprospekte und Reisekataloge lagen getrennt von der übrigen Post, die Claire nun mit fliegenden Fingern durchblätterte. Es war kein Schreiben von der Geschäftsleitung darunter.

Nervös griff sie nach der roten Plastikwanne, die mit einem handgeschriebenen »Persönlich« etikettiert war. Darin entdeckte sie neben einem Wellnessgutschein eine Postkarte von Hanna mit vielen Herzchen und einem Urlaubsgruß aus Rom.

Versonnen lehnte Claire sich im Bürosessel zurück und legte den Kopf auf das weiche Nackenpolster.

Das war also alles. Kein Umschlag weit und breit, nicht in Zehlendorf, nicht hier. Zu Hause in Kreuzberg konnte er nicht sein. Bedeutete das, dass Sebastian sie gar nicht fristlos entließ? Oder tat er es noch nicht? Wartete er etwa nur darauf, sie bei ihrer Rückkehr vor der gesamten Belegschaft bloßzustellen? Eigentlich war das nicht seine Art.

Sie schloss kurz die Augen und erschauerte. Seit Tagen drängte sich ihr immer wieder eine Erinnerung auf, zwickte sie und zog sie an den Haaren wie ein ungeliebtes Kind, das sich mit allen Mitteln bemerkbar machen will: Sebastian im Reitersitz auf der Fensterbank, das Haar weiß im Mondlicht, sein Blick auf ihr ruhend.

Was wusste sie schon über Sebastian Hellwig, der privat so ganz anders war als in all den Jahren, die sie ihn als Chef erlebt hatte? Nicht das Geringste wusste sie über ihn, außer der Tatsache, dass sie nicht mehr klar denken konnte, sobald sein Name fiel.

Claires Finger zitterten, als sie den Betriebsknopf des Rechners drückte. Sie kaute auf der Unterlippe, während sie zusah, wie sich die Startseite aufbaute. Mit Würde zu gehen, das hatte sie sich fest vorgenommen, als sie in Morlaix das Flugzeug bestiegen hatte. Das bedeutete jedoch nicht, dass sie tatenlos zusehen musste, wie andere über ihr Schicksal bestimmten. Sie mochte nicht die Wahl haben, was ihren weiteren Weg betraf, der unweigerlich zurück in die Bretagne führte, aber sie bekam die Chance, Sebastian Hellwig zuvorzukommen. Wenn das kein würdevoller Abgang war, was dann?

Mit grimmiger Entschlossenheit öffnete sie ein neues Dokument und begann zu tippen.

Vom Flur im dritten Stock führten vierundsechzig Stufen ins Dachgeschoss hinauf. Dass sie hätte anklopfen sollen, fiel ihr erst ein, als sie längst in Sebastians Büro stand und erstaunt feststellte, dass sämtliche Kartons und das gesamte Gerümpel verschwunden waren. Offensichtlich hatte er gründlich aufgeräumt. Die alten Aktenordner standen nach Jahreszahlen sortiert im Regal hinter dem Schreibtisch, auf dem oberen Regalbrett befanden sich ein paar wenige persönliche Dinge: ein Modellauto, ein Briefbeschwerer, der aussah wie eine gläserne Qualle, ein gerahmtes Foto. Es zeigte eine grauhaarige Frau, die zu alt wirkte, um die Mutter des etwa vierjährigen Kindes auf ihrem Schoß zu sein.

Behutsam fuhr Claire mit dem Daumen über das Gesicht des Jungen, der Sebastians Augen hatte. Und sein zweifellos schon damals charmantes Lächeln.

Langsam umrundete sie den Schreibtisch und sah, dass die Terrassentür einen Spalt breit offen stand. Sie schlüpfte hinaus und bemerkte überrascht die Sitzgruppe, den Sonnenschirm und die zusätzlichen Pflanztöpfe. Nichts von alledem war vorher hier gewesen und diese wundervolle Oase über den Dächern Berlins erweckte kaum den Anschein, als gehöre sie einem Menschen, der an Höhenangst litt. Ein warmes Gefühl durchströmte sie, während sie sich vorstellte, wie Sebastian hier am Laptop arbeitete, barfuß vielleicht, die Nase im Wind. Womöglich hatte die Zeit in der Bretagne auch für ihn etwas verändert, selbst wenn er sich bloß einen weiteren kleinen Hauch Furchtlosigkeit erkämpft hatte. Sie wünschte es ihm von Herzen, denn wenn sie ehrlich war, war Sebastian Hellwig in jeder anderen Hinsicht bereits einer der mutigsten Männer, die sie kannte.

Noch immer lächelnd schloss sie die Terrassentür hinter sich und kehrte an den penibel aufgeräumten Schreibtisch zurück. Sie legte die Kündigung mittig auf die lederne Schreibunterlage und fand, dass der weiße Umschlag irgendwie fehl am Platz wirkte.

»Es tut mir leid«, sagte sie leise zu dem kleinen Jungen auf dem Foto.

Dann verließ sie das Büro, ohne sich noch einmal umzusehen.

Siebzehn

»Sasha, bitte. Wenn du mich jetzt nicht loslässt, ersticke ich.«

Verzweifelt versuchte Claire, sich aus den knochigen Armen zu lösen, die viel fester zudrücken konnten, als sie es ihnen jemals zugetraut hätte.

Ein wenig peinlich war es ihr schon, vor allem weil sie insgeheim gehofft hatte, diesen Tag ein wenig unauffälliger angehen zu können. Eine Seifenblase, die durch den spitzen Schrei geplatzt war, den die Praktikantin bei ihrem Anblick ausgestoßen hatte – und die sich endgültig in Luft auflöste, als Sasha quiekend wie ein Erdferkel durch den Flur rannte und ihr vor den Augen der halben Redaktion um den Hals fiel. Beschämend, aber auch irgendwie süß. Ihre Freude war so lauthals, so ehrlich. Und sie war ansteckend, weshalb Claire gar nicht anders konnte als mitzulachen, obwohl sie sich den ganzen Morgen hundeelend gefühlt hatte.

»Gott, ich freu mich ja so, dass du wieder da bist!« Endlich ließ Sasha sie los und verlegte sich darauf, sie anzustrahlen, als sei sie unversehrt dem Hades entflohen.

»Ich war im Urlaub, Sasha, nicht auf einer Grönlandexpedition«, antwortete Claire mit gedämpfter Stimme. Nervös schielte sie zu den Kolleginnen aus der Marketingabteilung hinüber, die sich längst wieder ihren Computerbildschirmen und Telefonen zugewandt hatten. Zu ihrem Erstaunen registrierte sie weder abschätzige Blicke noch Geflüster. Da war nichts, was diesen Morgen bei *Genusto* anders machte als jeden anderen gewöhnlichen Morgen.

»Hast du Hellwig heute schon gesehen?«, fragte sie geistesabwesend und bemerkte erst jetzt, wo sie war.

Sasha hatte sie umstandslos in die fensterlose Belegschaftsküche bugsiert und lehnte nun mit verschränkten Armen an der Arbeitsplatte. Ihr Gesichtsausdruck gefiel Claire nicht sonderlich, zudem roch es nach abgestandenem Billigkaffee, ein Geruch, den sie nicht gut auf nüchternen Magen ertrug.

»Wir sind jetzt allein«, sagte Sasha überflüssigerweise und so, als ob sie ihr halbes Ich auf dem Flur vergessen hätte, das mit dem Strahlelächeln und dem Leuchten in den kornblumenblauen Augen.

Die Frau ihr gegenüber kam ihr vor wie eine schlecht belichtete Blaupause von Sasha – eine finstere und ungehaltene Kopie ihrer selbst.

»Offensichtlich sind wir das.« Claire tat, als schaue sie sich verwundert um, dabei war sie gespannt wie eine Bogensehne, was Sasha jedoch unter keinen Umständen spüren sollte.

Besorgt beäugte die Praktikantin das Netz feiner roter Kratzer, das sich über ihren Handrücken spannte.

»Sarkozy«, erklärte Claire und versuchte ein ironisches Lächeln. »Als ich ihn gestern abholen wollte, hat er mich zuerst ignoriert und anschließend angefallen. Danach ist er unter Frau Kaisers Anrichte geflüchtet, wo er vermutlich noch immer sitzt und faucht. Den Kater kann ich wohl vergessen, aber ehrlicherweise passt er viel besser zu meiner ... wie sagt ihr noch gleich ... schrumpeligen Nachbarin?«

»Schrullig. Es heißt schrullig.« Sasha tippte ihr mit dem Finger auf die Brust. »Ich habe versucht, dich anzurufen. Mehrmals.«

»Mein Telefon ist sozusagen ... *perdu.* Verschwunden.«

Sasha verzog den Mund. »Was hast du in Frankreich denn noch alles verloren?«

»*Pardon?*«

»Du trägst Hosen. Und flache Schuhe. Außerdem läufst du mit derselben Leichenbittermiene herum wie Hanna damals, als sie mit Liebeskummer aus Italien zurückgekommen ist.« Sie legte den Kopf schief. »Hast du Liebeskummer?«

Claire schnappte verblüfft nach Luft, was Sasha ein triumphierendes Grinsen entlockte.

»Wusst ich's doch.«

»Sasha, das ... das ist alles ein klitzekleines bisschen komplizierter, als es aussieht.«

»Ist es das nicht immer?«

Der säurehaltige Geruch, der sich ausbreitete, als Sasha sich eine Tasse Kaffee einschenkte, nahm Claire den Atem, aber das war nichts gegen das beklemmende Gefühl in ihrer Brust. *Liebeskummer.* Wenn es doch nur so simpel wäre.

»Du kannst es mir ruhig erzählen, weißt du«, sagte Sasha dumpf, die Nase in den rot-weiß gepunkteten Becher gesenkt. »Jemand hat mir mal gesagt, ich sei eine echt tolle Freundin. Wenn du also reden magst, höre ich dir gerne zu. Egal, was es ist.«

Es lag nicht nur daran, dass dieses Mädchen viel zu viel von Maelys hatte. Claire bekam weiche Knie, und ihr Rücken schmerzte von dem dauernden Aufrechtstehen in den letzten Tagen. Als Sasha sie dann auch noch behutsam am Unterarm berührte, war es zu spät, das gestammelte »Hast du auch Zeit, dir zwanzig Jahre meines Lebens anzuhören?« zurückzunehmen.

Wortlos gingen sie durch den Flur in Claires Büro. Während Sasha das Besprechungsschild außen an der Tür befestigte, stolperte Claire auf dem Weg zum Schreibtisch fast über ihre eigenen Füße, weil die Gummisohlen ihrer Sneakers auf dem Linoleum festzukleben schienen. Doch nicht nur deshalb kam sie ins

Straucheln. Schon von Weitem sah sie auf der Schreibunterlage etwas liegen, das ihren Puls weit über den messbaren Bereich hinaus in die Höhe trieb.

Das kann doch nicht wahr sein.

Wie betäubt starrte Claire auf den Umschlag, der mit einem Briefmesser geöffnet worden war. Darauf klebte ein gelbes Post-it, das sie zweimal lesen musste, bis die Botschaft zu ihr durch drang.

Vergiss es!, stand da. In großen, selbstbewussten Blockbuchstaben, die weder den roten Filzstift noch das Ausrufezeichen gebraucht hätten.

»Au wacka, dat is'n Ding.« Sasha pfiff leise, es war ein hoher, langgezogener Ton, der in die Stille hineinschnitt wie eine Gerte ins Gestrüpp. »Wenn die Klamotte echt wahr ist, toppst du damit sogar die Story mit Hannas gestohlener Urne.«

Zum ersten Mal seit gefühlten Stunden hob Claire den Blick. Sie hatte sich vollständig in dem *Vergiss es!* auf dem gelben Zettel verloren, den sie während ihrer Erzählung unablässig zu einem winzigen Quadrat gefaltet, wieder ausgebreitet und neu zusammengelegt hatte, bis das Papier derart zerknittert war, dass der Klebestreifen nicht mehr auf dem Kuvert haftete. Auf dem Kuvert mit ihrer Kündigung, die Sebastian Hellwig nicht haben wollte.

»Das heißt, du machst jetzt wirklich Ernst und gehst zurück in die Bretagne?« Sasha fläzte seitlich auf dem Freischwingerstuhl, ihre nackten Beine baumelten in der Luft. Lediglich das winzige Beben in ihrer Stimme verriet, was sie empfand.

»Ich habe keine Wahl.« Zum wiederholten Mal sagte Claire diesen Satz, der fast auf jede Frage nach ihrer Zukunft passte, sich jedoch zunehmend falsch anhörte. Warum war sie nur so zerrissen? Sie hatte sich doch entschieden, nach Hause zurückzukehren. Trotzdem fühlte sie sich, als stünde sie im Begriff, einen Riesenfehler zu begehen.

»Wenn ich das Wichtigste mal eben kurz zusammenfassen dürfte…« An den Fingern begann ihre Praktikantin abzuzählen: »Du heißt also Gwenaelle und nicht Claire, wohnst in Kreuzberg und hast in dem schicken Haus, das angeblich entfernten Verwandten gehört, bloß als Kindermädchen gearbeitet. Du hast zwar irgendwie Kunstgeschichte studiert, aber keinen Abschluss gemacht, deine Personalakte ist voll gepimpter Zeugnisse, die dir deine Tante aus den Pariser Museen besorgt hat, wo ihr geputzt habt. Weiter hast du mit deinem, nein, unserem Chef geschlafen, er hat das Ganze herausgefunden, und jetzt gehst du davon aus, dass er dich rausschmeißen will.« Sie beäugte den Umschlag auf dem Tisch. »Obwohl du selbst die Einzige bist, die bis dato eine Kündigung geschrieben hat.« Sasha runzelte die Stirn. »Sorry, aber irgendwas passt da nicht ganz zusammen.«

Müde schüttelte Claire den Kopf. »Mir ist bewusst, dass ich totalen Mist ge…«

»Moment, ich war noch nicht fertig.« Sasha schwang die Beine von der Lehne und beugte sich vor, wobei ihr das grellgrüne Top über die Schulter rutschte. »Ich verstehe ja, dass du dich deiner Schwester und meinetwegen auch deiner Mutter verpflichtet fühlst, obwohl ich nach dieser Geschichte das Gefühl nicht loswerde, dass du die beiden gewaltig unterschätzt«, sagte sie nachdenklich. »Aber glaubst du echt, alles hinzuschmeißen ist die Lösung? Du wirst schrecklich unglücklich sein, denn du liebst den Job bei *Genusto*. Und Heimat hin oder her, du liebst auch Berlin. Niemand weiß das besser als ich.«

»Ich schmeiße gar nichts hin, Sasha. Ich werde den Chefredakteursjob gar nicht erst bekommen, weil ich ja nicht mal rechtmäßig auf diesem Stuhl hier sitze. Meine Uhr ist abgelaufen, verstehst du? *C'est fini.*«

»Das ist vor allem Pillepalle. Du bist eine großartige Journalistin, selbst wenn du in deinem vorigen Leben Schweineställe ausgemistet hättest. Das fand sogar Hanna, und die war Signora Superperfekt.«

»Das mag so sein«, trotzig streckte Claire das Kinn vor, »dennoch muss ich tun, was ich nun mal tun muss. Ich habe es meiner Schwester versprochen.«

Ihr wurde übel bei dem Gedanken, Sebastian die Kündigung nun persönlich überreichen zu müssen. Doch auch das würde sie überleben, ebenso wie den abschätzigen Ausdruck in seinen Augen. Rauchgraue Augen, die sie vielleicht vergaß, wenn sie nur weit genug fortging. Bis nach Moguériec eben.

Sasha musterte lange ihr Gesicht, als suche sie auf einer Landkarte nach einem Ort, der so klein und unbedeutend war, dass der Kartograf ihn nicht verzeichnet hatte. »Ich werde dich vermissen«, sagte sie schließlich leise. Es klang enttäuscht und traurig.

Claire spürte einen Kloß im Hals, hart und groß wie eine Glasmurmel. »Du wirst mir auch fehlen, *ma puce*. Sei mir bitte nicht böse, weil ich dir nicht die Wahrheit über mich gesagt habe. Es hatte nichts mit dir zu tun.«

»Es gibt Schlimmeres«, antwortete Sasha achselzuckend und wechselte umstandslos in ihren typischen Unbekümmert-Modus, eine Gabe, um die Claire sie zutiefst beneidete. Das Mädchen mochte schlampig, vergesslich und unfassbar respektlos sein, nachtragend war es nicht.

Erleichtert lächelte Claire zurück, allerdings verging ihr das Lachen ein paar Sekunden später. Mit der Miene einer viel zu jungen Tarotkartenlegerin, die eine Karte aufdeckte, dank der sich alle anderen Unglückskarten auf dem Tisch relativierten, tippte Sasha auf den Umschlag.

»Mich interessiert brennend, wie du die Kündigung an den

Chef bringen willst«, sagte sie, und in ihrem Unterton lauerte jene Anzüglichkeit, die Claire früher regelmäßig auf die Palme gebracht hatte. »Hellwig ist derzeit ziemlich beschäftigt. Wenn er nicht zu irgendeiner mordswichtigen Besprechung hetzt, ist er so gut wie nie im Haus, außerdem hat er seit Tagen eine Saulaune. Jetzt leuchtet mir auch ein, warum.«

Im Flur war es still, unheimlich still. Das Tastaturklappern, das ein Stockwerk tiefer aus dem Büro von Hellwigs Assistentin gedrungen war, schien im Dachgeschoss wie abgeschaltet, als hätte jemand den Lautstärkeregler eines Radios auf stumm gedreht. Claire lauschte, zählte ihre Herzschläge, die Stäbchendielen des Parketts. Gerade hob sie die Hand, um an Sebastians Tür klopfen, als sie Gemurmel und leises Gelächter auf der anderen Seite vernahm. Er war also da. Es hörte sich an, als ob er telefonierte.

Lag es an seiner Stimme, oder war es vielmehr das, was diese in ihr rührte? Sie wusste es nicht. Zuerst begann sie zu schwitzen, dann wurde ihr kalt, und ihre Schultern sanken herab.

Sebastian Hellwig ist der Mann, der genau das tun wird, wovor du dich dein Leben lang gefürchtet hast: Er wird den Küssen all der anderen Männer in deinem Leben den Stempel der Bedeutungslosigkeit aufdrücken. Und dir das Herz brechen.

»Merde«, zischte sie, enttäuscht von sich selbst und noch viel enttäuschter von ihrer Feigheit, machte auf dem Absatz kehrt und rannte in die vierte Etage hinunter. Ohne anzuklopfen stürmte sie in das Büro von Edeltraud Kleefisch.

»Guten Morgen, Frau Kleefisch«, sagte Claire atemlos.

Hellwigs Assistentin war eine große, schlanke Frau mit kantigen Zügen, die in einem auffälligen Gegensatz zu ihrem sehr weiblichen Mund standen. Edeltraud war stark weitsichtig, weshalb sie eine Brille mit daumendicken Gläsern trug, die sie mit kindlichem Erstaunen die Welt betrachten ließen. Nun ruhte dieser verwunderte Blick zuerst auf Claire und anschließend auf dem Brief, der auf Edeltrauds Schreibtisch gesegelt war.

»Ich habe Post für Herrn Hellwig. Sind Sie bitte so lieb und geben das Schreiben weiter?«

Edeltraud beäugte das Kuvert – den beschädigten Umschlag hatte Claire in weiser Voraussicht ausgetauscht –, ohne es jedoch anzufassen. Diese Frau war ebenso phlegmatisch wie ihr Blick.

»Es wäre wichtig. Und sehr dringend.«

»Ja, das sagen alle.« Edeltraud lächelte mitleidig und setzte kopfschüttelnd den Hörer des Diktiergeräts auf. Kurz darauf flogen ihre Finger wieder in immenser Geschwindigkeit über die Computertastatur.

Claire blieb einfach, wo sie war. Es dauerte endlos, bis Hellwigs Assistentin innehielt.

»Ist noch was?«, fragte sie in einem Ton, als sähe sie ihr Gegenüber heute zum ersten Mal.

Claire schrie innerlich auf. Diese Frau machte sie noch wahnsinnig! Immerhin schaffte sie es, auf den Umschlag zu deuten, obwohl ihr Arm vor Anspannung zitterte.

»Ach so. Ja.« Edeltraud schaute schuldbewusst. »Den müssen Sie leider wieder mitnehmen. Herr Hellwig hat Anweisung erteilt, dass ich keine Post von Ihnen entgegennehmen darf.«

»Er hat was?«

»Tut mir leid.« Die Sekretärin lächelte dünn. »Allerdings habe ich Ihnen heute früh ein Memo per Mail geschickt. Die erste Programmkonferenz für das neue Magazin ist für die zweite Septemberwoche angesetzt, soll ich Ihnen ausrichten.«

»Das ist doch ein Witz!«, entfuhr es Claire, wofür sie einen Blick erntete, der jedoch genauso schnell seine Wachsamkeit verlor, wie Edeltrauds Geduld für ihr Gegenüber erlahmte.

»Ich glaube nicht, dass Herr Hellwig beliebt zu scherzen.«
Steif schob die Assistentin das Kuvert in Claires Richtung, ehe
sie sich abwandte und erneut ihrer Schreibarbeit widmete.

Vollkommen verwirrt angelte Claire nach ihrer Kündigung.
Sacre Dieu, was sollte dieses alberne Katz-und-Maus-Spiel?
Wollte Sebastian Hellwig sie denn so dringlich vor seiner Tür
zu Kreuze kriechen sehen?

»Darauf kann er lange warten!«, zischte sie beherrscht, aber
laut genug, dass Edeltraud es hören musste.

Hellwigs Assistentin sah nicht auf, aber in dem gleichmäßi-
gen Tastaturklappern entstand eine Pause, die man allenfalls
einem ungeübten Schreiber zugestehen würde, der nach einem
bestimmten Buchstaben suchte. Edeltraud war jedoch alles andere als ungeübt, weshalb Claire, bereits im Gehen begriffen,
nun doch innehielt. Leider war das, was sie gesagt bekam, nicht
unbedingt das, was sie hören wollte.

»Die Anweisung des Chefs ist vor einer halben Stunde per
Rundmail an alle Abteilungen rausgegangen. Falls Sie also mit
dem Gedanken spielen, Ihren mysteriösen Umschlag anderwei-
tig loszuwerden, fürchte ich, Sie werden kein Glück haben, Frau
Durant.«

Rastlos ging Claire in ihrem Büro auf und ab, von der Tür zum
Fenster, zurück an den Schreibtisch und von dort zur Chaise-
longue an der himmelblau gestrichenen Wandseite. Den ganzen Vormittag über hatte sie verbissen versucht, ihre Kündigung erneut an Sebastian zu bringen – vergebens. Die Kollegen
in sämtlichen Abteilungen hatten sie freundlich, aber entschieden abgewiesen und je nach Persönlichkeit den Umschlag beäugt, als handele es sich um eine Briefbombe oder ein schlüpf-
riges Magazin.

Es war zum Verzweifeln, dabei hatte Claire alle Register

gezogen: den Welpenblick, das hilflose Weibchen. Die herrische Ressortchefin strich sie sofort aus ihrem Repertoire, als sie an Linda vom Onlinemarketing geriet, die sich dank ihrer vier Brüder besser durchzusetzen wusste als vermutet. Und der schüchterne Kerl aus der Grafik rannte ihr tatsächlich durch die komplette Redaktion hinterher, weil sie den Umschlag *versehentlich* auf seinem Zeichentisch liegen gelassen hatte. Sogar der Hausmeister ließ sich weder mit Komplimenten noch einem Fünfziger bestechen. Es war sinnlos. Edelgard behielt recht und Sebastian Hellwig gewann mit einer einzigen Rundmail dieses dämliche Spiel, was Claire am Spätnachmittag zu der Einsicht zwang, dass sie um ein Vieraugengespräch nicht herumkam.

Da er nach der Mittagspause nicht in die Redaktion zurückgekehrt war, blieben ihr nunmehr zwei Möglichkeiten: Sie rief ihn auf seinem Mobiltelefon an – was sie von vornherein ausschloss, denn wenn er auflegte, traf sie das vermutlich härter als sein verächtlicher Blick – oder sie baute auf ihre Gabe des Wartens. Sebastian konnte sich nicht ewig vor ihr verstecken und wenn doch, ließ sie ihm die Kündigung notfalls per Einschreiben oder über einen Anwalt zustellen.

»*Merde.*« Sie blieb am gekippten Fenster stehen, die Fäuste in den Taschen ihrer Leinenhose vergraben. Ihr Atem ging zu schnell, sie schmeckte Koffein und Magensäure, zudem bereiteten ihr die Abgase, die unter den trägen Schwingen der Nachmittagshitze aufstiegen, Kopfschmerzen.

Als Sasha fröhlich summend aus dem Kopierraum zurückkam, kniff Claire die Lider noch ein wenig fester zusammen. Nur zu gerne hätte sie Tante Valérie um Rat gefragt, stattdessen musste sie mit einer vorlauten Mittzwanzigerin vorliebnehmen, die ihr Problem amüsant zu finden begann.

»Ich sehe, du hattest keinen Erfolg«, sagte Sasha mit einem

Schmunzeln in der Stimme, das wie eine kleine Spinne in Claires Blusenkragen krabbelte.

Sie konzentrierte sich auf die geschlossenen Fensterläden des Gebäudes gegenüber, als könne sie diese öffnen, wenn sie es nur inbrünstig genug wollte. Leider gab es Dinge, die einem ohne Zauberkräfte nun einmal nicht gelangen. Egal, wie brennend man sie sich wünschte.

»Was ich nicht verstehe, Claire... oder soll ich dich Gwenaelle nennen?«

»Such es dir aus«, gab Claire gleichmütig zurück.

»Also, Claire, wenn ich du wäre...« Sasha holte Luft. »Ich kapiere nicht, weshalb du den blöden Umschlag nicht auf deinen Schreibtisch legst, deine Sachen packst und verschwindest. Dein Entschluss steht fest, und du hast sowieso nichts mehr zu verlieren. Was kümmert dich die läppische Kündigung? Hellwig wird dich kaum in Handschellen legen und aus Frankreich zurückholen lassen, damit du hier Dienst nach Vorschrift machst.«

Claire drehte sich erstaunt um. »Ich kann nicht einfach gehen. Es wäre nicht korrekt.«

»Es wäre nicht... *korrekt?*« Sasha lachte ungläubig auf. »Findest du wirklich, dass es auf dieses eine Mal noch ankommt?«

»Es kommt sogar sehr darauf an«, flüsterte Claire, und ihre Augen wurden feucht. »Die ordentliche Abwicklung dieser Kündigung ist meine letzte Chance, hier in Berlin etwas richtig zu machen.«

»Du hast in den letzten Jahren eine ganze Menge richtig gemacht«, warf Sasha ruhig ein. »Vor allem aber glaube ich, dass nicht die Kündigung, sondern Hellwig das Problem ist. Trotzdem verstehe ich dich. Irgendwie.«

»Ouuu, komisch, dass mich das jetzt nicht tröstet.«

»Sollte es auch nicht. Du kannst die Sache nämlich nur auf

eine Art ordentlich abwickeln. Wie, muss ich dir nach dem ganzen Theater heute ja wohl kaum sagen.«

Claire öffnete das Fenster und legte die Handflächen auf das Sims. Gedankenverloren betrachtete sie die Menschen, die in der flirrenden Hitze den Gehsteig entlangeilten, nah an den parkenden Autos vorbei, die von oben aussahen, als wären sie an den Stoßstangen zusammengebunden. Zwischen Motorenlärm und Hupen vernahm sie das Gurren der Tauben, die sich auf dem Vorsprung unter dem Fenster das Gefieder putzten. Als sie den gelben Mercedes bemerkte, dachte sie zuerst an eine Sinnestäuschung, doch ihr Herz besaß eine schnellere Auffassungsgabe als ihr Verstand. Für einen winzigen Moment schien es auszusetzen, ehe es sich holpernd und wesentlich schneller als zuvor wieder in Bewegung setzte. Unwillkürlich beugte Claire sich nach vorne, ein Windstoß blies ihr lauwarm ins Gesicht. Er war wie Maelys' zärtlicher Atem, der auf der Stirn kitzelte.

»Vielleicht wird ja doch noch alles gut«, sagte Sasha aufmunternd in ihrem Rücken, während Claire gebannt dem Wagen folgte. Er hielt vor dem Haupteingang des Redaktionsgebäudes, zwei Personen stiegen aus: eine Frau mit rotem Pagenschnitt und ein Mann auf der Fahrerseite. Hochgewachsen, blond. Pinkfarbenes Poloshirt.

Claire konnte sich beinahe selbst dabei zusehen, wie ihr Körper zum Schreibtisch flog. Fluchend pflückte sie ihre Handtasche von der Stuhllehne, las den Umschlag mit der Kündigung auf und lief zur Tür, wo Sasha instinktiv den Bauch einzog und beiseitetrat.

O ja, sie wusste ganz genau, wie sie die Sache korrekt zu Ende brachte – *comme il faut*, wie Valérie gesagt hätte, in abschätzigem Ton, weil sie nichts auf Regelwerke gab. In einem Punkt irrte Sasha sich nämlich gewaltig: Sebastian Hellwig wäre vielleicht ein Problem für die erwachsene Version von Gwenaelle gewesen. Für Claire Durant hingegen war er eine Herausforderung.

Claire erreichte das Erdgeschoss, als Sebastian mit seiner Begleiterin durch die Drehtür ins Foyer trat. Krampfhaft darauf bedacht, den Umschlag nicht so fest zusammenzudrücken, dass er knitterte, marschierte sie auf ihn zu.

»Guten Tag, Herr Hellwig«, sagte sie, staunte über ihren freundlich-distanzierten Ton und noch viel mehr über den scharfen Schmerz, mit dem sich ihr Herz zusammenzog, als sie sah, wie sich sein Rücken versteifte.

»Mademoiselle Durant.«

Nervös versuchte Claire, etwas an ihm zu finden, das sie deuten konnte. Seine Körperhaltung, das Gesicht, die Augen, deren Sog sie kaum standhielt. Gab es denn gar keinen Hinweis, der verriet, was in ihm vorging? Er sah müde und abgeschlagen aus, und obwohl er die Mundwinkel nach oben zog, erreichte das Lächeln seine Augen nicht. Sonst war da nichts. Nur Schweigen, und es wog schwerer als jedes Wort.

»Sie haben diesen Brief hier versehentlich in mein Postfach zurückgelegt«, sagte sie viel kühler als gewollt, hielt Sebastian den Umschlag entgegen und wünschte sich auf einmal dringlich, er möge ihn nicht annehmen.

Seine Kiefermuskeln zuckten, er vergrub die Hände in den Hosentaschen. Die Geste hätte sicher lässig gewirkt, hätte er dabei nicht die Schultern hochgezogen wie jemand, der in einen Regenschauer gerät.

Nein, nein, nein. Das ist alles nicht richtig so.

Claire schloss die Augen. Das Gefühl war so stark, ein intensiver, jede Faser durchdringender Schmerz. Am liebsten hätte sie sich still auf den Boden gekauert, die Hände flach auf die

Fliesen gelegt und durch den Mund geatmet, einfach nur um sich selbst zu erden.

Sacre bleu. Wenn das Liebe war, würde sie vermutlich daran sterben.

Ein Hüsteln durchbrach die Stille.

»Frau Durant? Ist das etwa die junge Dame, von der wir schon so viel gehört haben?«

Wie betäubt betrachtete Claire die rothaarige Frau, die an Sebastians Seite getreten war und die Hand in seine Armbeuge schob. Die Geste wirkte zu beiläufig, um beiläufig zu sein. Dabei war die Frau nicht mal unsympathisch, ihr Lächeln wirkte echt und grub etliche Fältchen um ihre stark geschminkten Augen.

»Das ist sie«, bestätigte Sebastian rau, und endlich hörte Claire sie, die winzige Befangenheit in seiner Stimme. Sie passte perfekt zu seiner versteiften Haltung und signalisierte ihr, dass ihm das, was hier geschah, nicht gleichgültig war.

Die Frau musterte sie neugierig und wohlwollend zugleich. Claire vernahm den schwachen Geruch von kaltem Zigarettenrauch und erinnerte sich. *Ich habe die Dame hier schon einmal gesehen. Vor zwei Wochen, in der Vorstandskonferenz.*

Sie handelte rein instinktiv. Ein trotziger Blick auf Sebastian, dessen Miene sofort wachsam wurde, und ihr Arm schwenkte wie ein Zielfernrohr auf die Vorstandsfrau, die nun verdutzt den Briefumschlag musterte, den Claire ihr entgegenstreckte.

»Stimmt, ich bin Claire Durant. Und das ist meine Kü…«

»Ihr Leitartikel für das neue Magazin«, unterbrach Sebastian sie ruhig, während seine Hand wie eine Klapperschlange vorschnellte und ihr den Umschlag entriss. »Wie immer zuverlässig geliefert. Aber jetzt entschuldigen Sie uns sicher, Mademoiselle Durant, wir sehen uns dann in der Programmkonferenz. Schönen Feierabend.« Er steckte das Kuvert in die Innentasche seines Jacketts und schob die erstaunte Rothaarige in Richtung Aufzug, nicht ohne einen warnenden Blick zu Claire.

Es war ein langer Seufzer, der ihr entwich, so lang, dass ihr schwindelte. Sie hatte es geschafft. Sie hatte Sebastian Hellwig ihre Kündigung überreicht. Dumm nur, dass sie sich alles andere als gut fühlte. Ganz im Gegenteil, sie … Ihr Blick glitt zum Empfangspult, wo Barbara Rose saß, vornübergebeugt, den Mund aufgesperrt und die Ohren groß wie Rhabarberblätter, wie Sasha immer sagte. Das unaufhörlich schrillende Telefon ignorierte sie, was Claire ihr angesichts der Seifenoper, die sich soeben abgespielt hatte, kaum übel nehmen konnte.

Sie legte die Stirn in Falten und deutete mit Daumen und kleinem Finger eine Telefoniergebärde an. Barbara fuhr zusammen und griff zum Hörer, während Claire zum Fahrstuhl hinüberschielte. Sebastian stierte auf die Aufzugtür, als könnte er sie per Laserblick öffnen. Anscheinend wollte er nur noch weg von hier. Weg von ihr.

»Ja, sie ist hier unten … Nein … Was fragst du mich? Sitzt du mit ihr in einem Büro oder ich?« Barbara Rose klang, als hätte der Anrufer sie gerade bei ihrer Lieblingsserie gestört.

Claire kniff die Augen zusammen. Sebastian wippte auf den Fußballen und tastete nach der Brusttasche, dort wo sich ihre Kündigung befand. Es war eine seltsam beschützende Geste.

»Claire?« Barbara Rose winkte mit dem Telefonhörer. »Frau Senge hat einen Anruf für dich in der Leitung.«

Sebastians Laserblick hatte Erfolg. Mit dem vertrauten Piepton öffnete sich die Aufzugtür, doch er zögerte. Einen Atemzug lang, vielleicht sogar zwei, ehe er hinter der Vorstandsdame die Kabine betrat. Claires Herz klopfte schneller. Hatte dieses Zögern etwas zu bedeuten? Oder …?

»Es ist wohl wichtig«, insistierte Barbara und rollte mit den Augen. Sie war bis heute nicht warm mit Sasha geworden, die

Barbara bei ihrem Monatspraktikum am Empfang als *bösartigen alten Besen* bezeichnet hatte.

Missmutig trat Claire an das Empfangspult und nahm den Hörer entgegen, wobei sie beinahe das Kabel aus der Anschlusskonsole riss.

»Was willst du, Sasha?«, knurrte sie in die Sprechmuschel, das Telefon zwischen Kinn und Schulter geklemmt.

»Ich verbinde«, lautete die atemlose Antwort, die sich deutlich nach schlechtem Gewissen anhörte.

Nach dem Klicken blieb es still in der Leitung, ein, zwei Wimpernschläge lang, die Claire für die leise Vorahnung genügten. Instinktiv umfasste sie den Hörer fester, bevor sich die Stimme meldete – wacher und viel klarer als in ihrer Erinnerung.

»*Bonjour, Gwenaelle.* Hier spricht Maman.«

Ich rufe dich zurück. Gleich.

Vier Wörter und ein halbes, weil ihr nach dem dritten die Luft ausgegangen war. Dann war Claire aus dem Gebäude gerannt und kurz danach auf Iah die Zimmerstraße hinuntergesaust wie jemand, der sogar zu seiner eigenen Beerdigung zu spät kommt. In der Ratiborstraße hatte sie Iah unsanft in den Fahrradständer bugsiert, sogar an dem Hüpfkästchenspiel war sie vorbeigerannt, ohne sich von den Kreidezahlen auf den Pflastersteinen verführen zu lassen. Nur an Frau Kaisers Tür verspürte sie den Stich eines Schuldgefühls, weil ihr vernachlässigter Kater sich kurzerhand eine neue Mitbewohnerin gesucht hatte. Zweifellos wusste Sarkozy selbst am besten, was gut für ihn war – und das war anscheinend nicht Claire Durant.

Ich rufe dich zurück.

Seit einer Viertelstunde saß sie nun schon im Schneidersitz vor dem Bett, das Telefon im Schoß, und starrte das Marlene-

Dietrich-Poster über dem Heizkörper an. Auf ihrer Haut klebte ein Schweißfilm von der anstrengenden Fahrt, der Hatz durchs Treppenhaus. Viel zu heiß und zu stickig war es hier, sie bekam kaum Luft, was nicht nur an dem schlecht gelüfteten Schlafzimmer lag. Sie vermisste Sarkozys empörtes Maunzen aus der Küche, das Scheppern einer Tasse und fürchtete sich vor dem, was sie von Maman zu hören bekommen würde. Dann dachte sie wieder an Sebastian, an seinen gequälten Blick, und fummelte den Papierfetzen aus der Hosentasche, den sie vorhin so lieblos aus der *Genusto*-Infobroschüre auf dem Empfangstresen gerissen hatte. Ihre Lippen bewegten sich lautlos, während sie die Tasten drückte, den Blick fest auf die Telefonnummer gerichtet, die Maman ihr diktiert hatte.

Es klingelte nur ein einziges Mal, ehe Maman sich meldete, ihr »*Âllo oui?*« kam hohl aus der Leitung und klang aufgeregt.

»Ich bin jetzt zu Hause«, sagte Claire unnötigerweise und wusste danach nicht mehr weiter.

Ob sie sich für den Brief entschuldigen sollte? Sie erinnerte sich dunkel an die unverblümten Vokabeln, die in jener Vollmondnacht aus ihr herausgeflossen waren. Bestimmt hatte sie Maman damit verletzt. Claire schloss die Augen. Wer ließ sich schon gerne als schlechte Mutter bezeichnen, noch dazu von der eigenen Tochter? Warum bloß hatte sie den Brief nicht noch einmal durchgelesen, bevor sie ihn wie einen Kriegsdrachen losgelassen hatte?

»Maman, ich …«

»Es tut mir leid. Es tut mir ja so leid«, flüsterte es in ihr Ohr, samtweich und zärtlich. Es schien ein halbes Leben her zu sein, dass Maman so mit ihr gesprochen hatte.

Instinktiv zog Claire die Knie an und legte den Kopf in die Armbeuge, der Telefonhörer klemmte irgendwo zwischen ihrem Kinn und dem Knie. Dann begann sie lautlos zu weinen, weil sie erkannte, dass es tatsächlich so war. Es war ein verdammtes halbes Leben her.

»Ich bin wirklich sehr stolz auf dich, Gwenaelle.« Maman sprach ihren Namen aus wie eine Kostbarkeit. »Du hast mit allem recht, was du geschrieben hast. Ich war damals selbstsüchtig und ungerecht, ich habe dich von mir fortgetrieben und mich an Maelys geklammert, als wäre sie ein Strohhalm, der mich vor dem Ertrinken bewahren kann, und dabei hatte ich den Kopf längst unter Wasser. Es gibt nicht viel zu meiner Verteidigung zu sagen, außer ...« Claire hörte sie leise seufzen. »Ich habe deinen Vater über alles geliebt. Jeder Tag ohne ihn ...«

»War ein verlorener Tag, ich weiß«, wisperte Claire und wischte sich mit dem Blusenärmel über die Nase. »So ist es mir auch gegangen.«

»Ich weiß. Und ich hätte es sehen müssen.«

»Nein, ich ... ich war alt genug. Ich hätte dich verstehen müssen, aber ich war so verdammt wütend.«

»Du warst ein Teenager«, sagte Maman sanft. »Auch ohne Papas Tod wäre es dein Job gewesen, wütend zu sein.«

Eine Weile herrschte wieder Schweigen zwischen ihnen, doch es war wie ein Atemholen. Claire sah Maman vor sich, in ihrem Krankenhausbett. Vielleicht saß sie ebenfalls im Schneidersitz, mit geradem Rücken, die Augen lebendig und warm wie früher. Eine Vorstellung, die sich wie ein Pflaster auf eine Wunde legte.

»Gwenaelle? Glaubst du, wir könnten ...«

»Lass uns noch mal von vorne anfangen«, sagte Claire hastig und fühlte, wie ihr ein Fels von der Seele bröckelte. Plötzlich war alles, was in die Vergangenheit gehörte, so unbedeutend. Wie von selbst stahl sich ein Lächeln auf ihren Mund. »Uns wird kaum etwas anderes übrig bleiben. Ich hoffe, es ist in Ordnung für dich, wenn Maelys und ich die Plätze tauschen.«

»Ist es nicht«, kam es nach einer winzigen Pause zurück.

Claire starrte erschrocken auf den Hörer in ihrer Hand. »Ist es… nicht?«, echote sie entgeistert. »Aber Maelys *muss* nach Paris, Maman. Es ist eine einmalige Chance für sie. Du weißt doch, wie talentiert sie ist, und der Erfolg bei dieser Vernissage wird ihr all das möglich machen, wovon andere junge Künstler nur träumen. Valérie wird bestimmt gut auf sie aufpassen.«

»Es geht mir nicht um deine Schwester. Sondern um dich.«

»Aber…« Claires Verwirrung wich echtem Entsetzen. Das lief so gar nicht nach Plan. Überhaupt nicht. »Hast du Sorge, dass wir beide nicht miteinander auskommen?«, fuhr sie schnell fort. »Versprochen, ich werde mir Mühe geben. Wir machen es uns einfach… nett. Ich habe ohnehin vor, arbeiten zu gehen, vorausgesetzt irgendeine Lokalzeitung will mich einstellen. Du wirst mich also nicht den ganzen Tag aushalten müssen. Wenn es dir allerdings lieber ist, suche ich mir eine Wohnung in der Nähe…«

»*Ma choute*, red keinen Unsinn. Ich hätte dich sehr gerne um mich. Aber Moguériéc ist nicht das, was du willst, und deshalb ist es auch nicht das, was ich für dich will.«

»Aber…«

»Kein Aber«, unterbrach Maman sie bestimmt. »Dank deiner Tante bin ich sehr genau im Bilde darüber, was du in den letzten Jahren in Deutschland erreicht hast. Du wirst deine Karrierechancen nicht vertun, um dich um eine erwachsene Frau zu kümmern, die ihr Leben endlich selbst in die Hand nehmen sollte. Ich habe sehr lange gebraucht, um das zu erkennen, also hindere mich jetzt nicht daran, es umzusetzen. Davon abgesehen bin ich mir gar nicht mehr so sicher, ob ich nach Moguériéc zurückgehen soll. Die Welt hört nicht hinter der Bretagne auf, wie mir ein sehr kluger und lieber Freund gesagt hat.«

»Du…«

»Wie viele gute Gründe brauchst du denn noch, *ma fille*?«

Claire schloss die Augen. Das war bloß ein Albtraum und wenn sie sich konzentrierte, würde sie gleich aufwachen und … Ein hilfloses Wispern, nicht mehr, kam aus ihrem Mund. »Es ist zu spät. Ich habe heute gekündigt.«

»Dann nimm die Kündigung zurück.«

»Das ist nicht so leicht.«

»Was ist schon leicht.«

»Mein Chef, er… er weiß, dass ich kein Diplom habe. Ich werde den Job nicht bekommen, weil ich gar nicht dafür qualifiziert bin.«

»Dann qualifiziere dich eben.«

Claire stöhnte gequält auf. Mamans Worte trafen sie härter, als ihr lieb war. Sie würde erneut zu weinen anfangen, wenn sie sich nicht zusammenriss. »Der Job ist doch nur… Im Grunde genommen habe ich es bloß für Papa getan«, wandte sie ein, und das Gesagte knirschte wie Sand zwischen den Zähnen.

»Das ist nicht ganz richtig. Vielleicht dachtest du, du tust Papa einen Gefallen. Aber eigentlich hast du die Dinge schon immer für dich ganz alleine gemacht, und das mit einer Ausdauer, die uns stets von Neuem beeindruckt hat.« Obwohl Claire es nicht sah, wusste sie, dass ihre Mutter schmunzelte. »Erinnerst du dich noch an La-Lou? Du hast sie von Tante Valérie bekommen, zu deinem vierten Geburtstag.«

»La-Lou?« Der abrupte Themenwechsel verstörte Claire zutiefst, zumal sie die gesichtslose Stoffpuppe nur undeutlich vor Augen hatte. Sie besaß gelbes Haar aus grober Wolle, an der sie sich die Wangen wundgerieben hatte.

»Es war unglaublich, wie sehr du diese Puppe geliebt hast. Überallhin hast du sie mitgenommen, hast eifersüchtig darüber gewacht, dass niemand sie anfasst. Nicht mal in die Waschmaschine durfte ich sie stecken.«

»Maman … Ich verstehe nicht, worauf du hinauswillst.«

»Einmal hast du La-Lou verloren. Bei einem Tagesausflug mit der Schule muss sie dir unterwegs aus dem Rucksack gefallen sein. Als du nach Hause kamst und bemerkt hast, dass La-Lou nicht mehr da war, hast du weder geweint noch getobt. Klammheimlich hast du dir Schuhe und Jacke wieder angezogen und bist losgegangen, um sie zu suchen.« Maman machte eine Pause, ehe sie leise fortfuhr. »An jenem Abend hast du über zwanzig Kilometer zu Fuß zurückgelegt. Im Regen. Damals warst du gerade mal sechs Jahre alt.«

»Erstaunlich. Davon weiß ich gar nichts mehr.«

»Eigentlich ist es nicht erstaunlich. Jedenfalls nicht für mich. Du warst bereits eine Wolkenfischerin, lange bevor Papa dir diesen Namen gegeben hat.« Maman klang traurig. »Schon als Baby ist niemand gegen deinen Willen angekommen, so erbittert hast du um das gekämpft, was du haben wolltest. Uns war schnell klar, dass du einen anderen Weg gehen würdest als deine Schwester. Valérie war letztlich der Schlüssel zu der Tür, die für dich bestimmt war. Deine Tante und du, ihr seid euch so unfassbar ähnlich … Sie war genau wie du als Kind. Deshalb habe ich dich damals nach Paris gebracht, damit du deinem Weg folgst. Ich denke, du solltest jetzt nicht umdrehen, nur weil es mal ein bisschen schwieriger wird.«

Claire massierte sich mit der freien Hand den Nacken. *Schwierig. Ein mildes Wort für die Sackgasse, in die sie da geraten war.*

»Ich habe La-Lou gefunden, oder?«, fragte sie schließlich mit belegter Zunge.

»O ja. Das hast du.«

»Gut.« Claire nickte langsam. Es war merkwürdig, dass Mamans Antwort sie beruhigte, obwohl La-Lou heute so unbedeutend für ihr Leben war, dass sie die Puppe nahezu vollständig aus dem Gedächtnis verbannt hatte.

Über Sackgassen schimpfen nur Leute, die keinen Rückwärts-gang haben, hatte Valérie einmal gesagt.

»Wenn du das nächste Mal kommst … Ich meine, wenn du zu Besuch kommst, werde ich sie dir geben.«

»Du hast La-Lou noch? Echt jetzt?«

Maman lachte, als habe Claire einen Scherz gemacht. Doch statt ihr zu antworten holte sie Luft wie jemand, der sich bereit macht, in einen tiefen, sehr kalten See zu springen.

»Auch wenn es vielleicht etwas spät kommt, würde ich dir gerne einen mütterlichen Rat geben«, sagte sie so ernst, dass Claire schauderte. »Tu, was dein Herz dir sagt. Wenn es lieber nach Hause kommen möchte, wirst du offene Türen vorfinden. Moguériec wird immer die Heimat deiner Kindheit sein, aber das bedeutet nicht, dass es falsch ist, wenn du als Erwachsene ähnlich für Berlin empfindest. Ein Zuhause hat viele Gesichter, und es bedeutet nicht, dass man eines mehr lieben darf als das andere. Verspürst du also im Hinblick darauf, dass du dich nicht um mich zu kümmern brauchst, nur den geringsten Zweifel, dass Moguériec der einzige Ort ist, an dem du sein willst, dann kämpfe für dein Glück. Das bist du dem kleinen Mädchen schuldig, das wegen einer hässlichen Puppe stundenlang durch den Regen gelaufen ist. Du bist es dir schuldig.«

Achtzehn

»Okay, worum handelt es sich bei dem Notfall? Brauchen wir einen Arzt, oder tut es auch das hier?«

Sasha wartete nicht, bis sie hereingebeten wurde. Kaum hatte sich die Tür vor ihr geöffnet, drückte sie Claire einen Kuss auf die Wange und marschierte mit der Sektflasche unter dem Arm schnurstracks in die Küche, als sei sie schon ein Dutzend Mal hier gewesen. Vor dem weiß lackierten Holztisch mit den Rattanstühlen hielt sie inne und drehte sich langsam einmal um sich selbst, wobei ihr Blick der Kreiselbewegung ihres biegsamen Körpers folgte. Sie inspizierte die Hängeschränke, das Fenstersims ohne Blumen, den postkartengespickten Kühlschrank und die blau gepunktete *Café-au-lait*-Schale – die letzte ihrer Art, wie durch ein Wunder vor Sarkozys Pfotenhieben verschont geblieben.

»Hier wohnst du also.« Sashas Ton verriet nichts darüber, was sie über Claires Einrichtung dachte. »Hast du Sektgläser?«

Als Claire nicht reagierte – sie war noch immer wie betäubt von dem Gespräch mit Maman –, nickte ihre Praktikantin wie eine Ärztin, die gerade eine schwerwiegende Diagnose gestellt hatte, und öffnete flink die Schranktüren, bis sie fand, was sie suchte. Der Korken ploppte, kurz darauf hielt Claire ein bis zum Rand gefülltes Wasserglas in der Hand, das sie anstarrte, als befände sich eine besonders abscheuliche Medizin darin. Leider erhöhte das billig aufgemachte Flaschenetikett nicht die Hoffnung auf eine positive Überraschung.

»Er wirkt erst, wenn du ihn trinkst«, sagte Sasha trocken.

»Wir haben ein Problem.« Claire nippte einen winzigen Schluck. Das Zeug schmeckte süß und zog ihr den Gaumen zusammen.

»Haben tatsächlich wir oder hast eher du das Problem?« Sasha hatte ihr gegenüber Platz genommen, das Knarzen des kippelnden Stuhls war das einzige Geräusch in der Küche.

»Ich werde in Berlin bleiben.«

Sashas Augen leuchteten auf. »Sag das noch mal.«

»Das war die gute Nachricht«, antwortete Claire mit Grabesstimme. »Genauer gesagt, es wäre die gute Nachricht gewesen. Ich habe Hellwig vorhin im Foyer erwischt und ihm die Kündigung gegeben.«

Das Knarzen verstummte. Im nächsten Moment knallten Sashas Stuhlbeine auf die Fliesen, und ihre Praktikantin beugte sich mit weit aufgerissenen Augen über den Tisch.

»Das darf doch wohl nicht wahr sein.« Stöhnend tastete sie nach der Flasche, um sich nachzuschenken.

»Ich fürchte, doch.«

»O nein, jetzt wein doch nicht, Claire!«

»Ich weine nicht. Meine Augen sind bloß ein bisschen feucht, das ist alles.«

»Ach, Süße.« Der Stuhl polterte zu Boden. Sasha umrundete den Tisch und zog Claire in eine knochige Umarmung, die nach Haarlack und Alkohol roch. Es dauerte einen Moment, bis Claire erkannte, dass Sasha diese Nähe mehr brauchte als sie selbst. Behutsam machte sie sich frei, dann – es war mehr ein Reflex – streichelte sie Sashas Wange und pustete ihr zart ins Gesicht.

»Was war das?«, schniefte Sasha.

»Das war eine Liebeserklärung. Stammt aus meiner«, Claire lächelte und holte Luft, um das Wort ganz bewusst auszusprechen, »Heimat. Da macht man das so. Und jetzt genug geheult, *ma puce.* Wir müssen uns rasch überlegen, wie wir die Kündigung zurücknehmen können.« Sie holte Luft und korrigierte sich zögernd. »Ich muss mir etwas überlegen.«

Sasha zog die Nase hoch, erstarrte und wühlte dann in ihrem Paillettentäschchen – auch eines dieser Dinger, die taten, als wären sie eine glänzende Forelle, und sich dann als Wal entpuppten, sobald man dringlich etwas suchte. Etliche Flüche später hielt sie Claire triumphierend ihr Smartphone entgegen. Auf dem Display befand sich ein Foto, das bei genauerem Hinsehen aussah wie … Claire kniff die Augen zusammen.

Sasha wagte ein schiefes Lächeln. »Ich dachte nur für alle Fälle … und nachdem sich die olle Kleefisch dir gegenüber so wenig kooperativ gezeigt hat.«

»Sasha! Du hast Hellwigs Terminkalender abfotografiert?«

»Wenn Frau Ich-trag-die-Nase-hoch in die Mittagspause geht, ohne den Computer runterzufahren, kann man das auch irgendwie als Einladung verstehen, oder?« Mit bedeutungsvoller Miene tippte sie auf den Bildschirm und zoomte das Foto heran. »Da steht es. Zwanzig Uhr, *Rive Gauche.*«

Zufrieden klappte sie die Handyhülle zu, ihre Augen funkelten auf diese bestimmte Art, die von jeher ein diffuses Unwohlsein in Claire geweckt hatte.

»Ich soll da hingehen? Heute Abend?« Zuerst langsam, dann immer vehementer schüttelte Claire den Kopf. »Du willst ohne Scherz, dass ich Sebastian bei einem privaten Essen mit …« Ihr Magen krampfte sich zusammen. Irgendwo dort, wo sie ihr Herz vermutete, verspürte sie einen scharfen Stich der Eifersucht. »Mit Gott weiß wem störe?«

»Was kümmert dich seine Begleitung? Immerhin ist es euer Restaurant, falls ich mich recht erinnere.«

»Das *Rive Gauche* ist nicht unser Restaurant, sondern ein Lokal, in dem wir mal ein Geschäftsessen hatten.«

Der Abend schien ebenfalls ein halbes Leben her zu sein. Ein vollkommen anderes halbes Leben, in dem sie vergessen hatte, wer Gwenaelle Durant war. Doch das war vorbei. Denn sie war beides, Gwenaelle und Claire. So wie Mogueriéc und Berlin ihr Zuhause waren. Sie hatte nie so klar gesehen wie in diesem Moment.

»Geschäftsessen, logo. Darf ich dich daran erinnern, dass du nichts zu verlieren hast? In einem voll besetzten Edelrestaurant kann Hellwig dir wenigstens nicht den Kopf waschen. Und wenn, dann maximal in gesittetem Flüsterton.« Sasha kicherte, wurde aber sofort wieder ernst, als ihr Blick auf Claires unruhige Hände fiel.

Das hatte sie früher oft getan. Wenn sie nervös war oder unter Stress stand, konnte sie die Finger nicht ruhig halten. Notgedrungen hantierte sie dann mit Gegenständen herum, spielte Luftklavier oder knetete und quetschte die Knöchel, bis der Schmerz ihre Gedanken in Reih und Glied stellte. Heute nützte nicht einmal der Daumennagel, den sie in die Handfläche bohrte, vermutlich weil Gefühle sich nicht wie Soldaten kommandieren ließen.

»Sei wenigstens zu dir ehrlich, wenn du es schon zu mir nicht sein kannst«, sagte Sasha sanft. Sie klang wie Maman in dem Telefonat, das kaum zwei Stunden zurücklag. »Es geht gar nicht um den Job. Es ist eine persönliche Sache zwischen dir und Hellwig, ergo solltest du keine Zeit verlieren, wenn du nicht nur deine Karriere, sondern auch dein Liebesleben retten willst.« Sie hob die Hand und hinderte Claire daran zu widersprechen. »Es gibt in Berlin einhundert Nobelschuppen, die Champagner ausschenken. Warum, glaubst du, hat er ausgerechnet dieses Lokal ausgesucht?«

Endlich gelang es Claire, die Finger voneinander zu lösen. Sie legte die Hände flach auf die Tischplatte, als spüre sie einem kaum fühlbaren Erdbeben nach. »Dafür kann es tausend Gründe geben«, flüsterte sie.

»Möglich. Aber für dich sollte nur einer zählen.«

An diesem Abend lief Claire nicht versehentlich an der kleinen französischen Brasserie vorbei, wie vor zwei Wochen. Diesmal tat sie es absichtlich und mit gesenktem Kinn, bis sie nach zweiundfünfzig gezählten Schritten vor einer Litfaßsäule stehen blieb und die Ankündigung für ein Benefizkonzert in der Philharmonie las, ohne dass die Worte einen Sinn ergaben.

Sie hatte sich *in Schale geworfen* – wieder so eine komische Redewendung, die Sasha ihr hatte erklären müssen, damit Claire verstand, was gemeint war. Trotzdem fühlte sie sich unwohl in dem blassblauen Spitzenkleid und den Pumps, die sie nach langem Hin und Her aus einer der vergessenen Schachteln im Kleiderschrank geholt hatte. Da war sie also, die Gelegenheit, die für diese Schuhe bisher nie gekommen war, und während sie langsam zurückging, den Blick auf den Gehweg geheftet, damit sie nicht in eine Fuge trat und umknickte, wünschte Claire sich, sie hätte die unbequemen Dinger im Karton gelassen.

Dreimal schaffte sie es von dem Konzertplakat retour zum *Rive Gauche*, bevor ihr bewusst wurde, dass sie in einem hautengen Kleid auf der Straße herumflanierte, wie es sonst nur ein anderer Schlag Frau zu tun pflegte. Sie lachte auf, und weil es guttat, lachte sie einfach weiter – über ihr einfältiges Herz und die diffuse Angst, die zu Gwenaelle gehörte, nicht zu der von sich selbst überzeugten Claire, deren Furchtlosigkeit sie jetzt dringend benötigte.

Atmen. Lächeln. Das Rückgrat durchdrücken. Ein Blick in die Wolken, die von Berlin nach Mogueriéc zogen. Das Beste aus beiden Himmeln nehmen und festhalten. Nochmals atmen. Ouuu.

Um fünf Minuten nach acht war sie innerlich dort angekommen, wo sie sein wollte. Sie streifte die Pumps ab und lief barfuß um das Gebäude herum zum Restauranteingang.

Eine angenehme Kühle, die ihr eine Gänsehaut verursachte, schlug ihr im Empfangsbereich entgegen. Das Geschirrklappern und der Duft nach Gebratenem und provenzalischen Kräutern genügten, damit sie sich sofort an jenen Tag zurückversetzt fühlte, an dem sie das *Rive Gauche* zum ersten Mal betreten hatte. Zugegeben, Sasha lag nicht ganz falsch mit ihrer Vermutung. Das *dîner* war viel mehr als ein Geschäftsessen gewesen, auch wenn sie es damals noch nicht gewusst hatte. Es war der Abend gewesen, an dem sie sich rettungslos in Sebastian Hellwig verliebt hatte.

Claire zögerte und spielte mit dem Gedanken, sich zunächst auf Beobachtungsposten in das Gedrängel an der Theke zurückzuziehen, doch eine Kellnerin eilte bereits mit dem Reservierungsbuch auf sie zu. Sie wäre hübsch gewesen mit der Hochsteckfrisur und den Mandelaugen, hätte ihre Miene nicht so angestrengt gewirkt.

»*Avez-vous une réservation, madame?*«, fragte sie in akzentfreiem Französisch. Ihr Blick streifte Claires Beine und die Schuhe in ihrer Hand, ehe sie ausdruckslos lächelte.

»Ich ...« Claire spähte verstohlen an der jungen Frau vorbei, doch das Lokal war derart voll, dass sie nicht ausmachen konnte, ob Sebastian tatsächlich hier war.

»*Pardon, madame*, aber wenn Sie keinen Tisch bestellt haben, muss ich Sie bitten, ein andermal wiederzukommen. Wir sind ausgebucht.« Das Mädchen zeigte auf die Wartenden an der Theke, ihr war deutlich anzusehen, dass jeder Gast weniger an diesem Freitagabend ein Geschenk für sie bedeutet hätte.

Du hast nichts zu verlieren, hatte Sasha gesagt.

Angespannt verfolgte Claire, wie die Kellnerin in dem dicken Buch blätterte, als wünschte sie sich dringend einen Radiergummi für all die Einträge darin.

»Die Reservierung lautet auf den Namen Hellwig. Sebastian Hellwig«, hörte Claire sich hastig sagen, ebenfalls auf Französisch. Es klang wie eine Lüge.

Die Kellnerin kehrte mit ihrer Aufmerksamkeit zu ihr zurück. »Folgen Sie mir bitte.«

Ihre letzte Chance wegzulaufen. Vielleicht aber auch die letzte Chance für ... alles andere.

Den Blick auf den schlanken Hals unter der Hochsteckfrisur gerichtet, folgte sie der Kellnerin durch die engen Korridore zwischen den Tischen und versuchte krampfhaft, sich an ihren Büßertext zu erinnern. Sie hatte ihn bestimmt zwanzigmal vor sich hin gemurmelt, seit sie die Wohnung verlassen hatte. Aus den Augenwinkeln registrierte sie Brotkörbe mit Baguette und Salzbutter, volle und fast leere Weingläser, rot, weiß, pfirsichfarben. Der *maître* tranchierte eine Seezunge am Tisch, aus verborgenen Lautsprechern rieselte Klaviermusik in das Geplauder zweier älterer Damen, von denen eine ein Hörgerät trug.

Mit jedem Schritt schienen die Wörter in Claires mühsam zurechtgelegten Sätzen zu verschwinden. Sie plumpsten einfach ins Nichts, wie die Backerbsen, die sie als Kinder in den Gully auf dem Schulhof geschnippt hatten.

Dass sie immer noch barfuß war, bemerkte sie erst, als sie bereits vor dem Tisch in der Nische stand, wo das Parkett in die unerwartete Kühle von Fliesen überging. Verwirrt hob Claire den Kopf – und begegnete dem nicht minder überraschten Gesicht von Madeleine Guillaume.

»Claire! Was für eine wunderbare Überraschung.«

Die Französin erhob sich und Claire kippte steif wie ein Stück Holz in ihre Umarmung, die nach teurem Parfum roch. Was für eine schöne Frau sie doch war, das war sie immer schon gewesen, schön und makellos, von außen wie von innen. Besonders wenn Madame Guillaume lächelte, wurde ihr Mund groß und breit, und sie bekam eine beneidenswerte Ähnlichkeit mit der Schauspielerin Julia Roberts.

»Madame Guillaume ... Sie ... ich ... Was ...?«

Claire sah sich mit klopfendem Herzen um, doch von Sebastian Hellwig war weit und breit nichts zu entdecken. Das musste ein verrückter Zufall sein, das *Rive Gauche*, Sebastians Verabredung, Madame Guillaume an diesem Tisch ... Oder eine Verwechslung, immerhin war die Kellnerin recht gestresst gewesen. Wahrscheinlich saß Sebastian längst an einem anderen Tisch. Möglich auch, dass Sasha sich im Datum geirrt oder Edeltraud den Termin in die falsche Spalte eingetragen hatte ...

»*Es gibt durchaus Zufälle im Leben, ma petite Gwen. Aber nicht solche*«, sagte Valérie in ihrem Kopf, mit diesem Ton, der sich nicht entscheiden konnte, ob er verblüfft oder neugierig klingen sollte.

Claires Augenlid zuckte.

»*Mon Dieu*, Sie sehen aus, als würden Sie gleich ohnmächtig werden.« Madame Guillaume schob den Stuhl zurück, an dessen Lehne Claire sich krampfhaft festhielt. »Setzen Sie sich und kommen Sie erst einmal zu Atem.«

Wie betäubt starrte Claire in das besorgte Lächeln ihrer ehemaligen Arbeitgeberin. *Was zum Teufel war hier los?*

Madame hatte ebenfalls Platz genommen und bestellte einen Champagner für Claire, woraufhin die Kellnerin jäh das zuvorkommende Servierlächeln wiederfand, das sie vorhin gar nicht erst bemüht hatte.

»Welch eine zauberhafte Überraschung. Monsieur Hellwig hatte nicht erwähnt, dass er Sie ebenfalls in dieses reizende Lokal gebeten hat«, sagte Madeleine Guillaume warm und fasste nach Claires Händen.

»Ich …« *Was sollte sie nur sagen? Was?*

Die Französin musterte sie aufmerksam, dann huschte Verstehen über ihr ebenmäßiges Gesicht, das weder etwas vom inflationären Gebrauch von Make-up noch von allzu viel Sonnenlicht hielt.

»Sie haben keine Ahnung, weshalb Sie hier sind«, stellte sie trocken fest. »Oder warum ich hier bin.«

Claire schluckte. »Aber ich dachte, Sie … sind doch in Paris!«, rutschte es ihr heraus, zusammenhanglos und beinahe trotzig, als käme die Antwort von einem einfältigen Kind.

Madame Guillaume lachte auf. »Genauso habe ich ihn am Telefon eingeschätzt. Was für ein Fuchs.«

Fuchs. *Fuchs?*

»*Pardon, madame*, aber ich verstehe gar nichts. Eigentlich bin ich nur hergekommen, um …« Claire atmete zitternd aus. »Ich hatte gehofft, Herrn Hellwig wegen einer geschäftlichen Angelegenheit sprechen zu können. Ich werde gewiss nicht lange stören.«

»Sie wussten bereits in dem Moment, als Sie mich gesehen haben, dass Ihr Chef und ich uns wegen Ihnen hier treffen, Claire«, erwiderte die Diplomatengattin und trank von ihrem Champagner, erst einen großen Schluck, dann einen eiligeren zweiten und selbst das sah elegant aus. »Außerdem vermute ich, dass es sich um dieselbe geschäftliche Angelegenheit handelt.«

»Ach ja?« Sie quiekte. Ganz deutlich hatte sie es gehört, und dieses Quieken hatte alles andere als fragend geklungen.

Madame stellte das Glas ab und sah sie schweigend an. Dann nahm sie ihre Handtasche und zog einen Umschlag aus dem Seitenfach. Sie lächelte, als sie ihn mittig zwischen Claires Menübesteck legte, als handele es sich um den fulminanten ersten Gang nach dem Aperitif.

»Sie sollten darauf vertrauen, dass es Menschen gibt, die nur das Beste für Sie wollen ... ein Mensch insbesondere.« Sie machte eine bedeutungsvolle Pause, die Claires Herz stolpern ließ. »Mein Mann und ich hatten nie die Gelegenheit, uns für das erkenntlich zu zeigen, was Sie für unsere Familie getan haben. Für Camille und Pierre-Adrien haben Sie die Welt bedeutet. Nun bin ich dankbar, Ihnen helfen zu können.« Auffordernd deutete sie auf das zweite Champagnerglas, das eine unsichtbare Kellnerhand irgendwann vor Claire abgestellt haben musste. »Trinken Sie, es wird Ihnen guttun auf den Schreck.«

»Sie sollten darauf vertrauen, dass es Menschen gibt, die nur das Beste für Sie wollen.« Ganz ähnliche Worte hatte die alte Haushälterin gestern ebenfalls benutzt. Zuerst Marguerite, dann die Guillaumes. Welche Rolle spielte eigentlich Sebastian Hellwig in diesem Spiel?

Claire starrte den Umschlag an. So sehr sie sich anstrengte, es gelang ihr nicht, ihn in die Hand zu nehmen. Stattdessen brannte sich das rot-weiß gepunktete Emblem der Universität der Künste in ihre Netzhaut ein, selbst als sie die Augen schloss, sah sie es noch.

»Was ist das?«, flüsterte sie. Tränen stiegen in ihrem Hals auf, weshalb sie den Champagner kaum schlucken konnte. Am liebsten hätte sie ihn wieder ausgespuckt.

»Das ist das Sitzkissen auf deinem Chefredakteursstuhl«, antwortete eine tiefe männliche Stimme in ihrem Rücken.

Sie drehte sich nicht um. Einerseits reagierten ihre Muskeln nicht auf den Impuls ihres Gehirns, andererseits war sie plötzlich wütend. Wahnsinnig wütend.

Wenige Augenblicke später trat Sebastian an die Stirnseite des Tisches, begrüßte Madame mit einem formvollendeten Handkuss und entschuldigte seine Verspätung, ehe er sich Claire gegenübersetzte, grußlos und mit durchdringendem Blick. Er trug einen Anzug, dunkelblau, und ein weißes Hemd. Er sah unverschämt gut aus.

Claire ballte die Fäuste im Schoß, als müsste sie die Wut festhalten, damit sie ihr nicht wie ein schlüpfriger Fisch aus den Händen glitt.

»Sebastian. Was für ein Zufall«, sagte ihr Mund, und sie bekam schon wieder eine Gänsehaut, weil sie so frostig geklungen hatte. Ihr Körper bebte, und sie konnte sich nicht entscheiden, ob sie weglaufen oder sich mit den Fäusten auf ihn stürzen sollte. Das Schlimmste aber war, dass es eine dritte Option gab, die ihrem verräterischen Herzen tausendmal lieber gewesen wäre.

»Claire«, erwiderte er.

Das war alles. Ein rätselhafter Eingangssatz, danach ihr Name, beiläufig und ohne die geringste Emotion. Nicht mal der Anflug eines Lächelns erschien auf seinen schmalen Lippen, die sie vor gar nicht allzu langer Zeit geküsst hatte. Und die sie zurückgeküsst hatten.

Gib mir dein Wort, dass du zukünftig versuchst, mir zu vertrauen. Keine Unehrlichkeiten mehr, weder hier noch in Berlin. Das hatte er gesagt, und sie war eindeutig schuldiger, als er es jemals sein würde – was auch immer die Anwesenheit von Madame Guillaume bedeutete.

»*Bon.*« Sie legte die Hände auf den Tisch, zuerst eine, dann die andere, platzierte sie bewusst neben den geheimnisvollen Umschlag, der nichts an ihrer Kündigung änderte. »Zumindest ist es kein Zufall, dass ich hier bin. Der Termin war in Frau Kleefischs Kalender eingetragen, und ich habe gehofft, dich sprechen zu können.«

Sebastian lehnte sich mit verschränkten Armen zurück. Noch immer verriet nichts in seiner Miene, was er dachte. Oder fühlte. Sein Schweigen war viel schwerer zu ertragen als alles andere, und auf einmal wünschte sie sich doch, er würde ihr *den Kopf waschen*, wie Sasha es ausgedrückt hatte. Selbst wenn er sie anschrie, wäre das besser als diese zermürbende Stille zwischen ihnen. Aber Sebastian Hellwig war kein Mensch, der schrie. Er tat nichts, was in irgendeiner Form nicht korrekt war, und dass sie ihm trotz aller Verwirrtheit derart vertraute, machte ihn noch anziehender für sie.

»Ich bin hier, weil ich dich bitten wollte, mir die Kündigung zurückzugeben«, sagte Claire tapfer. »Sie war unüberlegt.«

»Unüberlegt.« Sebastian machte schmale Augen. »Inwiefern?«

Claires Wangen brannten. Sie wusste nicht, ob sie froh war, weil er überhaupt mit ihr redete, oder ob seine verflixte Sachlichkeit sie einschüchterte. »Ich möchte bei *Genusto* bleiben, und zwar egal in welcher Funktion. Meinetwegen fange ich noch mal ganz unten an, in der Postabteilung, bei Frau Rose am Empfang oder als Mädchen für alles. Ich könnte mich hochschreiben und…« Flehend blickte sie auf. »Ich koche wirklich guten Kaffee.«

Madame Guillaumes Mundwinkel zuckten.

»Kaffee.« Er seufzte und wandte sich an *madame*, ohne auf Claires verzweifelte Ansprache einzugehen. »Ist es das, worauf ich hoffe?«, fragte er und deutete auf das Kuvert.

Madame Guillaume nickte.

»Gut.« Sebastian seufzte erneut, diesmal hörbar erleichtert. Er schüttelte den Kopf in Richtung Claire, die das Gespräch verwirrt verfolgt hatte. »Mach ihn auf, damit ich dir sagen kann, wie wir mit deiner *unüberlegten* Kündigung verfahren«, forderte er sie streng auf.

Claire schaffte es tatsächlich, den Umschlag zu öffnen und den Papierbogen herauszuziehen. Das dünne Blatt zitterte heftig, weshalb sie es auf der Tischdecke ablegte, um es zu lesen, vornübergebeugt, die Finger in die Spitzenbordüre ihres Rocksaums gekrallt. Jedes Wort, das sie Buchstabe für Buchstabe entzifferte, wie eine Leseanfängerin, schien ihr Herz einen Takt zu verlangsamen.

»Das ist nicht wahr«, murmelte sie. »Da steht, dass die Vorlesungen anerkannt werden, die ich als Gasthörerin besucht habe, und dass ich die Erlaubnis bekomme, die erforderlichen Prüfungen für den Bachelor of Arts abzulegen. Dafür bin ich... ich bin offiziell für vier Semester an der Universität der Künste immatrikuliert.« Sie stotterte nicht nur, es hörte sich an, als klapperte sie mit den Zähnen wie ein altes Waschweib.

Madame Guillaume schmunzelte und wechselte einen Blick mit Sebastian. »Zwei Jahre sind nicht viel, Claire. Du wirst lernen müssen wie der Teufel, und ich hoffe sehr, du hast bei deinen heimlichen Vorlesungen gut aufgepasst. Ich stehe nämlich seit gestern Abend im Wort beim Vizedirektor der Fakultät für Kunstwissenschaft und Ästhetik. Er pflegt eine... sagen wir mal... idiosynkratische Geschäftsbeziehung mit meinem werten Gatten, dank der die Universität der Künste einige interessante Projekte verwirklichen konnte. Ein reizender Mann, dieser Professor Doktor Schürer, und ein versierter Weinkenner dazu. Wäre es nach Alain gegangen, hätte ich ihn liebend gerne in Schürers Gewölbekeller bei den verstaubten Holzkisten vergessen können.« Spöttisch und nachsichtig zugleich verzog sie den Mund. »Jedenfalls sind wir am Ende dieses weinseligen Abends übereingekommen, dass es der deutsch-französischen Kooperation unserer Hochschulen zugutekommt, wenn besondere Talente gefördert werden, die sich beruflich im jeweils anderen Land verdient gemacht haben. Und das hast du, laut eines recht passionierten Empfehlungsschreibens deines Vorgesetzten.«

Madame Guillaume beendete ihre Rede, indem sie Sebastian

warm zulächelte. Claire traute ihren Ohren und Augen kaum. Er war tatsächlich rot geworden.

»Das kann ich nicht annehmen«, entgegnete sie schwach. Nicht weil sie protestieren wollte, wie konnte sie auch angesichts dieser einmaligen Chance? Sondern weil sie plötzlich sicher war, dass sie sich in einem Paralleluniversum befand. Dann fing sie ihn doch auf, Sebastians Blick, der auf einmal seltsam verletzlich wirkte.

»Und ob du das kannst, Claire«, fuhr er sie an und wirkte selbst erschrocken über seine Schroffheit, weshalb er sofort die Stimme senkte. »Niemand schenkt dir etwas, wir stoßen dir lediglich die passende Tür auf. Ich erwarte, dass du mir in zwei Jahren deinen Bachelor in Kunstgeschichte auf den Schreibtisch legst. Madame Guillaume hat bereits erwähnt, dass sie bei dem Professor im Wort steht, und ich stehe im Wort bei unserem Vorstand. Du wirst nicht nur lernen und Prüfungen ablegen, sondern auch arbeiten müssen, denn wir werden dich zunächst als kommissarische Chefredakteurin unseres neuen Lifestyle-Magazins einsetzen. Vorausgesetzt, du lebst damit, dass ich dir weisungsbefugt sein werde.«

Claires Augen füllten sich mit Tränen. »Warum? Warum machst du das?«, fragte sie tonlos, den Blick nun fest in Sebastians Augen verankert, während die Wogen des Unbegreiflichen über ihr zusammenschlugen. *Ich ertrinke, ohne zu sterben*, dachte sie und schloss für einen kurzen Moment die Augen. »Ich habe dich angelogen, obwohl du mich um Ehrlichkeit gebeten hast. Dann bist du in diesem hässlichen gelben Auto weggefahren und… das war's. Es hat sich wie ein Abschied für immer angefühlt.« Sie verstummte betreten, als Madame Guillaume sich räusperte.

»Ich denke, meine Anwesenheit ist hier nicht länger vonnöten. Sie beide haben offensichtlich noch einige Dinge zu besprechen«, sagte sie in das beklommene Schweigen, das sich wie ein hauchfeines Seidentuch zwischen Claire und Sebastian gespannt hatte.

Keiner von ihnen widersprach.

Madeleine Guillaume lächelte wissend, nahm ihre Tasche und schob eine Visitenkarte unter Claires Hand, die immer noch auf dem Tisch lag, blass und leblos, als gehöre ihr Körper nicht dazu. Sebastians Augen waren jetzt dunkelgrau wie das Meer an einem Wintertag, und Claire konnte noch immer nicht wegsehen. Das wollte sie auch gar nicht. Stattdessen schluckte sie Wasser und ließ sich bis auf den Grund sinken.

»Alain und ich sind noch bis Mitte der Woche in Berlin. Es wäre uns ein Vergnügen, Sie zu einem *apéro* einzuladen, Claire«, sagte Madame Guillaume beschwingt, als hätten sie einen amüsanten Abend miteinander verbracht. Ein paar Küsschen später – sanft und magnolienduftend für Claire, Sebastian bekam ein anerkennendes Nicken und ein paar geflüsterte Worte – war sie fort.

»Du hast also gemeinsame Sache mit Marguerite gemacht«, sagte Claire irgendwann.

Der Satz hätte vorwurfsvoll klingen sollen, aber er hörte sich nur neugierig an. Eine Art Schutzfrage vermutlich, mit der sie dem Drang widerstand, seine Hand zu ergreifen, während er mit der Dessertgabel gedankenvolle Gitterlinien auf die Tischdecke zeichnete.

»Ich habe die Adresse in deiner Personalakte gefunden.«

»Das heißt, du hast mir hinterherspioniert.«

Die Gabel verharrte.

»Wenn du es so sehen möchtest …« Er wirkte nicht im Mindesten reuevoll. »Sie ist übrigens sehr nett, deine Marguerite, und hält sehr große Stücke auf dich. Ich hoffe, das ist dir bewusst. Es war ihre Idee, die Guillaumes um Rat zu fragen, da sie von deren Verbindung zur Universität der Künste weiß.«

»Die gute Marguerite. Immer für eine Überraschung gut.« Claire warf Sebastian einen prüfenden Blick zu. »Marguerite kennt mich seit vielen Jahren und bestimmt nicht nur von meiner besten Seite. Wir sind Freundinnen und von einer Freundin würde ich eine solche Aktion irgendwie sogar erwarten. Aber du... Du weißt doch im Grunde genommen gar nicht, wer ich bin. Warum hast du all das für mich gemacht?«, fragte sie, obwohl sie die Antwort insgeheim fürchtete.

»Weil ich dich auf diesem Posten sehen will. Es gibt niemanden, den ich für besser geeignet halte.«

»Rein beruflich gesehen.« Claire atmete enttäuscht aus.

»Das sowieso.«

»Sebastian, ich...«

»Nein, warte, ich bin noch nicht fertig. Du hast vorhin eine Bemerkung gemacht, zu der ich gerne noch etwas sagen möchte.« Er legte die Gabel neben den Teller, bedächtig, als sei es von Bedeutung, sie richtig zu platzieren. »Es stimmt, ich war wütend, als ich letzte Woche davongefahren bin. So wütend, dass ich während der Fahrt deine fristlose Kündigung in mein Handy diktiert habe.«

Seine Worte taten ihr weh, so weh, dass sie versucht war zu gehen. Wie naiv sie doch war zu glauben, sie könnte einfach mir nichts, dir nichts noch mal von vorne anfangen. Die Wunden, die sie verursacht hatte, waren zu tief. Und zu frisch.

»Das Ganze war nach ungefähr fünf Minuten gegessen.«

»Was hast du da gerade gesagt?« Sie war überrascht, dass sie überhaupt etwas hervorbrachte, so trocken, wie ihr Mund war.

»Fünf Minuten lang war ich wütend auf dich. Maximal. Vielleicht auch nur viereinhalb.« Sebastian lächelte. Zum ersten Mal seit... Sie hatte vergessen, seit wann.

»Was ist passiert?«, wisperte sie.

»Ich habe die Aufnahme gelöscht, den Wagen hinter Saint-Pol-de-Léon gewendet und bin nach Moguériéec zurückgefahren.«

»Aber du bist nicht zurückgekommen.«

»Es war nicht der richtige Zeitpunkt dafür.« Sein Blick war jetzt weich, ruhte beinahe liebevoll auf ihr. »Stattdessen bin ich zu deinem schwarzen Felsen hinaufgeklettert, um nachzudenken. Hinterher bin ich runter ins Dorf zu Marie-Jeanne.« Ein hinreißendes Grübchen drückte sich in seine Wangen. »War ein ziemlich lustiger Abend. Euer Lambig ist ein Teufelsgebräu.«

»Du hast dich betrunken?« Sie schnappte nach Luft.

»Bevor du jetzt sauer wirst, es war wichtig für mich. Nein, warte.« Er hob die Hand, um sie an einer weiteren Entgegnung zu hindern. »Ich habe mit Emil gesprochen und mit Luik. Sogar mit Nicolas.« Jetzt beugte er sich vor und sah sie eindringlich an. »Glaub mir, ich habe eine Menge über dich erfahren. Nicht über die Journalistin mit dem unwiderstehlichen Pariser Charme oder über das traurige Fischermädchen, das nicht über den Tod seines Vaters hinwegkommen konnte. Sondern über dich. Denn ich weiß sehr wohl, wer du bist, Claire. Das, was diese Leute mir erzählt haben, hat nämlich nur bestätigt, was ich ohnehin längst wusste. Also werde ich den Teufel tun und dich irgendwohin gehen lassen, wo du nicht hingehörst.«

Er griff in sein Jackett und zog ein Schriftstück aus der Innentasche, das Claire sofort erkannte. Vor ihren fassungslosen Augen riss er die Kündigung in zwei Hälften und diese in zwei weitere. Keinerlei Hektik, kein Zorn lag in dieser Geste, er tat es langsam und bewusst. Dann lehnte er sich zurück und machte ein Gesicht, als habe er gerade etwas getan, das ihm ein tiefes Bedürfnis war.

Mechanisch griff Claire nach den Papierfetzen, berührte besonnen die gerissenen Kanten, das *Kü* von Kündigung, es war genauso unvollständig, wie sie sich fühlte.

»Wohin gehöre ich denn?« Aus ihrem Mund kam nur ein Lufthauch, und noch während sich die Frage zwischen ihnen ausdehnte wie ein riesiger Hefeteig, hätte sie am liebsten die Zeit zurückgedreht. Sie bekam weiche Knie, obwohl sie saß, und wünschte sich, sie hätte die Frage niemals ausgeatmet.

Sebastian sah sie lange an. Ohne zu blinzeln, den Kopf leicht zur Seite geneigt. Vielleicht lag es an seiner sichtlich entspannten Körperhaltung, dass in genau diesem Moment die Kellnerin an ihrem Tisch erschien.

»Möchten *madame* und *monsieur* jetzt bestellen?«, fragte sie im Tonfall einer Grundschullehrerin, die geduldig gewartet hatte, bis ihre Schüler arbeitsbereit waren.

Auf perfide Art und Weise erinnerte sie Claire an Sasha, wie sie dastand, die zusammengepressten Lippen mühsam nach oben gebogen und den Anschein höflicher Geduld wahrend.

»Wir haben soeben beschlossen, mit einem kleinen Dessert anzufangen.« Sebastians Mundwinkel zuckte, anscheinend war auch ihm der schulmeisterliche Ton der jungen Frau nicht entgangen.

Claire blinzelte irritiert. »Wir fangen mit dem Dessert an? Welchem Dessert?«

Die Kellnerin hob eine Braue, benötigte im Gegensatz zu Claire jedoch nur Sekunden, um sich zu fangen. »Das *fondant au chocolat* ist die Spezialität unseres Hauses. Dann hätten wir noch *tarte tatin* oder *sorbet de cassis* sowie eine Käseauswahl, Monsieur.«

»Geben Sie uns noch ein paar Minuten, *mademoiselle*.« Er blickte der Kellnerin amüsiert nach, die im Windschatten ihres eigenen angestrengten Lächelns davoneilte, und bückte sich nach seiner Laptop-Tasche. Das zerdrückte Pappschächtelchen, das er daraus hervorholte, war bretonisch blau. Er stellte es vor Claire auf den Tisch wie eine Kostbarkeit.

»Ist das für mich?«

»Sieht ganz danach aus.«

Sie öffnete die Schachtel langsam, und ihre bangen Finger mühten sich mit der Schleife ab, die so gebunden war, wie Maman es ihr früher bei den Schnürsenkeln gezeigt hatte: mit einem Knoten und einem zweiten in den Schlaufen. Es dauerte ewig, bis sie den Klebestreifen abgelöst hatte, der den Deckel verschloss. Verstört starrte Claire auf den Inhalt.

»Ich weiß, er ist winzig und nicht besonders schön. Außerdem ist er schon ein paar Tage alt, ich trage ihn schon eine Weile mit mir herum«, sagte Sebastian ruhig. »Aber du hast gesagt, du würdest nie auf den Gedanken kommen, einem Mann mit einem Kuchen zu sagen, dass du ihn haben möchtest.« Er lachte samtig und dunkel, es machte ihr eine Gänsehaut. »Nun, ich finde, es ist eine sehr schöne Idee, wenn ich es dir auf diese Art sage.«

»Das ist … ein *gâteau breton*.«

Ungläubig betrachtete Claire Sebastians Hand, die nun auf ihrer lag, warm und schwerelos. Sie spürte die Berührung kaum, und doch lag in ihr dieselbe intensive Zärtlichkeit, die sie seit jener Nacht – der Nacht mit ihm – bis in ihre Träume verfolgte. Nun war sie zurück, greifbar und real, in Form eines verschrumpelten, halb verbrannten Minikuchens, als ob Sebastian seine Gefühle die ganze Zeit in irgendeiner Schublade aufbewahrt hätte, um sein Geständnis im richtigen Moment hervorzuzaubern wie das sprichwörtliche Kaninchen aus dem Hut. Überwältigt schloss Claire die Augen.

»Das ist kein Heiratsantrag, du musst keine Angst haben«, sagte Sebastian leise. Er wirkte verunsichert, weil sie nicht reagierte, nicht reagieren konnte. »Trotzdem würde es mich sehr glücklich machen, wenn du diesen Pflasterstein aus Mehl und Salzbutter annimmst. Denn du bist die Frau, die ich haben möchte. Das warst du seit dem Augenblick, als du zum ersten Mal vor mir standest, den verfluchten Laptop unter dem Arm, der mir so was von egal war.«

Claire atmete aus und entzog Sebastian die Hand. Es fühlte sich an, als hätte sie sie an einem Winterabend aus der Manteltasche genommen. Schwankend erhob sie sich und hielt sich an der Tischkante fest, damit sie nicht das Gleichgewicht verlor. Sebastian reagierte augenblicklich und tat es ihr gleich, sein Stuhl schrammte mit einem unschönen Geräusch über die Steinfliesen. Kaum einen Schritt standen sie jetzt voneinander entfernt, sie spürte die Wärme, die sein Körper abstrahlte, und roch seinen Atem. Er ging zu schnell, der einzige Hinweis darauf, dass er nervös war.

»Geh ruhig, wenn du musst. Ich wollte nur nicht die Gelegenheit verpassen, dir zu sagen, dass du viel mehr für mich bist als …«, stockend zwang er sich weiterzusprechen. »Du bist viel mehr als zwanzig Töne Blau. Für mich gibt es keine Farbe, die beschreibt, was ich für dich empfinde.«

Er senkte das Kinn und trat einen winzigen Schritt zurück. Eine resignierende Geste, die gleichzeitig voller Stolz und Würde war. Sie traf Claire mitten ins Herz.

»Ouuu, das ist der hässlichste *gâteau breton*, den ich in meinem Leben gesehen habe«, brach es aus ihr heraus. Dann warf sie den Kopf zurück und lachte. Es fühlte sich an, als täte sie es zum ersten Mal seit einer Ewigkeit. »Küsst du mich jetzt, oder muss ich vorher diesen trockenen Kuchen essen?«

Sebastian sah zu der blauen Schachtel hinüber und wiegte nachdenklich den Kopf. »Auf seine Art ist er tatsächlich einzigartig. So wie die Frau, für die er bestimmt ist.« Diesmal ging er nicht rückwärts. In einer einzigen fließenden Bewegung zog er Claire an sich. »Aber er kann auch noch ein paar Minuten warten, bis wir das Wesentliche geklärt haben«, raunte er und Claire erschauderte, als sein Atem über ihren Hals strich.

»Das klingt großartig.« Sie lächelte und stellte sich auf die Zehenspitzen, um ihm die Antwort ins Ohr zu flüstern. »Ich finde nämlich, dass Kuchen vollkommen überschätzt wird. Und zwar in jeder Beziehung«

Sacre bleu, dieser Mann roch so gut. So verdammt gut.

»Findest du?« Seine Brust hob sich, unmerklich verstärkte er den Griff um ihre Taille. »Dann müssen wir uns etwas Originelleres einfallen lassen. Hat es eigentlich einen besonderen Grund, dass du barfuß bist?«

»Nun mach schon.« Gespielt ungehalten tippte Claire gegen sein Kinn. »Küss mich, bevor ich mir etwas Peinliches einfallen lasse, damit du es endlich tust.«

»Das ist ein ziemlich verlockender Vorschlag.«

Er lachte leise, und seine Augen waren voller Wärme, voller Licht. Da war auf einmal so viel Zuversicht und Vertrauen – ganz so, als hätte es niemals etwas anderes zwischen ihnen gegeben. Als Sebastian schließlich seine Lippen auf ihre presste, einen viel zu langen, sehnsüchtigen Atemzug später, kam Claire Durant zum zweiten Mal dort an, wo sie zu Hause war.

Epilog

YVONNE

Sie mochte den Winter im Finistère, die kristallklare, frostfreie Kälte, die allerorts den Steckginster zum Blühen brachte, den Wiesen ihr Grün und den Töpfen auf dem Fenstersims ihre Blüten ließ. Es waren träge Tage, die sich zwischen den Beinen weidender Kühe und den Häuserfluchten aus dem Winternebel pellten, als hätte die Natur beschlossen, sich dem verlangsamten Rhythmus der Menschen anzupassen, die in ihr wohnten.

Nach dem viel zu heißen Herbst bestimmten Einkehr und Ruhe das Leben von Yvonne Durant. Sie war froh um den Anblick der gischtumtosten Felsen hinter dem Haus gewesen, über die lärmende Ankunft der ersten Winterstürme. Früher hatte sie sich zu Hause verkrochen, weil die dunkle Jahreszeit bei aller Schönheit immer die schlimmste gewesen war. Die Traurigkeit des Winters drang tiefer und quälender in ihre Gefühlswelt ein als die des Frühlings oder des Sommers. Sie war wie ein ruckelnder Schwarz-Weiß-Film, der ganze Bilderreihen übersprang, weshalb sie sich oftmals kaum daran erinnerte, was sie in jenen Tagen tat, außer zu essen, zu schlafen oder vorzugeben, sie lese ein Buch, damit Maelys sich nicht sorgte.

Dieser Winter war seit neunzehn Jahren der erste, den sie herbeigesehnt hatte, auch wenn sie sich ein wenig vor ihm fürchtete – grundlos, wie sie zu ihrer grenzenlosen Freude feststellte. Denn die Traurigkeit, die sie bisher umschlossen hatte wie das Tau, das Armel an die Bootswand der *Celtika* fesselte, war fort.

Yvonne wandte den Kopf von der in Dunst gehüllten Heidelandschaft hinter dem Abteilfenster ab und betrachtete den Mann, der ihr gegenübersaß. Sie tat es immer wieder, staunend, so als könne sie nicht glauben, dass das Glück nach all der Zeit zu ihr zurückgekehrt war.

Kurz nachdem der TGV den Bahnhof von Morlaix verlassen hatte, war er eingenickt, zunächst sehr aufrecht, bis sein Kopf nicht länger den natürlichen Gesetzmäßigkeiten zu trotzen vermochte und leicht zur Seite gesunken war. Im Profil wirkte sein Gesicht besonders kantig, nichts daran besaß einen gefälligen Bogen, weder Nase noch Kinn. Da er sich am Morgen rasiert hatte, sah sie die Narbe besonders deutlich, die sich von der Schläfe bis zum Mundwinkel zog. Wie ein erprobter Veteran sah er aus, der im Wachdienst eingeschlafen war, beim geringsten Geräusch jedoch pflichtbewusst das Gewehr präsentieren würde, weshalb sie es kaum wagte zu atmen. Dennoch entschlüpfte ihr ein ungewollter Laut, ein befreites Seufzen. Das geschah ihr in letzter Zeit oft und meist unbewusst. Er lächelte, bevor er die Augen öffnete, eine verwirrende Eigenschaft von Bernard. Er tat viele Dinge in umgekehrter Reihenfolge, als fände er es amüsant, zwar den jeweiligen Erwartungen der anderen zu entsprechen, es aber nach seinen eigenen Spielregeln zu tun.

»Geht es meiner Lieblingspatientin gut?«

»Es geht ihr ausgezeichnet, *docteur* Leroux«, antwortete Yvonne ernsthaft, als müsse sie es nicht ihm, sondern sich selbst versichern. Ein wichtiger Schritt, einer von vielen kleinen, der sie zurück ins Licht führte.

Sie setzte sich bewusst gerade, weil Bernard ihr erklärt hatte, sie könne durch ihre Haltung beeinflussen, wie sie sich fühlte. Er war so viel mehr als ein brillanter Arzt, ein Mensch, der die Dinge im Ganzen betrachtete, sie kompromisslos und mit großer Überzeugung lebte. Bernard Leroux liebte seinen Beruf, aber noch mehr liebte er die Menschen, weshalb er es manchmal für angebracht hielt, jemandem einen Gips anzulegen, obwohl es kein gebrochenes Bein, sondern lediglich ein gebrochenes Herz zu verarzten galt – wie in Yvonne Durants Fall.

Als sie die Beine übereinanderschlug, langsam, damit Bernard die dezente schwarze Strumpfnaht an ihren Waden bemerkte, rutschte ihr das Magazin von den Knien. Yvonne bückte sich, ehe Bernard es tat, las das Heft und das Kuvert auf, in dem sie die Fahrscheine nach Paris und die Klappkarte mit der silbernen Prägung aufbewahrte. Sie war ihr so oft mit den Fingerspitzen gefolgt, dass sie die verspielten Buchstaben mühelos hätte nachzeichnen können, obwohl sie nichts von Kalligrafie verstand.

Einladung zur Vernissage, Galerie Arrêt 21/75015 Paris, stand da und darunter, mittig und in deutlich größeren Lettern: *Maelys Durant, Künstlerin.*

Yvonne fühlte Bernards Blick, während sie es wieder nicht lassen konnte und unauffällig über den Namen ihrer Tochter strich, als wische sie mit dem Daumen ein paar Staubkörnchen von dem Karton.

»Sie hat es tatsächlich geschafft«, sagte sie, stolz und ängstlich zugleich, dass ihr Kind an der Welt da draußen zerbrechen könnte, besonders in einer Großstadt wie Paris mit ihrer naturgemäßen Kurzlebigkeit und den gnadenlosen Leistungsansprüchen. »Trotzdem mache ich mir immer noch ein wenig Sorgen.«

Bernard schwieg, natürlich tat er das. Das Thema hatten sie schon hundertmal diskutiert, es von allen Seiten beleuchtet, mit allem Für und Wider. Fein säuberlich seziert hatten sie es, in Gesellschaft etlicher Gläser samtroten Weins, Käse und Baguette, die sie an lauen Spätsommerabenden auf Bernards Terrasse in Trégastel genossen hatten, und später im Herbst, am Kamin in Yvonnes Haus, mit Tee und Salzbutterkeksen. Wie einen Patienten hatten sie das Problem aufgeschnitten, die einzelnen Organe begutachtet, ihren Zustand beurteilt und sie sorgsam zurück an ihren Platz gelegt – mit dem beruhigenden Befund, dass alles so war, wie es sein sollte.

»Du hast es richtig gemacht«, sagte er jetzt ruhig und vollkommen überzeugt, als habe sie den leisen Zweifel geäußert, ob die Erde wirklich rund war.

»Ich habe viel zu lange gewartet, fast zwanzig Jahre«, wandte Yvonne ein und hob den Blick, um sich in seinen blassblauen Augen zu verankern, die immer irgendwie lächelten, auch wenn seine Miene ernst war.

Bernard rutschte auf dem Sitz nach vorne, bis seine Knie fast ihre Beine berührten, und beugte sich zu ihr. Ohne ihren Blick loszulassen, nahm er die Einladungskarte und deutete auf das im Innenteil abgebildete Gemälde, das Herzstück der Ausstellung. Facettenreiches Blau, ein Fels mit einem rothaarigen Mädchen darauf. *Die Wolkenfischerin.*

»Stimmt, du hast lange gewartet. Letztendlich zählt jedoch nur, dass dieses Bild dank dir dorthin gekommen ist, wo es hingehört.«

Yvonne wusste, warum er schmunzelte. Die Geschichte amüsierte ihn immer wieder, und sie musste sie ihm stets von Neuem erzählen. Jedes Mal lachte er besonders laut, wenn sie ihm das entgeisterte Gesicht des alten Leuchtturmwärters schilderte, als sie anstandslos fünftausend Euro auf den wackeligen Zeichentisch im Atelier geblättert hatte. Es war der Rückkaufswert, den Jean-Luc für das geschenkte Bild ihrer Tochter verlangt hatte, in der Gewissheit, Yvonne würde das Angebot ausschlagen. Sie hatte es nicht ausgeschlagen, und Jean-Luc musste zähneknirschend zu seinem Wort stehen.

»Um meine gesamten Ersparnisse hat er mich gebracht, das alte Schlitzohr.« Yvonne schnaubte.

»Ich würde sagen, er steht dir in nichts nach.« Bernard lehnte sich mit verschränkten Armen zurück. »Alles richtig gemacht, Madame Durant«, wiederholte er mit unverkennbarer Hochachtung. »Deine Methoden waren vielleicht etwas unkonventionell, aber letztlich hast du nur das getan, was eine Mutter eben tut, die sich ihre Familie zurückholt. Durch den Klinikaufenthalt hast du Gwenaelle die Möglichkeit gegeben, sich der Vergangenheit zu stellen und mit Maelys auszusöhnen. Du hast *Die Wolkenfischerin* nach Paris geschickt und deiner Jüngsten damit die Tür in die Freiheit aufgestoßen. Was früher war, ist völlig nebensächlich. Für mich bist du heute die beste Mutter, die sich deine Töchter nur wünschen können.«

Yvonne schluckte gerührt. »Und ich habe dich gefunden.«

»Das ist natürlich ein erfreulicher Nebenaspekt.« Er grinste wie ein Schuljunge und fasste nach ihrer Hand, um sie zu drücken. »Lass uns nicht mehr von Sorgen oder Ängsten reden, *mon amour*. Schau aus dem Fenster und genieß die schöne Welt da draußen. Heute Abend werden wir mit Blick auf den Eiffelturm fürstlich speisen, du und ich, Valérie, deine ältere Tochter, ihr Liebster und die kleine Maelys. Sie wird sicher Großes vollbringen in dieser phänomenalen Stadt, die jeden Tag das Leben und die Liebe feiert. Alles ist dort, wo es sein soll.«

»Das ist ein guter Satz.«

Bernard schmunzelte. »Welchen davon meinst du?«

»Ich meine sie alle«, antwortete Yvonne sanft. »Besonders den mit dem Leben und der Liebe.«

Sie sahen einander an, bis ein leiser Nachrichtenton erklang, der Yvonnes Telefondisplay aufleuchten ließ. Mit einem glück-lichen Seufzen griff sie nach ihrem Handy und las die Nach-richt.

Habe soeben gehört, dass unser Vögelchen endlich in sei-nem Nest gelandet ist. Gwen zieht zu Sebastién, oh là là.
Respekt, du bist wirklich ein ausgebufftes Frauenzimmer.
Ich warte am Bahnsteig.
    Kuss Valérie.
    PS: Ich verwette meinen mageren Hintern, dass du eine
Strumpfhose mit Naht trägst.

Yvonne schnaubte und schüttelte den Kopf. Dann wandte sie sich dem Abteilfenster zu und betrachtete mit einem entrück-ten Lächeln den Nebel auf den kahlen Feldern, der sich mehr und mehr verflüchtigte, um einem strahlenden Wintermorgen Platz zu machen.

Rezepte

Marguerites *tarte au citron*
(Zitronentarte aus Südfrankreich)

ZUTATEN FÜR DEN TEIG:

220 g Mehl

50 g Zucker

120 g Butter

1 Eigelb

Salz

1 Biozitrone

ZUTATEN FÜR DIE FÜLLUNG:

2 Biozitronen

2 Vanilleschoten

4 Eier

200 g Puderzucker

150 g Schlagsahne

ZUTATEN FÜR DEN BELAG:

1 Biozitrone

2 EL brauner Zucker

4 EL Puderzucker

ZUBEREITUNG:

Für den Teig die Zitronenschale fein abreiben und unter das Mehl und den Zucker mischen. Eine Prise Salz hinzufügen und mit den Händen die kalte Butter in Stücken zusammen mit dem

Eigelb unterkneten. Den Teig zwischen Klarsichtfolie dünn aus-rollen und die Tarte-Form damit auskleiden, dabei einen Rand hochziehen. Die Form für 30 Minuten ins Kühlfach stellen.

Den Ofen auf 180 Grad vorheizen und den Teig 10 Minuten vorbacken (blindbacken).

Für die Füllung die Zitronenschalen abreiben, den Saft aus-pressen und das Mark aus den Vanilleschoten kratzen. Eier mit dem Puderzucker schaumig rühren, die Sahne steif schlagen und mit dem Zitronensaft, der Schale und dem Vanillemark unter die Ei-Puderzucker-Masse heben. Die Zitronencreme auf den Teig gießen. Den Ofen auf 150 Grad zurückschalten und die Tarte 1 Stunde backen, bis die Creme fest geworden ist.

Für den Belag die Zitrone in feine Scheiben schneiden, den Zucker in 2 bis 3 Esslöffeln Wasser erhitzen. Die Zitronenschei-ben darin ein paar Minuten kochen und im Sud erkalten lassen.

Die Tarte aus dem Ofen nehmen und abkühlen lassen. Die Zitronenscheiben darauf verteilen, mit Puderzucker bestäuben und im Ofen bei starker Hitze grillen, bis der Zucker karamelli-siert. Genau beobachten, da der Zucker rasch verbrennt. Ofen-warm servieren.

Galettes bretonnes
(Buchweizenpfannkuchen bretonische Art)

ZUTATEN FÜR 8 GALETTES:

250 g Buchweizenmehl

2 Eier

200 ml Wasser

200 ml Milch

20 g geschmolzene Salzbutter

2 Prisen Meersalz

ZUBEREITUNG:

Alle Zutaten mit dem Schneebesen rasch zu einem glatten Teig verarbeiten. Anschließend zugedeckt rund zwei Stunden in den Kühlschrank stellen. Die gut vorgeheizte Crêpes-Platte oder Pfanne mit einem Stück Salzbutter einfetten. Nach der Hinzugabe einer kleinen Kelle Teig sollte dieser sofort mit Teigrechen glatt gestrichen werden. Ist der Teig goldbraun gebacken und löst sich vom Rand, die *galette* wenden. Danach kann sie beliebig befüllt und zu einem Viereck gefaltet serviert werden.

Bei der Füllung sind der Fantasie keine Grenzen gesetzt oder, wie man in Frankreich so schön sagt: »Es ist alles erlaubt, was schmeckt.« Sehr bretonisch ist die *galette complète* mit Käse, Spiegelei und Schinken.

Während man die *galettes* eher mit herzhafter Füllung isst, wird die süße Variante mit Weizenmehl hergestellt und Crêpes genannt. Die Bretonen genießen sie am liebsten schlicht mit

Butter und Zucker oder bestreichen sie mit einer köstlichen Salzbutter-Karamellcreme (siehe nachfolgendes Rezept). Ob nun *galettes* oder Crêpes – ein Gläschen Cidre gehört unbedingt dazu.

Bon appétit!

Crème de caramel au beurre salé

(Salzbutter-Karamellcreme)

ZUTATEN:

200 g Zucker
100 g Butter
175 g Schlagsahne
2 TL Fleur de sel

ZUBEREITUNG:

In einer großen Pfanne den Zucker bei schwacher Hitze schmelzen lassen, bis ein schönes goldfarbenes Karamell entsteht. Das dauert ungefähr 10 Minuten, in dieser Zeit bitte nicht umrühren, sondern die Pfanne nur leicht schütteln. Das Karamell darf nicht zu dunkel werden, sonst wird die Creme bitter.

Nun die Butter flöckchenweise einrühren und das Fleur de sel hinzugeben. In einem separaten Topf die Sahne erwärmen und unter Rühren vorsichtig in die Karamellmasse geben. Die Creme noch 3 Minuten kochen, wie Marmelade in heiß ausgespülte Gläser füllen und gut verschließen. Die Salzbutter-Karamellcreme kann im Kühlschrank etwa einen Monat aufbewahrt werden.

Maelys' gâteau breton
(Bretonischer Butterkuchen)

ZUTATEN:

350 g Mehl
350 g Salzbutter
300 g Zucker
1 Päckchen Vanillezucker
Abgeriebene Schale 1/2 Orange
6 Eigelb (plus 1 Eigelb für die Kruste)
2 Esslöffel Rum (auf Wunsch)

ZUBEREITUNG:

Mehl, Zucker und Vanillezucker mischen, die Butter in kleinen Stücken einkneten. Eigelb, Orangenschale und Rum hinzufügen und am besten mit den Händen weiterkneten, bis alle Zutaten gut vermengt sind. Den Teig in einer runden Form ausrollen, deren Rand nicht zu hoch ist. Mit einer Gabel ein rautenförmiges Muster in die Oberfläche ritzen und mit Eigelb bestreichen. Etwa 45 Minuten bei 180° backen, abkühlen lassen und erst dann aus der Form nehmen.

Dieser Kuchen ist lange haltbar und wird mit der Zeit immer besser. Er wird normalerweise zum Kaffee serviert, schmeckt aber auch toll zu einem Glas Cidre.

Cotriade bretonne
(Bretonische Fischsuppe)

ZUTATEN FÜR 5 PERSONEN:

800 Seefisch, filetiert (z. B. Makrele, Rotbarbe, Seelachs, Seezunge, Goldbrasse)
1 Glas Fischfond
500 g Meeresfrüchte (Garnelen, Langusten, Miesmuscheln)
30 g Butter
2 kleine Zwiebeln
1/2 Stange Lauch, in Scheiben geschnitten
2 Tomaten, geschält und entkernt
1/2 Stange Staudensellerie
Frische Petersilie, Thymian, Lorbeerblätter
1 kg Kartoffeln
150 g Karotten
400 g Steckrüben
2 Knoblauchzehen
Safran
Salz und Pfeffer

ZUBEREITUNG:

Die Fischfilets abwaschen und in beliebig große Stücke schneiden. In einem großen Topf die gehackten Zwiebeln mit Butter anbraten, dann Lauch, Tomaten, Sellerie, und Kräuter wie Petersilie, Thymian und Lorbeerblätter hinzufügen. Mit Fischfond sowie 2 Litern Wasser ablöschen und mit Salz und Pfeffer würzen. Nach 15 Minuten Kartoffeln, Karotten und Rüben hinzufügen, nach einer weiteren halben Stunde Fisch und Meeresfrüchte hinzugeben und etwa 12 Minuten kochen lassen. Die Fischstücke, Meeresfrüchte und das Gemüse aus der Suppe nehmen und warm halten.

Die Brühe durch ein feines Sieb passieren, Pfeffer und eine Prise Safran nach Geschmack hinzufügen. Die *cotriade* zusammen mit dem Fisch, den Meeresfrüchten und dem Gemüse heiß servieren. Dazu passen Baguette mit Salzbutter und Knoblauch sowie eine Vinaigrette aus roten Zwiebeln und Essig.

Danksagung

Dieses Buch widme ich Uli Mayrhofer.
Für Bris Hund und um ein Versprechen einzulösen.
Du weißt, es kommt von Herzen.

Wieder ein Meilenstein geschafft, eine Geschichte in die Welt entlassen, die mich ganz besonders in den Bann gezogen hat. Und weil es ein paar liebe Menschen gibt, die wirklich, *wirklich (!)*, darunter gelitten haben, weil ich viel zu oft und viel zu lange in meine Romanwelt abtauchen musste, geht mein Dank zuerst an meine Familie und meinen engsten Freundeskreis. Ihr hattet nicht nur Verständnis und Geduld mit mir, habt meine geistige Abwesenheit nicht nur ausgesessen, sondern mich auch ermutigt und interessiert nachgefragt, was es Neues aus Moguériec zu berichten gibt. Danke, dass ihr immer noch an meiner Seite steht, ich gelobe Besserung und mache es bei der nächsten Grillparty wieder gut. Du, mein Göttergatte, bist sowieso der Beste, ich wüsste gar nicht, was ich ohne dich täte. Danke, dass es dennoch für den Ring am Finger gereicht hat und du immer wieder »JA DOCH!« rufen würdest, wenn ich dich vor die Wahl stellte.

In meiner »anderen« Welt begleiten mich Menschen, die ich vor allem deshalb schätze, weil sie meinen Weg zur Schriftstellerin mit ihrem Fachwissen, Ideenreichtum, ihrer Begeisterung und konstruktiven Kritik zu einem Pfad gestalten, der nur ganz wenige Stolpersteine hat. Allen voran meine Lektorin Claudia Negele, die diese Worte hier eigentlich nicht braucht, um zu wissen, wie lieb und teuer sie mir geworden ist. Angela Troni, die diesem Roman mit Umsicht und dennoch gnadenlos auf die Pelle gerückt ist, um ihm den perfekten Schliff zu geben.

Michaela und Klaus Gröner von der erzähl:perspektive, die stets für mich da sind und dafür sorgen, dass sich immer wieder neue spannende Möglichkeiten für meine Bücher auftun.

Dem gesamten Team vom Goldmann Verlag, ganz besonders meinen *Goldfrauen* Barbara Henning, Manuela Braun und Gülay Cakmak, die meine Bücher mit vollem Einsatz und Begeisterung auf dem Buchmarkt sichtbar machen. Es bereitet mir riesigen Spaß, mit euch zu arbeiten.

Nicht zu vergessen mein *Best-Buddies-Author-Team* Silvia Konnerth, Julia Dessalles, Rose Snow aka Anna Pfeffer und Katie Jay Adams. Ihr seid die Mädchenclique, die jede Frau einmal gehabt haben sollte. Bei euch kann ich sein, wie ich bin, ohne in ein Minenfeld der Befindlichkeiten zu geraten. Ich bin froh über eure Loyalität, eure ehrliche Freude darüber, dass ihr Freundinnen für mich geworden seid. Lasst uns noch viele großartige Projekte aus den Tasten hauen und vergesst nicht: Man muss etwas nur brennend genug wollen, um es auch zu bekommen.

Ich danke dem unerschütterlichen Jochen Lang dafür, dass mein PC unverdrossen seinen Dienst tut. Zumindest bis zu diesen Zeilen hier.

Eine Umarmung geht an meine Erstleserinnen für ihren unbestechlichen Blick und selbstverständlich an meine lieben BloggerInnen, die mich schon so viele Jahre begleiten und sehnsüchtig auf jedes neue Buch warten. Sandra Budde, Beate Döhring, Tanni Tanja Jahnke, Vanessa Lippel, Claudia Kohlberg, Monika Stutzke, Katharina Piske, Sophie Bichon, Jil Bayer, Sabrina Cremer, Rebecca Feist, Tanja Drieling, Monika Schulze. Es erfüllt mich immer wieder mit Hochachtung, wenn ich sehe, mit welchem Einsatz und Herzblut ihr die Werbetrommel für uns Autoren rührt. Ich kann euch dafür gar nicht genug danken.

Vergessen darf ich vor allem nicht Julia Dessalles und Anna Hingott. Euer Wissen über Frankreich und eure Sprachkenntnisse haben mir bei diesem Buch wirklich sehr geholfen. Anna, ich hoffe, du weißt, was dir blüht, wenn du mich demnächst in die Provence mitschleppen musst. Es tut mir jetzt schon leid, falls es anstrengend werden sollte – aber es war ja auch irgendwie deine Idee ☺.

Und ich danke dir, meine liebe Leserin, mein lieber Leser, von ganzem Herzen. Wieder einmal hast du die Figuren, die ich mir für dich ausgedacht habe, bis zum glücklichen Schluss begleitet. Ich hoffe, es ist mir gelungen, dir auch mit dieser Geschichte Freude zu schenken. Denn es hat mir viel Freude bereitet, sie für dich zu schreiben.

Bretonisch-französisches Glossar

Austern creuses
Die pazifischen Felsenaustern, auch *huîtres creuses* genannt, gehören zu den am erfolgreichsten in der Bretagne kultivierten Austern. Sie besitzen tief gewölbte Schalen und einen höheren Fleischanteil als die wesentlich teurere europäische Auster. In der Bretagne sind sie auf dem Markt frisch und preiswert zu haben, man schlürft sie direkt nach dem Öffnen und höchstens mit einem Spritzer Zitrone.

Barbu (oder Tafferan)
ist ein Stich-Kartenspiel für vier Spieler. Eine Partie Barbu wird in 28 Runden gespielt und dauert länger als andere Kartenspiele. *Barbu* heißt auf Französisch »bärtig«, bezieht sich aber auf das ähnlich ausgesprochene Wort *barb*, eine Bezeichnung für den Herzkönig. Barbu entstand in den frühen Jahren des zwanzigsten Jahrhunderts in Frankreich und war damals besonders bei Studenten beliebt. (Quelle: Wikipedia)

Bierre rouge (bonnets rouges)
Ein traditionell gebrautes Bier aus dem Departement Morbihan mit fruchtiger, leicht karamelliger Note. Durch die Zugabe von Holunder erhält das *bierre rouge* seine charakteristische leuchtend rote Farbe, die zusammen mit dem Kappensymbol auf dem Flaschenetikett für die Revolution im Jahre 1675 steht, als sich die Bretonen zum Widerstand gegen die Steuerpolitik der

französischen Krone formierten. Bis heute gilt die rote Kappe in der Bretagne als Symbol der Freiheit.

Bigorneau
Kleine schwarze Strandschnecke, die weder auf einer bretonischen Meeresfrüchteplatte noch beim traditionellen Schneckenweitspucken auf Dorffesten fehlen darf.

Biniou
Bretonische Variante des schottischen Dudelsacks.

Caramels au beurre salé
Weiche Karamellbonbons aus Salzbutter, Crème fraîche und Zucker. Die *caramels* wurden 1977 von Henri Le Roux in Quiberon erfunden und sind eine der bretonischen Spezialitäten, die gerne als Urlaubsmitbringsel an liebe Menschen verschenkt werden.

Cidre breton
Moussierender Apfelwein aus vergorenen, säuerlichen Äpfeln. Das Nationalgetränk der Bretonen hat einen höheren Alkoholgehalt als Bier und wird als süßer *cidre doux* oder herber *cidre brut* genossen. Beide Varianten trinkt man aus einer *bolée*, einer Tasse aus Keramik oder Steingut.

Crème de caramel au beurre salé
Brotaufstrich aus Salzbutter und Sahne, von ähnlicher Konsistenz wie eine bekannte deutsche Schokoladen-Haselnuss-Creme. Die Bretonen verwenden die Karamellcreme als Brotaufstrich, für Keks- oder Kuchenfüllungen und als Belag für Crêpes.

Breizh Cola
Das Pendant zum amerikanischen Original wird seit 2002 mit großem kommerziellem Erfolg vertrieben. Natürlich findet der nationalstolze Bretone, dass sie auch wesentlich besser schmeckt als ihr Vorbild.

Cotriade
Die Königin aller Fischsuppen, lange vor der Bouillabaisse und (natürlich!) in der Bretagne erfunden, von Fischersfrauen, die so die Reste des Tagfangs verwerteten. Die *cotriade* besteht aus mehreren Sorten Fisch, Meeresfrüchten und verschiedenen Muschelarten, die in Kartoffelbouillon gekocht, auf in Salzbutter geröstetes Landbrot gegeben und mit der Brühe übergossen werden. Dazu reicht man eine Vinaigrette aus rosa Zwiebeln und Essig.

Fest noz
Volkstümliche Veranstaltung mit Spiel, Gesang und folkloristischen Tänzen, die meist am Abend beginnt und bis spät in die Nacht andauert. Bretonische Feierkultur pur, mit viel Spaß, Musik, gutem Essen und reichlich Alkohol. Das traditionelle *fest noz* wurde im Jahr 2012 von der UNESCO zum immateriellen Weltkulturerbe erklärt.

Gâteau breton
Traditioneller Butterkuchen, in der Bretagne auch als Hochzeitskuchen bekannt, aus einer Zeit, als die Männer auf See waren und die Frauen sich nicht nur um alle Belange von Haus und Hof, sondern auch um die Eheschließungen gekümmert haben. So machte sich die junge Bretonin zum Haus des Auserwählten auf, um dort bei einem Kaffeekränzchen mit den zukünftigen Schwiegereltern ihren Kuchen anzubieten. Nahm der

Mann ein Stück an, willigte er in den Antrag ein, wenn nicht, musste das Mädchen gute Miene zum bösen Spiel machen und anschließend unverrichteter Dinge nach Hause zurückkehren.

Galettes bretonnes
Eine salzige Pfannkuchenvariante aus *blé noir* – Buchweizenmehl, hauchdünn gebacken auf einer Crêpes-Platte, herzhaft gefüllt und zu einem Quadrat gefaltet. Besonders authentisch für die Bretagne ist das *galette complète*, mit einer Füllung aus Ei, Schinken und Käse.

Hydromel (oder Chouchen)
Honigwein keltischen Ursprungs, bei den Germanen als Met bekannt. Das Getränk der Druiden wird bis heute nach einer jahrtausendealten Rezeptur unverändert hergestellt. Er schmeckt sehr süß und hat eine feine Honignote.

Kouign amann
Eine knusprige Croissant-Variante aus Brotteig, der wie Blätterteig gefaltet und schichtweise mit Salzbutter und Zucker gefüllt wird.

Lambig
Bretonischer Apfelbranntwein mit einem Alkoholgehalt von etwa vierzig Prozent, auch *eau-de-vie* – Lebenswasser genannt. Lambig wird aus Cidre hergestellt und nach dem Essen als Digestif getrunken oder, ähnlich wie Calvados, zum Flambieren von Crêpes verwendet.

Livarot
Sehr kräftiger orangefarbener Camembert aus der Normandie, der in der Bretagne oft und gerne gegessen wird. Er wird aus

Rohmilch oder pasteurisierter Milch hergestellt und mit Riedgrashalmen umwickelt.

Moules frites
Ein Nationalgericht der Bretonen (auch der Belgier, aber die Bretonen sind natürlich vorher auf die Idee gekommen), die bretonische Variante des englischen *fish and chips*: Miesmuscheln im Gemüsesud, die mit Pommes frites serviert werden.

Ormeau
Speiseschnecke, auch Seeohr oder Abalone genannt, die oft für eine Muschel gehalten wird. Sie hat die Form einer Ohrmuschel und besitzt eine sehr hübsche Perlmuttschale. Das Seeohr gilt als Delikatesse und ist vom Aussterben bedroht, weshalb man beim *pêche-à-pied* – dem Strandfischen, nur eine bestimmte Anzahl ab einer festgelegten Größe mitnehmen darf.

Palourde grise/praire
Die Venusmuschel ist eine der bekanntesten Speisemuscheln und kommt nicht nur mit italienischer Pasta als Spagetti vongole auf den Tisch, sondern wird auch in der Bretagne gerne verzehrt. Ihr Name wird angeblich von der Schönheitsgöttin Venus abgeleitet, weil die eingerollte Grundform der winzigen Muschel dem Bauchnabel einer Frau gleicht.

Palets bretons
Bretonische Salzbutterkekse aus Salzbutter, Mehl, Puderzucker und Eigelb. Der Butteranteil liegt meist bei über fünfundzwanzig Prozent. Sehr lecker, aber echte Kalorienbomben.

Pêche-à-pied

Fischen zu Fuß, auch *manger la mer* genannt – das Meer essen. Wattwanderung, bei der Muscheln, Krabben und Krustentiere aus dem Watt ausgegraben und zum Verzehr mit nach Hause genommen werden. An der gesamten Atlantikküste eine Art Volkssport, dem jeder nachgehen darf, der sich an die Regeln (Größe/Mengenbeschränkung/Naturschutz) hält.

Rilettes

Ein lange haltbarer Brotaufstrich aus in Fett und eigenem Saft gekochtem Fleisch oder Fisch. Traditionell werden *rilettes* aus Schweinefleisch hergestellt, in der Bretagne begegneten mir unter anderem Varianten mit Jakobsmuscheln, Sardinen und Hummer.

Tourteau

Taschenkrebs oder Felsenkrabbe. Eine Delikatesse mit großen Scheren und rostroter Farbe, die auf keiner Meeresfrüchteplatte fehlen darf. Ein ausgewachsener *tourteau* kann bis zu dreißig Zentimeter groß werden.

Soupe à l'oignon

Eine mit Baguette und Emmentaler überbackene Zwiebelsuppe auf Rinderbrühebasis. Diese Suppe ist das einzige Gericht, das original aus Paris stammt – und hat ungefähr so viel mit französischer Sterneküche zu tun wie eine Schweineleberwurst mit *foie gras*. Dennoch gehört die bescheidene Suppe zu Paris wie wenig sonst, und Sie genießen sie am besten in der Gegend, wo das Arbeitergericht erfunden wurde: im Bauch von Paris, den Markthallen des 1. Arrondissements.

Anmerkungen

Dieses Buch erhebt keinen Faktizitätsanspruch, obwohl reale Orte, Personen und Institutionen darin erwähnt werden. Die beschriebenen Personen, Begebenheiten, Gedanken und Dialoge sind fiktiv.

Das malerische Fischerdorf Moguériec im nördlichen Finistère diente mit seinem pittoresk romantischen Fischereihafen, dem Leuchtturm und dem Hafenrestaurant *La Marine* als Inspirationsgrundlage für diesen Roman. Der Bretagnekundige möge mir verzeihen, dass ich mir zugunsten der Handlung die schriftstellerische Freiheit herausgenommen habe, dieses hübsche Dorf um einen Marktplatz, diverse Geschäfte, eine Gendarmerie und eine Kirche zu erweitern. Letztere habe ich anderen Ortschaften entlang der *Côte des sables* und der Bucht von Morlaix entnommen, die ich auf meiner Recherchereise durch die Bretagne besuchte.

Sollten Sie nach der Lektüre von *Die Wolkenfischerin* eine Reise in die wunderschöne Bretagne erwägen, kann ich Ihnen eines versprechen: Ein kleines bisschen von dem Moguériec aus dieser Geschichte werden Sie garantiert in jedem der unzähligen charmanten Küstenorte im Finistère wiederfinden.

Die Bretagne gilt als die inselreichste Region Frankreichs. Nicht alle Inseln haben einen Namen und einige von ihnen sind nur über schmale Meeresbodenstraßen zu erreichen, die bei Flut im

Wasser verschwinden. So bleibt manchmal von einer hundert Meter langen Felsinsel nicht mehr als eine steile Klippe übrig. Wer also den Gezeitenkalender nicht berücksichtigt, der riskiert bis zur nächsten Ebbe abwarten zu müssen, bevor er die Insel wieder verlassen kann. Die Île Cadec, auf der Sebastian Hellwig einige unerfreuliche Stunden verbringen musste, ist nur ein fiktives, der Handlung des Romans angepasstes Beispiel für eine solche Insel.